绿 宝 石
Fall into your light

灼灼风流

随宇而安 著

上册

第九章·一夜辗转　165
第十章·青山白雪　185
第十一章·风起浪涌　205
第十二章·同船共渡　225
第十三章·由爱生忧　245
第十四章·宝剑入鞘　269

第二十三章·战神临世　457
第二十四章·笑纳余生　478
番外一·后来的事　498
番外二·元徽旧事　504
番外三·惊鸿一梦　517

目錄

第一章·灼灼其华 1

第二章·皎若明月 20

第三章·山巅流云 40

第四章·金榜题名 61

第五章·簪花诗会 85

第六章·生平仅见 105

第七章·倾慕之人 123

第八章·恃宠而骄 143

第十五章·一生一世 292

第十六章·软玉温香 313

第十七章·甘之如饴 332

第十八章·灯火长明 357

第十九章·女之耽兮 375

第二十章·永以为好 397

第二十一章·长命百岁 416

第二十二章·言而无信 437

第一章·灼灼其华

慕灼华这番上京，为的是参加三月举行的会试。

昭明十四年冬，寒风凛冽，万物萧条，北雁南飞，只见一头小青驴拉着简陋的马车，逆着大雁的方向，从江南一路嗒嗒小跑着，不紧不慢地往定京方向而去。

小驴车上，慕灼华挥着鞭子赶车，慢条斯理地对她的小侍女传授人生经验。

"女人不好好读书，是要嫁人的。"梳着书生发冠的慕七小姐揉了揉被寒风吹红的脸蛋，一本正经严肃地说，"女人要是嫁了人，这辈子也就完了。巨力啊，这句话你得牢牢记着。"

坐在她身旁的小侍女名唤郭巨力，比她还小两岁，年近十六，长得瘦瘦小小，偏偏有个貌似虎背熊腰的名字。她本没有名字，被叫了许多年的"丫头"，只因她天生神力，便有了这个外号，而外号被人叫得多了，也就成了名字。

郭巨力懵懵懂懂地点头，在她看来，小姐是世界上最有学问、最善良的人，小姐说的话自然是对的，自己只要跟着小姐的步子走就对了。因此慕小七告诉郭巨力她打算逃离慕家的时候，郭巨力没有一丝犹豫便收拾起了行李。

两人选了一个热闹的日子偷偷逃离了江南首富慕家。那天，慕家锣鼓喧天，正是慕家老爷慕荣抬第十八房小妾的好日子，热闹得就像头婚。

慕灼华有个远近闻名的风流爹。慕家自慕荣的太爷爷辈起便是江南第一富豪，慕荣作为慕家这一代的独子，生来便衔着金汤匙，有着十八辈子也挥霍不完的财富。这样豪富至极的出身，加上天生风流俊朗的相貌，让他的人生里不缺桃花，而他最大的乐趣就是往那风流阵里去。他若喜欢一个人，金山银山也扔海里博她一笑，又有哪个女人能抵挡风流公子轰轰烈烈的追求？

慕灼华的娘是名动江南的歌姬顾一笑。她才貌双绝，据说是罪臣之女，年幼时遭遇破家之祸才沦落风尘，与其他歌姬相比，她身上自然多了一种与众不同的矜贵与清愁，便是这一点深深吸引了慕荣。热恋时，他挥洒千金为她燃放十里烟火，为她争风吃醋怒打权贵公子，为她入狱受折磨，为她寒露立中宵，她那颗冷寂的心终于又感受到了滚烫的温度，她以为自己遇到了此生至爱，便不顾旁人劝阻，一意孤行嫁入慕家，成为慕荣的第三房侍妾，为他红袖添香，为他生儿育女。但她腹中胎儿还未降生，慕荣已经又抬进了两房侍妾。那日锣鼓喧天，她倚门静静看着，漫天的烟火骤然消逝，在她眼里落成了灰。她就这样看着他把曾经对自己的那份狂热毫无保留地给了其他女人——一个又一个。

"士之耽兮，犹可说也；女之耽兮，不可说也。"慕灼华摇了摇头，"万万不能成为我阿娘那样的人。"

郭巨力想起三姨娘那样的美人儿年纪轻轻就死了，不禁深以为然地点点头，却又有了一丝疑惑："像大娘子那样，可好？"

慕家的大娘子，慕荣的原配夫人，那可是好厉害的一号人物，虽然慕荣一个个往家里抬小妾，一个个地生庶子庶女，但慕家在大娘子的收拾下，后院可以说是安安稳稳，一切都在她的掌控之中，俨然她才是慕家之主。

慕灼华也摇了摇头："那也罢了，大娘子有那般心计手段，却一辈子围着个男人转，净对着女人小孩作孽，又有什么意思？"

大娘子心胸狭窄不能容人，有的是手段整治不服她的人。她心知慕荣对庶子庶女毫不上心，便随意打发了庶女们的婚事。本打算把慕灼华许配给一个年过四十的县令当妾，只为了拉拢这个县令共同谋利。她万万没想到的是，这个庶女中最安分乖巧的小七，居然不声不响闹起了逃婚。

郭巨力忧心忡忡道："大娘子手段厉害得很，小姐，咱们走得不快，万一被追上了可怎么办？八小姐与你住在一屋，定然一早就发现咱们不见了。"

慕灼华不慌不忙，胸有成竹地笑道："追不上的。"

在这个慕家，有人无视她，有人欺负她，有人利用她，甚至有人巴不得她消失。

甲之砒霜，乙之蜜糖，她与小八也算是各取所需了。

正如慕灼华所料，慕家人发现这件事的时候，已经是她们逃走后的第三天。

大娘子气得绞碎了帕子，怒气冲冲地来到碧落居告状。慕荣正与他的新侍妾腻歪着，糊里糊涂地听了一耳朵，半晌才问道："小七，是哪个？"

大娘子深吸了口气："顾一笑的女儿，灼华。"

顾一笑又是谁？

慕荣脑海中模模糊糊地闪过一张清丽绝伦的容颜，毕竟是死了多年，后又有了许多新欢，哪里还记得旧人的长相与姓名？至于这个名为灼华的女儿……只能隐约记得是副低眉顺目的乖巧模样。他的儿女实在太多了。

"是她啊……"他装出一副恍然大悟的样子。

大娘子气恼地说："我已答应了庄县令将小七给他当妾，现在小七不知道逃到哪里去了，叫我怎么给人家交代！"

慕荣无所谓地摆摆手："既然小七不见了，就让小八填上吧。"

大娘子皱着眉头思索，小七和小八只差了几个月，相貌却是差了不止一星半点儿。本来这亲事是小八母女求着要的，奈何庄县令一眼就看中了小七的美貌，如今让小八替婚，她们母女倒是乐意，就是县令那里……

慕荣已经不耐烦了。

"小七跑了就跑了吧，她也不小了，会照顾自己的。这么点儿小事，你处理就好，不要再来烦我了。"

"可是庄县令……"大娘子站了起来。

"不过是个县令罢了。"慕荣不在意地挥了挥手，挽着十八小妾的手臂便出了门。他答应今日陪她游湖，特地打造了一艘莲花画舫，只因她名字里有个"莲"字。

大娘子冷冷地看了一眼狗男女的背影，不期然地想起了顾一笑的模样。当年见到顾一笑的面容，她真正感受到了何为一笑倾国。她以为这个女人会是自己最大的敌人，结果是她想岔了。顾一笑入门不到半年，慕荣便又有了新欢。大娘子终于知道，慕荣爱的不是花，他只是爱摘花。

被摘下来的花，自然是会死的。

大丫鬟问她："夫人，还要派人去追七小姐吗？"

过了这么久，哪里还能追到？一个生得那般好模样的柔弱姑娘只身在外，又能活得了几日？

大娘子摆摆手，淡淡道："就对外说，七小姐突发暴病，送回乡下养病了。"

主仆俩不紧不慢地赶路，在半路上的客栈里过了个冷清又温馨安逸的除夕，到达定京的时候，已是正月初五了。

定京城东的一条陋巷里，悄无声息地多了两个小小的身影。主仆俩租了一个小院子，付了半年的租金，便花去了一半的积蓄。这还是主人家见她们两人年纪小嘴又甜，少收了一成。

"咱们这条街名叫花巷，这边是卖花的，那边也是卖花的，卖的却是另一种花。"妇人挑挑眉，露出一个有些嫌弃的表情，"你们两个姑娘晚上还是少出门，免得遇上不好的事。"

妇人看着眼前两个单薄瘦小的姑娘，不免心生几分怜惜关照之意。主仆俩穿着青灰色的粗布衣服，想是为了行路方便，两人都做男装打扮，但仔细看还是看得出原本的性别。

慕灼华的母亲在青楼长大，梳妆打扮自然是一把好手，慕灼华自小耳濡目染，颇得真传，只是将这化妆打扮的法子稍加改变。别人是想着怎么打扮好看，她反其道而行，简简单单在脸上涂画几笔，便掩去了眉眼间的艳色，旁人乍看上去，只觉得这是个有些娇憨朴实的小姑娘，生不出绮念与敌意。便是房东这样精明势利的妇人，看着她湿润黑亮的眸子，也忍不住心存了几分怜爱，多了几句关怀。

慕灼华将自己的路引给妇人看了，妇人不识字，摆摆手推了回去。慕灼华含着笑说："多谢路大娘关照，我们二人此番上京是为了参加会试，决计不会给大娘惹麻烦的。"

路姓妇人一听，顿时惊愕道："看你年纪轻轻，想不到竟是个女举人！"

慕灼华有些羞怯地低下头："家母早逝，父亲便让我跟他读了几年书。"

路大娘听了，越发怜惜喜爱慕灼华了。

"原来如此，真是难为你如此上进了，虽说如今开放了女子科举，但女举人仍是稀罕得很。你们主仆俩若是在定京遇上什么难事，便来找大娘，我就住在三里外的地方。"

慕灼华认真听着，感激地点了点头，笑着向妇人作揖道谢："多谢大娘指点。"又从袖中取出一个香包，"我看大娘神色中有些倦意，应是多梦难眠。我这里有个香囊，放在枕下有助于睡眠，大娘不妨试试。"

妇人见香囊绣得精巧，不禁心动，接了过来，放在鼻尖嗅了嗅，一股药香扑鼻而来，心神安定了不少。

"这怎么好意思呢？"妇人笑容满面地说着，紧紧攥着香囊，爱不释手，"想不到你们还有这手艺。"

慕灼华微笑着说："家里有人是大夫，从小耳濡目染，便懂了一些。"

没有人会为难一个大夫，更何况是个笑起来这么乖巧可爱的姑娘。

"这针线也是极好的，想必你母亲是个大家闺秀。"妇人不吝美言吹捧了几句。

慕灼华含笑点头。

妇人带着香囊心满意足地走了。

郭巨力颇有些心疼那个香囊："小姐，那个香囊，你做了好久，里面可用了名贵的香料呢。"

慕灼华不以为然："若非如此，我也不会送她了。巨力，咱们还要在定京待一段时间呢。之前我没想到在定京的花费会这么大，咱们不好好想个生钱的法子是不行的。"

这些年，她在慕家每月有二两银子的月钱，有时候遇上喜事，比如父亲又纳妾了，她还能多分得几两喜钱。在慕家也没什么要花钱的地方，这些年她竟也存了一百多两银子。虽然这也许比不过父亲送给侍妾的一支发簪，但也是不小的一笔钱了，本以为能在定京支撑一两年，眼下看来，付了房租后，只够三五个月的开销。

郭巨力努力地思考着生财之道："小姐是想卖香囊吗？"

慕灼华笑了笑："这只是顺带的。这个大娘是个多话的，咱们得通过她的嘴，让别人知道咱们有些医术，四五十岁的女子身体多有隐疾却羞于问医，我这些年读了不少医书，自认还是能治治妇人之病的。"

慕家很少有人知道，慕灼华懂医术，而她的医术启蒙来自顾一笑。顾一笑童年时家逢巨变，沦落青楼，脑子便有些不清楚，忘了过去不少事，却会背不少医书。慕灼华受了影响，识字起便也开始看医书。似慕家这般的豪富之家，自然是自己养着一二个医术了得的大夫。慕灼华在慕家虽然不受宠，但好歹是个小姐，她想学点儿什么，大夫也不会赶她。慕灼华便一边偷看慕荣书房里的医书，一边跟着大夫辨认药草，几年下来，连大夫也惊异于她在医术上的天分。

郭巨力用力点头，认真地说："小姐最厉害了，不过小姐也不要担心，实在不行，我去搬砖养小姐，不会让小姐饿着的。"

慕灼华扑哧一笑，戳了戳郭巨力的额头："我是怕饿着你。"

郭巨力天生神力，食量更是大如牛，小时候被卖到慕家，就是因为粗手笨脚吃得多，才被人踢来踢去，最后落到了逆来顺受的慕小七房里。别的主子都苛待下人，这个七小姐倒好，克扣了自己的伙食去喂小侍女。当时，郭巨力一边狼吞虎咽，一边泪眼汪汪地看着笑眯眯的七小姐，哽咽着说："小姐，你比庙里的菩萨还好看，菩萨也没给我吃的。"

慕灼华笑了："不可这么说，兴许……是菩萨安排你我相遇的啊。"

郭巨力恍然，她与小姐，是上天注定的缘分啊。

正月里的定京热闹非凡，慕灼华和郭巨力换了身书生的青衫，花了三天时间大致走了一圈定京。

定京城里，北贵南富，西贫东贱。北城是皇城，住的都是达官贵人；富人们多在南城安居；西城是陆上贸易的干道，住户多是普通百姓；而东城外挨着海港，三教九流多聚居于此，在贵人们眼里，这些人比平民还差一些，属于贱民。然而，这东城也是定京最繁华之所在。

慕灼华这番上京，为的是参加三月举行的会试。多亏了陈国前几任女皇致力于科举改革，让女子也有了读书科考的权利。去年她瞒着家里人，用上香的名义，偷偷参加乡试，得了个不错的名次。从那时起，她便偷偷为今年的会试做准备，就算没有庄县令这桩婚事，她也是一定要逃离慕家的。

慕家的公子小姐们都暗地里嘲笑慕小七傻，别的孩子都争锦衣玉食、金银珠宝，慕小七这个没娘的孩子争不过，只会傻傻地在学堂里看书。慕灼华看书的速度快，记得也快，几年下来，把学堂里的书都看完了，又偷偷看了慕荣书房里的藏书。那些书可不都是圣贤书，更多是些杂书，如志怪游记、堪舆医术，甚至有不少春宫图，她都看得津津有味。慕荣十天半个月也不会去一次书房，书房里的书都是摆设，即便是摆设，他也要买最好的。一些价值千金的孤本也让他找到了，随意地放在书架上，任由慕灼华取阅。大娘子不是没有发现过慕灼华偷偷去书房看书，但看书又不是偷书去卖，她便睁一只眼闭一只眼了。慕小七这个书呆子可是所有庶子女里最让她省心的了。

慕灼华生得美貌，但她从小就知道，美貌不见得是一件好事。自从看到镜子里自己的容貌越发娇艳，她就偷偷用眉黛掩饰自己，因此在外人看来，慕灼华只是个普通清秀的少女，笑起来又一副憨厚乖巧的样子，乌黑湿润的眼睛看人时透着十二分的真诚与信赖，叫人总是不忍心为难她。若不是那日出门踏青，被突如其来的大雨打湿了妆容，她也不至于被庄县令看中了。

于是到了定京，慕灼华更加小心翼翼。她改良了妆品，特制了一种易容膏，此种易容膏遇水更贴皮肤，只能用特制的溶液卸去，又因膏体厚重，没有卸妆溶液的话，只能用力擦才能擦掉。而在待人接物方面，她更是表现得憨厚老实，与人为善，和气生财。

离会试还有三个月，但定京里的气氛已渐渐剑拔弩张。全国各地的学子大多会提前几个月来到定京，适应一下当地的水土。这几个月里，各地学子一边温书一边扬名，在各大酒楼谈试论道，留下自己的墨宝，企图让自己的才名响彻定京，传到主考官耳朵里。虽说科举取士以考试为主，但有才名加成则是锦上添花。实在不行，能被某个权贵看中，纳为门客，也是美事一桩，若能成为大人们的东床快婿，那就更……

怀揣着各种小心思，文人士子们铆足了劲往各大诗会文会去，一时间百家争鸣，唾沫横飞。

文铮楼便是几大文楼中最有名的一个。慕灼华主仆俩来到文铮楼的时候，一楼已经摩肩接踵难以下足了。郭巨力拉着慕灼华的手，凭着天生神力挤进了人群当中。只见一楼中庭有个三尺见方的台子，台子上立着一面屏风。一个书生打扮的中年人正握着狼毫挥墨，所有人都屏住了呼吸看着这一幕。

郭巨力不解地问："他在干吗呢？"

旁边一个士子瞟了主仆俩一眼，低声解释道："这是在出题呢，你看到那边的坛子了吗？"

慕灼华看向台下的一个酒坛，那个酒坛有半人高，旁边还靠着一根竹竿。

"那是'文坛'，这文铮楼的掌柜请了定京最负盛名的文坛大家们匿名出题，题目都放在这坛子里。每日这个时辰就会从文坛里抽出一题，由在场学子辩论，胜出者，便可将名字写在文榜之上。"

慕灼华顺着士子的手指看去，果然在墙上看到了文榜，上面写着十几个名字，但前三个的字体刷上了一层淡金色，以示殊荣。

慕灼华的目光落在排头第一个名字上，只听郭巨力认真地一字字念道："沈、惊、鸿、正。"

士子一笑："那个'正'字，表示他胜出了五场。"

郭巨力咕哝道："五场，也不多嘛，只比第二名多了一场。"

士子叹了口气："可是，他六日前才到的定京啊。"

慕灼华惊愕道："每场皆赢？"

士子点点头，一脸惊叹："诗词歌赋、经义策论，无一败绩，今年的状元，怕是非他莫属了。"

话说到此处，台上的试题也已写完了，只听众人齐声念道：

"养——虎——为——患——"

一时间，满座皆惊。

慕灼华眉头一皱，悄无声息地拉着郭巨力退出了人群，往楼上走去。

郭巨力不解问道："小姐，你不是说要来扬名的吗，怎么走了啊？"

慕灼华轻轻摇头："今天这道题，来意不善。"

郭巨力看向楼下众人，方才还人声鼎沸，此刻竟满堂俱静，不少人都眉头深锁，忐忑不安。

慕灼华找了张角落的桌子坐下，店小二立刻上来招呼。慕灼华问了几道菜的价格。文铮楼不愧是第一楼，店小二丝毫没有看不起主仆俩的穷酸，耐心带笑地一一介绍了菜色。最终慕灼华点了最便宜的——两盘馒头和一碟酱肉。

郭巨力撕开馒头，往里面塞了片酱肉，有滋有味地吃了起来。

"小姐，我刚才瞧楼下那些人，有的人很害怕的样子，有的人却很兴奋，你知道为什么吗？"

距离答题时间还有一刻钟，因此此刻不少人正在奋笔疾书，埋头苦想，但也有置身事外者在解读这道题。慕灼华啃着馒头，食指竖在唇上，示意郭巨力噤声，又指了指旁边的桌子。

那些人正在破题。

"出这道题的人，居心叵测啊！"

"不错，这'虎'，分明是暗指定王殿下。"

"陛下久病不朝，定王正当盛年，军功彪炳，又权倾朝野……"

"咯咯，小声点儿！"

"今年的会试主考官，可是大皇子和定王一同担任。你们说，陛下到底是什么意思？"

"还有个很重要的问题，出这道题的人，到底是谁？"

这几个人想的，也正是今日在场众人所想的，而众人心中最终浮现出的，都是两个字——试探。

有人在试探民心。

而他们的回答也代表了两个字——站队。

慕灼华轻轻叹了口气："这定京真不好待啊，步步杀机，我只是想混口饭吃而已。"

旁边那桌人低声又压抑不住地兴奋道："你们说，今天沈惊鸿会作答吗？他敢作答吗？"

这时楼下一声锣响，准备时间结束。

众人面面相觑，不知谁会第一个上去。等了片刻，人群中响起一声："我来！"

就见一名白衣士子大步走上台，微笑对着四座拱手，引来众人雷鸣般喝彩。

"是文榜第二的文士宗！"

"沈惊鸿到定京之前，他独霸榜首，之后却五场连败于沈惊鸿，今日还能上这个台，不说文才如何，单这心性就不是常人能及。"

文士宗整了整衣裳，高声道："虎者，凶兽也，养之则为患，除之而务尽！"

不少人低声吸气，惊叹不已——文士宗这是直截了当地表明了自己的立场，也是公然与定王为敌啊！

底下悄声议论："文士宗就不怕得罪定王吗？"

"定王权势滔天，文士宗真乃猛士啊……"

郭巨力担忧地说："小姐，定王这么可怕吗？"

慕灼华抿了口茶，笑笑道："据说，他啊，多智如狐，孤傲如狼，残忍如虎，在北凉是能止小儿夜啼的大魔神。"

定王刘衍，是当今陛下同父异母的弟弟。坊间传言，刘衍乃先帝宠妃云妃所出。但是云妃命薄，难产而亡，因此刘衍一出生便没了生母，被抱到周皇后宫中养大。当时周皇后膝下仅有一子，便是今上刘俱。刘俱比刘衍大了十几岁，对这个弟弟疼爱非常，几乎可以说是他亲自带大了刘衍。刘衍也无比信赖这位兄长，跟着刘俱学文习武。直到十六岁那年，刘衍从军，脱离了刘俱的羽翼，一飞冲天，横扫北凉，深入其腹地，却敌寇三千余里，成为北凉人的噩梦、陈国人的战神。

而让刘衍扬名的最初那场战役，被称为雁城之战。那时刘衍不过十九岁，从军三年，虽然立下不少战功，但尚未被敌军看重。彼时北凉最强的大将名为忽尔塔，不但力大如神，而且狡猾残忍。忽尔塔的主力军在主战场与陈国大军周旋，刘衍年纪尚轻，被指派带轻兵驻守边陲雁城。雁城只是个不起眼的小城镇，不料忽尔塔明修栈道，故布疑阵，主力牵制住了陈国大军，自己却率精兵偷袭雁城，企图以此为突破口反包围陈国大军。

刘衍手下仅有一千士兵，敌我悬殊，骤然遭遇忽尔塔率军偷袭，而援军远在百里外。刘衍带兵抵抗数个时辰不敌，便带兵逃走。忽尔塔早知刘衍乃陈国皇帝最宠爱的弟弟，打过一些胜仗，但丝毫没有将他放在眼里，只当是陈国将领让他跟着沾光。忽尔塔让手下占领雁城，自己带了轻骑追击刘衍，一心要抓住刘衍威胁昭明帝。

忽尔塔双目赤红地盯着年轻将军狼狈的背影，眼中燃烧着野心与暴虐。眼看着就要追到刘衍，突然四面埋伏齐现，滚石与弓箭齐下。忽尔塔的士兵被全数杀死，忽尔塔也身中数箭，半跪在地。他抬起高傲的头颅，狰狞凶恶地瞪着缓缓走来的年轻将军。

那是一张俊秀温文的年轻面孔，眉宇间却不见青涩稚嫩，也没有计谋得逞的骄傲快意。他双目幽深，眼波沉沉，无喜无悲，让人看不透。他身形瘦削而挺拔，铁甲破损，衣衫带血，却丝毫无损于他的雍容与高贵。

没有一场胜利是偶然的，忽尔塔此时才知，刘衍让士兵抵抗两个时辰，就是为了布置这个陷阱，甚至不惜以自身为饵。

擒住了北凉大将，陈国士气大振，所有士兵都喊着要杀忽尔塔祭旗。刘衍却力排众议，不但给忽尔塔松了绑，还以上宾之礼待他。

"我陈国人重英雄，将军亦是英雄，可杀不可辱。"

刘衍待忽尔塔殷勤备至，甚至引起公愤。七日后，忽尔塔几乎与刘衍以兄弟相称，却在一个夜里，趁着守卫松懈逃回了北凉。

刘衍遭到了全军的指责，被解除了军职。忽尔塔重新当上了大将军，发誓要血洗陈国大军，一雪前耻。

然而此时北凉朝堂对此事有了争议，有人说忽尔塔早已被刘衍策反，因为有眼线说忽尔塔在陈国军中受到上宾礼遇，与刘衍有说有笑，几乎歃血为盟。再说，堂堂北凉大将，领着八千兵马，怎么可能被一个十九岁的小王爷捉住，定然是双方有不可告人的协议。

忽尔塔在朝堂上接受质询，他表明自己之前是虚与委蛇，假意示好。

北凉南院大王冷冷一笑："谁知你是那时假意，还是这时假意。"

忽尔塔大怒，砍下南院大王一只耳朵，被下了大狱。

关于忽尔塔叛国的流言甚嚣尘上，斩杀忽尔塔的呼声越来越高，但忽尔塔领兵数十年，在军中威信极高。忽尔塔的亲兵甚至意图劫狱，幸亏被人发现，及时拦下。

南院大王趁机向北凉王进言，道忽尔塔功高盖主，军中士兵只知忽尔塔，不从北凉王。北凉王疑心极重，眼见忽尔塔的威望超过了自己，哪怕之前对忽尔塔叛国的罪行还有几分疑心，此时为了自己地位的稳固，也不得不杀忽尔塔了。

最终，北凉王下令，将忽尔塔凌迟处死。

这时，刘衍才被从狱中放了出来。

"你要杀忽尔塔，早就可以杀了，何必费那么多曲折？"陈国将士们不解。

刘衍不紧不慢地说："我要杀的，从来不是忽尔塔。"

忽尔塔死后七日，两军交战，刘衍大张旗鼓地备好白幡与供品，为忽尔塔鸣不平。

北凉带兵的是北院大王，北院大王冷笑："忽尔塔若没有叛国，你又怎么会为他哀悼！"

刘衍微笑说道："忽尔塔受到威逼利诱，始终不肯归降我朝，实乃真英雄，可惜为内奸昏君所害。"

"南院大王，收陈国黄金十箱，受命诬告忽尔塔！左丞相，收美女三十名、白银十万两，受命斩杀忽尔塔！二皇子耶律浩，为排除异己，勾结忽尔塔的副将，捏造伪证陷害忽尔塔！还有你，北院大王……"刘衍看着脸色惨白的北院大王，"你不是也走私了五十箱兵器，意图谋反吗？"

北凉顿时乱作一团，忽尔塔的亲信们都疯了，多日来因为忽尔塔的罪名饱受打压，直到此刻才知道忽尔塔竟是北凉唯一可靠的人，满朝文武各为私利通敌卖国，竟无一人值得他们卖命。

陈国趁此机会大举进军，北凉王朝人心离散，溃乱中，北凉王不知被谁杀死。刘衍率军荡平北凉王庭，继续带兵往草原深处追击残兵。这一战，奠定了定王刘衍的战名，从此天下无人不知、无人不惧。刘俱的赏赐源源不断，直到赏无可赏。坊间的说书人煞有介事地说，昭明帝曾经拍着定王的肩膀说："你的功劳如此之高，朕已没有什么可以赏给你了，不如这天下分你一半吧。"究竟有没有这句话没人知道，但每个人心里都藏着一句话——功高盖主。

郭巨力听着慕灼华讲完定王的故事，顿时肃然起敬："定王殿下真是了不起啊。"

慕灼华点头道："是啊，陈国这几年的太平与稳定，离不开定王殿下的功劳。"

郭巨力疑惑道："既然定王殿下这么厉害，他们怎么敢对定王不敬？"

慕灼华叹了口气："因为这头老虎受了伤。三年前，定王与北凉军决战，惨遭袁副将军出卖，陷入包围，三千精兵无一幸存，袁副将军就此失踪，就连定王也命悬一线，所幸大皇子带兵深入腹地，这才救回了定王。不过，经此一役，定王便交出了大半兵权给大皇子。否则……"慕灼华抬了抬眼皮，看了下一楼台上侃侃而谈的文士宗，轻笑道，"怎轮得到这些人大放厥词？"

郭巨力撇撇嘴："那个文士宗大骂老虎，就是在攻击定王了，可他怎么就知道大皇子跟定王不是一伙的呢？大皇子不是还救了定王吗？"

慕灼华笑着摸摸郭巨力的头："因为你啊，想得太少，而他们，想得太多了。"

郭巨力歪了歪脑袋，一脸迷糊。

慕灼华压低了声音说："他们满脑子阴谋论，觉得定王战败是大皇子从中作梗，为的就是从定王手中夺权。"

郭巨力瞠目结舌，半晌道："成年人的脑子，真复杂……"

❖❖❖

底下文士宗的演说结束，赢得了满堂掌声。

"真不愧是文士宗，有理有据，铿锵有力啊！"

"文士宗乃忠君之士，更是我辈楷模啊。"

"那沈惊鸿今日怕是不敢来了吧。"

吵吵嚷嚷的人群当中，忽然响起了一个爽朗的笑声："诸位这般念着我，我怎敢辜负诸位的期望呢？"

人群霎时一静。

慕灼华眼睛一亮，抻长了脖子往楼下看。

只见人群自然而然地分开一条道，一个穿着白色长袍的青年缓缓走来。他剑眉飞扬，双目含星，俊朗的脸庞上带着懒洋洋的笑意，好似全不将这人间放在眼里。全场的目光都集中到了他身上，他抬起手朝众人挥了挥，笑着说："让诸位久等了。"

不知谁挑衅地喊了一句："沈公子，你今日怎么来得这么迟，可是怕了？"

沈惊鸿笑道："我刚才扶老奶奶过桥，所以迟了。"

众人发出轻笑声。

那人脸色难看道："沈公子，你这是在开玩笑。"

沈惊鸿脸一板："难道不是你先开的玩笑吗？"

众人哄堂大笑。

文士宗见沈惊鸿一来便夺去了自己所有的关注，顿时不悦地咳嗽两声，摇着扇子，居高临下看着沈惊鸿："沈公子，这里是论道的地方，可不是说笑的地方。"

沈惊鸿这才看向文士宗，惊诧地挑起眉，严肃地问道："文公子，我有个问题想请教。"

文士宗嘴角一勾："不敢当，沈公子请说。"

沈惊鸿认真问道："今日天寒地冻，雪落不止，你打扇子，不觉得冷吗？"

慕灼华听到此处，忍不住笑出声来。

沈惊鸿又一本正经地对着脸色难看的文士宗补了一刀："文公子真是文武双全，在下不如。"

众人大笑："哈哈哈哈哈哈哈——文武双全文士宗！"

慕灼华捂着嘴笑，对郭巨力道："巨力，你学学那人的嘴，比砒霜还毒啊。从今日起，文武双全就变成骂人的话了。"

文士宗脸一阵红一阵白，再也待不下去了，匆匆走下台，落荒而逃。

慕灼华这回真信了文榜的权威性了，这个沈惊鸿还没上台，两句话就把人骂走了，骂人还不用脏字，全是夸人的词儿，让人想回嘴都无处回。

文士宗一走，台上顿时空了。众人让沈惊鸿上台，沈惊鸿拱拱手，噙着笑走上去。

"真是盛情难却啊！既然诸位如此捧场，不才就随便说几句吧。"

沈惊鸿走上台，仔细看了看屏风上的字："养虎为患？哪个厮人出的题？"

底下有人说道："这些题可都是文坛大家出的。"

沈惊鸿不以为然地摆摆手："文坛大家也不见得都是有勇有谋之人，这题不值一提，我给他改改。"

沈惊鸿说罢，走到一旁提起狼毫，蘸了蘸墨，便往屏风上画去。大笔在"患"字上重重划下一笔，之后在旁边另写了一个龙飞凤舞的大字。

只看他落笔，慕灼华便忍不住轻叹一声："好字，铁画银钩，这人胸中有沟壑，果真是惊鸿绝艳之人。"

沈惊鸿写罢停笔，把狼毫往旁边一弹。

"用？"众人看着屏风上的字，讷讷念道，"养虎为——用？"

沈惊鸿拍拍手道："凡人养虎，自然为患；圣人养虎，便可为用。虎者，猛兽也，猛有错吗，兽有错吗？"沈惊鸿摇摇头，"厮，才有错。所以我说出题之人厮，以自身之厮揣度圣人之勇。这破题，我都不屑多说。"

沈惊鸿果真不说了，转身就走下了文台，留下众人面面相觑。

半响，人群中才响起一个声音："那今日的榜首是谁啊？"

一人阴阳怪气道:"我说是文武双全文士宗,你们认吗?"

众人大笑。

掌柜走上文台,笑着说:"那今日榜首便还是——"

众人道:"沈惊鸿!"

慕灼华和郭巨力回到位子上。

"小姐,那个沈惊鸿好厉害的样子。"郭巨力咬着馒头赞叹道。

慕灼华也点点头:"确实是个气度不凡的人物,而且,也太会拍马屁了。这'养虎为用',一下子把所有人的马屁都拍上了,我真是自愧不如。"

郭巨力诚恳道:"小姐别这么说,你也很会拍马屁的。"

慕灼华瞪了她一眼:"你好好学学,拍到我马腿上了!"

郭巨力委屈地噘嘴:"小姐别生气,我会好好学的……"

慕灼华看着楼下屏风上的那几个大字,支着下巴寻思:"这文铮楼,只怕有些背景。"

郭巨力眨巴着眼睛看着她。

"文坛里面有哪些题,掌柜的不可能不知道。'养虎为患'这个题太危险了,他敢放出来,必然有所倚仗,更有甚者,是受人之命放题的……不,这也不可能,放这个题,有什么好处呢?就算要站队,也还不到时候,这么做,更像是挑拨离间……难道有人想挑拨大皇子和定王?"

"小姐,有这么复杂吗?"

慕灼华喝了口凉了的茶,叹气道:"神仙打架,殃及池鱼。我只想升官发财,可不想当炮灰。我看扬名这事还是算了,咱们还是低调做人吧。更何况定京如今有了沈惊鸿这号人物,其他人想要扬名可就难了,怕是扬名不成,反而成'文武双全'之辈了。"

人群渐渐散去,主仆俩也打着饱嗝离开了文铮楼。

这些人丝毫不知,自己的一言一行皆落入有心人眼中。

"皇叔,这个沈惊鸿,可堪大用。"

隐蔽的厢房里,幽幽燃着松木香,青衫男子跪坐在榻上,姿态优雅从容,背脊挺拔如松。茶香氤氲中,修长白皙的十指稳稳托住茶盏,清香澄澈的茶水在空中划过一道漂亮的弧线落在白瓷茶杯中。他低垂着眉眼看着手中茶盏,眉眼专注而温柔,仰月唇微翘,似笑非笑,一举一动皆如画,似雨后新山、平湖秋月。

很难想象,这样温柔的人,就是世人口中的杀神、战神——定王刘衍。

站在他身侧说话的,便是众人口中的大皇子刘琛。刘琛年纪尚轻,今年不过十九，虽和刘衍扬名之时一样大，却没有他当年的沉稳，英俊的眉眼难掩冲动与浮躁。

"琛儿，先喝杯茶。"细长的手指捧着瓷白色的茶盏，便是一幅优美的画。

刘琛并没有心思喝茶，但还是接过茶杯，放在桌上。

"皇叔，我今日找你来，可不是为了喝茶的。你看沈惊鸿，该不该招揽？"话虽如此问，刘琛眼中的火热却已流露出志在必得。

刘衍惋惜地看了一眼茶杯，那杯茶终究是无人欣赏而凉掉了。

"琛儿，你是主考官，他是考生，他自然是你的门生。"

"这层关系不够，我要他真真正正为我所用！"刘琛一副志在必得的神情，"刘瑜私下招揽了不少门客，他们兄弟的心思昭然若揭。虽然父皇令我担当此次会试的考官，但太子之位一日未定，我便一日不能松懈。"

刘衍温声道："皇兄心中自然是偏向你更多，你是嫡长子，又有功劳在身，不争不抢，这位子也会是你的。夺嫡之事，会伤了皇兄的心，你们兄弟之间，谁先动，谁便输了。"

刘琛一怔，静了下来，眼珠转动着，寻思着刘衍的话，半晌才不得不点头承认。

"皇叔，你说得对，是我躁动了。但是，我不能不防……今日这题，你说，是不是刘瑜偷偷让人挂出来，挑拨你我关系的？"

刘衍眼神一动："你是听了那个女子的话，起了疑心？"

方才他们坐在这房间里，能够清楚听到外面的声音，听不清的也有人偷偷记下递进来。其中自然包括慕灼华和郭巨力的对谈。

"虽然是个女子，但见识也是不俗，她说得的确有道理。"

两人没见到慕灼华主仆的面容，也不知道她们的名字，只知道是今科的考生。

"虽说如今女子可以参加科考，但参与者少，上榜者更是稀罕了。这人，琛儿，你也可关注一下，说不定也是个可用之人。"

"不过是个女人而已，又能有什么能耐？"刘琛不以为然地摇摇头，丝毫没将刘衍的话放在心上，他心里想的还是惊才绝艳的沈惊鸿。

若说几日之前，他心里也属意文士宗。这文士宗确有才华，出身江左文家。文家虽然是后起的世家，却有几分底蕴，文士宗的伯父更是今上信重的枢密使，怎知文士宗在寒门士子沈惊鸿面前如此不堪一击，又被污了文名，在刘琛眼中也就成了鸡肋。

刘琛素来固执，刘衍见他有主意，便也不多言劝阻了。

"琛儿，皇兄近日身体可好些了？"

听刘衍问起父皇的身体，刘琛这才收回了心思，眉宇间染上一层沉郁之色："我今日请安，听母后说改了药方，吃了几日新药，看着是精神了点儿，但病情并不见好转。"

"柔嘉公主请来的神医……也没有办法吗？"刘衍轻轻一叹。

刘琛摇了摇头："皇姐三年来走遍天下寻名医，却人人束手无策。"

"皇兄万金之躯，纵然是神医，也不敢轻易用药，而保守治疗却难治本。"刘衍叹息道。

"三年前皇叔你身受重伤剧毒，迫不得已才刮骨疗毒，当时也着实凶险，这种极端的法子，又有谁敢在父皇身上使出来？皇姐在民间寻找神医，也是徒劳无功。世间最好的大夫都在太医院，太医院都没法子，民间的大夫又能有什么手段？"刘琛皱眉道。

"若是当年太医院那些太医还在——"

刘衍话未说完，便被刘琛打断："那些太医，连皇叔的母妃都照看不好，可见也是些庸医。"

当年云妃难产，子存母亡，多少太医因此获罪被贬谪，救了百人，也抵不过一次失误酿成的大罪。

治病容易，救命难。

定京最后一场雪落下不久，气温便开始缓缓回升了，然而雪融冰消之日也是春寒料峭之时。

慕灼华此刻深深感受到了南北方的差异，每日缩在屋子里燃着暖炉，看看书喝喝茶，说什么也不愿出门了。

沈惊鸿的名声还是传遍了定京，短短半个月，说是名动京华也不为过，连菜市场卖菜的大娘都会满面含春地念叨沈公子的事迹，而慕灼华住处对面的烟花之地已经开始唱沈公子的诗词了。

即便门扉紧闭，她还是被迫学会了各种淫词艳曲。

"有辱斯文，有辱斯文。"慕灼华摇着头，啜了一口小酒暖身子。

郭巨力扫着地，头也不抬地说："小姐，那你还唱得挺起劲的。"

慕灼华若有所思地摸了摸下巴，露出一个苦恼的表情："想来是因为，你家小姐我，也不是什么斯文人。"

话正说着，外间响起了敲门声。郭巨力放下扫把便跑了出去。

慕灼华想了想，穿上外套也走了出去。

郭巨力打开门，只见路大娘一人站在门口，便严严实实地把风都堵在了门外。路大娘满面笑容，看起来神采奕奕，大步一迈进屋子，便露出了她身后的两个人影。

路大娘带着两个和她一般年纪的妇人找到了慕灼华。

"慕姑娘，打扰了。"路大娘冲慕灼华和气地笑了笑，扭头对两个同伴说道："这便是我和你们说过的女神医，我就是用了这个香囊才睡得安稳。"路大娘炫耀似的拿出了那个绣工精致的香囊，单这绣工，放锦绣坊就值五两银子。她听了慕灼华的话把香囊放在枕头下，果然每晚都睡得香甜，左右邻居都惊叹她这两日气色大好，容光焕发。

"慕姑娘，我这两个老姐妹都和我有一样的毛病，她们也想找你求个香囊。"两个妇人连声说是，又道："该多少钱，你尽管开口，咱们也不占你这个便宜。"

慕灼华含笑点头，柔声道："两位大娘不要心急，你们虽然都是失眠，但情况未必一样，容我为你们仔细看看，免得出了什么差错。"

三人连连点头。

慕灼华细细给两人把脉，又问了问症状。

"你们近来可是经常脱发，焦躁不安，月事不调，天气虽冷却频发虚汗？"

两人又喜又忧，忙道："说得都对！这可是什么病啊？"

慕灼华安抚道："不是什么病，只是妇人必经之事。妇人身子不爽，大多羞于问医，只因大夫多为男子。我侥幸学了几年妇科之事，对这方面还算了解，你们若有问题，尽可以问我。我今日为你们开几服药，回去服用半月，便可见效。"

三人大喜，便见慕灼华提笔写药方，字迹飘逸，笔锋圆润不失锐气。妇人们不识字，却也觉得这字好看得很。

两个妇人收了药方，不好意思地问道："诊金多少呢？"

慕灼华道："随意便可。"

妇人们见慕灼华生得讨喜，说话让人如沐春风，便也不占她便宜，老老实实按着定京的行情，一人给了二百钱，说说笑笑地离开了。

郭巨力喜笑颜开地收起了钱："还是小姐有办法，我们这就赚到钱了！"

慕灼华笑着摇摇头："不过是几百钱，瞧把你高兴的。既然这么高兴，不如去东市切三两肉，晚上做臊子面吃？"

"好啊好啊！"郭巨力拍手笑道，拿着钱便跑出门去。

慕灼华笑着看郭巨力跑远，正准备关门，忽然一只素白的手按在门板上，慕灼华一怔，抬起眼看向来人。

那是一张苍白得毫无血色的脸，五官可见几分姿色，但眼角细微的褶皱写满了沧桑。女子的手微微颤抖，双眼哀求地看着慕灼华："我方才在外面听到……你……你会医术？"

慕灼华不着痕迹地扫了对方一眼，心里便有了数，侧过身子说："进来说吧。"

女子呼吸一窒，随即极快地闪进了门里，反身压住门板，颤抖着嘴唇说："大夫，求你救救我……我不想死……"

慕灼华转身走向屋里："不想死，就跟我来吧。"

女子跟着慕灼华走进了内室，只见慕灼华从衣橱里取出一床干净的白色床单铺在床上，随后说道："躺上去吧，我检查一下。"

女子一愣，踌躇着走向白色的床。

"你……你不问我是谁吗？"

慕灼华往盆里倒了热水，净了净手，说："大约，是住对门的吧。"

对面，便是花柳之地。

女子本就苍白的脸色更白了一分。

"你让我躺在这里，不嫌脏吗……"

慕灼华在心里叹了口气："在我心里，病人都一样。"

女子眼中起了水雾，又极快抹掉了，按着慕灼华的指示躺上床接受检查。

"落胎药下得太猛了，之后又没有好好休息调养，以致伤了身子。"慕灼华心生悲悯，"流血一月有余，就没有看过大夫吗？"

女子惨笑一声："大夫……怎会给我们看呢？我不过是个年老色衰的妓女，不幸有了身子，也是自己倒霉，妈妈也不会给我钱看病的。"说到这儿，她顿了一下，怯怯抬眼看向慕灼华，"我……我自己还是有些钱的，只是不知道够不够。"

慕灼华背过身去，重新擦洗了手。

"我这里，诊金随意，没有的话，赊欠也可以，只是药得你自己去买。"

女子咬着唇，热泪落在床上，起身朝慕灼华深深鞠躬："多谢大夫。"

慕灼华擦干净手转过身，那女子已经离开了，只在桌上留下了二两银子。

郭巨力高兴地拎着肉哼着曲儿回来，只见慕灼华支着下巴呆呆看着墙壁，书也看不下去了。

"小姐小姐，你怎么发呆了？"

慕灼华回过神来，哀哀叹了口气："我在想事情呢。"

"想考题吗？"

"我在想，我阿娘当年要是没有嫁给我阿爹，后来会怎么样……"

郭巨力摇头，表示不懂。

"也会年老色衰，枯萎老去。"慕灼华摇头叹息，"我娘沦落风尘是迫不得已，可是又有哪朵花愿意落入泥中呢？无论生在哪棵树上，都只有凋零这个下场。"

郭巨力点点头："小姐说得是。"

慕灼华握了握拳头："所以，咱们不要当花。咱们要当树，要长成参天大树，会开花，会结果，不畏风雨，无惧霜寒。"

郭巨力点头："对！那小姐就是桃子树，桃子好吃……小姐，我想吃西瓜，可是西瓜没有树，我当西瓜藤可以吗？"

慕灼华扑哧一笑，戳了戳郭巨力的脑袋："就知道吃，走，咱们做晚饭去！"

第二天便是正月十五上元节，定京的上元节比春节还要热闹上几分，盖因这一日年轻男女都借着热闹与情人相会，看花灯，赏明月，共诉衷肠。皇帝陛下也会在这日登上皇城高墙，令人燃放烟花，与民同乐。上元夜里也没有了宵禁，想玩到多晚就玩到多晚，可以一直热闹到天明。

慕灼华早早就被郭巨力拉出了门，凭着郭巨力的力气，两个人硬是挤到了前排，站在皇城根下沐浴皇恩。慕灼华仰着头看，模模糊糊地看到城楼上的天子昭明帝，还有天子身边的几个人，想必就是定王以及几位皇公主了。

慕灼华掐着手指算，昭明帝子息不多，只有一女三子。三子都出身高贵，长子刘琛，生母是周皇后。周皇后家世显赫，父亲乃三朝元老，母亲也是世家豪门的闺秀。而次子和三子乃一对双生兄弟——刘瑜、刘瑾。刘瑜与刘瑾的生母是淑妃。淑妃是武将之后，据说性情活泼，更得昭明帝喜欢。但昭明帝最喜欢的是长女——柔嘉公主刘皎。

柔嘉公主是今上还是太子时得的第一个孩子，据说其生母身份卑下，只是太子的贴身侍婢。这侍婢也是薄命，生下柔嘉公主没几年就病逝了，之后太子娶了周氏，又登基为帝，生下皇长子刘琛，这公主的身份便显得有些尴尬了。但柔嘉公主也有她的运气，昭明帝的姑母、陈国最尊贵的姑奶奶、镇国大长公主裴悦怜惜柔嘉公主年幼丧母，便将她带在身边抚养。镇国大长公主极少住在定京，柔嘉公主便也常年跟着她住在江南，与父亲聚少离多。父女关系非但没有变生疏，昭明帝反而自觉亏欠而更加怜惜她，对她的宠爱更甚于几位皇子。

慕灼华遥遥看着那抹柔和的淡青色，想起不少关于这位公主的传说。民间对柔嘉公主的评价若简单用一词以概括，大约就是"神女"了吧。柔嘉公主自幼跟着大长公主住在江南的桃源山庄，更加亲近百姓，也更懂民间疾苦，十岁起便凭借身为公主的影响力，组织修建济善堂，收留孤寡老幼，至今已有十余年。其间，济善堂遍布大江南北，受惠者不可计数。

如柔嘉公主这般人美心善又高贵的女子，自然也是爱慕者众多，但柔嘉公主迟迟不肯成婚，大有地狱不空誓不成婚的决心。直到三年前，柔嘉公主年纪过了双十之数，实在拖不得了，昭明帝才千挑万选，给她和骠骑将军薛笑棠指了婚。然而两人尚未大婚，便传来北凉犯境的消息。薛笑棠随定王刘衍出征，却遭遇大败。定王重伤，刘琛出兵，后落入陷阱。薛笑棠为救刘琛，战死沙场，柔嘉公主未婚便守了寡。

昭明帝欲为柔嘉公主另择佳婿，不料柔嘉公主断然拒绝。

"我与将军虽未成婚，但陛下赐婚，天下皆知，我与他便已是夫妻了。将军对我情深义重，对陛下忠肝义胆，为国战死，更为英烈，他尸骨未寒，我怎能另嫁他人？我愿为将军守节三年！"

大殿之上，柔嘉公主削发明志，那一刻，无人不动容。

自此之后，柔嘉之名更加深入人心，天下女子皆以她为楷模，军中将士也对她心服口服。薛笑棠死后，柔嘉公主便在他墓旁为他守节一年。一年之后，柔嘉公主行走天下，行善积德无数，同时也为沉疴难治的昭明帝寻找民间神医。

江南慕家作为江南首富，也曾经为济善堂捐赠不少银钱物资。慕灼华曾经有幸在人群中见过柔嘉公主一眼。

她其实没有传说中那么美，她的眉毛不是时下仕女们精修细描出的柳叶眉，而是自然舒展的罥烟眉，眉色淡淡，像纸上晕开的一笔水墨。瓷白的皮肤上不带一丝妆容，干干净净的，细细看去，脸颊上还有两三点微小的斑点，却丝毫不会污损她的容颜。而最美的，便是那一双眼睛，漆黑而明亮的双眸中氤氲着的，像是月光，又像是水光，眼神中总是带着柔柔的笑意，而观者能从她的凝视中感受到慈悲与怜悯。

慕灼华与她仅仅对视了一瞬。那一瞬，慕灼华想起了幼年时母亲抚在自己背上的手，是那样温暖、温柔，仿佛能抚平心上的一切褶皱与伤痕。

原来这世上真有这么美好的人啊，她是神仙派来的吗？

不，她就是神仙吧。

昭明帝病重，定王权势滔天，皇子们蠢蠢欲动，定京杀机四伏，只有她是不一样的月光。她是行走在人间的月亮，照耀着太阳无法触及的地方。

皇城之上，礼炮响起。所有人齐齐跪了下来，山呼万岁。

第二章 · 皎若明月

> 中渊罗花妻的人，求生不得，求死不能。

昭明帝刘俱看着满城的繁华与热闹，苍白的脸上浮现出一丝笑意，他朝柔嘉公主招了招手。

"皎儿，你看看，今年的上元节是不是比去年更热闹了。"

柔嘉公主穿着淡青色的礼服，站在昭明帝身旁，她含着笑道："父皇励精图治，定京自然繁华更胜从前。这些年来，儿臣在民间行走，常听百姓颂扬父皇的仁政，平定北凉，开通贸易，轻徭薄赋，百姓的日子也更加富足了。"

昭明帝闻言，龙颜大悦，朗声大笑起来。这些话，旁人说了，他只觉得是九分马屁，但柔嘉一直在民间行走，最知民间疾苦，她说的话才是最可信的。

柔嘉公主温声说道："父皇，太医说了，您的病最好的良药便是笑声。您若开怀了，病自然也不药而愈了。您保重龙体，才是天下百姓最期盼的事。"

"朕知道了，你啊，和他们一样啰唆了。"昭明帝笑着轻拍柔嘉公主的肩膀，"皎儿，你这次回来，就不要再走了。当年你说要为薛笑棠守节，朕准许了。但三年之期也快到了，你就留在定京，让朕好好为你择一个佳婿，你若能觅得良缘，朕的心情才会大好啊。"

柔嘉公主笑道："父皇这是威胁儿臣呢，儿臣自然是要听父皇安排的。"

昭明帝大喜，对左右说道："你们可都听到了！皎儿的婚事，你们也都要上心，多帮忙看着，千万要找一个配得上皎儿的男子！"

刘琛微笑道："这可是今年的头等大事了，皇姐的婚事，我们这些做弟弟的，自然是要上心的。"

柔嘉公主对刘琛点点头，浅浅笑道："有劳弟弟们费心了。"

"一家人何必这么客气。"昭明帝笑着说，"皎儿，这些日子你就在宫里住下吧，也多陪朕说说话。这些年，你在宫外过得怎么样？朕总是担心你在外面受了委屈。"

"父皇就算信不过儿臣，也该相信皇姑祖，她是断不会让儿臣受委屈的。"柔嘉公主微笑着道。

昭明帝偕同柔嘉公主说说笑笑下了城楼，刘琛方要跟上，只见定王一动不动地站在原地，神色似乎有异，便又退了回来。

"皇叔，仪式结束了，你怎么不走？"

刘衍神色有些凝重，皱着眉不知在想什么。

"琛儿，三年了……"

刘琛一怔，随即也沉下脸色："是啊，三年了。"

距离那场惨烈的战役已经过去三年了，但刘衍至今仍然会从梦魇中醒来，吓出一身冷汗。三年前，刘衍带着刘琛和薛笑棠出征，却折戟沉沙，险些命丧沙场，虽然捡回了一条命，却死了无数心腹大将。

"追查了三年，依然毫无头绪。"刘琛摇了摇头，"皇叔，三年前战败，父皇早已严惩了所有相关之人，会不会只是你多心了，背后并没有其他主谋？"

刘衍眸中闪过一丝冷意："我会这么想，自然是有依据。琛儿，方才我的探子回报说，找到袁副将的女儿了。"

刘琛一惊："当年袁副将出卖你，事后偕妻儿逃之夭夭。这么多年来始终找不到人，难道他真的还没死？"

"今晚宫廷夜宴，你为我掩护，我要去见见她，也许有些秘密很快就会揭晓了。"

定京不愧是定京，便是作为江南枢纽的淮州也比不上定京一半的繁华。

烟火轰鸣，映亮了定京的夜空，轻寒的夜里因此也暖和了不少。因为没有宵禁，这一夜的花巷比平时更是热闹了几倍，慕灼华主仆二人回到花巷的时候已不早了，花巷依然灯火通明，人声鼎沸。郭巨力手上拿着热乎乎的肉夹馍，慕灼华拎着一小壶温热的桃花醉，猛灌了几口，白皙的脸上泛起一层淡淡的粉色，身体才算暖和起来。

"小姐，前面小秦宫好热闹啊！"郭巨力眯着眼看着前方攒动的人头，"咱们去看看热闹。"

"你家小姐我冷啊。"慕灼华咕哝了一句。

"小姐，你真虚。"郭巨力鄙视道。

"我这才是正常人，你是女壮士。"慕灼华为自己鸣冤，却也拦不住郭巨力看戏的热情，被她拽着往人群里挤去。

郭巨力打探了一番，才知道花巷里最有名的那家小秦宫正在选花魁。

"小姐，你看看人家。"郭巨力指着台上跳舞的舞姬，瞠目结舌，"那才叫壮士啊。"上元节的夜晚依然冻人，美人们却穿着薄纱翩翩起舞，面不改色。

美人一曲舞毕，顿时无数的金花被扔上了台，有人上台清理金花并点数。

"冯霜霜，金花一千三百四十八朵。"

人群中议论纷纷："去年的花魁金花数是一千六百朵，今年冯霜霜差不多是花魁了吧。"

"小秦宫的云想月还没上台呢，听说她可是小秦宫今年的台柱。"

议论声中，一阵箫声响起，顿时所有人都安静下来，屏息往台上看去。

台上不知从何处漫出了一股白烟，烟雾笼罩中，一个身着白色纱裙的女子飘然而至，却叫人看不清面容，只听歌声幽幽渺渺地响起。

"明月下天山，苍茫云海间……"

歌声伴着箫声，空灵悠扬，仿佛自天外传来，而唱歌的女子仙气缥缈，更引人无限遐想。人们一边沉醉在歌声中，一边想要窥探她神秘的容颜。

歌声中，烟雾渐渐散去，云想月绝美的面容也呈现在众人眼前。纯白无垢的衣裙，白缎为发饰，浑身上下竟无其他颜色——不，唯一的颜色，就是眉间那一点殷红的朱砂痣。只此一点红，便衬得她的气质卓然出尘，仿佛这里不是烟花之地，而是广寒仙境。

孤独而绝美的女子在台上用歌声与舞蹈演绎着凄美的故事，人们的心弦也被她的一举一动撩拨着，乐声越来越急，心跳越来越快，突然高潮处弦断、铮鸣，女子如折颈的天鹅划过一道优美的弧线落在地上，发出呜咽的悲鸣。

片刻的寂静后，现场爆发出山呼海啸般的欢呼声。

"云想月！云想月！"所有人都狂呼着她的名字，金花如下雨一般落在台上。

云想月静静地站在台上，神情淡漠，似乎一切都与她无关。

"云想月，金花四千五百三十朵！"

众人发出难以置信的欢呼声。

"一朵金花价值十两，那可是四万五千两啊！天哪，都能买一座山的猪蹄了。小姐，长得好看，原来真的能当饭吃啊！"郭巨力掰着手指头，咽着口水说。

慕灼华敲了下她的脑袋："郭巨力，你膨胀了啊，还有三百两都被你忽略了啊。三百两啊……"

"小姐，我错了。"郭巨力摸着脑袋。

慕灼华叹了口气，说："你可别看钱多，那些钱不是云想月的，是给小秦宫的。云想月不但拿不到那么多钱，还得陪出钱最多的那个吃饭、喝酒，甚至睡觉呢。"

慕灼华一言戳破了郭巨力的幻想，郭巨力摇摇头说："那我还是长得丑一点儿吧，力气大也能赚钱的。云想月那么美，最后还不知道要陪哪个糟老头子。"

这可不是她们关心的事了。两人说笑着回了家，关上门板，外面的喧哗声仍然隐隐约约地传了进来，吵得人不得安睡，难怪这里虽然地处繁华一带却租金便宜。

慕灼华喝了一壶酒，脑子昏昏沉沉地躺在床上。辗转反侧中，忽然听到了一阵急促的敲门声。她看了一眼睡得香沉的郭巨力，便自己出去应门。

"慕大夫，是我，我是昨日找你看病的宋韵。"

慕灼华听出了女子的声音，便开了一道门缝："宋姑娘，这么晚了，有什么事吗？"

今夜宋韵穿了一身单薄的粉色衣裙，脸上化了妆，一脸焦急。

"慕大夫，麻烦你跟我走一趟！"

慕灼华微一皱眉，有些犹豫："这……"

"我知道为难你了，可是人命关天……"宋韵急得眼睛发红，"求求你了！"

慕灼华为难地皱眉，最后还是点了点头："你等我换下衣裳、拿药箱。"

慕灼华说罢回了屋，换了身男装，想了想，又拿起眉笔给自己脸上化了些掩饰性的妆。她身量纤细瘦小，换了男装也不十分像男人，但五官看着平庸一些总是安全一点儿。

慕灼华提着药箱跟着宋韵一路飞奔。夜里，一场绵密的春雨悄然而至，浇灭了定京的喧嚣与繁华，丝丝凉意从领口钻进了心里。慕灼华以袖遮雨，跑了许久，跟着宋韵的脚步停了下来，一抬头，愕然发现两人竟到了小秦宫后门。

这个时间小秦宫里的热闹已经消停了许多，但后院房间里的热闹仍不停息，一扇扇门里传出来令人面红耳赤的声音。慕灼华闻着甜腻的香味，生平第一次踏足烟花之地，不禁有些惴惴。

宋韵走得极快，不一会儿便把慕灼华引到了一个偏僻的房间。慕灼华一踏进房门，便闻到了一股浓浓的血腥味，快走两步绕过纱幔，不禁愣住了。

雕花床上趴着一个妙龄女子，女子衣衫不整，显然被暴力撕扯过，后背上鲜血淋漓，伤痕可怖。旁边一个小丫头焦急地转来转去，眼眶都红了，见宋韵带了人来，急忙冲上去。

"宋姐姐，你可回来了。我们姑娘身子都快凉了！我们……我们也不敢拿被子盖在她的伤口上。"

慕灼华越过丫头走到床边，放下药箱，查看了一番便道："立刻烧一盆热水来，还要一把剪刀。"

丫头愣愣看着慕灼华，还是宋韵推了一把，她才恍然醒悟过来，立刻冲了出去。

慕灼华打开药箱拿药瓶，宋韵走到了床边。

"怎么伤得这么重？"慕灼华皱着眉头问道。

宋韵咬了咬唇，脸上露出一丝羞怒与怨恨："我们不过是些年老色衰的勾栏女子，又有什么资格去挑选客人，遇上这种不拿我们当人的客人，只能含恨受辱。"

"妈妈不管的吗？"

宋韵摇了摇头，面色凄楚："妈妈那里有些创伤药，受了伤自己擦擦，是好是坏，都是自己的命了。若是治不好，草席一裹，往城外一扔，也就完事了。"

说话间，小丫头端了热水进来。

慕灼华用剪刀剪开伤者后背的衣衫，小心翼翼地清理伤口、上药，折腾了许久，才帮她包扎好伤口，又施针止血，写下药方。

"她晚上会发高热，一定要照看好，及时为她擦拭汗水。这些药，即便睡着了也要想办法灌下去。"

小丫头捏着药方用力点头，转身便跑出去抓药。

门刚推开，便看到几个锦衣女子站在门外，踟蹰地张望着。

"素衣伤势怎么样了？"一个女子关切地问道。

"大夫给姑娘治过了，现在已经不流血了，我要去给姑娘抓药了。"丫头说着便跑开了。

几个女子并肩进了房间，宋韵有些愕然，看向几人。

"绿苑、红绡、蓝笙，你们怎么来了？"

绿苑道："客人走了，我们听说素衣伤得很重，便过来看看。"绿苑的目光扫过慕灼华和桌上的药箱，便朝她屈膝行礼："想必是这位女大夫救了素衣，我们姐妹谢过了。"

慕灼华回了个礼："这是医者本分，姐姐们无须多礼。"

"医者本分吗？"绿苑嘲讽一笑，"外面那些大夫，可不这么想。"

红绡扯了下绿苑的袖子，打断了她的话。

"大夫，既然您来了，能不能也帮我们这几个姐妹看看？"红绡红着脸问了一句。

慕灼华顿了一下，点点头："好吧，只是能不能另外找个地方，免得打扰了病人。"

三人顿时大喜，红绡道："到我那里去吧，我那儿清静一些。"

宋韵留下来照顾素衣，慕灼华跟着红绡三人来到红绡的房间后，便一一为三人看病。这些女子的年纪大多在二十三四岁，一个个体态袅娜风流，面上粉黛浓妆，每日里倚门卖笑，却只能在无人之时洗尽铅华，对着铜镜里已现疲倦老态的面容暗自垂泪，皮囊之下伤痕累累，又有谁会疼惜她们？

慕灼华心情复杂地为她们书写药方。因为母亲顾一笑的出身，她对这些风尘女子更多的是怜惜，没什么嫌恶之情，今日见了她们的可怜之处，更是心生不忍。

三人听了慕灼华的诊断，拿了药方，心中满是感激。绿苑的衣着比旁人的精致几分，显然地位更高些，出手也阔绰，随手便取了两锭银子给慕灼华，足足有四十两。

"这……太多了。"慕灼华愣了一下，想推回去，却被绿苑拦住。

"慕大夫，你别推了，你救了宋韵和素衣，又半夜为我们看病，我们已经感激不尽了，这银子是你应得的。"绿苑说着顿了一下，眼神中流露出一丝恳求，"我……还有一事相求。"

"但说无妨。"

"后面的院子里住着不少年老的姐妹，她们大多顽疾缠身，都是些女人家的病。外面的大夫不愿意为她们诊治，您……能不能也为她们看看？"

慕灼华迎上三人哀求的目光，哪里能说出拒绝的话。

"好，你们带路吧。"

小秦宫占地辽阔，几个院子相连，绿苑和蓝笙被妈妈叫了去，便由红绡领着慕灼华给这些女子看了病。这些落魄的妓女多住在荒僻的院子里。一个院子几个房间，有的是一人一间，有的是几人一间，房间简陋得形同柴房，只能勉强挡风遮雨。若不是红绡领路，慕灼华又怎知道纸醉金迷的小秦宫背后还有这样阴湿荒芜的角落。

慕灼华看了几个女子后，一个小丫头面色焦急地跑来传红绡。红绡点了点头，便对慕灼华说："今晚给慕大夫添麻烦了，我那里还有急事，便不送你了。你顺着这条路一直走，看到一扇铜锁小门，出去就是花巷了。"

慕灼华点头道："你有急事便去处理吧，我自己离去。"

红绡跟着小丫头焦急地跑了几步，又顿住了脚步，回过头看慕灼华，郑重地说："慕大夫，我们都是青楼女子，没什么本事，但……但您以后若遇到什么难事，尽管开口，我们一定会帮您的。"

慕灼华微微失神，随即回以一笑。

"好啊。"她说。

慕灼华依着红绡指的方向走去，走到一个荒僻的院子，果然看到一扇装了铜锁的小门。慕灼华正想走过去开门，忽然听到旁边的房间里传来重物落地的声音，同时传来的还有一声压抑着的呻吟。

慕灼华动作一顿，看向黑灯瞎火的房间，犹豫着走到门前，轻轻敲了敲。

"有人在里面吗？"

门竟没锁，被慕灼华一敲，就开了一道缝隙。雨已经停了，清朗的月光照亮了屋里一角，慕灼华隐约看到了地上颤抖的人影，顿时一惊，推开门进去。

"你受伤了吗？"慕灼华快步走到那人身前，蹲下身去查探对方的伤势。

慕灼华的手刚伸出去，就被对方用力地攥住。

对方的手掌宽大有力，慕灼华愣了一下，惊道："你是男人？"

那人闷哼了一声，没有回答。

慕灼华的手腕被对方紧紧抓住，明显感到对方身上高于常人的体温。

"你发烧了，我是大夫，我给你看病。"慕灼华柔声安抚对方。

男人的呼吸粗重而紊乱，似乎忍受着极大的痛楚，他无力地松开抓住慕灼华的手。慕灼华抱住男人的手臂，艰难地把他扶到床上。

"你房间里有蜡烛吗？"慕灼华问道。

男人双目紧闭，颤抖着，没有回答。

慕灼华只得自己回到桌上摸索了一下，找到了一盏油灯并点亮。借着昏黄的灯光，慕灼华环视四周，发现这个房间比之前的几间还要简陋一些，简直不像是住人的，说是惩罚人的还差不多。

慕灼华举着油灯回到床前，借着灯光查看伤者。

小秦宫有男妓其实不稀奇，来小秦宫买笑的，不仅有男人，也有女人，就算是男人，也不一定只光顾妓女，也有好男风的。只是床上这个男人生得实在有些普通，往人群里一放就找不出来了；看起来有二十六七岁了，在青楼里，算得上老人吧。此刻他紧闭着双眼，浓密纤长的睫毛颤抖着，鬓角汗湿，气息紊乱。

慕灼华心里叹了口气——这也是个年老色衰的男妓啊，看样子，过得比宋韵她们还要惨。

也是，虽然小秦宫做的是皮肉生意，但不管男女，爱的多是十几岁青葱娇嫩的少男少女，过了二十岁，便是过了花期。

慕灼华沁凉的手指按住了男人的脉搏，男人的身子顿时僵住。

"你这……"慕灼华的眉头轻轻一皱，顿了片刻才怜悯地看向男子，"你气血翻涌，是中了催情药的样子。经络中多有瘀滞，是陈年旧伤留下的病根……你伤得这么重，他们竟然还用药逼你接客？"

男人听了这话，顿时睁开了眼睛，幽深的目光锁住了慕灼华，带着一丝说不清道不明的情绪。

慕灼华看着男人的眼睛，忽然失神了片刻，只因那双眼睛生得太亮了，给这平庸的五官增添了几分姿色。

"你——你——"慕灼华结结巴巴，不小心咬到了舌尖，这才痛醒过来，尴尬地咳嗽两声，"你别担心，只是催情药而已，我能解。"

慕灼华说着取出金针，眼明手快地在男人的手上扎了几针，又从药箱里取出一个香包，放在男人口鼻间："你闻闻这个，能减轻身上的燥热。"

男人一手抓住香包，深深吸了口气，清冽的药香顿时驱散了几分燥热，而身上的痛楚在金针的作用下也消减了许多。他抬眼看向慕灼华，眼中的戒备也降低了几分。

慕灼华找到药瓶，取了颗丹药让男人服下。

"这颗药是活血壮骨的，你脊背处血气不通，应该是几年前受过重伤吧，遇到阴雨天会酸痛难当，这种病不好断根，只能缓解。"

男人凝视了慕灼华半晌，才慢慢将丹药送入口中服下。

"你脱去外衣，趴在床上，我帮你施针。"

男人有些迟疑地打量着慕灼华，也许是慕灼华的眉眼太过憨厚真诚了，他最终选择了相信，缓缓地脱去了外衣。

男人因为疼痛而手指微微颤抖，脱衣服的动作有些慢，月光从门口蔓延进来，悄悄爬上他的锁骨、胸口、腰腹。男人的身体无一丝赘肉，腰腹和胸口的肌肉恰到好处地勾勒出性感的曲线，只是肤色较常人苍白一些，此时在药性的作用下泛出一层暧昧的粉色。

慕灼华的心跳不自觉地快了几分，她难为情地移开了眼——这可是她第一次见到男人的身体。虽然说医者父母心，应该心无杂念，可这个男人的身体也太好看了，特别是这样慢吞吞脱衣服的样子，好像……好像是自己在逼他做什么坏事似的。

好在男人一会儿便脱下了衣服，趴在床上，也看不到慕灼华脸上的尴尬了。

慕灼华深吸了口气，找准了穴位落针。落针处酸胀的感觉让男人闷哼了一声。

"弄疼你了吗？"慕灼华顿了一下，"我会轻点儿的。"

男人："……"

慕灼华扎完针，又取来艾草为他熏灸，一股股热意漫进经络中，男人的呼吸也渐渐平缓下来。

窗外不知道什么时候又开始滴滴答答下起了雨，慕灼华走过去关上门窗，又在壁橱里找到一床棉被，搬到床上为男人盖上。

"还有一炷香便可起针。"慕灼华擦了擦额角的汗。

男人伏在床上，侧过脸来，静静地看着慕灼华。

慕灼华从药箱里取出一张纸，跪坐在地上，借着油灯的光认真地写着药方。她梳了男子的发式，但是一点儿都遮掩不住性别，小小的脸，小小的手，普通清秀，胆子却大得很。

慕灼华写好了药方，朝墨迹吹了吹气。

"你按这个药方吃半个月，应该会有些效果的。"慕灼华把药方放在床头，估摸着时间差不多了，便为男人起针。

最后一根针拔起，男人喉间发出一声极轻的闷哼。

"针眼会有些酸疼，正常的，明天便好了，注意保暖，多穿些衣服。"慕灼华收拾着药箱说。

男人穿上了衣服，拿起床头的药方，轻轻摩挲着纸张，神色复杂地看向慕灼华的背影。

慕灼华提起药箱走到门口，又顿住了脚步，回过头，正对上男人充满探究的视线。

"你要是身体出了什么问题，可以到花巷来找我，宋韵知道我的住处。"

"我叫慕灼华，灼灼其华的灼华。"

慕灼华的身影消失在门外，脚步声渐渐远去。不知道什么时候，房间的阴影里多了一个人。

"王爷！属下来迟，请王爷责罚！"

床上的男人起身，心情复杂地看着手上的药方，忽地勾唇一笑。

"我原不知道，自己生得像个男妓……"

黑衣人顿时吓出一身冷汗："王爷！"

❖❖❖

男人抬起手，揭下人皮面具，露出清俊雅致的面容，赫然是定王刘衍。

"是这副面具有问题吗？"

黑衣人果断回答："不，是那个女人脑子有问题。王爷，要不要属下杀了她，以防万一……"

刘衍淡淡一笑："有什么万一？执剑，她刚刚救了我，我总不能恩将仇报。"

被称作执剑的黑衣人眼中杀意森森："她这个时机出现，这么巧合，万一这个人也是对方派来的呢？"

"让执墨盯着她，查查她的来历，若无可疑，便不要伤害她。"

执剑心中似还有些不服，但还是点头称是："王爷，云想月已经死了，是中毒而亡。"

刘衍闻言，神色顿时凝重起来："背后之人还真是机关算尽。执墨查到是谁把云想月的下落透露给我们了吗？"

执剑道："无迹可寻，查不到。"

"查过云想月的尸体和房间了吗，她是在何时何地被下毒的？"

执剑更加难堪："查……查不到毒药的痕迹。"

刘衍凝眉回想与云想月见面的细节。云想月原名袁惜月，是刘衍的副将之女。三年前，刘衍与袁副将诱敌深入之际，给袁副将留下了救援标记，让袁副将领兵支援，但不知出了什么岔子，标记全部被人抹去。刘衍部队深陷包围，无处求援。袁副将通敌卖国的嫌疑自然最大。然而刘衍此战重伤，昏迷半年。这半年间，昭明帝大怒问责，诛杀了不少人，袁副将一家却始终不见人影。三年来，刘衍没有放弃过寻找袁副将的下落，今天晚上突然得到了这个消息，着实诡异。

刘衍暗中让人拍下云想月，支开众人与云想月见面。见面之前，刘衍的手下自然会检查云想月，确定她没有携带毒药暗器。云想月见了刘衍之后，露出的惊惧之色不似作伪，显然她不知道自己暴露了，可见她与引他前来布下陷阱的人不是一伙的。在刘衍的追问下，云想月透露出一个信息，那就是袁副将确实是受人要挟。三年前，云想月和她的母亲被人绑架，囚在一个山村里。后来，袁副将不知如何追查到了她们的藏身之地，带着她们母女杀出重围，为了掩护她们母女逃走，自己被追兵杀死。

"我不知道绑架我们的是谁，也不知道他们要父亲做什么。父亲带了人找到我们，为了掩护我们逃走，父亲带人引开了追兵。我和母亲逃走之后，才知道外面都在传说父亲通敌卖国，背叛了王爷，害得王爷险些丧命。母亲担心暴露了身份会遭到追杀，这几年一直东躲西藏，后来母亲病逝，我沦落青楼……我知道父亲对不起王爷，但他一定是被逼的！"

云想月说至此处，脸色越来越红，身子摇摇欲坠。刘衍惊觉不对劲，上前查看，只见云想月嘴角溢出鲜血，浑身剧烈颤抖。刘衍刚想开口喊人，忽然气血翻涌，浑身如被烈火煎熬，一种细密尖锐的疼痛浸入骨髓深处，让他顿时失去了力气。

便在这时，外间响起了打斗声。刘衍知道自己落入了陷阱，不知对方如何下的毒，显然是有备而来。情急之下，他破窗而出，强忍着剧痛逃离，仓皇中躲入了小秦宫的柴房。三年前，他中了北凉三皇子耶律璟的毒箭。那种毒药名为渊罗花，霸道无比，他刮骨疗毒，也只能减去一半毒性。所幸刘琛身上带着一颗雪尘丹，雪尘丹乃神医燕离研制，能压制世间一切毒药，珍贵无比，整个陈国仅剩一颗。雪尘丹能够压制毒性，却无法真正解毒，两种药性在刘衍体内达到一种平衡。一旦平衡被打破，他便会受到毒性的侵蚀，痛不欲生。

今晚云想月身上定然有一种毒药，打破了他体内药性的平衡。刘衍的手下有精通毒理的谋士，但那人未从云想月身上找到毒药。

背后之人，究竟是谁……

刘衍冷然道："那人以云想月引我前来，设局杀我，着实谋虑深远，不过，也暴露了他的存在——三年前的主谋，果然还没死。"

执剑飞上屋顶，与执墨会合。

"云想月这边，我负责追查。执墨，你去查一查那个叫慕灼华的，她出现的时机太过巧合，也太过蹊跷。"

执墨点点头。

执剑顿了一下，补充了一句："若有异常，杀无赦。"

执墨眉头一皱："是王爷的意思？"

执剑冷哼一声："王爷心善，咱们须为他思虑周全。你方才让人查过大皇子的行踪了吗？"

执墨道："一直在宫里，没有异常。执剑，你怀疑大皇子？"

"他知道王爷体内的毒，知道王爷的行踪，难道不是最可疑的人吗？"

执墨深深看了执剑一眼，叹了口气："执剑，你的恨太深了。"

执剑冷冷看着皇城的方向："支撑我们活下来的，不就是恨吗？我不知道背后主谋究竟是谁，但我相信，他一定姓刘。"

执墨道："我只希望怨恨不要吞噬了你的理智。"

慕灼华回到家已经是寅时了，天还暗着，她推开门进去，看到焦急的郭巨力正准备出门。郭巨力一看到慕灼华，顿时哭了出来。

"小姐，你跑哪里去了？我醒来看不到你，都快吓死了！"

慕灼华疲倦地拍拍她的肩膀，安抚道："我去给人看病，没想到耽搁了这么久。"

"哪有人半夜看病的啊？"郭巨力擦着眼泪，忽然眼神一顿，被慕灼华从袖子里掏出的两锭银子晃花了眼，"这……这么多钱！"

慕灼华笑着说："人家给的钱多啊。巨力，我身上都湿了，你帮我打桶热水洗澡。"

郭巨力立刻高高兴兴地去烧水了。

不多时，一桶热水便烧好了。郭巨力帮着慕灼华擦洗头发，见慕灼华神色凝重，她虽然头脑简单，却也感受到了慕灼华情绪复杂——赚到钱应该很开心，小姐不开心，那一定有问题。

"小姐，你怎么一副不开心的样子啊？"郭巨力担忧地问道。

慕灼华朝脸上泼了泼水，洗干净的小脸白里透红，清丽无双，乌黑湿润的杏眼眨了眨，流露出一丝复杂的情绪。沉默了半晌，她才开口。"我今天去给小秦宫的姑娘看病了。"慕灼华避重就轻地说，"原来，她们过得很苦呢。"

是别人过得很苦，不是小姐很苦，郭巨力一听也就放心了。

"小姐是想到三姨娘了吗？"郭巨力问道，"小姐不要难过，三姨娘那么美，一定在天上当仙女呢。"

慕灼华淡淡一笑："是啊，在天上当仙女，多好啊。"

慕灼华洗完澡，喝了一碗姜汤，觉得身上和肚子里都暖暖的，这才裹紧了被子睡觉。只是这一觉睡得并不安稳，乱糟糟地做了不少梦，梦里刀光剑影，她仓皇逃着，一不小心摔落悬崖，吓得她整个人猛地从床上弹了起来。

砰砰砰——

外间门板被人用力敲打着。

郭巨力急急忙忙出去应门。

慕灼华眉头一皱，听着声音又急又凶，心觉事情不对，急忙穿上了衣服。

郭巨力看着拥进来的捕快，顿时有些慌了："你们……你们干什么！"

为首的捕快板着脸问："慕灼华住在这里吧？"

慕灼华穿好青衫出来，正听到这句，便答道："我就是。"

"跟我们走一趟京兆府！"两个捕快说着就上前拿人。

郭巨力急了，拦在慕灼华身前："你们无缘无故的，凭什么抓人，我们小姐又没有犯事！"

"没说你犯事，只是配合官府调查。"捕快冷着脸说，"昨天晚上，你是不是去了小秦宫？现在小秦宫发生命案，所有可疑人物都要接受调查！"

慕灼华呼吸一窒，按住了郭巨力的肩膀，对着她轻轻摇头。

"巨力，别担心，我只是去配合调查，问完话就回来了。"

捕快见慕灼华态度配合，便不使用强硬手段了。

"跟我们走吧。"

京兆府的牢房里此时已经塞满了人。

慕灼华跟在捕快身后一路走着，进了最后一间牢房，一开门便看到了一张熟悉的面孔。

"慕姑娘！"宋韵急切地跑上前来，"怎么你也来了……是我们连累了你。"

慕灼华安抚地拍拍她的肩膀："没事儿，也许问了话就让我们回去了。你先和我说说，到底发生什么事了？"

宋韵脸色苍白，呼吸有些急促，她压低了声音说："云想月死了。"

慕灼华万万没想到是这个答案，顿时愣住，半晌才回过神来："她不是昨晚的花魁吗？"

"是啊，云想月昨晚一支歌舞，竟让那么多人为她痴狂。今天早上云想月暴毙的消息不知道怎么泄露出去了，很多人堵在小秦宫门口，要妈妈给说法。"宋韵苦笑了一下，"妈妈也是吓蒙了，她栽培了云想月一年，本想指望这棵摇钱树，谁知道第一夜就发生这样的事。"

"昨天晚上，云想月是和谁在一起？"慕灼华问道。

"我们也不知道，只有妈妈知道吧。"宋韵凑到慕灼华耳边压低了声音，"一些达官贵人做这种事都不会自己出面。"

慕灼华想起素衣姑娘背上狰狞的伤势，不禁心有戚戚然。

慕灼华环视监狱，问道："小秦宫的人，都在这里吗？"

宋韵道："自然不是，小秦宫人很多的，这里未必装得下。一些没有嫌疑的就没带过来了。昨天晚上你去过小秦宫，他们便带你过来问话，有咱们姐妹给你做证，你放心吧，不会有事的。"

监狱里的人一个个被传唤过去问话，过了大半天，才轮到慕灼华。

问话的人有两个，一个文生打扮，另一个是捕头。

两人看了慕灼华的路引，愣了一下："你是举人？进京赶考？"

慕灼华微笑道："回两位大人，正是。"

文生轻咳了一下，对慕灼华的态度稍微缓和了一些："你昨天什么时候去的小秦宫，把事情前后交代清楚。"

慕灼华作了个揖，缓缓道："昨夜大约子时，我已在床上休息，忽然小秦宫的宋韵敲门，让我赶紧去小秦宫救人，我便立刻收拾了药箱同她前往。从我的住处到小秦宫走路大约需一刻钟。

"到小秦宫后，我给素衣姑娘清理了伤口，花了大约半个时辰。之后，红绡、绿苑、蓝笙三位姑娘过来，让我给她们诊治……

"之后，我又给五位姑娘把脉治病……

"给她们看完病，前院有人来叫红绡姑娘，我便自己从后门离开了。"

慕灼华详细说明了见到的每个人、医治的时间、离开的时间，捕头对比了慕灼华和红绡的口供，确定没有问题。云想月的死亡时间前后，她都有充分的不在场证明，人证可靠。

文生写着慕灼华的口供，捕头又问道："你昨晚可见到什么可疑人物，听到什么可疑声音？"

慕灼华脸色微红道："我第一次踏足那种地方，也不敢多看，不敢多听。"

捕快善意地笑了笑，只当她是个脸皮薄的老实姑娘。

慕灼华举人的身份到底给她争得了不少好感，加上她憨厚老实的模样让人觉得可信，问完话，捕头便让人带她离开了。

慕灼华一走出衙门便吓了一跳，衙门外竟围了不少人，气势汹汹地要为云想月讨回公道。

郭巨力站在人群前排，一见慕灼华出来，顿时大叫一声冲了上来，扑进她怀里。

"小姐，吓死我了！"郭巨力抓着慕灼华的手臂哭喊，"我怕他们严刑拷打你，小姐，你受苦了！"

"你是不是戏本听多了，哪有什么严刑拷打？"慕灼华哭笑不得，"你家小姐我可是个举人，见官都可以不跪呢。他们没有为难我，只是问问话。"

郭巨力拉着慕灼华从人群中挤出，慕灼华回头看着激愤的人群，眉头不禁皱了起来。

京兆府门口挤满了看热闹的人，只这一圈人口中就说了七八个版本的小秦宫花魁被杀案的"真相"。香艳凶杀，素来是百姓津津乐道之事。云想月昨夜刚刚崭露头角，今日便成了一缕芳魂，众人议论纷纷，逼迫京兆府给出一个答复。

郭巨力给慕灼华煮了猪脚面线，说是祛除霉气。慕灼华饱饱吃了一顿，郭巨力又烧了热水给她搓澡。

"听说监狱里可脏了，耗子蟑螂遍地走，小姐，你可得洗干净了。"

"轻……轻……轻点儿！"慕灼华疼得龇牙咧嘴，"你可是郭巨力啊，你这搓澡比严刑拷打还疼啊！"

郭巨力吹了吹慕灼华被搓红的皮肤。

"知道啦，小姐细皮嫩肉的。"

洗完澡，郭巨力又轻轻给慕灼华揉捏肩膀。慕灼华舒了口气，背着郭巨力的脸上露出了一丝忧愁。

"小姐，你说云想月是谁杀的啊？唉，云姑娘那么美那么美，怎么就死了呢？"

慕灼华勾了勾嘴角："我怎么知道啊？"

郭巨力笃定地说："我觉得小姐你一定知道，你那么聪明，有过目不忘的本事。"

慕灼华扑哧一笑，得意扬扬地说："这你还真说对了，我知道。"

"小姐，你快告诉我，是谁杀的云想月？"郭巨力瞪大了眼睛，好奇地问。

慕灼华附到郭巨力耳边，轻声说了一句。

郭巨力瞳孔一缩，双手捂住了嘴。

"不要说出去。"慕灼华郑重地说。

郭巨力用力点头。

深夜，万籁俱寂。

只有郭巨力的打呼声。

慕灼华心想，云想月的死，对花巷的生意影响还是挺大的。

打更的声音敲过子时，外间传来轻轻的敲门声。

慕灼华起身开门，门外站着的是一个十七八岁模样的男子，对方神情有些僵硬。

"慕姑娘，麻烦你走一趟，有个病人想见你。"

慕灼华微笑着点点头："我准备好了，走吧。"

对方怔了一下，看了一眼慕灼华的打扮，发现她深更半夜竟然衣着打扮齐全，甚至药箱也早就准备好了，似乎早就料到半夜会有急诊。

男子领着慕灼华，两人一前一后走在无人的小巷里。

终于是男子先忍不住开口。

"慕姑娘，你就不问是去哪里吗？"

慕灼华笑着说："不管是哪里，只要有病人，我就会去的。"

男子噎了一下，又问："你就不怕是陷阱？"

慕灼华又笑了："我手无寸铁，身无分文，你要是图谋不轨，早就下手了，我怕什么陷阱？"

男子沉默片刻，问："你就没有什么想问我的？"

慕灼华道："我想问的，你不会回答，也就没必要问了。"

终于把话说死了。

两人来到小秦宫后门，门没有锁，一推就开，男子领着慕灼华来到小院里。慕灼华看了看闭着的房门，是昨晚那个男子住的地方。

"进去吧。"

慕灼华笑了笑，上前两步，轻轻推开房门，走了进去。

今日这房间显然与昨日有了一些不同，虽然还是一样的陈设，但分明仔仔细细打扫过了，一尘不染。

房间中央的桌子上点着一盏油灯，一灯如豆，只能照亮方寸之地，而其他地方影影绰绰的，看得并不清晰，只隐约能见轮廓。

慕灼华转身关上门，二话不说，砰的一声跪倒在地。

"王爷饶命！"

阴影中传出一声低低的闷笑。

脚步声由远及近，慕灼华头垂得低低的，虽然看不到，但她知道那个人站在自己身后。

"你是什么时候知道我的身份的？"

男人的声音温润、淳厚，本就十分好听，又因微微压低了声调，更平添了一丝暧昧。

慕灼华整个人蜷在地上，像只蜗牛。

"回王爷的话，昨天晚上就知道了。"

"本王哪里露出了破绽？"

慕灼华在心里翻了个白眼——全身都是破绽……

"首先，是手上的茧子。王爷的茧子在虎口和掌心，还有中指和食指指腹之间，这是用枪、刀和弓箭才会留下的痕迹。王爷指节有力，茧子虽在，但明显变薄，显然曾经武艺高超，但已生疏不练了。

"第二，是王爷背上的伤。王爷背上的伤疤狰狞，可见曾经深可见骨，却又愈合良好，只剩下极浅的疤痕，这种伤，非圣药难以医治，能用这么好的药，必然身份尊贵。

"第三，王爷体温极高，全身泛红，脸色却始终不变，显然是人皮面具的缘故。

"第四，王爷身上穿的是粗布衣服，却不合身，显然不是您自己的衣服，而真正属于您的衣服，是……是亵裤……"慕灼华顿了顿，脸上有些发红，"亵裤的面料是贡品，江南绸缎庄所出，能用这种布料的人，屈指可数。

"第五，您虽然穿了别人的衣服，熏香却留在了身上。这种香味来自千金难买的伽罗香，乃南朝奇珍，可安神、镇痛。

"这世上只有一人满足以上五点，就是定王殿下。"

慕灼华说完，房中便陷入了久久的、尴尬的沉默。

许久，刘衍才轻轻开口："所以你一开始就知道了，却在本王面前演了出戏？"

慕灼华头皮发麻，嗓子发紧："草民贪生怕死，当时只想着装傻蒙混过去，想来定王殿下心存仁厚，不会对一个心地善良的大夫斩尽杀绝。"

刘衍忍不住轻轻笑了一声："好一个贪生怕死、心地善良的大夫，你为何不加上一句'狡猾透顶、胆大包天'呢？你看穿了本王，本王却险些叫你蒙混过去。既然你昨天装作没认出本王，为何京兆府问话的时候，不将计就计，却故意隐瞒见过本王的事？"

慕灼华老实答道:"京兆府问话,草民若说出遇见王爷之事,一则,小秦宫找不出这号人,草民百口莫辩;二则,王爷为人谨慎,必然会让人追查草民,若得知草民泄露了行踪,必然会杀了草民。所以,草民不能说。但是草民若不说,王爷的手下必然会明白,草民识破了王爷的秘密,同样会惹来杀身之祸。"

刘衍点头:"不错,执墨本来想杀了你。"

慕灼华道:"草民怕死,所以又想了一个法子,谎称知道杀死云想月的凶手是谁。王爷的出现与云想月的死必然有所关联,王爷应该也想知道凶手是谁吧。"

刘衍道:"所以为了知道凶手是谁,执墨就不会当场杀了你,而是会回报本王,如此一来,你就有了一线生机。"刘衍眼神一动,"你料定见到本王就有机会逃脱一死?"

慕灼华讪笑道:"总归要试试嘛。"

"你如此聪明,何不猜猜,能不能活过今晚?"刘衍笑吟吟问道。

慕灼华厚着脸皮梗着脖子说:"王爷昨日不杀我,便是看我善良、老实,今日见我不但善良、老实,还有几分小聪明,为人又十分乖巧懂事,就更舍不得杀我了。"

刘衍忍着笑意道:"只这些,还不足以让本王放了你。"

慕灼华在心里叹了口气,诚恳说道:"王爷若不嫌弃,草民愿为王爷效犬马之劳。"

"好。"刘衍道,"既然你说你知道杀死云想月的凶手,那这件事就交由你来追查。若查出来,可见你确有几分本事,本王惜才,饶你性命,否则……"

"全凭王爷处置。"慕灼华叩首道。

"好了,起来吧。"刘衍抬了抬手。

慕灼华松了口气,捏了两下跪得有些酸麻的膝盖,踉跄着站了起来,还是一副低眉顺目的乖巧模样。

"上前两步,抬起头来。"刘衍道。

慕灼华立刻听话地走上前,微微抬下巴,眼睛却看着地板,不敢往刘衍脸上看去。

"你不敢看本王?"刘衍好奇问道。

慕灼华老实道:"王爷没让草民看,草民不敢看。"

刘衍轻笑一声:"不必一口一个'草民',本王也非毒蛇猛兽,你既要为本王办事,总该知道本王长什么样。"刘衍说着顿了一下,带着揶揄的语气说道,"是否如你所说,年老色衰?"

慕灼华闻言,干笑两声,睫毛轻轻颤了颤,抬眼看向刘衍。

灯光昏黄暧昧，让男人的轮廓也柔和起来。他的容颜清俊温雅，漆黑幽深的双眸审视着慕灼华，仰月唇微微翘起，含着一丝意味不明的笑意。

慕灼华本以为，传说中多智如狐、孤傲如狼、残忍如虎的定王会是一个凶神恶煞、人高马大的男人，没料到是个有些瘦削、眉眼又如此温柔俊美的男人。

不过，脱了衣服，身材还是挺好的——慕灼华失神地想到他肌理漂亮的裸背，还有细窄的腰身，以及隐没在裦裤下挺翘的臀部。

刘衍留意到慕灼华微微走神的双眼，好奇问道："你在想什么？"

慕灼华脸一红，忙垂下眼说："在想王爷生得真好看。"

刘衍轻笑道："本王现在可不大敢相信你的话了，看你生了一副老实模样，心眼却是不少。"

慕灼华诚恳说道："那是王爷不了解我，王爷以后了解我了，自然会知道，我是个表里如一的老实人，心眼虽多，心地却是挺好的。"

刘衍笑着摇摇头，站起身来朝着门口走去，慕灼华急忙跟了上去。

"王爷，咱们现在是不是要去云想月的房间？"

刘衍看了一眼身后的慕灼华，点点头道："她的尸体，我让人放在房间，没有动，你随我前去看看。"

云想月作为小秦宫的花魁，住的自然是小秦宫最好的房间，独门独院，雕梁画栋，还带汤泉。

出事地点在二楼房间，而云想月的尸体被摆放在床上。

慕灼华仔细查探了尸体，因为气温低，尸身没有腐烂，只是出现了些许瘢痕。慕灼华皱着眉头检查了尸体，又检查了整个房间的器具。

刘衍端坐在椅子上，看着慕灼华来来回回地找线索。

最终，慕灼华来到刘衍身前，俯首道："王爷，能不能让我探探您的脉象？"

刘衍没有说话，放下茶杯，伸出了手腕。

慕灼华手指搭在刘衍脉搏上，皱眉凝思，片刻后收回手，说道："王爷的脉象非常奇怪，体内有两股气胶着，若要知道王爷中了什么毒，还须先了解王爷的既往病史。"

刘衍道："告诉你也无妨，本王曾经中了一种毒，是来自西域的渊罗花。"

慕灼华大惊："渊罗花！"

刘衍挑了下眉梢："你知道？"

"书上读到过，以为是假的，原来世间真有此物。"慕灼华回忆道，"渊罗花生在深渊之下蛇虫聚集之地，表面似花，有巴掌大，根茎却能蔓延三十米。

渊罗花名为花，其实是一种动物，它的根茎其实就如章鱼的八爪，能在土中穿梭，吸食动物的精血，吸收毒兽的腐尸与毒性。它的毒性都聚集到花蕊上，待其成年之后将其杀死、捣碎，以秘法调制，可得奇毒渊罗花。这种毒药不是用来杀人的，而是用来折磨人的。它就像渊罗花的根茎一样在人体内生出触角，扎遍全身血脉，吸食精血骨髓，让人痛不欲生，中渊罗花毒的人，求生不得，求死不能。"

刘衍细细端详慕灼华，点头道："你说的，丝毫不差。"

慕灼华不可思议地看着刘衍："王爷中了毒，却活了下来？渊罗花是没有解药的啊！"

刘衍轻描淡写道："本王中的是毒箭，中箭之后，立刻察觉到了毒性，便拔下箭头，刮掉骨头表面的毒素，减了一半毒性。"

慕灼华倒抽一口凉气："王爷真汉子……这不比渊罗花之毒好受。"

"之后，本王服用了一种丹药，名为雪尘丹。"

慕灼华茫然道："这个……我都没听说过。"

刘衍道："你自然不知道，雪尘丹世上仅有两颗。大约五十年前吧，本王的皇祖母崇光女皇在位时，凤君裴铮亦是身中奇毒，神医燕离穷尽毕生心血，才制出了两颗雪尘丹。雪尘丹可以压制世间一切毒性，裴凤君便是靠着这颗丹药压制了毒性，多活了二十年。那之后，雪尘丹就只剩下一颗，是陈国皇室的珍宝。当年本王带大皇子出征，太后担心出什么意外，让大皇子带上了雪尘丹，本王中毒昏迷之时，大皇子将雪尘丹给我服下，这才压制住毒性。"

慕灼华恍然大悟："原来如此，王爷体内两股胶着的气就是渊罗花和雪尘丹。如此想来，昨夜王爷体内气血沸腾，经脉混乱，便是两股气失衡导致的。"

刘衍点点头："不错，但云想月身上查不出毒药。她虽然是中毒而死，但已查明中的不过是普通的砒霜，而且这种毒无法传递到本王身上。"

慕灼华笑道："我原来还有些疑惑，此刻便是真正明白了。王爷，请随我来。"

慕灼华转身走到云想月尸身前，刘衍站在旁边，看着慕灼华用力撕下来一截云想月的衣服布料，放在鼻间嗅了嗅。

"这味道已经淡去很多了，但还依稀可辨。"慕灼华说道。

刘衍的目光落在那块薄薄的布料上。

"你的意思是，毒药在衣服上？"

慕灼华摇摇头："不是毒药，是补药。王爷陷入了误区，以为只有毒药才能打破毒性与药性的平衡，其实不然。毒和药本是一家，用对了就是药，用错了就是毒，打破王爷体内平衡的，很可能是一种至补之药，名为还阳散。"

慕灼华徐徐解释道："这个味道非常淡了，但我仍然能够辨别出其中几味主药的气味，包括鹿茸、雪阳参、灵芝，最重要的一味是至仙果。至仙果三年才可成熟结果，果实可入药，有肉白骨活死人的奇效。最奇特的地方在于，它不用口服。有些濒死之人是无法吞服药物的，还阳散是以鼻进食，呼吸与涂抹皆可起药效。而这药性也凶猛无比，能一瞬间强化人体内的精气血，尤其是习武之人用了这药，立刻便会感到血液沸腾。王爷是习武之人，气血本就旺盛，吸食了还阳散，瞬间便会感觉到血液沸腾，有经脉灼烧之感。雪尘丹与渊罗花的平衡，也会因为这股药性的加入而瞬间被破坏。昨日我为王爷施针，就是卸除了这股多余的精气，让雪尘丹和渊罗花重归平衡。"

刘衍听完慕灼华的叙述，眉头深锁，道："你认为，这还阳散又是从何而来？"

慕灼华道："配置还阳散所需的药材都十分珍贵，而且配置难度极高，十次也未必能成功一次，能耗得起这种折损的，恐怕只有……"

慕灼华话不敢说完，但刘衍已经明白了她的意思。

"你是说太医院。"

慕灼华道："恕小人直言，下毒之人是非常了解王爷病情的人。"

刘衍沉默不语，缓缓转过身，朝门外走去。

慕灼华静静跟在身后，偷偷打量着刘衍的侧面。

越有钱的家庭关系越复杂，这一点，身为江南首富的庶女，她可是深有体会的。

第三章·山巅流云

> 人人都向菩萨求富贵，只有我祝菩萨生辰快乐，这般算来，我才是真正对菩萨好的人呢。

刘衍什么话也没有再多说，就放慕灼华离开了。

带慕灼华去的人，又将慕灼华护送回了家。

慕灼华看着沉默的年轻剑客，问道："你就是执墨吧？"

执墨迟疑片刻，点了点头。

慕灼华又道："既然定王见我，想必你们已经把我的底细查清楚了。"

"你是江南首富慕荣的庶女，排行第七，生母早逝，平平无奇，十八年来从未出过淮州，今年初五第一次入京。"执墨不带感情地复述自己查到的信息。

慕灼华恍然大悟地点点头："所以你们就觉得我不可能和幕后主使有什么联系，只是倒霉又意外地卷进了这次事件。"

执墨仿佛一个没有感情的点头工具。

"那你还会杀我吗？"

执墨不答。

慕灼华自言自语道："应该是不会吧。我只是帮定王找到了下药的方法，在印证和找到真凶前，应该还会留着我的命吧。"

慕灼华说的，正是执墨心中所想。

慕灼华又道："我这人胆小怕事，是绝对不会泄露今日之事的。如此说来，我也算定王麾下的编外人士了。执墨兄弟，咱们可算是一条船上的人了吧，我有件事想拜托你。"

执墨绷着脸没有回答。

慕灼华说："能留个联系方式吗？"

终于走到了家门口，执墨停住了脚步，转身面对慕灼华，认真说道："姑娘脸皮着实厚。"

说罢，身影拔地而起，消失在夜幕中。

与刘衍的会面，慕灼华并没有让郭巨力知道。她回到家时，郭巨力仍在呼呼大睡，嘴里念叨着不知道是鸡爪还是鸡胗，想来梦得很甜美。

慕灼华蹑手蹑脚地换上了寝衣，躺在床上闭目复盘，回想自己在刘衍面前的表现可有疏漏之处。在识破刘衍身份那一刻，她脑海中闪过无数种应对方式，最终选择了装傻。没办法，那种时候她只能赌了，赌定王刘衍还有点儿人性，她竭力表现出自己的善良与老实，怎么说也救了刘衍一命，他不至于卸磨杀驴吧。回家后她装作疲倦得睡着，其实一直清醒着，就怕被人暗杀在睡梦中，好在平安过了一夜。没想到第二天便遇上了云想月被杀之事，她不能暴露刘衍的存在，迫不得已只能暴露自己。为了不被灭口，她从装傻转向了卖弄。一个人总得有点儿价值，才不会像虫子那样被随意捏死。她想尽方法，转危为机，然而这中间的每一步都是在拿命去赌。

呼——

慕灼华舒了口气，眼下总算是没有了生命危险，而且抱上了定王的大腿。不料定王这人也是抠，用完就丢，怎么说她不但救了他一命，还帮了他一个大忙呢，好歹算他麾下的编外人士吧，竟然也不给她点儿好处。

慕灼华支着下巴叹气。

刘衍看着桌上的一纸资料——江南慕家，庶女灼华。

刘衍想起慕灼华那双乌黑湿润的杏眼，平日里看人时是十二分的天真老实、纯良无害，让人对她毫不设防，心存怜惜，直到今夜，她才展露出自己真实的一面。

不，这也未必就是她的真面目。

江南慕家，刘衍自然是知道的。刘衍被封为定王，封地乃陈国最富庶的所在——江南府。而淮州便是江南府的首城，也是江南定王府所在。

慕荣子女无数，妻妾成群，家庭关系错综复杂，庶子女明争暗斗，不难想象年幼丧母的慕灼华生存之艰辛。而在这般环境下，她仍考上了举人，而慕家竟无一人知晓。

资料上写，慕灼华乡试考中二十几名。这个名次，不显山不露水，以那小姑娘的本事，未必不能更优，恐怕是不想张扬吧。

慕灼华此番进京还带了一个侍女，名为郭巨力。叫这个名字的姑娘实在不多见，刘衍乍看这名字有些熟悉，稍稍一想，便想到了那日文铮楼上看到的一纸对话，纸上写其中一人称呼对方为"巨力"。想来那巨力口中的小姐便是这慕七小姐慕灼华了。

刘衍摩挲着纸上的"灼华"二字，不期然地想起那夜犯病，慕灼华为他医治的情形。小姑娘费了不少劲才把他扶上床，他半个身子压在她肩上，闻到了淡淡的桃花香。他知道这是一种酒的气味——桃花醉，是定京女子喜爱的甜酒，定王府里的丫鬟们年节时也会偷偷喝上一壶，只是他不知道，这廉价的甜酒混合少女的馨香后，竟有了如此清甜的味道。

刘衍笑着松开了手——不过是个有趣的小姑娘罢了。

书房外响起了执墨的声音。

"王爷，执墨求见。"

刘衍收起纸，道："进来。"

执墨进了书房，关上房门，半跪下来："王爷，属下追查了还阳散的来源，问遍了所有民间神医和宫廷御医，没有一人听过此药的来历。"

刘衍眉头一皱："有没有查过太医院历年来的药方？"

执墨道："查过了，确实没有。"

执墨见刘衍沉默不语，忍不住开口道："王爷，会不会是慕灼华胡诌的？"

"药方之事，难以胡诌。"刘衍摇摇头。

"难不成这药方世上只有她一人知道？"执墨不解道。

刘衍一笑："想不到，最大的线索竟然是自己找上门来的。"

春色悄悄染上了枝头，推开窗不经意便看到几丝新鲜的青葱嫩绿，令人心情大好。

郭巨力深呼吸一口清新的空气，展露笑容，这才回过身去拉扯赖床的慕灼华。

"小姐，你昨晚做贼了吗？太阳都晒屁股了你还不起床，再迟就赶不上浮云诗会了。"

慕灼华懒懒地站起身来，仿若无骨地趴在郭巨力肩上，愁眉苦脸地说："我又不擅长写诗，浮云诗会定然少不了'诗魔'沈惊鸿的身影，其他人去了都是自取其辱，还不如让我在家里多睡一会儿。"

据说，浮云诗会是每年佛诞日在城外浮云山举行的诗会，赶考的学子们风度翩翩，曲水流觞，寄情山水与诗词，尽显文人雅兴，但今年有了沈惊鸿这个异类，只怕会有不一样的风景。就为了一睹沈惊鸿的风采，今年出门踏青的人比往年多了不少。连郭巨力这个不信鬼神、不懂诗词的小丫头都兴致盎然地要去凑热闹。

近来沈惊鸿的名声越发响亮了，他的诗词文章传遍定京，一时间定京纸贵，人人追捧。文人圈里大骂沈惊鸿有才无德、恃才放旷，因他毫无文人的风度，与他辩论的人无一不受尽奚落。他的诗词又有蛊惑人心的魔力，一时悲痛欲绝，一时又狂放不羁，一时缠绵悱恻，一时又豁达洒脱，让人又爱又恨，传唱不止，因此便有了"诗魔"这个称号。

会试尚未开始，这会元人选已是板上钉钉的了，到时候谁若夺了他会元的位子，只怕定京一半人都要闹起来了。

郭巨力虽是小丫鬟，却让慕灼华宠得性子不弱，才不理会慕灼华的撒娇，打定了主意要去浮云诗会。

"就是因为小姐诗赋不好，所以才要去学学嘛！再说了，今日可是佛诞日，据说浮云寺很灵的，所有学子这日都会去上香祈求会试高中。"

慕灼华哈哈一笑："人人都去求，可榜上的人数是有限的，叫菩萨保佑哪个，这是为难菩萨啊。"

郭巨力煞有介事地说："自然是保佑最诚心的那个。小姐，我下半辈子可就靠你了，你精神点儿，别叫菩萨看了生气。"

这天的天气着实好，太阳温暖而不刺眼，清风徐来，伴随着早春的芬芳，清甜中裹挟着几缕泥土和青草的气息，满满的蓬勃生机。慕灼华和郭巨力走在野花盛开的小路上，这些天来笼罩着慕灼华的阴霾不知不觉被春风和花香驱散了，两个人追逐打闹着，一路欢声笑语。

两人赶到浮云山的时候，真正见识到了什么叫香火鼎盛。烧香的人挤挤挨挨的，也不知道菩萨能不能听清楚每个人的需求。

慕灼华抬手遮阳，叹为观止："都说功名利禄为浮云，但这浮云啊，谁都想多多益善，跑来浮云寺求浮云，还真是有想法。"

郭巨力买了香，凭着一身蛮力在人群中来去自如，为慕灼华开道。

"小姐，跟我来！"郭巨力凭实力抢到了最佳上香点，"你跪在这儿，菩萨一眼就看到你了！"

慕灼华被郭巨力推着跪在蒲团上，仰头看着面容慈悲的菩萨，拈着香沉默片刻，才缓缓拜倒。

旁边的郭巨力闭着眼碎碎念着："菩萨啊菩萨，你一定要保佑小姐高中会元，不行的话，榜眼也可以。你还要保佑小姐身体康泰，无病无灾，让小姐每天开开心心的，不要难过、烦恼。"

慕灼华调笑道："你就花了十个钱，就向菩萨求了这么多，未免太贪心了。"

郭巨力想了想，又道："菩萨，我没什么钱给你，不过我可以做牛做马报答你。"

慕灼华心头一热，揉了揉郭巨力的脑袋，笑道："那可不行，我前天给你做了卤猪蹄，你还说要给我做牛做马，怎么就见异思迁了？"

郭巨力噘着嘴："小姐，你这是为难我巨力啊。罢了，得有个先来后到，那我下辈子再给菩萨做牛做马吧。"

慕灼华笑着起了身，走向香炉。

郭巨力追了上去："小姐，你跟菩萨许了什么心愿啊？"

慕灼华头也不回道："今天佛诞嘛，自然是愿菩萨生辰快乐了。"

慕灼华话音刚落，便听到了一阵似曾相识的轻笑声。她转头看去，只见一个有些熟悉的身影背对着自己，很快消失在人群中。

慕灼华一激灵，顿时笑意全无，不等她追上去，便被人群推着走远了。

浮云山上两大景，除了浮云寺，便是流云亭。流云亭正是浮云诗会举办之处。

流云亭在山巅，亭子不大，只能容十来人坐下，而流云亭外是一大片空地。每年到了浮云诗会举办之日，便会有人在空地上放满蒲团，供学子们落座。定京有名的文豪大家会受邀来到亭中，作为点评人点评与会学子的诗赋。

慕灼华和郭巨力来得比较迟，今年的诗会人又特别多，因此流云亭外早已经无立足之地了。场内的蒲团上坐满了穿着文士服的今科考生，亭内坐了不少人，远远地却看不清面目。

慕灼华扫了一眼，发现流云亭外站着不少士兵，顿时怔住，拉住了旁边一人问道："今日流云亭来了哪位贵人？"

那人头也不回地答道："大皇子殿下来了！"

慕灼华恍然。

据说，这位大皇子是非常喜欢诗赋的，尤其喜欢边塞诗和军旅诗。据说当今昭明帝是个温文之人，性子极好，皇后也是端庄文静，而大皇子刘琛是个尚武好战之人。民间传说，刘琛自小与定王刘衍亲近，从他记事起，定王便一直在打仗立功，所以刘琛听闻的都是定王战神般的事迹，自然对刘衍满心崇拜，也想成为他那样的人。刘琛对刘衍的感情异常亲近，当初刘衍身陷埋伏，军中将士不出，就是刘琛带着亲兵驰援，救出了刘衍，自己也受了不轻的伤。

今日大皇子毫无预兆地驾临，打乱了诗会的步调，大皇子喜好边塞诗和军旅诗，士子们准备的满肚子的风花雪月好诗好词都用不上了，只能临时咬笔想新诗赋。

流云亭中不时有佳作传出，便有人站在亭外高声朗诵诗赋，以供众人赏析。郭巨力虽然不懂，却觉得很厉害，转头一看，只见慕灼华一副神情恍惚的模样，便不满地拉了拉她的袖子，低声道："小姐，听他们说这位大皇子是很看重诗赋的，你若诗赋不好，到时候岂不是要吃大亏，你多听听别人的诗赋学学呀。"

慕灼华不以为然地摆摆手:"诗词歌赋讲究天赋与灵感,我是没有这才气了,不过我有别的门路。"慕灼华说着拍拍郭巨力的肩膀,"你在这儿听着诗赋,熏陶熏陶,说不定你天赋比我强呢。"

说着慕灼华就要开溜,郭巨力喊道:"小姐,你去哪里啊?"

慕灼华头也不回地说:"我再跟菩萨拜拜。"

郭巨力欣慰地点点头:"小姐也算是长进了。"

慕灼华走出人群,并没往浮云寺去,而是往人少的后山方向跑去,一直走了一里地才停下脚步,左右张望。

果然看到那个熟悉的身影从林中走出。

慕灼华迎了上去,一脸谦卑讨好:"拜见王爷。"

今日刘衍依旧戴着那副五官平庸、模糊的人皮面具,但这身段背影在人群中依然是鹤立鸡群的存在,慕灼华一看便知是他。

刘衍兴味盎然地看着慕灼华:"你为何来后山?"

慕灼华道:"我寻思着,王爷给我露个后脑勺,莫不是暗示我后山见?"

刘衍唇角微扬:"未免太牵强附会了。"

慕灼华道:"好吧,其实我是觉得,除了后山,其他地方都太过拥挤,王爷应该不会想在拥挤的人潮中与我谈事吧,便来后山碰碰运气。看来我的运气真是不错。"

"你也信运气这等虚无之事?"刘衍却是不信,"本王方才见你对菩萨可一丝虔诚也无。"

慕灼华辩解道:"王爷这是冤枉我了。人人都向菩萨求富贵,只有我祝菩萨生辰快乐,这般算来,我才是真正对菩萨好的人呢。"

"那为何人人都向菩萨求富贵,你却不求?"

慕灼华露出一个讨好的笑容,眼巴巴看着刘衍:"向菩萨求不如向王爷求,主考官就在眼前,小人又何必舍近求远呢?"

刘衍失笑摇头,转身便走。

慕灼华急忙追了上去。

"王爷,你找我可是有要事?"

刘衍边走边说道:"今日本王本不是专程来找你,不过,既然凑巧遇到了,便想问问你。那个还阳散的药方,你是从何处得来的?"

慕灼华道:"这药方是我小时候听我母亲说的,不过她知道的也不全。"

刘衍惊讶地看向慕灼华:"那你可知道……本王让人问遍所有名医,无一人听说过还阳散。"

慕灼华也有些诧异。

"太医院也没有吗？"

刘衍道："太医院所有药方都查过了，确实没有你说的还阳散，或许你母亲说的有误。"

"不可能。"慕灼华断然摇头，"虽然我母亲忘了自己是从何处听来的，但她对童年之事记忆不多，因此对能够记住的少数几件事反而记得加倍清楚。她能把还阳散的药性说得这么清楚，可见是确有其事的。尤其是至仙果……对了，至仙果！"慕灼华眼睛一亮，"王爷找不到还阳散的药方，不如找找至仙果的来源和消耗。至仙果也是十分稀有的，只在天山之巅生有三株，三年才能结果一次。至仙果生食便有奇异药效，基本只在各国皇室中才有。"

刘衍怀疑地看着慕灼华："那你如何能闻出云想月身上至仙果的味道？"

慕灼华脸一红，干咳两声："这个嘛……王爷知道的，小人出身江南慕家，家父有钱又风流，听人说至仙果入药可以壮阳，便重金求得一颗，我这才有幸见识到……"

刘衍失笑道："你倒是沾了慕家的光，什么奇珍异宝都见识过。"

"这个不重要。"慕灼华转移话题，"王爷可以查查宫中至仙果的出入，便能有些眉目。"

刘衍道："这是一条线索，另外……"刘衍目光落在慕灼华脸上，"你也很可疑。"

慕灼华眨巴着杏眼，一脸无辜。

"为什么这药方世上只有你们母女知道，你的母亲究竟是什么人？"

慕灼华老实交代："不瞒王爷，我母亲人称顾一笑，但这并不是她的本名。她年幼时家里遭逢巨变，大受打击，便忘了许多事情，因为长得貌美，被人卖进了烟花之地，取了花名顾一笑。"

这信息实在有限，刘衍眉头微皱，说道："我会另外派人去查这条线索。"

"嗯嗯！"慕灼华连连点头，讨好地望着刘衍，"王爷，我可是你的人了啊！"

刘衍噎了一下，皱着眉头看慕灼华。

慕灼华紧接着道："既是如此，王爷也多提携提携小人嘛。"

刘衍似笑非笑，好整以暇地看着慕灼华："你想要什么好处？"

慕灼华道："王爷可知今日大皇子来了浮云诗会？"

刘衍道："他向来喜好诗赋，这并不稀奇。"

慕灼华不以为然："按说，他身为主考官，是该避嫌的，他却来了，其中定然有所图谋。"

"你接着说。"

慕灼华笑嘻嘻道："近日来，沈惊鸿的名声可不太好。"

刘衍眼中闪过一丝锐意，笑意敛起："怎么扯到他身上了？"

"像惊鸿公子这样有才华的人，却着实肆意妄为了一些，靠着打文人脸在定京把名声混大了，却在文人圈里把名声混臭了。以后他毕竟是要为大皇子效力的，大皇子自然是要提携他，让他的名声又响又好才是。所以，今日这浮云诗会的盛况远胜从前，大皇子又驾临，想必是要助沈惊鸿扬名雪耻。沈惊鸿已经证明了他的文才与口才，却还没有证明他的文人气节，试问还有什么比边塞诗军旅诗更让人热血沸腾、肃然起敬的呢？"

刘衍凝视着慕灼华，不由得又看重了她几分。

"王爷啊，大皇子对他的人可上心了，您也对我好些呗。"慕灼华眨巴着眼。

刘衍又收回对她的看重。

慕灼华对着手指道："近来定京什么东西都涨价了，尤其是笔墨纸砚，小人虽然是慕家的人，却是不得宠的庶女，来定京也没带多少钱。这几日怎么说也帮了王爷一点点小忙，别的不说吧，那晚上的诊金，小秦宫的姑娘们都给了两锭银子——"

慕灼华话没说完，一张银票便飘了下来，慕灼华急忙接住，定睛一看——五百两！

"多谢王爷！王爷出手就是阔绰！"慕灼华喜不自胜，笑容满面地把银票收进怀里，"下次犯了病尽管找我！"

刘衍嘴角抽了抽，突然觉得浑身不自在，他甩甩袖，扭头就走，一步不停。

慕灼华哼着歌回到流云亭，已经错过了高潮部分。场外观众兴奋而热切地讨论着刚才发生的一幕，慕灼华听不清他们说了什么，只听到来来去去都是"沈惊鸿"三个字。

郭巨力见慕灼华回来了，埋怨道："小姐，你怎么才来啊，刚才惊鸿公子温酒斗诗战群儒，可精彩了！"

慕灼华笑眯眯道："我去拜菩萨了嘛。这才一会儿没见，你就改口叫'惊鸿公子'了？"

郭巨力两眼放光，满是崇拜："他好厉害啊，方才十几个人与他斗诗，他不紧不慢地倒了杯酒，双手执笔，左手写诗右手写词，酒还没凉，他就写了十首诗词，篇篇都是惊世之作，豪气干云！"

慕灼华睨视她道："你也学了不少词嘛，都四个字四个字的。"

郭巨力摸摸脑袋，不好意思地笑了笑："我也是听别人说的。"

"看来这诗魔的名号得改了啊。"慕灼华若有所思道。

"这你也知道了啊,现在大家都叫他'诗圣'了。"郭巨力满脸憧憬,忽地脸色一变,"小姐,大事不好!"

慕灼华一惊:"怎么了?"

郭巨力严肃道:"定京的纸又要涨价了,咱们多囤点儿吧。"

慕灼华哈哈笑道:"我还以为是什么大事呢,你看看这个。"

慕灼华说着将五百两的银票塞到郭巨力手中,郭巨力低头一看,嘴巴张得老大,难以置信。

"这……这……"郭巨力吓得赶紧把银票塞到怀里,脸色发白地看着慕灼华,"小姐,伪造银票是要杀头的啊……"

慕灼华翻了个白眼,弹了下郭巨力的额头:"你想什么呢?这可是真的。"

郭巨力不信:"你哪儿来这么多钱!"

慕灼华道:"我刚才不是拜菩萨嘛,许是菩萨见我诚心,竟叫我捡到了钱。"

郭巨力仍是一脸狐疑:"这可不是一两二两,是五百两啊。"

慕灼华点头道:"是啊,你看今日山上这么多名门贵族,他们身上也没零钱。你看我父亲,难道出门会带碎银子吗?随便掉一张就是几百两。"

郭巨力听了,深以为然:"那是,老爷身上就不带低于五百两的银票。"

"所以啊,我就是运气这么好,捡到了一张五百两的。"慕灼华扬扬得意。

郭巨力仍有疑虑:"那……咱要不要找到失主啊?"

慕灼华摆摆手:"能有这么多银子丢的人,也不会在乎这五百两,我父亲什么时候会因为丢了五百两而心疼?"

郭巨力又被说服了。

慕灼华双手合十道:"丢了钱的人,一定是对菩萨不敬,所以菩萨就让我捡到了钱,这一切都是菩萨的安排。"

郭巨力简直心服口服,小姐果然是最接近神仙的人,就是能明白菩萨的心意。

主仆俩心满意足地下山了。

郭巨力说:"小姐,明年我也要祝菩萨生辰快乐。"

慕灼华:"哈哈哈哈哈——"

为着慕灼华捡了五百两,郭巨力置办了一桌丰盛的晚餐,笔墨纸砚也买了两大筐,档次都比平时买的高了不少,五百两一眨眼就去了几十两。剩下的,郭巨力分成了几份,藏在家里每个让人想象不到的角落。

慕灼华边啃着猪蹄边说:"巨力啊,别到头来你自己都忘了。"

郭巨力认真道:"别的能忘,这个可忘不了的,我每天查看一次。"

慕灼华扑哧一声笑出来:"别费这个心了,等小姐我带你飞黄腾达,以后咱出门都不带五百两以下的票子。"

郭巨力翻翻白眼："小姐，你就吹吧，菩萨还能让你天天捡钱？"

慕灼华笑而不语。

如今她和定王关系说不上牢靠，一开始她还是有些惧怕这个传说中的大魔神，不过这几次试探下来，她大概可以确定一件事：定王不但不嗜杀，还有点儿好说话。

她今日既给定王展现了她的长，也给他卖了自己的短——一个有点儿本事又贪财的下属，用起来会更顺手。

慕灼华从她父亲那里明白了一个道理：对大人物来说，能用钱解决的事，都不叫事。

两人相识不久，关系微妙，若是得寸进尺，想让定王如大皇子捧沈惊鸿那般捧她，定王必然会心生不满。若她只是要些银钱，他定然给得爽快，同时会产生"这人好打发"的错觉。定王安了心，她得了财，各取所需。

接下来，定王应该会同时追查三条线索：第一，是至仙果的记录；第二，是顾一笑的身世；第三，是袁副将的下落。

慕灼华并不清楚自己生母的身世，甚至"顾"字都未必是她的真姓，但母亲失忆后竟然还记得许多医理，可见自幼受家庭熏陶。慕灼华猜测她的外祖父极有可能与太医院有关。但这一点，她没有告诉定王，毕竟这事她自己都不清楚，万一定王查出来发现她外祖父就是谋害他的人，一回头把她杀了怎么办？

慕灼华寻思着自己得赶快查到母亲的身世，起码得赶在定王之前。

春闱之期渐近，定京城里的人明显多起来，紧张的气氛在读书人中间蔓延。

慕灼华是唯一一个例外，别人都在闭门读书的时候，她却在四处晃荡。

慕灼华记得小时候顾一笑给她讲过的一些事，都是一些碎片般的回忆，却深深印在顾一笑的脑海里。

顾一笑记得，她小时候很怕她的父亲。父亲很严厉，她背错了医书，父亲会打她的手。母亲却很温柔，会一边给她的手擦药，一边陪着她背书。她记得家里很大，她喜欢和丫鬟们躲猫猫。有一次她躲在假山的缝隙里，躲到睡着了，也没人找到她。半夜醒来看到了一只猫绿莹莹的眼睛，把她吓坏了，导致她直到长大了还是怕猫。顾一笑还记得家里有一汪温泉，泉边有一棵杏树，有一回她爬到树上摘杏子，掉进了水里，险些送了命，她自此怕水……

慕灼华分析过，她的外祖父很可能是个太医，而且地位不低，否则不可能在定京住得起带院子、有假山、有温泉的大宅子。还有一件很重要的事：

顾一笑清楚地记得，有一天深夜她醒来，看到父亲在杏树下挖坑，似乎在藏什么东西。

会被藏起来的，大多是了不得的秘密。慕灼华原想着等自己当了官再去挖掘这个秘密，但定王这件事让她隐隐有种不安，只怕这个秘密会惹来杀身之祸。

慕灼华只知道顾一笑大约是二十年前沦落青楼的，那么外祖父出事的时间至少是在二十年前，时间太久远，她作为一个普通百姓打听起来便有了难度。慕灼华花了不少时间往老城区钻，和一些大娘打听。她长得脸嫩、老实，嘴又甜，买菜人都能多送她两把葱，更何况只是闲话八卦，倒是得到了一些不知真假的传闻。

原来，太医真不是个好活计，也不知道是不是太医们医术不精，宫里每年都要死些贵人，妃子、皇子、公主都有，皇帝悲愤之下就要迁怒，这么算来每隔几年就有太医给贵人陪葬。最惨烈的有两次：一次是二十六年前，先帝的云妃难产血崩，太医院多人引咎辞职；另一次是二十年前，如今的昭明帝、当时的太子刘俱重病，太医院照顾不利，也是多人被摘了乌纱帽。

太医大多住在皇城根，也就是东城区最靠近皇宫的一排屋子，以便有急诊时可以迅速到位。流水的太医，铁打的屋子，外祖父家大致就在那个范围。

慕灼华又打听哪个院子里有温泉。

大娘们都笑了："太医又不是公爵侯爷，哪配用汤池子哟？"

慕灼华愣了：难道自己推测错了？

这天晚上，慕灼华正在书桌前绘制东城区的地图，忽然听到房顶上传来异响，她急忙盖住了画纸。

门猛地被推开，门口站着个面无表情的剑客，就是叫执墨的那个。

执墨说："王爷要见你。"

慕灼华被冷风吹得一哆嗦，道："我换身衣服。"

执墨说："不必了，王爷在等。"说着抓住慕灼华的袖子就往外走。慕灼华被拉扯着，不由自主地跟跄起来。

门口停着两匹马，执墨翻身上了其中一匹，居高临下地看着慕灼华。

慕灼华抽了口凉气："小兄弟，我文弱书生，哪里像会骑马的样子？"

执墨皱了下眉头，说道："这马很温驯，你抓紧缰绳，双腿夹紧马腹，它自然会跑。"

"说得容易——"

慕灼华话未说完，执墨便不耐烦地从马上跃下，拎起慕灼华的后领，把她抛到了马上。

"抓紧！"执墨说了一声，便在马屁股上拍了一下，马儿立刻撒开腿跑了起来。

慕灼华惊恐地瞪大眼睛，立刻趴在马背上，整个人紧紧贴着马身，四肢用力扒住。

执墨也翻身上马，即刻追了上去，两匹马迅速地消失在长街尽头。

刘衍和执剑在城门口看到两匹马疾速跑来，他凝神一看，顿时愕然。

执墨勒马停下，向刘衍行礼："王爷，人带到了。"

另一匹马上，慕灼华一脸鼻涕眼泪，小脸煞白，双股战战。

"我……我……我不行了……"慕灼华声音都在抖。

刘衍沉默了片刻，方道："我让你把她带来，也不是用这种方式……"

执墨无奈："我原先不知道她不会骑马，大半夜的，马车太过显眼。"

刘衍道："你可以带着她。"

执墨一脸抗拒："王爷，她是女人。"

刘衍看了下执剑杀气腾腾的脸，在心里叹了口气，向慕灼华伸出手："你来我马上。"

慕灼华声音还在抖："我动不了……"

刘衍一夹马腹，侧向慕灼华，长臂一捞，将慕灼华从马背上提起，落在自己身前。

"去……去哪里……我能不能不去……我的胃都快颠出来了……"慕灼华上气不接下气地说。

刘衍道："找到袁副将的尸骸了，快马加鞭，一日可到。"

"一日……"慕灼华险些晕过去。

刘衍将慕灼华抱紧了一些，低头看了看她的脸色，又道："撑着点儿。"

四匹马在夜风中狂奔起来，慕灼华双目紧闭，冷风吹得她瑟瑟发抖。她本打算穿厚些出来，偏偏执墨等不及，她只穿了两件单衣，丝毫不能抵御寒风侵袭。

刘衍感受到慕灼华单薄的身子在颤抖，便将斗篷拢了拢，将她整个人罩住。过了许久，斗篷里才渐渐暖和起来，带着刘衍体温的伽罗香缓解了慕灼华的不适感，她忍不住用力嗅了嗅——好贵的味道……

路上，刘衍把袁副将军受人要挟以及被追兵杀死的事简单和慕灼华说了。

天亮的时候，四人才抵达一个驿站。刘衍发现慕灼华不知何时睡着了，便抱着她翻身下马。

这番动静吵醒了慕灼华，她揉了揉眼睛看向四周，只见执剑在喂马，执墨敲开了驿站的门，吩咐他们准备热食。

慕灼华跟着刘衍进了驿站，找了桌椅坐下，执墨很快泡了壶茶来。

慕灼华打了个喷嚏，鼻子和眼睛都有些发红。

"忍忍，晚上便到了。"刘衍说着，将刚倒好的茶推到慕灼华跟前。

慕灼华捧起茶杯吹了吹，一口气喝光。

不多时，四碗热汤面和一摞烙饼也端上来了。

慕灼华狼吞虎咽地吃完一碗汤面和两张烙饼，轻轻打了个饱嗝。刘衍坐在她对面，吃饭的速度倒也不慢，却显得不徐不疾，姿态优雅。

"王爷——"慕灼华说话带着轻轻的鼻音，显然是有些着凉，"你们非得带着我去吗，过几天我就要参加会试了，这几天可要闭门读书的。"

刘衍道："此事不宜太多人知晓，你精通医理和毒理，胆子也大，可以顺便充当仵作。至于会试……"刘衍轻笑一声，"你这几日天天在城里打转，也没见你闭门读书。"

慕灼华噎了一下，迟钝了片刻才咕哝道："我这不是怕一来一回耽误了工夫，赶不上会试嘛。"

刘衍放下了筷子："既然如此，咱们就立刻上路吧。"

刘衍说罢，起身向外走去，慕灼华瞠目结舌："欸，我不是这个意思啊……"

旁边的执剑忽然唰地抽出一把利剑，一脸冷漠地看着慕灼华。

慕灼华看了看剑锋，又看了看执剑的眼睛，干笑两声："我的意思是……我们还能再快点儿……"

再次上路，刘衍和慕灼华换乘另一匹马，让先前那匹轻松一会儿。如此轮换下来，四匹马始终保持着高速奔驰，终于在日落时到达了目的地。

❖❖❖

十来个身穿紫衣的男人围着一具枯骨，神情肃穆地望着定京的方向，终于，视野中出现了四匹马、三个人。

眼见马匹来到眼前，十来个紫衣人齐齐单膝跪下，沉声道："参见王爷！"

刘衍身前的斗篷鼓鼓囊囊的，忽然斗篷拉开了一道缝隙，露出一张白净而疲倦的小脸。

"终于到了吗？"慕灼华舒了口气，"真要命啊……"

紫衣人面面相觑，不知该作何表情。

刘衍将慕灼华带下马，看向为首的紫衣人："何新，你们是在哪里发现袁副将的尸骸的？"

慕灼华早就看到了地上的骸骨，一边留意着他们的谈话，一边走向骸骨。

何新回道："回禀王爷，我们是在那边的悬崖下发现这具尸骨的。"

何新说着指向不远处的悬崖。

"这些天我们搜遍了方圆二十里，最后才在那个悬崖下发现了这具尸骨。尸身已经腐烂，衣服也大多被侵蚀，但是旁边有块腰牌，经确认是为袁副将所有，这盔甲也是军中制式，身份应该没问题。"

何新一边说着，一边用余光偷瞄慕灼华。他有些怀疑这个小姑娘和王爷的关系，王爷不近女色很多年，还是第一次看到他跟一个姑娘这么亲近。

慕灼华在尸骸前蹲了下来，打了个喷嚏。她揉揉通红的鼻子，随手拿起旁边的一根树枝，挑起尸骸仔细端详。

刘衍发现了何新怀疑的目光，解释道："她是来验尸的。"

慕灼华仔仔细细地从头盖骨看到了脚趾骨，拿着树枝指着骨头说道："他身上一共十三处伤痕，这里，这里，还有这里……"慕灼华在尸骨的肩膀和胸腹之间比画了一下，"这五处，有愈合过的痕迹，是更早的时候形成的。"

刘衍点头道："不错，这些是他在战场上受过的伤。"

听慕灼华准确地指出了几处旧伤，众人眼中的怀疑也淡了几分。

慕灼华又指了指肩膀："剩下八处伤，应该有三种成因。先说这种伤痕，初初入骨极深，之后向内收缩，形成抓痕，这种兵器很特别，像鹰爪，而且鹰爪的顶端涂有毒药。这种毒药毒性不强，所以你看，只形成了淡淡的青黑色。这种伤不致命，应该只为抓捕之用。"

慕灼华一边说着，一边在旁边的沙地上画出自己想象中武器的样子，是一种金属鹰爪的外形。

慕灼华又指了指另外一处伤痕："这种伤痕也比较明显，是摔折导致。我猜测他是在逃亡过程中掉下山崖，所以造成这几处伤痕。这种，就很隐秘了。"

慕灼华抓起头盖骨，旁边响起一阵"嗞"声，不少人抽了口凉气，慕灼华似乎毫不在意："看到这个针眼没有？"

众人凝神看去，如果慕灼华不说，其他人根本不会发现。在头盖骨上，有一个几乎只能穿过一根头发丝的细小孔洞。

"这个洞非常小，却最为致命。"慕灼华严肃道，"他的身上一共有三个针眼，其中这个最为致命。人的头盖骨是相当坚硬的，这种能刺穿头盖骨的针，我也没见过，只在书上看过，却不知道真假。听说蜀中暗器之王唐门有暴雨梨花针，针如牛毛，出如暴雨，每根针都细不可见，却能洞穿人身上的每根骨头。"

执剑咬着牙，双目赤红："我见过。"

慕灼华愣了一下，转头看向刘衍，只见刘衍垂下了眼，面沉如水，呼吸竟是乱了。

刘衍声音微哑，缓缓道："你还有什么发现？"

53

慕灼华迟疑了片刻，才说道："这三种伤痕形成的时间是有一定距离的。最先形成的是这种抓伤，其次是这种针眼，而摔伤不好判断，应该是陆续形成的。因此我推断，袁副将赶来救人，之后便让妻女逃走，自己引开追兵，在这个过程中，他身上形成了这种抓伤。这些人和抓他妻女的应该是同一批。之后他可能是成功躲起来了，但是受了伤逃不远，这些伤开始愈合。就在这时，又有人来了，这些人的武器不是鹰爪，而是针，袁副将就是死在这些针下的。中了这种针，若数量不多，也不会立刻死去，于是他又继续逃，最后摔下山崖。"

慕灼华靠着尸骸上的伤痕，推断复原了袁副将临死前的经历。

执剑颤抖着冷笑，执墨闭目不语，慕灼华看看这个，又看看那个："那个……我说完了……"

执剑眼中含着熊熊怒火与恨意："王爷，我说过的，我说过的，是姓刘的，是——"

"住口！"刘衍哑着声喝止了执剑，"没有确凿证据，不可妄言！"

执剑双目通红，指着地上的尸骸吼道："这还不是证据吗？！游走针！他是被游走针杀死的！游走针可是皇室暗卫的杀人利器！"

慕灼华吓了一跳，觉得自己听到了不得了的秘密。

执剑一字一句道："只有皇帝能驱使暗卫！"

刘衍闭上眼，长长的睫毛颤抖着，胸膛剧烈地起伏，脑海中一片混乱。

皇兄……皇兄……

自从三年前兵败，民间一直流传，皇帝担心他功高盖主，所以要卸磨杀驴。对此他一直嗤之以鼻——他们怎么可能理解他与皇兄的情谊？

他一出生便没有了母亲，是周太后将他抚养长大，是皇兄教他学文习武，手把手教他写字，教他射箭。六岁那年，他失足落水，皇兄为了救他，奋不顾身跳进冷水中。皇兄身体本就不好，那次险些送了命，伤了根本，至今顽病缠身……

怎么会是他？

怎么能是他！

刘衍睁开眼，缓缓说道："继续追查。"

执剑气急："王爷！"

啵！旁边忽然响起一个不合时宜的声音，接着便是淅淅沥沥的水声。

众人扭头看去——只见慕灼华正站在马边，取了一只酒囊正在往手上倒酒。

慕灼华感受到众人的目光，讪笑道："我……洗下手，不妨碍你们吧。"妈呀，皇帝要杀定王——她只是上京赶考的，为什么要让她听到这种秘密？

被这一打岔，众人的情绪霎时间压了下去。

54

"收好尸骸，回京。"刘衍淡淡下了命令，便不理会执剑的目光，走向慕灼华。

这时，异变忽生！

只见横里射出一支冷箭，嗖的一声扎进土里，那冷箭几乎是贴着慕灼华的鼻尖过去的。她登时吓傻，僵在原地。

众人反应极快，将刘衍和慕灼华围了起来。

"保护王爷！"

刘衍一把抓起吓傻的慕灼华，飞身上马。四下里无数冷箭飞来，被紫衣人拦下，紧接着便见数十个蒙面黑衣人围了上来。

"执剑、执墨，你们保护王爷离开！"何新吼了一声，便带着紫衣人迎了上去。

慕灼华生平哪里见过这种阵仗，鼻尖还隐隐作痛呢，此刻只能靠在他怀里瑟瑟发抖。

刘衍策马疾驰，执剑与执墨殿后，四人迅速离开了包围圈。

四人跑出十几里，便又看到一拨黑衣人杀来，执剑、执墨只得拔剑迎上，刘衍带着慕灼华继续逃离。

此时已经天黑，最近的城池城门已经关闭，两人只能往林中躲。

慕灼华听到喊杀声远了，刚想探出头来观察外面情形，便觉腰上一紧，刘衍勾住了她纤细的腰肢，提气一跃，飞向最近的一棵大树。慕灼华只觉身上一轻，下意识地抱住了刘衍，斗篷散开，她一抬眼便看到远去的骏马，而自己身侧便是一片密林。

刘衍抱紧了慕灼华，向着密林深处而去。

今晚乌云蔽月，又有马蹄印扰乱视线，两人的行踪一时半会儿应该不会被发现。

刘衍抱着慕灼华飞了一阵，便将她放在地上，自己坐下来调息。

慕灼华看刘衍脸色苍白，便道："王爷，您气息阻滞，强行运功会很吃力。"

刘衍轻轻点头，表示知晓。

慕灼华挨着刘衍坐下，皱着眉头望天，不期然打了个喷嚏，眼泪哗哗地吸吸鼻子。

"王爷，您说咱们能平安回京吗？"

刘衍调息完毕，看着慕灼华的侧脸。

"天一亮，咱们回到最近的城镇，就可以找人护送我们回去。"

慕灼华轻轻叹了口气："我只是想简简单单考个功名而已，没想卷进这么多是非……"

刘衍戏谑道："许是你不敬鬼神，所以运气不好。"

慕灼华又打了个喷嚏，唉声叹气："还有三天就是会试，我居然受了风寒。"

刘衍无语，脱下斗篷给慕灼华穿上，将她裹得严严实实的。

慕灼华用浓浓的鼻音说了声："多谢王爷……王爷，我若是因为这事耽误了会试，可怎么办啊？"

刘衍："……"

慕灼华道："我这算工伤吧？"

刘衍："……"

慕灼华："王爷，您好歹是主考官，我也是您的人，又为您的事遭了殃，给我开个后门安排个名次，不过分吧？我也不要一甲，十来名就好……"

刘衍干巴巴地说："不行。"

慕灼华哭丧着脸："看看人家大皇子是怎么对自己人的。"

刘衍睨视着慕灼华皱巴巴的小脸，见她杏眼含泪，鼻头微红，满脸的委屈和哀怨，不知怎的，自己心头的郁结仿佛也散去了许多，唇角不自觉翘了起来，但还是说了一句："不行。"

慕灼华偷眼瞧刘衍，见他眉宇间的阴郁之色已然散去不少，心里也跟着松了口气。

被自己视为手足的兄长谋害，那滋味想必不好受。

不过，这事，慕灼华觉得有些蹊跷。

"王爷，刚才追杀我们的是什么人啊？"慕灼华问道。

"不知道。"刘衍答道。

慕灼华又问："是暗卫吗？"

刘衍肯定地摇头："不可能。自崇光帝起，对暗卫便有一条铁令，即不可对刘姓皇族动手，即便是皇帝，也不能让他们违背这条铁令。再说，若是暗卫，手上必有游走针，游走针之下无活口，你我此时已经是死人了。"

慕灼华若有所思："所以暗卫可以杀袁副将，却不能杀您。"

刘衍闻言，眼神黯淡下来："不错。"

慕灼华突然觉得这个权倾天下的定王有些可怜，不，她有什么资格可怜别人，最多是同病相怜吧。

"执剑、执墨的恨意那么强烈，是因为他们的亲人也被害死了吗？"

"三年前，本王带三千精兵，被北凉三皇子耶律璟围困，三千精兵无一生还。"刘衍喉头发紧，眼前又浮现出当年那一幕：他们被围困，断绝生机，等待救援。一个个亲信在自己眼前倒下，活下来的人割破手腕，将血喂进他口中。"执剑、执墨的父亲和兄长都在其中。"

慕灼华叹了口气，难怪执剑眼里的血都要滴出来了。

"如果主谋是……那位……您……有什么打算？"慕灼华轻轻问道。

如果定王要报仇，那她可得赶紧与他划清界限啊……

刘衍沉默了许久，无法回答。

慕灼华抿抿嘴，道："其实，就算证实了袁副将是为暗卫所杀，也不能证明兵败之事的主谋就是那位。"

刘衍微微诧异。

慕灼华又解释道："袁副将身上的伤很可疑，如果此事是那位所为，那为什么一开始的伤和之后的伤不一样？囚禁袁副将家人的和杀袁副将的，很有可能是两批人，真正胁迫袁副将背叛王爷的应该是那些拿鹰爪的人。"

刘衍闻言，眼睛一亮。

慕灼华偷偷观察刘衍的神色，心中暗叹：王爷果然还是不愿意接受陛下是主谋这个事实，给他点儿盼头也好。

"我有个不成熟的小建议：王爷先别急着下结论，先找出鹰爪的来历，再说元凶不迟。"慕灼华说着，又补充了一句，"当然，也有可能前后是同一批人，暗卫也不一定只用一种武器……"

"不，鹰爪杀伤力不足，若是暗卫在，不可能放着游走针不用，而让袁副将逃脱了。"

慕灼华心说："王爷，您高兴就好……"

"而且，游走针也未必只有暗卫才有——"刘衍说到一半忽然噤声。

黑暗中响起了脚步声，那脚步声来得极快。

刘衍抓住慕灼华，运起轻功逃走。

然而来人早已听到了动静，加快脚步追来。

慕灼华紧紧抓着刘衍，心跳如擂鼓，脑子里疯狂想着脱身之计。

现在出卖定王还来得及吗？不行，不是每个人都像刘衍这么好说话，对方说不定不等她开口就将她灭口了。

刘衍原本的武功应该相当不错，但当年受伤太重，如今已经使不出一成功力了，此刻呼吸已经微微紊乱。

刘衍四下一看，见前方树木茂密，咬牙一跃，带着慕灼华藏身树丛之中。

刘衍身形瘦削却高大，慕灼华娇小，被刘衍整个人圈进怀里，两个人靠在树干上，大气不敢出。

慕灼华脑袋贴在刘衍的胸膛上，感受着胸膛的起伏，这心跳声在被人追杀的黑夜里显得震耳欲聋。慕灼华浑身僵硬地缩在刘衍怀中，恨不得自己再小一点儿，变成一只虫子，让人看不见。

那脚步声越来越近了，慕灼华将自己的呼吸控制得又轻又缓，却控制不住自己的心跳越来越快。

忽然，慕灼华浑身一僵，整个人都不好了。她感觉到有什么东西顶着自己的大腿，长长的、硬硬的……

慕灼华忽然想起一个传闻。

定王年已二十六，未婚，不近女色。据说，他在战场上伤了命根子。

她以为传言是真的，毕竟父亲说过，没有男人不风流好色，除非他不是男人。

那现在顶着自己的是什么？啊啊啊啊，它还动了……

慕灼华现在的注意力已经彻底从黑衣人身上转移到身下这根棍子上了，她的太阳穴突突跳着，整个人都快烧起来了。

脚步声走远了，刘衍松了口气，突然意识到怀中慕灼华的紧绷和滚烫。

刘衍俯下身，压低声音在她耳边说道："放松，他们走了。"

慕灼华心想："怎么可能放松，还是您比较危险啊！"

刘衍察觉到慕灼华双颊滚烫，便摸了摸她的脸蛋，还以为她是伤风发烧了。

慕灼华感受到刘衍微凉的手拂过自己的脸颊，顿时瞳孔一缩——禽兽！她下意识地别过脸，抗拒地推开刘衍，然而这轻轻的一个动作让不堪重负的树枝发出清晰的一声——咔嚓！

走出不远的黑衣人顿时停住脚步，疾速往回跑。

刘衍一惊，伸手拉住下坠的慕灼华，两人从树梢跌落，所幸刘衍抱住了慕灼华的腰肢，两人才没有受伤。

两个黑衣人已来到眼前，举着长剑便向两人劈来。

刘衍将慕灼华拉到身后，拿出一把暗器对准了两人。

"不许动！"

慕灼华站在刘衍身后，看到了刘衍手上拿着的东西，那是一根金色的管状物，看起来长长的、硬硬的……

慕灼华顿时意识到之前顶着自己的是什么东西了，脑袋一下子蒙了，难以言喻的情绪在心头流转，不禁生出一股对刘衍的愧疚。唉，是自己思想龌龊了。

两个黑衣人站在原地，看着刘衍手中陌生的兵器，面面相觑，一时间不知该如何是好。

刘衍冷声道："这是暴雨梨花针。"

慕灼华瞪大了眼睛，想要把这传说中的暗器之王看个仔细。

两个黑衣人闻言，更加不敢动了，眼睛紧紧盯着刘衍的右手。传说，暴雨梨花针，一发千针，能杀一片人。

刘衍右手拿着针筒，左手拦在慕灼华身前，不见他有何动作，便看到两个黑衣人连声音也来不及发出便相继倒地，绝了气息。

慕灼华倒抽一口凉气，压低声音道："暴雨梨花针，无形无声？"

刘衍松了口气，笑道："哪有什么暴雨梨花针，骗他们的。"

慕灼华狐疑地看了看针筒，又看向地上的尸体："那他们是怎么死的？"

刘衍将左手伸到慕灼华眼前，慕灼华仔细端详，只见他无名指上戴着一枚扳指，非金非玉，不知道是什么制成的。

"这枚扳指，是个机栝？"慕灼华看到了扳指上的孔洞，恍然大悟。

"本王自伤后功力只余一成，无力自保，皇兄便委托唐门为我研制了暗器。这便是其中之一，取名流星千变，里面装的就是游走针。"刘衍收回了左手，又举起右手的兵器，"这是另外一种兵器，名为火枪。"

慕灼华不解道："王爷为什么不用火枪杀他们？"

刘衍道："火枪杀伤力虽大，一次却只能发出一弹，重新上膛，需要十息，够另一个人杀我们了。而且火枪声音太大，会引来其他人。"

慕灼华恍然："所以王爷先用看起来威慑力大的火枪吓住他们，再趁他们注意力被右手吸引之时，用左手的流星千变杀了他们。"

刘衍微笑点头。

慕灼华神色古怪地看了那火枪一眼，咕哝了一句："不早说，害我以为……"

刘衍没听清楚，问道："你说什么？"

慕灼华严肃道："我是说，这两人迟迟没有回去，一定会引起其他人的怀疑，我们必须立刻转移。"

刘衍点头道："我也是这么想的，你还能走吗？"

慕灼华苦笑道："要么走要么死，不能也得能啊。"

刘衍带着慕灼华在林中穿梭前行，朝着定京的方向走到了天亮，才到了一个相对安全之处。

"我们离最近的城镇还有半日脚程。"刘衍说道。

慕灼华萎靡地坐在地上，小脸煞白。刘衍俯身试了试她的额头——真的是发烧了。

刘衍皱了下眉头，见她模样可怜，想到她是被无辜牵扯进来的，不禁心头一软，摘了片叶子，打了些清澈的山泉水喂她。

慕灼华喝了水，哑着嗓子说："水要烧开了喝，不然对身体不好。"

刘衍噎了一下，哭笑不得："逃亡途中，只能将就了。"

慕灼华眼泪汪汪地看着刘衍："我赶不上会试了，怎么办？"

刘衍安抚道："来得及的。"

慕灼华抽抽噎噎地说："我走不动了……"

刘衍叹了口气，屈膝跪了下来，说道："我背你吧。"

慕灼华眨眨眼，狐疑地看着刘衍："您可是王爷。"

刘衍说道："快上来吧，本王既然答应了让你赶上会试，便不会食言。"

慕灼华犹豫了不到一息，便爬到刘衍背上。

刘衍托住了慕灼华的膝弯，感觉背上轻飘飘的，没什么重量。刘衍这才想起来，慕灼华年纪不大，个子也不高，小小的，跟个半大孩子似的。

刘衍问道："你当真十八了？"

慕灼华吸吸鼻子，瓮声道："是啊。"

刘衍道："本王还以为资料有误，你看起来不过十五六岁的模样。"

慕灼华卖惨道："我生母过世早，没人疼。他们都欺负我是庶女，不给我吃饱，所以我便长得又瘦又小。"

刘衍失笑，以慕家之财势，还不至于在饭食上苛待一个庶女，慕灼华嘴里的话总是半真半假。

慕灼华双手抓着刘衍的后背，见他的头发乌黑顺长，忍不住摸了几下，手感如缎子一般。她小心翼翼地捋起他的长发，拨到一侧。

"王爷，您的头发长得真好。"慕灼华真心地奉承了一句，悄悄把鼻涕擦到了另一侧。

刘衍感觉到她在自己肩上蹭了蹭，病中说话带着鼻音，软糯又可怜，不禁又心软了几分。

"你睡一会儿吧，到了城镇，我再叫醒你。"刘衍温声道。

慕灼华已是非常疲倦了，鼻音浓浓地道了声"嗯"，便枕着刘衍的肩膀睡着了。

背上略略一沉，传来不太顺畅的呼吸声，刘衍便知道慕灼华睡着了。

他侧头看了一下，只看到因发烧而微微发红的肌肤，睫毛长而浓密，如鸦翅一般掩着眼睑，鼻头红红的，一副可怜的模样。

其实她睡着了也是挺招人疼的模样，清醒时却是小嘴叭叭的，又好气又好笑，明明挺无辜老实的一张脸，怎么是这么一副狡猾的性子。

第四章·金榜题名

你若考不上，本王便养你三年。

待刘衍找到最近的客栈安顿下来，天色已经晚了。慕灼华的病情又加重了，额头滚烫，还说起了胡话。刘衍赶紧让人找最好的大夫，银子撒了出去，店小二跑得飞快，不一会儿就把大夫带来了。

大夫看了看，说是邪风入体、惊吓过度、体力透支，开了些外敷内服的药，又嘱托了几句，便让店小二跟着去抓药。

刘衍让客栈的老板娘买了身衣服，托她给慕灼华换洗、上药，这才知道慕灼华双腿内侧都有不同程度的擦伤，想是骑马造成的。

刘衍放出了信号，估摸手下很快便能找来，便回到房间照看慕灼华。

老板娘喂慕灼华吃了药，不一会儿慕灼华便大汗淋漓地踢起被子来。刘衍只得坐在床边给她盖被子，又让人打了热水来给她擦汗。

慕灼华的睡相便如她这个人一般不老实，加上病中难受着，她迷迷糊糊地发出哼唧声，在狭窄的床榻上翻来覆去，不时抬腿踢开被子，露出一截又细又白的小腿。刘衍将被子重新覆在她腿上，她皱着眉头扭了扭，又抬起手拉扯自己的领口，露出纤细优美的颈项。细软的乌发因为出汗而贴着她的脸颊和脖子，黏腻瘙痒的感觉让她忍不住抬手去抓，她皮肤本就娇嫩，轻轻一抓便在乳白色的皮肤上留下红色的印子。刘衍拧了一把毛巾，给她擦了擦额头上的汗，目光扫过她领口处汗湿的皮肤，心中觉得有些不妥，但还是帮她擦了擦，然后极快地扣上了领口的盘扣。

刘衍贵为王爷，这辈子还从未这么照顾过人，只是想着慕灼华也是受自己牵连才会生病，便多了些耐心给她。更何况慕灼华年纪小，生了病更显得虚弱可怜，他见了也不免多心疼心软了几分。

如此反复到半夜，慕灼华才算睡得安稳了，烧也退了大半。

刘衍两日一夜未曾合眼，终于撑不住，在慕灼华身旁合上眼。

慕灼华半夜醒来，看到的便是刘衍近在眼前的俊脸。

她第一反应自然是往后一缩，瞪大了眼，抓紧了被子，再确认自己的贞操没事。不行不行，自己的思想不能这么龌龊，就目前看来，刘衍还很可能如传言所说的那方面受创呢……

慕灼华很快镇定下来，打量四周，确定自己已经到了一个安全的地方。床边放着一盆水，水里有条毛巾。慕灼华想了想，有点儿不敢相信，难道王爷纡尊降贵照顾了她？脸太大了……

慕灼华心情复杂地看着刘衍的睡颜。皇家世世代代都娶最美的人，自然一代代下来没有长得丑的。刘衍更是风姿不凡，如玉山巍峨、青松拔萃，举止优雅，气质尊贵。更难得的是他没什么架子，跟传言中的孤傲残忍根本不一样。

虽然自己一直口口声声自称是他的人，但慕灼华心知那只是自己糊弄他的话。之前巴结定王，不过是因为认定大皇子刘琛是下任皇帝的不二人选，而定王是铁打的大皇子一系，自己跟着定王，也算站对了队伍。如今不小心听到了皇室秘辛，昭明帝十有八九就是杀刘衍的幕后黑手，偏偏这个定王心慈手软，还对手足之情心存幻想，自己跟着这种人，怕不是要被连累死哦……昭明帝若是担心养虎为患，临死之前一定会不择手段为大皇子铲除这个隐患，那自己到底要不要改弦易辙，另择良木呢？如果当时树林里刘衍抛下她，她一定毫不犹豫地转头背叛刘衍，但是刘衍对她不离不弃，还背着她走了那么远的路，还亲自照顾她……

慕灼华拍了拍自己的脸，无声呐喊："女人哪，你的名字叫心软……"

刘衍终是被这动静吵醒了，缓缓睁开眼，含着雾气的双眸凝视着慕灼华，看得慕灼华心跳漏了一拍——他应该不会察觉到她想背叛他吧？

刘衍轻咳了一声，问道："好些了吗？肚子饿了吗？我让人送些粥来。"

慕灼华点了点头。

刘衍起身，打开门喊了两声，便有店小二上前殷勤问候。刘衍吩咐了几句，店小二又跑着下了楼。

慕灼华问道："什么时候了？"

刘衍道："三更天了。"

慕灼华皱眉道："明天便是会试了。"

刘衍道："我已经让人准备了马车，天一亮就出发。会试需要的东西，我也让人准备好了。"

慕灼华缩在被子里，委屈巴巴地看着刘衍："王爷，我要是考不上怎么办哪？"

刘衍一本正经道："你还年轻，考不上也是正常事，三年后再来便是。"

慕灼华冷哼一声，拉下了脸。

"王爷可听过一个民间传说——许仙与白娘子。"

刘衍道:"听过。"

慕灼华道:"王爷可听说过另一个传说——东郭先生与狼?"

刘衍道:"听过。"

慕灼华哼哼道:"那王爷可明白一个道理,救人是没有好下场的?"

刘衍忍不住低笑一声:"你若考不上,本王便养你三年。"

慕灼华生着闷气:"若是一辈子考不上呢?"

刘衍道:"便养一辈子也是无妨的。"

慕灼华愣了一下,直勾勾看着刘衍。

刘衍忽然意识到自己说的话委实有些暧昧,不禁也怔住了。

气氛顿时有些怪异。

好在这时传来了敲门声,打破了尴尬的气氛。刘衍急忙打开门,店小二把热粥送了进来,带着笑道:"大夫说吃完饭还要吃药,小的正在熬药,一会儿便送来。"

刘衍微笑点头,关上了门。

慕灼华走到桌边,若无其事道:"店小二这么殷勤,王爷花了不少钱吧?"

刘衍道:"五百两而已。"

慕灼华瞪大了眼,愤愤不平地看着刘衍:"他不过是端茶送水煮饭跑腿,你就给了五百两,而我给你卖命,也值五百两吗?"

刘衍从怀里抽出一沓银票,放在桌上。

"五千两。"

慕灼华立刻收起银票,满脸笑容:"我的命,王爷只管拿去!"

刘衍忍俊不禁:"本王要你的命做什么?你吃了粥记得吃药,吃过药再睡。"

慕灼华看着关上的门,又摸了摸怀里热乎的银票,心想,看在他出手阔绰的分儿上,暂时就不换大腿抱了。

第二天一早,刘衍准备好的马车就停在客栈门口候着。慕灼华看着赶车的轿夫一脸肃杀,便知道这是刘衍的手下,心里安定了不少。

马车里准备好了文房四宝,还有一些换洗的衣物。慕灼华查看了一下,准备得非常充分、妥帖。

"算着时间,我们回到定京便直奔考场是来得及的。"刘衍说道。

慕灼华猛地想起一件事,拍了下手:"我家小丫头还不知道我的下落呢,怕是要急死了!"

刘衍道:"本王昨夜让执墨给她带去了消息,告诉她你去给人治病了。"

慕灼华松了口气,笑道:"王爷想得周到,执墨前日拦住那些人,没有受伤吧？"

刘衍含笑道："执墨、执剑都是高手，没什么事，你放心吧。路上还有段时间，你身体尚未大好，还是趁着这时间多休息吧。"

慕灼华看着马车里铺着厚厚的被褥，想是刘衍为自己准备的，心中便有些暖意。

"多谢王爷了。"

慕灼华身子确实疲惫，但精神亢奋得难以平静，更何况还有个大男人在旁边坐着，哪怕他正在看书，她也很难当着别人的面入睡。

慕灼华抓起被子盖在身上，只露出一双眼珠子滴溜溜转着，忍不住就转到刘衍身上去。这马车应该是特别准备的，里面挺宽敞，刘衍背靠坐着，长腿一伸，便显得空间有些逼仄了。慕灼华的目光从大长腿一路往上看到刘衍的侧脸。刘衍的鼻梁甚是高挺，侧面看更显得有男子的魅力，此刻也不知看的什么书，薄唇微翘，含着三分笑意。

慕灼华忍不住开口道："王爷，你好像二十有六了呢。"

刘衍目光一顿，仍看着书页，只用鼻音轻轻嗯了一声。

慕灼华又道："这年纪也不小了呢，我父亲在您这个年纪可是孩子一打了。"

刘衍又嗯了一声，只是这声音似从胸腔发出，含混而低沉。

慕灼华杏圆眼滴溜溜转着，乌黑发亮，闪闪烁烁，她压低了声音神秘兮兮地说："王爷，我是个大夫，医术还不错的那种。"

刘衍觉得这话题跳得有些摸不着头脑，便眉头微皱，疑惑地偏转了头看向慕灼华。

慕灼华用气音说："我们慕家，喀喀，就是我父亲，有不少壮阳的秘方。"

刘衍天生带笑的仰月唇嘴角蓦地一僵。

慕灼华掩着嘴一脸意味深长地说："你要有需要，我可以便宜给你治。"

刘衍脸顿时拉了下来，二话不说就将手上的书扔了过去，砰的一声砸在慕灼华脑袋旁。

慕灼华吓了一跳，整个人缩进了被子里。半晌，她又探出脑袋来，露出两只眼睛，怯怯地看着刘衍，嘴巴蒙在被子里，发出含混不清的声音："免费也不是不可以……"

刘衍沉着脸，掀开车帘出去，看样子是坐在前面了。

慕灼华心里叹息：看这样子，分明是被说中了心事，长得挺好看的，可惜不中用了。她听父亲说，男欢女爱是这世上最美好之事，男人要是没了那份乐趣，当皇帝也不快乐。

她却不这么想，男人大多风流好色，只有不能人道的男人才是好男人。

定王便是个好男人了。

慕灼华在马车上昏昏沉沉地又睡了一觉，醒来时已到了贡院外面，而刘衍早已不知去向。慕灼华想起来刘衍是主考官，想必是去忙了，却还细心地给她留了一个使唤的人，甚至帮她把郭巨力叫来了。

郭巨力见了慕灼华，惊得大叫一声："小姐，你这是去给人看病还是自己去看病了，怎么憔悴了这么多？"

慕灼华讪笑着摸了摸自己的脸颊，确实是瘦了："给人看病也是一件极累的事啊。"

郭巨力顾不上多问其他事了，赶紧帮慕灼华准备好行囊。慕灼华临走前又将一个包裹塞给了郭巨力，郭巨力茫然道："这是什么？"

慕灼华说："收好，这是诊金。"

郭巨力打开一看，顿时蒙了。

陈国自五十年前便允许女子参加科举考试，但能读书的女子本就不多，能一路过关斩将来到会试考场的更少，有也都是名门之女，家学渊源。贡院专门为女考生开辟了一个独立考场，宫中女官负责搜身，并担任同考官，但评卷之时，试卷全部打乱，不分男女，最后能中进士者，最多的一届也不超过三个，已多年未见女进士。

慕灼华依着指引进了女考生专属的考棚。今年的女考生似乎比往年多一些，望去有二十来个。每个女考生身边都有婢女簇拥着，观其言行举止，无一不是名门闺秀，只有慕灼华显得寒酸一些。

慕灼华抱着自己的东西，找到自己的考棚就地安置了。会试分为三场，一场三日，第一场是经义，第二场是诗赋，第三场是策问。慕灼华对经义可以说是胸有成竹，对诸子百家不敢说倒背如流吧，但顺着背应该能一字不错。诗赋就麻烦一些，她勉强能写篇平仄不错的诗赋，可惜没什么灵气，无功无过。策问就是大麻烦了，只因她总是放飞自我，天马行空，常有惊世之语。若遇上古板保守的考官，成绩可能就是下下；若遇上能欣赏的考官，成绩便是上上，所以这结果便很悬了。

慕灼华托着腮想，第一场求己，第二场求稳，第三场求神吧。

开考之前，两位主考官必须主持仪式。刘琛看着姗姗来迟的刘衍，心中生出疑惑。

"皇叔，你怎么——"

刘琛未问完，刘衍便道："一会儿再说，别耽误了仪式。"

被刘衍这一打岔，刘琛便不问了。

随着贡院大门一关，整个定京都安静下来，尤其是贡院附近，连飞鸟都被打得不见一只。

安静的贡院内，刘琛品着茶，对刘衍说道："这第一场经义最是无趣，无非就是错与对，只看考生记性如何。"

刘衍目光不知看向何处，有些神思不属，随意地点了点头。

刘琛道："经义得甲等，也未必是经世之才，倒是老学究居多。"

刘衍心想，慕灼华有过目不忘之能，这一科定然是能得甲等了，却不知道她身体是否能撑得住三日。

"皇叔，你似乎有心事？"刘琛狐疑地打量刘衍。

刘衍这才回过神来，笑了笑："无事，不过是在想今年的女考生比往年多了许多。"

刘琛道："确实。不过，以世家的底蕴，栽培出几个女举人并不难，若要考中进士，确实难如登天。自开放女子科举至今五十年，考中进士的女子加起来也不足二十人吧。"刘琛说到此处嗤之以鼻，"便是考中了进士，最后也不过是回去相夫教子，苦心读书又有什么意义？若不经世治国，还不如多花些时间学学德言容功。"

刘衍淡淡一笑："人各有志，然而多读书总是有益处的，读过的书不同，一样的风景便看出不一样的滋味。"

刘衍指着庭中含苞待放的桃树，微笑道："同一棵桃树，有人视而不见，有人拈花悟道，有人怜其赢弱，有人恋其灼灼。无论读书之后是从政为官还是相夫教子，若有所得，便有所得。"

刘琛闻言，不禁哑然。

半晌后，刘琛不禁问道："那皇叔，你看这桃花又想到了什么？"

刘衍淡淡笑着，却不言语。

数墙之隔，有个人却打了个喷嚏，抬起头吸了吸鼻子，仰头看到了正欲开放的桃花。

这桃花长得真好，慕灼华揉了揉鼻子，心想，今年的桃子一定很好吃。

会试第一场终于在无数人的翘首以盼中结束了，随着贡院的门打开，一个个形容憔悴的考生拥了出来。

狂喜者有之，懊悔者有之，淡然者有之。

慕灼华抱着行囊，远远便看到了郭巨力，正要走过去，便听到旁边传来一阵喧闹。

"惊鸿公子出来了！"

慕灼华偏头看了一眼，心中啧啧道："不愧是惊鸿公子，别人都蓬头垢面，他依旧是衣冠楚楚。"

沈惊鸿的无数追随者围在他身边问他考试情况。沈惊鸿面带微笑，说尽力而为，瞧那神情，是志在必得。

郭巨力接到了慕灼华，忙问道："小姐，怎么那么多钱？"

慕灼华还想着考试的事，猛地被这么一问，一时没反应过来："什么钱？"

郭巨力心想，小姐真是膨胀了，对五千两都说忘就忘。

瞧见郭巨力神秘兮兮地比了个巴掌，慕灼华才想起她从定王那儿坑到的五千两。

"救命钱。"慕灼华挑挑眉，贼兮兮地笑。

郭巨力这几天守着那一大笔钱，觉都睡不好，半夜都要起来看三遍。

"不过，巨力啊，人家都关心考生的考试情况，你一开口就问我钱的事，这不太对吧？"

郭巨力帮慕灼华提着行囊，振振有词道："有了这些钱，小姐你考没考中又有什么关系呢？"

慕灼华摇头："亏你还是慕家的丫鬟，这么没见过世面的样子，这点儿钱还不够我父亲扔水里听个响。"

郭巨力沉浸在发财的美梦里三天，被慕灼华这么一戳，梦醒了，又有了忧患意识了。

"看来还是得有个正经的生财之道。"郭巨力一脸严肃地问，"小姐，你这场考得如何？"

慕灼华摆摆手，哈哈一笑："不是我自夸，不可能有人比我强。"

慕灼华回家狠狠休息了几天，有了一笔巨款，郭巨力上街买菜底气也足了，净挑着好肉给慕灼华补身子，每天一只鸡炖汤，让慕灼华吃鸡腿鸡翅，两三天便补回了元气。

"小姐，你可别只吃不练。"郭巨力把沈惊鸿的诗集拍在慕灼华面前，"惊鸿公子的诗，你也多读读。"

慕灼华耍无赖地说："人人都看，我就不看，我与旁人就不同。"

郭巨力皱着眉头："小姐——"

慕灼华凝视郭巨力，认真道："你聪明还是我聪明？"

郭巨力毫不迟疑："小姐聪明。"

慕灼华:"那你要不要听我的?"

郭巨力点点头。

慕灼华摆摆手:"行了,今天不吃鸡了,去买只鸽子。"

郭巨力:"为什么吃鸽子啊?"

慕灼华道:"正所谓诗词'鸽'赋,吃啥补啥。"

郭巨力一听,太有道理了。

于是慕灼华这日的晚餐,便是红烧"诗子"头、红糖"词"粑、油炸乳"歌"、麻婆豆"赋"。

可惜吃啥补啥大约没什么用,第二场,慕灼华看着题目,咬了半天笔头,写写画画,也就写了些中规中矩的诗词,实在说不上什么才气,只能勉强说顺口。

考完第二场的慕灼华显然没有考完第一场时意气风发,出了贡院大门便头也不回地走了。回到住处蒙上被子饱饱睡了一觉,便又开始看书补身子。

这些天应该是会试的缘故,刘衍和他的手下都没有再出现过,慕灼华过了些安生日子。花巷也着实安静了好一阵,毕竟到处都住着考生,吵吵闹闹总归是不好的。小秦宫的姑娘伤好了,还托宋韵给慕灼华送了一回滋补品表示感谢。宋韵碰巧遇上考完第二场垂头丧气的慕灼华,只当她是考差了心情不好,还安慰了她好一阵子。

到了第三场会试,慕灼华便又收拾好心情,重整"河山"。

第三场考的是策问,这也是近年来三科中占比最高的一科。策问有惊世文章者,前两科便是平平也能夺一甲,策问若是下等,前两科夺魁也只能居于中等。因此这第三场重头戏,无一人不是谨慎以待。

慕灼华拿到题目后,咬了半天的笔头——

问策:平蛮安夷之策。

这题目可以说是很具体务实了,但是不好答。对陈国来说,蛮夷之地,一般指的是北凉、南越、西域。北凉逐水草而居,马上得天下,民风彪悍,局势不利就议和,兵强马肥就犯边,可以说是陈国的大患。南越穷山恶水,遍地瘴气,多有民智未开之地,对陈国边境时有侵扰。西域以教立国,长久以来倒是与陈国和多战少,但双方之争不是土地之争,而是宗教之争。西域意图在陈国传教,看似无害,然而信教者极为虔诚,可以为教生、为教死,宗教失控,便是民心失控。

朝中对于这些异族,素来分为两派:一派主战,另一派主和,那么这道题便是考验对主考官心思的把握。如今的主考官大皇子和定王,都是与北凉征战多年的大将，无疑很多人都押主考官主战。

可是战能平，战能安吗？

慕灼华思虑许久。陈国对三国的战争已经持续百年，却从未得到过长久之安。为何不安？第一，三国荒瘠，对陈国的富庶垂涎已久。第二，三国民心思异，便以异己者为敌寇。第三，三国亦无生财之策，便只好掠夺他物为己有。

既知道了原因，便可由此入手，想一想平蛮安夷之策了。

慕灼华闭目片刻，便在纸上写下腹稿。

第三场会试终于结束，所有试卷皆封了姓名收上来。刘衍与刘琛领着十六位同考官闭门批阅试卷。

第一场经义题批阅最快，因今年的经义题出得偏了些，许多考生都错了不少，便是考得好的也有两三处错漏。

"这里有一份卷子，一字不错！"一位同考官惊叹不已，捧着卷子送到主考官跟前。

众人轻声交谈："想必是沈惊鸿的卷子。"

这卷子没有誊写，为的是看考生的书法如何，书法上佳，评价便会更高。

刘琛见同考官捧着卷子跑来，尚未看便对刘衍说道："我与皇叔赌一赌，这份卷子必然是沈惊鸿的。"

刘衍品了品茶，微笑道："赌什么？"

刘琛道："就赌皇叔府上的那一壶美酒——十段香。"

刘衍失笑："你倒是觊觎已久，就是给你又何妨？"

刘琛摇头道："赢来的酒才香。"

话音未落，便听到又一个同考官惊喜道："这里也有份无错答卷！"

刘琛闻言，诧异地看过去："今年的经义题不是说有几道题极难吗？"

刘衍道："文风日盛，这是好事。"

第一份无错答卷已送到了案上，刘琛低头一看，顿时失望了。他对沈惊鸿的墨宝极其熟悉，这份卷子的书法确实不错，但并非沈惊鸿的字迹。

刘衍却将这份卷子看得仔细，这字迹柔中带刚……稳中带皮……刘衍借着茶杯掩饰唇畔的笑意。他是见过慕灼华的字的，便是她写的那一纸药方，就和这卷子上的字像足了十成。

那个鬼丫头，确实有几分能耐。

刘衍本来还对她的身体状况有几分担忧，如今见了这卷子，心便落了下来。

刘琛这时接过第二份卷子一看，确认是沈惊鸿的字迹，这才松了口气，展开了笑脸："皇叔，这份是沈惊鸿的，不会错了。"

刘衍微微点头:"可惜,你输了。"刘衍笑着伸出修长的手指指了指第一份卷子,"咱们方才赌的可是这份卷子。"

刘琛顿时泄了气。

"想不到,今年竟有能与沈惊鸿比肩的考生。"

刘衍笑道:"奇人又何止一个?"

刘琛又振作道:"不过是记性好罢了,还得看接下来两场,那才能看出是否有真才实学。"

第二场考的诗赋,叫考官们大发雷霆。

"搞什么鬼!居然七成以上的人偏题!"同考官们对着一张张卷子画叉,但凡理解错题目的,一律不取。

刘琛遗憾摇头:"今年的题目是'黄花如散金',此题如此平常,想不到竟会刷落如此多的人。"

刘衍道:"大多考生都将黄花当成了菊花,殊不知,此句出自'青条若总翠,黄花如散金',写的是清明、谷雨前后的景象,诗中黄花指的便是油菜花。考生若写了秋季、菊花,便只能出局了。"

刘琛皱眉:"此诗较偏,考的第一是考生的阅读范围,第二才是才气。可惜,有些人是只读经典,输于博学。"

这第二场没偏题的总计不过七十多篇,可以说,只要另外两科考得不太差,这七十多人便能上榜了。

刘衍心想,慕灼华可是读了不少书,这题应该不会不知道吧。心里这么笃定,刘衍还是忍不住把那些没偏题的诗篇一张张看过去,直到找到了熟悉的字迹,这才安心。

旁边传来刘琛的笑声:"皇叔可是在找沈惊鸿的诗作?却叫我先找到了,果然又是一篇佳作。来,咱们赏析赏析。"

两人正看着沈惊鸿的诗作,忽然听到同考官处传来争执声,不由得齐齐放下卷子看了过去。

只见几个同考官争得面红耳赤,险些大打出手。刘琛皱起眉头,厉喝一声:"如此喧哗,成何体统!"

几名同考官急忙向刘琛行礼。

"回殿下,我等看到一篇策问,见解不同,是以发生争执。"

刘琛好奇道:"什么样的策问能让几位先生大动干戈?"

一个同考官冷笑拂袖:"若说离经叛道也不为过,此题考的是平蛮安夷之策,这人倒好,满篇都是如何养蛮。"

另一个考官皱眉反对:"细细看来,此人说的不无道理。"

刘衍越发好奇了,赶紧让人将那份卷子送来。卷子放在案上,刘衍一眼扫过,眼中闪过一丝笑意——果真是语不惊人死不休。

刘琛皱着眉头看这篇策问,越看眉头皱得越紧,眼中更是风暴骤起,看到最后怒不可遏,拍案大骂:"这考生是北凉人还是南越的,怎么竟帮着蛮夷说话?!"

反对派的同考官顿时引为知音:"殿下所言甚是。你们看,这卷子开篇先阐述了蛮夷不宁的原因,这说得倒也不错。蛮夷穷山恶水,教化未开,民心思异,有不臣之心、掠夺之意,那我们该怎么办?自然是战!打到他们怕了、服了,便能平蛮!"

"你们再看这后半篇,简直是一派胡言!"

"未见得吧……"这时一个轻飘飘的声音打断了同考官怒气十足的控诉,众人难以置信地看向发声者,竟然是主战的定王?

刘衍专注地看着这篇策问,眼中毫不掩饰惊讶与欣赏。

"无常有之敌,有常有之利,蛮夷之敌我,盖因无共利。"刘衍微微点头,"如何生共利?策问中也说得极为明白:开通商路,互通有无。人心思安,蛮夷若能从贸易中得到超过战争能带来的利益,便不会想着杀戮与掠夺了。

"南越看似贫瘠,却蕴有宝库,若助其发展,则可引为臂助。

"其下详细列了不少方针细则,确有可行之处。"

一位同考官不以为然:"然则教化未开,非我族类,其心必异。"

刘衍接道:"于是其下又说了最重要的一点:以我陈国之儒道,教化蛮夷之民,以儒为教,就如西域以教立国。如今北凉、南越皆教化不足,而两国之民多对陈国的教化心生仰慕,若百姓学会了礼义廉耻,心向圣贤,便是与陈国同宗同族,心不思异了。"

众人皱眉沉思,却还是心存疑虑。

刘衍轻轻说道:"我们陈国当年不也是数个小国合而为一的吗?"

刘琛道:"是战争让陈国大一统。"

刘衍笑道:"陈国的大一统,是经过了许多年的内乱,直到以儒立国,才民心归一。"

说到此处,不少考官便点头附和了。这篇策问的内容多为推测,但刘衍所说确实有史可循。

"西域荒芜,却以教立国,民心归一,这便是信仰之力,只有教化的力量能让人'信'。"

刘衍这一番娓娓道来,终是说服了几位同考官。但作为坚定的主战派,刘琛还是极为排斥这种说法。

"哗众取宠，异想天开，不过是一个书生的纸上谈兵而已。"刘琛满脸厌恶，"若他说的这些有用，皇叔，我们这些年来的征战又是为了什么？！"

刘衍沉默良久，方道："为了赢得一个让他们听话的机会。"

刘琛的目光扫向众考官，道："既然大家都各执己见，不如投票来决定这篇策问的成绩。众人写下自己对这篇策问的评价，我们去掉首尾，取均值。"

众人对此法皆无异议，便各自取了一张纸写下成绩，之后交由刘琛计数。

这时不知是哪位考官眼尖地发现了一件事："咦，这卷子的字迹看着甚是眼熟，似乎和第一场的无错卷极为相似。"

听他这么一说，立刻有人拿了那份卷子出来比对，这么一看，果真是一模一样。

有些认同这篇策问的考官立刻笑道："此人记性不俗，见解不凡，其才可与沈惊鸿一较高下。"

刘琛闻言，心生不喜。

"还不知道这人诗赋如何呢。"

便又有人去寻找卷子，那七十几篇里略微一翻也就找到了，众人交头一看。

反对派立刻大笑："这也叫诗，不过是打油诗罢了，我看这人才华不过尔尔。"

刘琛听了又舒心不少。

无论如何，这人还是让他上心了。异想天开、胡说八道，还妄图夺沈惊鸿的文名，他倒要看看是个什么样的"才子"！

❖ ❖ ❖

定京的众考生过了几天纵情酒色又忐忑不安的诡异日子，终于等到了放榜日。

放榜这天，郭巨力一大早就起身沐浴，焚香礼拜，然后催着慕灼华起床。

"小姐，放榜了！"郭巨力紧张极了，偏偏慕灼华一副无所谓的样子。

"我要睡！"慕灼华死死抱着被子，"我不去！"

郭巨力气急道："小姐，你怎么就不上心呢，他们都赶着去看放榜呢！"

慕灼华闭着眼睛说："掉价，太掉价了！哪有会元在榜下等的，会元都是好整以暇坐在家里等的！"

郭巨力也觉得慕灼华说得有几分道理，又有些迟疑了。

"那……小姐，我去看放榜，你洗漱好了，别到时候报喜的人来了，你还在床上睡觉。"

等郭巨力出了门，慕灼华才从被窝里探出头来，两只眼珠滴溜溜地转，哪里有点儿犯困的样子。

"妈呀，紧张死了。"慕灼华瑟瑟发抖，"万一没中怎么办，才不要去榜下让人看笑话！"

慕灼华知道自己那篇策问太危险了，刘琛和刘衍是主战的，而陈国多年对外战争都是胜多输少，自然主战派多一些，她落榜的可能性极高……可是让她违背意愿写迎合旁人的文章，她也写不好。

"不如趁着这段时间收拾一下行李吧……"慕灼华叹了口气，"好在赚了五千两，换个地方读三年再来吧。"

慕灼华睡不着了，起身梳洗，换了身青衫，便动手整理行囊了。

慕灼华整理到一半，忽然听到了敲门声，她一激灵，回头看去，却是宋韵。

宋韵见慕灼华在收拾东西，顿时明白了她的意图。

"慕姑娘，你这是要回家了吗？"

慕灼华干笑两声："宋姑娘，你来是……"

宋韵叹了口气，有些惋惜道："前些日子你给姐妹们的那些香囊，她们都很喜欢，想找你订一批呢，你竟然要走了……其实以你的医术，就是不考科举，也是能在定京安身立足的。"

慕灼华见宋韵确实舍不得她，心里也有些感动："定京繁华，不是读书的地方，我还是找个安静便宜的地儿好好读书吧。科举致仕才是我生平所愿，行医不过是混口饭吃。"

宋韵掩口一笑："慕姑娘，你谦虚了，你这一走，我们可都会想你的。"

慕灼华道："我会把香囊的配方留给你们的。"

"这不合适吧。"宋韵惊疑不定，不敢接受，"大夫们的药方可都是不传之秘……"

慕灼华笑道："这些于我并无多大用。"

她本想着靠医术赚钱，没想到还真的赚了几千两，这可比卖香囊来钱快。

慕灼华说着，便从箱子里找出笔墨纸砚，坐下为宋韵写起配方。

正写着，外面忽然传来急促的脚步声，伴随着郭巨力能掀开屋顶般的尖叫："小姐——小姐——"

慕灼华停笔，扭头看去，只见郭巨力小脸涨得通红，上气不接下气地跑进来，笑容都快溢出脸庞了。

"小姐——你中啦——"

慕灼华一愣："你这么高兴……难道我真的中会元了？"

郭巨力翻了个白眼："小姐，你还真敢想，会元自然是惊鸿公子了。"

慕灼华："哦——"

郭巨力咧着嘴笑："小姐，你中了十七名！"

慕灼华挠了挠头:"十七名啊……"

旁边的宋韵已经捂住嘴尖叫起来了:"啊——慕姑娘,你中了!"

宋韵说着竟然转身跑了出去,一路跑一路喊着:"慕姑娘中啦!慕姑娘中啦!"

这是白天,花巷里大多人还在梦中。这些日子不少人认识了慕灼华,对于这个会医术的女举人,其实没什么人相信她能金榜题名,这时候忽然听到这么一声吼,顿时都清醒了。

只见随着宋韵的身影跑过,花巷两侧的门窗次第打开,人们纷纷探出头来:"慕姑娘中啦,第几名啊?"

"十七名——"

一时间,真诚的恭贺声此起彼伏。慕灼华只得站到街上,对着两旁的人拱手道谢。

"中了个十七名,这阵仗弄得像中了会元似的,叫人好难为情……"慕灼华咕哝了一句。

郭巨力正在旁边美着呢,听到这么一句,不禁气道:"小姐,陈国的第十七名啊!你以为很容易吗?而且今科只有你一个女子上榜呢!对了,还不止!我听他们说,你可是自有女子科举以来会试名次最高的一人了!"

慕灼华也是个俗人,这下被郭巨力捧得有些飘飘然了。

"你准备点儿银子,等下打点报喜的人。"

郭巨力大声道:"得嘞!"

刘琛面色古怪地看着榜单。

"女的?"

刘衍低头含笑。

刘琛还是不敢相信:"写出那篇养蛮策的,是个女人?和沈惊鸿经义并列第一的,是个女人?"

刘衍点头道:"如今看来,确实如此。"

若不是刘衍力捧,以那篇离经叛道的养蛮策,慕灼华根本无法上榜。

到底有没有私心?

刘衍仔细问了问自己——没有。

那篇养蛮策,确实让他开了眼界,给了他从前未想过的方向,让他有一种豁然开朗的感觉。养蛮策未必全然无误,却是一个全新的方向。慕灼华啊……那个看起来小小的鬼丫头,总是能给他不一样的惊喜。

而刘琛一面觉得自己为难一个女人有些掉价,另一面又觉得自己被一个女人为难了更加难堪。他到底只是个未满二十的青年,脾性都摆在脸上。

"皇叔，我想去微服看看这个人，你陪我去？"

刘衍愣了一下，心里苦笑——微服？只怕那鬼丫头一眼就能认出他们俩。

"殿试之前有个簪花诗会，到时候咱们微服去吧。"刘衍说道。

花巷里结结实实地热闹了几天，路大娘带了慕灼华诊治过的那些姐妹来祝贺，笑得合不拢嘴："贡士老爷给咱们看过病，这可够吹一辈子的了。"

路大娘把慕灼华缴的房租全数退给了她，还封了十两银子做贺仪。

"您可别推辞，我这破房子让您住了，那简直是什么生辉，以后租出去可不是这个价了！"

慕灼华陪着笑了几天，腮帮子都疼了。

过了五六日，这热闹才算休止了。

这天夜里，郭巨力又含着笑睡了。从放榜那日到现在，郭巨力始终沉浸在梦一般的喜悦中。慕灼华却觉得疲惫不堪，到了夜深人静时，才有一丝松快。

慕灼华又在书桌前咬笔头，明日是簪花诗会，按惯例，每个贡士要写一篇诗赋，虽然不分高下，但写得差了定然会叫人笑话。尤其她作为诗会上唯一的女子，别人总要多留意她几分，那些被她压过名次的男子定然会叫她难堪。

慕灼华正烦恼着，便听到了轻轻的敲门声，她愣了一下，边问着"谁啊"边走过去开门。

门外站着的，竟是定王刘衍。

慕灼华看着清朗月光下丰神俊朗的定王，一时失神——她险些忘了这号人。

"王爷，"慕灼华压低了声音，"您这么晚找我有事？"

刘衍道："陪我走走吧。"

慕灼华神情古怪："孤男寡女，三更半夜，不太好吧。"

刘衍失笑，敲了下慕灼华的脑门："你一个小丫头，算什么寡女？走吧。"

刘衍总是仗着长她几岁，不将她当女人看，也怪她长得脸嫩又娇小。

慕灼华阖上门，跟着刘衍走在无人的街上。

"还未恭喜你金榜题名。"刘衍含笑道。

慕灼华露出一丝得意而含蓄的笑容："这几日很多人向我道喜还送了贺仪。"

"贺仪"二字特别说重了一些。刘衍哪里还能不明白她的意思，立时便从袖中抽出一块玉佩送给她。

慕灼华好奇地接过玉佩打量起来，对着月光照了照，只见通体莹透，触感温润，着实是一件宝贝。

"这得值两千两吧……"慕灼华咂舌，"王爷，您一年俸禄有多少啊，我都不好意思敲诈您了。"

刘衍低笑一声："还不至于叫你敲诈穷了。君子不可无玉，我见你身上没什么配饰，这玉佩便赠予你吧。"说着一顿，补充了一句，"不可当了。"

"我才没那么傻，当铺才卖不出好价钱。"慕灼华哼哼两声，喜滋滋地收起玉佩。

"明日便是簪花诗会，你准备得如何了？"刘衍问道。

这话立时戳破了慕灼华膨胀的心，整个人垮了下来："不如何……"

刘衍坦言道："你的诗作，我看了，确实也太……乏善可陈。"

慕灼华讪笑道："王爷此来，可是要赠我一首好诗，助我扬名？"

刘衍含笑敲了敲她的脑袋："你净想些旁门左道，还有没有点儿文人风骨？"

慕灼华揉了揉被敲打的额头，无赖道："王爷也不是第一次被我敲竹杠了，难道还不知小人本色吗？风骨若是值两个钱，恐怕早就被我当了；若是不值钱，我又要它作甚？"

刘衍哭笑不得，轻轻摇头道："你啊……巧舌如簧，脸厚心黑。"

慕灼华笑眯眯道："王爷谬赞，小人受之有愧。"

"我来便是提醒你一句，明天大皇子会微服私访，他是坚定的主战派，你那篇养蛮策，彻底激怒他了。"

慕灼华一副意料之中的表情："我早做了心理准备。不过……"慕灼华斜睨刘衍，"王爷，你不也是主战派吗，难道你觉得我说得对？"

"未经验证，不敢说对错。"刘衍说话留有余地，"若是曾经的我，大概也会如刘琛一般主战到底吧。只是……"刘衍垂下眼，叹了口气，笑容有些苦涩，"经历了一些事，想法自然会有改变。你的策问，于我而言是一种从未想过的方向，也许可以试一试。"

慕灼华低着头若有所思，片刻后恍然大悟，两只眼睛亮晶晶地看着刘衍，小手攥住了他的衣袖："所以说，是王爷您力保我的，对不对？"

刘衍一时错愕。

慕灼华的眼睛里像藏进了满天的星辉，亮得让人无法直视："王爷就是嘴硬心软嘛，说不帮我，结果还是帮我了。我就说嘛，本来我都要打道回府了，没想到还能有个不错的名次。王爷大恩大德，灼华无以为报，只能做牛做马——"

刘衍哭笑不得，甩开了慕灼华的手，辩解道："本王就事论事，绝无私心！"

慕灼华一脸"我懂"的表情，笑眯眯地说："王爷，您不用说，我懂。我生是王爷的人，死是王爷的死人，士为知己者死，当然如果能不死就更好了……"

刘衍实在是受不了这张叭叭的小嘴，忍不住伸手将她的嘴捂住。慕灼华脸小，被刘衍大手一遮，便只露出一双乌黑湿润的杏眼，温软的唇瓣贴着刘衍的掌心，摩擦出一阵令人酥痒的湿意。

刘衍立时觉得不妥，赶紧放下手，不自在地握成了拳。

"这件事不要再提了。"刘衍皱着眉头说，"总之……明日你记得小心行事。"

慕灼华嬉笑道："多谢王爷通风报信，王爷这几日查那鹰爪可有消息？还有至仙果，以及我娘亲的身世……"

"你这些日子赶着会试，不久还有殿试，这些事便暂时不用挂记了。"

慕灼华心中有些诧异，揣度着刘衍是对她有所隐瞒，还是真的关心她的前途……

眼见着刘衍的身影走远，慕灼华才恍然想起一事，冲着刘衍的背影喊了一句："王爷，明日记得多关照我呀！"

刘衍背影一滞，之后走得更快了。

簪花诗会的举办之地在皇家别苑。

皇家别苑昔时乃镇国大长公主的住所，镇国大长公主出嫁后，此地便空置了，每年春暖花开之时便会开放供百姓游览，簪花诗会便借着这个机会举办。

别苑之中有百种鲜花香草，簪花诗会便是随机抽取一种花草，以此为题作诗，可自选也可他选，同题的诗词中谁的公认最佳，谁便能得到这株花王。

簪花诗会这日天气极好，暖风阵阵，花香幽幽。花园中摆着十张桌子，今科贡士们都穿着学士服，相互拱手行礼。人群当中，唯有一人最受瞩目，便是沈惊鸿了。沈惊鸿以三场第一问鼎，乃当之无愧的会元，如此才华，又有如此俊美的外貌，不知让多少女子乱了芳心。

一个考生此时便在打趣："诸位可知那日放榜的盛况，咱们惊鸿公子可真叫狼狈啊！"

另一人笑道："榜下捉婿由来已久，在榜下争婿咱们却是头一回见。却说当日定京城里数十名门贵族想与惊鸿公子结亲家，听说惊鸿公子在文铮楼，竟一个赛一个跑得飞快，把文铮楼围得水泄不通。好在惊鸿公子识得些武艺，从后门跳窗逃走了，报喜的差爷也跟在后面追了一路，整条街的人都笑坏了。"

众人说着大笑起来，某些人虽心里酸溜溜的，但此刻也给足了面子祝贺。

沈惊鸿手执酒壶，淡淡笑道："诸位莫要开我玩笑了，未成功业，何以家为？"

一书生道："沈公子言重了，您可是连着三场问鼎的大才子，这怎么能叫未成功业？按我说，大登科后小登科，便是双喜临门了。"

沈惊鸿却不接话茬儿，颇为认真道："未成一品，不谈婚嫁。"

此言一出，众人皆是惊呆了。

沈惊鸿自进京后便干了不少惊天动地的大事，语不惊人死不休，打的却都是别人的脸，但今日这话一出来怕是要打他自己的脸了。他虽然是大才子，但出身寒门，毫无根基，少不得要在朝中熬资历，即便官运亨通，想官拜一品，少说也要十年之后，那时他都三十有余了。而陈国男子普遍二十便已成婚，三十未婚在世人口中便要落个身有隐疾的恶意揣测，就如同当今定王，只因不近女色，也落得这般坏名声。

与沈惊鸿关系好的几人急忙打着哈哈转移话题，但这句话不免会传扬开。

"也别说沈公子了，你们可曾见过今科榜上的另一个奇人？"

"你难道是说那个排在十七位的慕灼华？"

"不错，那可是个女子啊，这可是自有女子参加科举以来的最高名次了，更别说这个女子才十八岁，还有……"说者瞥了沈惊鸿一眼，"这人的经义一科可是与沈公子齐名的。"

"呵。"一人冷笑了一声，不屑道，"经义一科，死记硬背便可，真正能看出一个人才华的，还得是诗赋与策问。这人的诗赋一般，策问也不过中上而已。"

"诸位昨日可买到今科题名卷的集子了？"

每一届会试揭榜后，贡院都会刊发当年上榜的会试卷子，以供所有读书人学习与评判，以免出现考场舞弊、判卷不公的现象。这会试题卷一共有八册，几乎是供不应求，因此许多学子都还没买到。

此时听有人这么问，也只有十几人说自己买到了。

先前发问的那个书生又说道："在下第一日便买到了这八册题卷，几日不眠不休才算是看完了，便容在下厚颜说一说吧。今年的会试题卷，经义科，只印发了两份卷子，便是沈公子和这位慕姑娘的无错卷。那几道题题目委实偏而巧，能答对，可见不但记性好，心思也巧，在下佩服。"

众人都对沈惊鸿拱手致意，沈惊鸿微笑回礼。

"而这第二科诗赋，我等上榜贡士的作品皆在其上。沈公子的大作位列第一，确无虚名。那位慕姑娘的诗作，在下也看了，确实是平平无奇，但没写偏了题目也是不易。"

这话说得中肯，众人也连连点头。

"再说第三科策问，在下详细读了今年的所有文章，发现了一件事。"这人卖了个关子，见所有人都目光灼灼地盯着他，他才清了清嗓子，故作神秘地说道，"今年上榜者有一百，这一百份策问卷，有九十九份皆言对蛮必战，答了平蛮策；只有一份乙中的卷子立场主和，答的却是养蛮策。"

众人闻言大惊，难以置信地议论起来："主和？对北凉主和？北凉侵掠我陈国边境，贼心不死，怎么屈辱谈和？！这样的卷子凭什么拿到乙中？！"

沈惊鸿垂下眼睑，举杯掩住了微翘的唇畔。

他自然是听过刘琛大骂慕灼华，也从刘琛那里知道了这篇策问卷的内容，只是他的看法和刘琛不一样。

有意思，很有意思。有想法，很有想法。

可惜大多数人不这么想，尤其在知道主和的是一个女子后，他们的愤怒变成了轻蔑。

"这便能理解了，姑娘家贪生怕死也是人之常情，难怪会主和了。"

"女人就是女人，生性柔弱，这官场、战场本就不是她们该来的地方。"

众人说说笑笑，有了一个共同的攻击目标，气氛顿时十分融洽。

"那慕灼华今日怕是不敢来了吧？"

"她若敢现身，之前的诗会便该现身了。"

"以她的诗才，来了也是颜面扫地。"

众人说得正欢，忽然听到一阵悦耳的笑声传来："今早出门便闻喜鹊啼叫，我就知道会有好事发生，果然远远便听到有人不断提我的名字。"

说话间那人已绕过假山来到园中，一张稍显稚嫩的小脸，两只笑意盈盈的杏眼，并不十分张扬的五官，看起来让人不由自主地心生亲切。虽然穿着儒雅俊秀的儒生袍，但闻其声观其人，一眼便知是个少女。

少女向着众人拱手笑道："慕灼华见过诸君了，在下不才，考了个十七名，不敢让诸位如此惦记。"

背后说人被逮了个正着，在场之人皆自诩君子，听慕灼华这么一说，脸上都有些讪讪。

慕灼华朝人群中最是显眼的沈惊鸿走近了两步，拱手笑道："还未来得及恭喜沈兄荣登榜首。"

沈惊鸿面容俊美，目若琉璃，眸光自慕灼华面上一扫而过，微笑着点了点头："侥幸而已。"

慕灼华叹道："沈兄才名早已传遍定京，此事毋庸置疑，但在下最佩服的不是沈兄的才华。"

不只是沈惊鸿，便是其他人也好奇地转过头。沈惊鸿眉梢微挑，笑着看慕灼华："慕……姑娘有何高见？"

慕灼华一脸诚恳道："高见不敢当，沈兄才华盖世，更难得的是胸怀与气度。记得沈兄初入定京，崭露头角，不知引来多少嫉妒与非议。沈兄自岿然不动，笑傲群雄，丝毫不为小人言行动摇心志，着实叫人敬佩。"

慕灼华这一番拐弯抹角，在场还有谁听不懂？众人脸色顿时难看起来。

一人冷笑道："沈兄真才实学，众所周知。"

慕灼华钦佩道："不错不错，在下正该向沈兄学习，不该闭门治学，这点儿微末道学，如今也只有考官知晓，不怪其他人无知。"

"无知"二字说得众人面红耳赤、怒火中烧，明知道对方是在骂自己，却又找不出反驳之词。

慕灼华悠悠道："昔日我曾闻寒山问拾得：'世间有人谤我、欺我、辱我、笑我、轻我、贱我、恶我、骗我，如何处之？'拾得答曰：'只要忍他、让他、由他、避他、耐他、敬他、不要理他，再待几年，你且看他。'沈兄，你以为如何？"

沈惊鸿笑而不答："慕姑娘以为呢？"

慕灼华摇头晃脑道："这拾得不是好人。"

沈惊鸿兴味盎然，问道："何出此言？"

慕灼华认真问道："世人欺辱我、轻贱我，是世人的错，还是我的错？"

沈惊鸿不假思索道："世人傲慢无知，自然是他们的错。"

"沈兄高见。"慕灼华一脸赞同地拱拱手，"你我读圣贤书，当行圣贤事，若见旁人犯了错，难道能视而不见吗？忍耐，是退缩；避让，是纵容。郑伯克段于鄢，知其不义不昵，却由之任之，令其多行不义而自毙，这心性简直歹毒，非我辈读书人所为啊。"

慕灼华这一番引经据典，头头是道，众人也被她的思路带得情不自禁地轻轻点头。

沈惊鸿勾着唇浅笑道："言之有理，那你说该当如何？"

慕灼华肃然道："大丈夫，路见不平血溅三尺，我们虽然只是文弱书生，但也该如沈兄这般有血性、有气性，不能血溅三尺，也要当头棒喝。世人欺我、辱我、笑我、轻我，你便打他、骂他、贱他、恶他、身体力行教育他，让他知道什么叫作文武双全！"

"哧！"有几人登时笑出声来，又立刻面红耳赤地捂住了嘴。

场中最为难堪的一人，便是当初文铮楼上被沈惊鸿送了"文武双全"四个字的文士宗。如今他对这四个字可谓极度敏感，一听到这四个字就觉得是在骂他，但今日慕灼华比沈惊鸿还毒，直接把园中一半以上的人骂了。先前背后说人是非者，此刻脸皮都涨成了猪肝色；其他人问心无愧，都是笑意盈盈地看笑话。

沈惊鸿敷衍众人许久，到此刻才真心笑出声来，轻轻点头，拱手道："阁下真知灼见，令我醍醐灌顶啊，难怪能被点为十七名，确实见解独到，在下十分佩服。"

慕灼华客气地摆摆手道："沈兄言重了，在下不过是死记硬背罢了，策论剑走偏锋，能得考官垂青也是侥幸。若说诗词，更是自愧不如。今日诗会，在下是抱着学习的心态来的，方才听谁说在下害怕颜面扫地不敢来，这话就错了。圣人都能不耻下问，何况我只是末学后进，闻道有先后，我本就该多向诸位兄台学习，又有何可耻之处？"

慕灼华说得坦然、磊落，不卑不亢地把自己放在极低的位置，反而先堵住了别人刁难她的嘴。更何况她本来就是榜上年纪最小的贡士，场上之人大多比她大出一轮，也就不好意思为难她了。

众人被慕灼华一番话说得正发怔，便听到不远处响起了清脆的掌声。

一个身着素色宫装的美貌女子在两名宫婢的陪同下缓缓走来，她面上含笑，看着慕灼华轻轻鼓掌，道："簪花诗会还没开始，本宫倒先听了一出好戏，想不到你年纪小小，胆子却大。"

宫婢脆声道："柔嘉公主到，还不行礼？"

众人这才恍然回神，俯身作揖，齐声道："参见公主。"

"你们都是天子门生，不必多礼了。"柔嘉公主的声音轻柔，却莫名有一股不容人抗拒的力量。

这声音听得人身心都暖和起来，慕灼华垂下手，小心翼翼地抬头，用余光打量着传说中神女一般的柔嘉公主。

柔嘉公主为薛笑棠将军守节，三年之期未过，因此今日仍是一身素白色的长裙，外面罩着一件淡青色纱衣，乌黑柔顺的长发垂在身后，梳着简单的发髻，只以一根素银的簪子绾住。这么朴实无华的装扮，偏偏让人不由自主地心生敬重，不敢亵渎。

"今日这簪花诗会在皇家别苑举办，本宫不才，却要当这主办人，心中实在惭愧。"柔嘉公主环视了一圈，面带微笑道。

众人忙说："公主德行兼备，实乃天下女子的楷模。"

柔嘉公主淡淡一笑，声音微冷："你们与本宫很熟吗？"

众人心中惊诧，不知何处惹恼了柔嘉公主，让她突然就变了脸色。

"你们不过是听说了本宫的一些事，便断定本宫德行兼备。"柔嘉公主来回踱步，淡漠地看着方才还谈笑风生、此刻却冷汗涔涔的贡士，"对于慕姑娘，你们也仅仅因为她是个女人，又无背景，便断定她无才无德。"

"公主恕罪！"贡士本可以不拜，但此刻有几人竟是禁不住公主的威仪，跪倒在地。

"尔等学识，比之诸位考官，如何？"柔嘉公主视而不见，继续问道。

"吾等不如。"

"既然自知不如，为何又要质疑考官的评判？"

柔嘉公主缓缓走到场中坐下，将这些贡士晾了片刻，方道："本宫之所以能当这簪花诗会的主办人，不过是沾了皇姑祖的光，成了这皇家别苑的半个主人。论才，本宫不及诸位，为免遭人当面腹诽、背后议论，今日这主办人，不做也罢，你们只当本宫是来赏花的，其余请自便吧。"

柔嘉公主此言一出，众人冷汗顿时流了下来。他们怎么也没有想到，自己竟会因为轻视了一个女子而惹恼了尊贵的公主。这可是当今圣上最宠爱的长女，也是天下百姓最敬重的神女，今日之事若是传出去，他们就算是完了。

春光明媚的花园中，此刻一片死寂。

忽然，传出一声不合时宜的低笑。

"公主殿下息怒。"出声的却是沈惊鸿，他拱手朝柔嘉公主行了个礼，不卑不亢道，"今日之事，错在在下。"

柔嘉公主只淡淡扫了一眼这传说中惊才绝艳的沈惊鸿，便将视线移开。

"不错，你身为会元，众人以你为首，你若持身公正，以身作则，他们便不会言行失当，肆意诋毁一个姑娘。"

众人没想到沈惊鸿居然会为他们说话，不禁生出一丝感激，却还有三分害怕，只怕沈惊鸿性子起来了，把公主得罪得更狠。

"公主教训得是，我等读万卷书，终究不如公主行万里路，只读圣贤书却不解圣贤意。所幸得公主教训，也算当头棒喝，醍醐灌顶。"

沈惊鸿声音清朗，进退合宜，柔嘉公主的面色缓和了一些。

"方才慕灼华所言不错，尔等轻慢她，不仅是质疑她的才学，更是在质疑考官的清白、朝廷的公正。此事若传出去，尔等功名、前程还要不要？她提醒你们，是在帮你们，若避让、纵容，才是害你们。"

柔嘉公主这句话，令许多人将头压得更低，连声道："我等惭愧。"

眼见气氛压抑，慕灼华正要开口解围，便听到一阵急促的脚步声传来，来人大声道："皇姐此言差矣！"

一听这称呼，众人心中一抖——能称呼柔嘉公主为姐的，除了皇子，还能有谁？

来的正是大皇子刘琛。

刘琛今日微服出行，穿着一身湖蓝锦袍，戴白玉发冠，眉眼俊挺，难掩贵气，只是此刻眉宇微拢，语气中也有些不满。他快步走到柔嘉公主身旁，朗声道："朝廷并不是容不下质疑之声，更何况慕灼华的名次本就有待商榷。"

柔嘉公主看着刘琛，有些头疼地笑道："既是已经公布了名次，又怎能说有待商榷？"

刘琛瞥了一眼低眉顺目的慕灼华，有些厌恶地皱了皱眉头："她的策问，立意太差，满纸荒唐。"

慕灼华被主考官之一大皇子当着众人的面这么说，前途几乎是断了一半。

柔嘉公主道："既然如此，为何又给她不低的评价？"

刘琛眉头皱得更紧了，支吾道："不过是几位考官各执己见……"

柔嘉公主看向刘琛身后，便站起来屈膝行礼，微笑道："见过皇叔。"

众人这才发现，又一人悄无声息地进了园子。

刘衍一袭白色长袍款款而来，面容俊雅，气质温润，只是唇角的笑意颇有几分无奈。

"参见王爷！"

众人汗涔涔地想，今日簪花诗会也太热闹了吧。

"本王今日微服出巡，不必多礼了。"刘衍温声笑道，又看向刘琛道："殿下，今日簪花诗会乃贡士们交流学问的地方，你我在此恐怕会打扰他们的兴致。"

刘琛道："若不是见皇姐偏颇，我也不会出来。"

今日他和刘衍本是打算旁听的，只是眼见柔嘉公主偏袒慕灼华，甚至连沈惊鸿也责备上了，他才坐不住出来说几句。

既然出来了，他就没打算回去。

柔嘉公主望着刘琛笑道："究竟是谁失之偏颇？这里有些人，没见过文章，便冲着一个人的性别、年纪品头论足，难道殿下觉得这便是公正了吗？"

刘琛素来对柔嘉公主敬重中带着敬畏，甚少和她顶嘴，更何况她此时说得也有道理，他只能换个角度辩驳道："这些人偏颇，但沈惊鸿未曾出言妄断，皇姐为何特别苛责他，只因他会元的身份吗？"

柔嘉公主理所当然道："既然是榜首，便当为表率，不能为表率，便不配为榜首。他身居高位，我自然要对他要求多一点儿。"

刘琛气恼道："皇姐真是强词夺理。"刘琛求助地看向刘衍："皇叔，你以为如何？"

刘衍摇头失笑，道："偏见本就是人之常情，谁也不能免俗。抛开身份、外表去看待一个人，又谈何容易？人心本就是偏的。"

刘琛眼睛一亮，笑道："皇叔言之有理。以往簪花诗会都是以花为题，各自作诗，公开品评，如此一来难免有人趋炎附势，让评判失了公正。今日诗会不如也效仿会试，各自匿名写下诗作，由一人念诗，众人品评，如何？"

柔嘉公主挑挑眉，揶揄道："今日这主办人是你还是我？"

刘琛拱手道："自然是皇姐。"

柔嘉公主拂袖，佯作生气："那你是想看我的笑话吗？"

刘琛忽然又心生一计，眸光一转，笑道："既然我与皇叔来了，不如也参加这诗会。"

众人闻言，顿时呼吸一窒。

刘琛却觉得这个主意极妙。他自幼喜好诗词，旁人总是夸他诗才，却不知有几句实话，今日匿名作诗，倒是可以借此机会看看自己的水平。他素来自傲，并不觉得自己会输给他人，更何况作为皇子乃至储君，诗词不过是小道，真的输了，他也不会放在心上。

难的是在场的贡士，他们个个心中忐忑，不知道此番该如何表现，若是不小心赢了刘琛和刘衍，是会被看重，还是会被记恨？

刘琛完全是看热闹不嫌事大，刘衍没料到事情会发展到这个地步，刘琛一副兴致勃勃的样子，看来根本无法打消他的念头。

刘衍扫了慕灼华一眼，后者一副宠辱不惊、低眉顺目的入定模样，丝毫不见方才巧舌如簧的嚣张样了。他心下一哂，无奈地点头道："就随你吧。"

第五章·昙花诗会

未到山穷水尽之时，不可轻言放弃，便到走投无路之际，也应笑对生死。

园中摆放着许多矮桌，桌上早已备好了笔墨纸砚，众人席地而坐，限时在一炷香内写出一首以花为题的诗。

柔嘉公主令侍女蔓儿取来一只木箱子，箱子里放着许多折纸。蔓儿走到每个人面前，让他们伸手摸出一张折纸，折纸上写着一种花名，众人便以此为题。谁都不知道彼此的题目，便也不知道一会儿谁会作什么诗。

不一会儿，每个人都拿到了自己的诗题。柔嘉公主点燃了香，众人皆苦思起来。

刘琛和刘衍坐在亭子里，两人也各自得了题目。刘琛掐着笔皱眉深思，刘衍瞥了一眼题目，便好整以暇地品茗，目光扫过亭外做题的众人，仿佛自己又加试了一场会试。

刘衍的目光落在慕灼华身上，后者微张着粉色的双唇，露出洁白整齐的牙齿，眉心微微皱着，显然十分苦恼。刘衍想起方才在后面偷听到慕灼华的那番歪理邪说，不禁又生出几分笑意，仰月唇微微翘起。

慕灼华正苦思冥想，眼睛不经意地抬起，便撞见了刘衍笑意盎然的双眸。慕灼华微微一怔，随即露出一个无奈又委屈的表情，可怜兮兮的，让人生不出怜意，反而更想逗弄她。

刘衍忍着笑移开眼，放下茶盏，提笔写诗。

慕灼华暗自撇了撇嘴，腹诽刘衍和刘琛叔侄吃饱了撑的，若是他们不来捣乱，柔嘉公主肯定会护着自己，现在这样子⋯⋯

慕灼华心里叹了口气，勉勉强强凑了四句诗，虽说不算差吧，但别说与沈惊鸿比了，只怕连场中的一半人都比不上。

"时间到了。"柔嘉公主说了一声，冲侍女们点了点头，侍女们便走到众人面前收走了诗卷。

诗卷被特地打乱后放在柔嘉公主手边，柔嘉公主看了一眼诗卷，笑道："今日应该会出不少佳作，好诗当找个合适的人来读，才能读出那份味道。"柔嘉公主巡视一番，最后道："就让慕灼华来吧。"

慕灼华领命，上前走到柔嘉公主身旁，拿起一沓诗卷，缓缓开口诵读。

慕灼华声音清脆悦耳，听起来确实是一番享受。慕灼华每念完一首，便会有人点评一番，因为不知这些诗里哪首是刘琛、刘衍所作，因此众人的点评都小心得很，不敢说差的地方，只敢挑优点说，一时间气氛无比祥和。

刘琛听了一会儿，眉头皱了起来，嘀咕道："方才那首诗平平无奇，他们都能夸出花来？"

刘衍闻言一笑，扫了刘琛一眼："琛儿，你我实在不该来。"

刘琛想了片刻，才明白其中关节，不禁有些懊恼。

慕灼华念了十几首后，翻到了下一页，她清了清嗓子，念了一句，忽然顿了一下，目光直勾勾看向了刘衍。

刘衍正喝着茶，被她的目光晃了一下，杯子险些落地。

刘琛道："皇叔，你衣服湿了。"

刘衍笑道："无妨。"

这一打岔，众人将注意力都转移过来，心里也不禁犯起嘀咕。

待慕灼华念完这首诗，场上局面忽然有些失控。这是首咏牡丹诗，牡丹本是倾城色，更兼人间富贵花，古来咏叹牡丹多以其富丽华美入题，而这首诗竟是以牡丹为题，生生写成了边塞诗！第一句还在赞叹牡丹国色无双，第二句就回忆起当年征战沙场，这弯转得太快，差点儿刹不住脚。再听第三句，让人置身于凄风厉雪、万里无人踪之境，仿佛看到了战争的残酷，第四句又回到眼前，叹盛世太平，独留一人赏花……

众人回想定王方才的举动，又想到定王征战沙场多年，这首诗十有八九就是定王所作啊！当下众人便你一言我一语，将这首诗吹得天上有地下无。

"这绝对是古往今来第一首牡丹边塞诗！"

"可谓开创了一个新流派啊！"

"居安思危，立意高远，令人佩服！"

"'凄风厉雪过寒冬，独留牡丹一枝红'，让人仿佛看到战争的残酷和同袍战死的悲怆。"

"以乐景写哀情，让人越回味越心伤啊。"

刘衍垂着眼，面色微微古怪。这首诗若仔细品评，用词也就一般，立意确实不错，但似乎也没有其他人捧的这么高，但看众人争先恐后地夸，他都怀疑自己的文学造诣是不是低了些，没看出有那么好来。

众人夸了许久，才让把这页揭过。

慕灼华足足念了一个多时辰，总算把所有诗词都念完了。众人也匿名选出了自己心目中最佳的一首诗，写在纸上。

待侍女们收齐了票纸，两名侍女一名唱票，另一名计数，这时诡异的一幕出现了。

"《咏牡丹》。"

"《咏牡丹》。"

"《咏牡丹》。"

……

"《咏牡丹》第一名，得八十六票。"

场中算上刘琛、刘衍，一共一百零二人，《咏牡丹》独得八十六票。

众人微笑鼓掌，感叹道："实至名归，实至名归！"

柔嘉公主含笑起身，拿起那份诗卷，仔细看了看，抬眼看向众人。

"结果已然揭晓了，那么，就请这首诗的作者出来吧。"

众人将炽热的目光投向了亭中端坐的刘衍。

刘衍唇角噙着笑，却没有起身。

一个娇小的身影走了出来，直到柔嘉公主面前。她脸上有些泛红，抬起手摊开掌心，上面有一张小字条，正是先前的试题。

慕灼华有些羞怯道："那首诗……是我作的。"

所有的笑容刹那间凝滞，狐疑的目光从慕灼华身上移到了刘衍身上。刘衍微笑看着慕灼华，他觉得今日忘了带把扇子真是失策，否则此刻便能挡住自己脸上的笑容了。

柔嘉公主笑着将诗卷还给慕灼华，道："既然如此，今年的簪花诗会会首便是你了，这园中开得最好的那枝牡丹便是你的彩头。蔓儿，"柔嘉公主侧头对身旁的侍女道，"你去将那枝花移植入盆，送给慕姑娘。"

蔓儿笑着应下。

刘琛脸色十分难看，恶狠狠地瞪着慕灼华，嘀咕道："怎么会是这首第一，那些人都瞎了还是傻了？"

刘衍笑道："只怕……是太聪明了，反被聪明误。"

刘琛怎么也想不到是这个结果，胸腹之间憋了一股气。别说是刘琛了，其他人何尝不是非常气闷？其实若论诗，沈惊鸿的诗作才是当之无愧的第一，只不过众人被误导了，以为那首诗是刘衍所作，曲意逢迎，这才导致了这个结果。跟这些跟错风的人比起来，失了头名的沈惊鸿心态反而平和得很，笑容满面地向慕灼华道喜。

慕灼华有些飘飘然，从蔓儿手中接过沉甸甸的花盆时都压不住她的飘。一张小脸被牡丹映得红扑扑的，双眸水亮。她无比膨胀地说了一句："沈兄，我是不是第一个在诗作上赢过你的人？"

沈惊鸿："……"

沈惊鸿心想："这第一名怎么得来的，你心里没有点儿……数？"

皇家别苑里，刘琛脸色极为难看地看着柔嘉公主。

"今天这场诗会，着实不公！"

柔嘉公主扫了他一眼，冷哼道："那不也照着你的意思改了规则吗？"

"可是，"刘琛皱眉，"慕灼华何德何能得了头名！"

柔嘉公主微笑道："众望所归，不得不服。"

"你——"刘琛竟是说不过柔嘉公主，便更是气闷了，转头看向坐在另一侧的刘衍，求助道："皇叔，你评评理。"

刘衍揉了揉额角："莫要拖我下水，这是你们年轻人的事，我管不了了。"

柔嘉公主看着刘琛那副样子，失笑摇头："你一心维护沈惊鸿，这是怕别人不知道沈惊鸿是你的人吗？"

刘琛哼了一声："知道又如何？"

"我懂你爱才之心，不过沈惊鸿桀骜难驯，你可得小心些。"

柔嘉公主越是这么说，刘琛就越不以为然。他与沈惊鸿坐而论道，对其越是了解，就越喜欢。这人出身寒门，却满腹经纶，志存高远，许多想法都与他不谋而合。他早已将沈惊鸿引为知音，他日自己若登基，必然重用沈惊鸿，开创一个盛世王朝。

柔嘉公主道："那慕灼华也是有才之人，她奇思妙想，妙语连珠，殿试之上，或许能得父皇青眼，位列三鼎甲。"

刘衍有些诧异："公主竟如此看好她？"

柔嘉公主微笑点头："这姑娘有些不讨人厌的小心思，确实会讨人喜欢，连沈惊鸿都对她不同旁人，依我看，她入翰林院是十拿九稳之事。"

入了翰林院，便能在御前行走，官运亨通，远在他人之上。

刘琛厌恶地皱起眉头："不是我看不起女子，不过天下间又有哪个女子能如皇姐这般？慕灼华不过是投机取巧又贪生怕死而已。"

柔嘉公主幽幽一叹："罢了，你看重你的沈惊鸿，也不要针对慕灼华才是。你生来高贵，却不知道，一个女子走到她今天这一步，得有多难……"

慕灼华很难，只是她从来不说。

你若失败，那些难处说来不过是让人笑话，徒劳无功；你若成功了，那些苦尽甘来便也不值一提了。

懂得你的人自然会怜惜，不懂的人，说多了也是自讨没趣。

有了柔嘉公主的回护，慕灼华感到周遭对自己的恶言恶语明显少了许多，她心里对柔嘉公主的敬爱不禁越发浓厚。

慕灼华在家中庶女中排行第七，上面有六个姐姐，却从未体验过姐妹之情。那日见了柔嘉公主，见她对自己温柔有加，便想着自己若有一个亲生的姐姐，是否也会如柔嘉公主那般熨帖暖心。

在这世上，只有郭巨力算是她的亲人了。

郭巨力照旧早早睡下了，慕灼华还在院子里倒腾她的宝贝。她忙得专注，竟没注意到墙头上坐了许久的人。

刘衍今夜本有事，只是不知怎的又想起了慕灼华，等回过神来，人已经走到了她家门外。他本想敲门，却又临时改了主意，施展轻功飞上墙头，便看到慕灼华卷起袖子蹲在院子里忙活着，细嫩的藕臂上沾了些许泥土，地上也是一片狼藉。慕灼华把头发都扎了起来，几缕碎发被汗水打湿，贴在额角，显得有些狼狈。

刘衍看了许久，终于忍不住轻咳两声，道："你在做什么？"

慕灼华吓了一跳，猛地抬起头，便看到了月光下屈膝坐在墙头的刘衍。她因惊讶微张着嘴，随即露出一个灿烂的笑容，仿佛看到了期待已久的客人，这笑容让人心情也不自觉地好了起来。

"王爷，您来啦！"慕灼华抬起手臂擦了擦额角的汗。

刘衍自墙头跃下，白色的衣袂翻飞，面容俊雅，皎然若谪仙，慕灼华看得微微失神。

刘衍站到慕灼华身旁，才看到方才被她身影挡住的东西，他惊诧地挑了下眉头："你在挖花？"

慕灼华忙摆手解释道："才不是呢！我这是在移栽。"

慕灼华说着又蹲了下来，小心翼翼地把那枝挖出的牡丹放入另一个土陶花盆里，再轻手轻脚地将泥土放进盆中。

刘衍有些不解："为什么？"

慕灼华专注地盯着那枝牡丹，头也不抬道："公主赏的这个花盆太贵重了，我要好好收起来。"

听慕灼华这么说，刘衍这才看向先前的花盆。那个花盆乃宫中之物，看着就不是凡品。不过这种东西刘衍家中遍地都是，他自然不会放在眼里。

"这个花盆能卖上百两呢，不过意义特殊，我也不敢卖，更不敢随便放在院子里，万一被人偷了呢？所以啊，我就把牡丹移栽到这个土陶花盆里，再把这个贡品花盆好好藏起来。"

刘衍闻言失笑，只觉得慕灼华每次都胡说八道，偏偏又很有道理，他又被说服了。

慕灼华好不容易重新把牡丹栽好，这才抬头看刘衍，问道："王爷这么晚来，是有要紧事吗？"

刘衍被慕灼华问得一窒，他……没什么事……但此刻还是硬掰出了一件事。他手中握着把折扇，轻轻敲了敲慕灼华的肩膀，似笑非笑道："今日之事，你难道不该给本王一个交代吗？"

慕灼华露出一个真挚而讨好的笑容："我正想多谢王爷相助呢！"

刘衍弯了弯嘴角，一副"你继续扯"的表情。

慕灼华道："我承认今日我是故意误导他们，让他们以为那首诗是王爷作的。不过我也确实没想到，王爷那么配合，还泼了杯茶引起他们的注意，我也因此侥幸得了头名。"

刘衍轻笑一声："怪本王过分配合了？"

慕灼华赔笑道："王爷总是说不帮我，但最是嘴硬心软，人美心善，小人感激得不得了呢，果然是没跟错主子！"

刘衍被她的马屁拍得哭笑不得，只觉得自己越发有昏聩的趋势了，竟然喜欢听人逢迎讨好。

"本王的帮助并非无偿的。"刘衍敛起了笑容，认真道，"今日泼了那杯茶，脏了一身衣服。那衣服也值一百多两，你这个花盆便赔给本王吧。"

慕灼华大惊失色："怎么这么贵！王爷，您为什么不往地上泼？"

刘衍皱眉道："你还敢挑剔？"

慕灼华赔着笑道："不敢不敢！可是王爷……"慕灼华抽了抽鼻子，露出一副十足委屈可怜的表情，"王爷这么富有，小人这么贫穷，你舍得损不足以奉有余吗？"

刘衍噙着笑道："舍得。"

"王爷啊——"慕灼华呜咽一声，"这个花盆对小人来说意义非凡，是公主赏赐的，若是给了您，那以后公主追究起来可怎么办啊！"

刘衍忍着笑道："你便直说赔给了本王，旁人不会说什么。"

慕灼华唉声叹气道："王爷，咱们打个商量好不好……其实这枝花也很贵的，要不然，我把这枝花赔给你吧！"

刘衍一怔，慕灼华已经把花盆捧到他眼前。一朵柔媚绮丽的牡丹在月下招展着，花瓣后露出一张笑吟吟的小脸。

"王爷，这品种的牡丹花也要上百两一朵呢，这样富丽的人间富贵花最适合王爷这样的身份地位了，您就收下吧！"

刘衍怔怔看着那朵花，只听着慕灼华软软地喊了几声，便下意识地接过了花盆。

慕灼华暗自松了口气，笑着道："今日这头名本也有一半功劳是王爷的，说到底是小人沾了王爷的光，所以这彩头咱们一人一半正好。"

刘衍这才回过神来，无奈又好笑地看着慕灼华的小花脸："你啊——"

刘衍最终还是将这盆花带了回去。

执墨知道刘衍半夜出了趟门，也没让他们跟着，回来的时候竟带了一盆牡丹花，还笑得很开心！

刘衍将那盆牡丹放在书房的窗台上，亲自给花浇了浇水。

执剑经过，看到这一幕觉得有些好奇，问道："王爷方才去买了盆花？"

刘衍微笑道："不是，别人送的。"

执剑惊了——居然有人给王爷送花！王爷还笑着收下了！

还有几日便是殿试，这几日慕灼华在家里温书，郭巨力便出去四处找新房子。如今她们身上有了不少钱，过了殿试，应该能封个一官半职，便不适合再住在东城这种鱼龙混杂之地了。郭巨力在北城和南城打听了几天，却都没有找到合适的房子——大多是因为租金太贵。

"北城两进的房子，一个月租金便要二十两，怎么不去抢啊！"郭巨力气呼呼地如是说，"还要一次付半年，加上押金，一次便要缴一百四十两。"

"咱们现在不是有很多钱嘛。"慕灼华财大气粗地说，"月租金五十两也是住得起的。"

"小姐，咱们还得添置很多东西呢，笔墨纸砚还得买更好的。你近来又长高了，也得重新做几套衣服鞋袜了。往后你当了官，还要人情往来呢。我都打听了，新科进士一年俸禄米粮加起来也不超过三十两，都还住不起北城呢。"

郭巨力碎碎念着日后的开支，本以为一夜暴富了，谁知道竟多了这么多烧钱的地方。

慕灼华听得直发笑，忍不住捏了一下郭巨力的脸蛋。

"巨力可真是持家有道，我都舍不得把你嫁了。"

郭巨力道："小姐，你都不嫁人，为什么要把我推进火坑？"

慕灼华哑然，哧哧笑道："你聪明了。对，咱们都不嫁人，升官发财就好。"

慕灼华仿佛春天的柳条似的，一夜之间抽高了个子，袖子骤然短了一截，卸妆之后的容貌似乎也有了微妙的变化。慕灼华仔细看了看，发现自己原先有些肉肉的脸颊瘦了一些，脱去了些稚气，多了几分少女的柔美与妩媚。

郭巨力给慕灼华调制着易容的粉膏，赞叹道："小姐越来越好看了，比姨娘还好看呢。"

慕灼华蘸了蘸黛色的粉膏，犹豫着该怎么改变妆容。她调制的这些粉末得自己另外调配药水才能擦洗掉，因此每次上妆都得经过深思熟虑。以前她的小脸嫩，便装着天真稚气骗人好感，如今要入朝为官，再这么打扮恐怕会被人看轻，须得成熟稳重一些。

慕灼华想了想，便有了方案，在眉眼之处轻轻画了画，又在脸上添了些阴影加深五官轮廓，整个人的气质便截然不同了。之前的妆容让她看上去仿佛十五六岁的女娃娃，现在她竟成了稳重清秀的书生。

换上新做的衣衫，慕灼华对镜自照，满意地点头。

郭巨力发自内心地说："小姐真俊，我若嫁人便嫁小姐这样的。"

慕灼华哈哈一笑："千万别，兴许我和我那父亲一样风流呢。"

❖ ❖ ❖

殿试定在四月初八，慕灼华同其他人学了面圣的礼仪，这才进宫接受昭明帝的考核。

一百个贡士鱼贯进门。大殿上已摆好一百张桌子，也准备好了笔墨纸砚。笔墨充足，每个人却只有十张纸，如此则要每个人都打好腹稿，速速完成。在没得到准许之前，考生是不允许抬头窥探龙颜的，每个人低头行礼之后，坐在指定的位置。总管太监宣读殿试题目后，便可以开始作答了。作答时间为一个时辰，其间自然也可以如厕饮水，但极少有人会这么做，因为这会给皇帝留下不太好的印象。

每年的殿试考题方向都不一样，只取决于皇帝个人的喜好。有的皇帝喜欢诗赋，有的皇帝喜欢策问，有的皇帝甚至考过算学风水，真叫人摸不着头脑。好在昭明帝是个中规中矩的皇帝，没出什么太偏门的考题为难众考生。

今年的殿试题目是道策问题，题目是"无为而治"。

这题目很大，切入点很多，可以肯定，也可以否定，这样一来就要仔细回想一下昭明帝历来的政策倾向是有为还是无为。若是猜错了帝王的心思，这前途可就堪忧了。

慕灼华心中叹气，这考试考的只有一半是才华，另一半却是揣摩上意的本事。昭明帝在位十五年，多施行仁政，休养生息，如此看来，很多人会押在无为之上。

无为，无为……其实无为本身也是一种有为，只是顺时应势而为，有所为，有所不为……

慕灼华脑中一行行字自然浮现其中，文思泉涌，闭目片刻后，她便提笔答卷。

大殿之上，昭明帝正仔细观察这些考生。有的人胸有成竹，有的人愁容满面，有的人战战兢兢，有的人落落大方，才华如何尚不知道，但心性可见一斑。

大殿两旁则坐着不少文武大臣，还有一些皇亲贵族，如定王与三位皇子，这些人也在观察着考生们临场的表现。

这些考生中最为瞩目的无疑是沈惊鸿与慕灼华，一个是连着三场问鼎的诗圣，另一个是极为罕见的女贡士。慕灼华那篇策问在朝中流传，引起了不少争执，便是昭明帝也对她印象深刻，今日也不由得多看了她几眼。

考试时间过半后，昭明帝便走了下来，在考生中间来回巡视，这就极大考验了考生们的心性。有的人一见皇帝来了，登时心神大乱，写不出字，这些人多半是难成气候的。昭明帝自然而然地先走到沈惊鸿身旁。沈惊鸿已经写好了六张纸，昭明帝饶有兴味地站在旁边从头看了起来，边看还边微笑点头，显然十分欣赏沈惊鸿的策问。

刘琛见了这一幕，心中也是安定了不少。对沈惊鸿的才华，他是十分信任的，就担心他御前无状或者心神失宁乱了分寸，如今看来是多虑了。

昭明帝看完了沈惊鸿的卷子，便去看其他人的。其余之人有好有坏，却没有一人能让昭明帝如对沈惊鸿那样看重了。眼看着昭明帝就要走到慕灼华身旁，殿上忽然响起一声清脆的巨响——啪！

两旁的大臣愕然，抬头四望寻找声音的来源，片刻后终于知道发生了什么事。只见慕灼华桌上的砚台不知何故竟翻倒过来。卷子是叠放在一起的，墨水一倒，自上而下地湿透了所有的试卷，那些已经写好的卷子有一半篇幅都被墨水染黑了，完全看不清字迹。慕灼华已经写完七张纸，此刻看着染黑的卷面，整个人都蒙了。

只剩下两刻钟，而白纸……认真算起来，只有半张。

大殿两侧所有人的目光都集中到慕灼华身上。慕灼华茫然抬起头，正好接触到昭明帝充满探究的目光，整个人抖了一下，立刻又低下头去。

半张纸、两刻钟，又能写什么呢……

慕灼华抓着笔的手紧了紧，掌心已经微微汗湿了。

远远地传来不真切的谈论声："时运不济啊，看来是最后一名了。"

"估计是看到陛下走近，心里慌了，这才打翻了砚台。"

"年纪太小了，又是姑娘，惊慌也是难免的。"

"陛下仁慈，应该不会追究她的过失。"

慢慢地，慕灼华只能听到自己的心跳声了。

完了……完了……

是她慌了吗？

不是啊，那个砚台是自己莫名其妙翻倒的，她分明没有碰到！

是谁要害她？她又得罪了谁？

殿试最后一名不过是同进士，同进士就不是进士，前途便大大不同了。

慕灼华呆呆地看着眼前的半张白纸，仿佛看到了自己一片惨白的过去。

她看到阿娘倚门流泪，日日盼着父亲回头，她便告诉自己，不要将一生放在别人手中。

她听说女人只要当了官便能做自己的主，自立门户，不再依附男人。于是她把所有的希望都放在父亲的书房里。姐妹们都去抢珠宝首饰，抢脂粉绸缎，她都不要，她只要数不清的书，想要片刻的安静。

慕家的人都笑话七小姐是书呆子，脑子有问题，姑娘家读那么多书做什么，还不如打扮漂亮一点儿，以后嫁个好人家。

然后呢……

嫁人，像她阿娘，像大娘子，像家里的每个姨娘一样，每天在内宅里钩心斗角，争夺不属于自己的财富和男人吗？……

她不过想活出自己的一片天地罢了。

慕灼华揉了揉鼻子，眼睛有些发酸，却没让人看出她的窘态。

以前那么难，她都没想过放弃，更何况走到了这里。

慕灼华长长舒了口气，晃了晃脑袋，重新振作起来——她还有半张纸呢！

慕灼华重新提起笔，蘸了蘸墨，思忖片刻，重新下笔。

"她还要写什么？"

"半张纸，又能写几句话？"

"困兽之斗罢了。"

"能有这心性便已经很好了，不是吗？"

不知是谁说了这句，引来了众人的交相点头。

是啊，不过是个十八岁的姑娘，殿试上出了这么大的岔子，还能镇定自若地重新下笔，因此无论她写了什么，即便是陛下，怕也要高看她一眼了。

昭明帝含笑点头，却没有再继续巡视，而是走回御座之上。

总管太监高声喊道："时辰到，停笔——"

卷子被一张张收了上去，考生们得到了时间休息，在太监的引领下离开大殿，来到偏殿喝水进食。

慕灼华坐下之后便大口灌了一壶茶，放下茶壶，便看到许多人一脸同情地看着自己。

"你今日也太不走运了，怎么会发生这样的事呢？"

那些人纷纷摇头，看似惋惜，心里却在算计着这第十七名掉下来后自己大约能上升多少。

沈惊鸿倒是真心实意地关心了一下："你之后又作答了吗？虽然发生了意外，但若能用心作答，陛下定然不会怪责。"

慕灼华冲沈惊鸿笑了笑："我觉得自己答得挺好的。"

众人忍不住笑出声来，就连沈惊鸿也是哭笑不得的表情——就交了半张纸，口气还这么嚣张。

"那……祝你好运了。"沈惊鸿也无话可说了。

昭明帝看过卷子，心里便对各人的表现有了底。所有考生在偏殿等候了一个时辰，再度被召回大殿，等待御前奏对。

这可是在皇帝面前留下好印象的机会，每个人都是既忐忑又期待地等着。慕灼华看起来神情自若，而这在旁人看来是破罐子破摔的表现。

第一个被召上前问话的自然是沈惊鸿。沈惊鸿年轻俊美，仪表不凡，更兼写一手龙飞凤舞的好字，昭明帝初见便生出十分的好感。沈惊鸿这卷子是他站在旁边看着写完的，这更让他对这个才华惊人的青年十分欣赏。昭明帝面带笑地问了几个问题，沈惊鸿不卑不亢，对答流畅，昭明帝连连点头。刘琛站在一旁看着，似乎觉得与有荣焉，也露出了笑脸。

刘琛附耳对刘衍低声道："今科状元，非他莫属。"

刘衍笑而不语。

接下来又有几个人被传召，他们面色不一，有人兴奋，有人惊恐，有人沮丧。众人的对答都被一旁的太监一一记录下来，昭明帝在心里留了底。

太监又一次扯着嗓子喊道："慕灼华上前觐见——"

众人惊愕地挑了下眉梢，偷偷看向慕灼华。慕灼华神态自若地走出队列。她走到队伍最前列，行礼叩首道："学生慕灼华，参见陛下，万岁万岁万万岁。"

上方传来昭明帝的声音，温和而威严："平身吧，让朕仔细看看你。"

慕灼华立刻站起身来，恭敬垂手站着，扬起下巴，眼睛却看着地面。

"不错，年纪轻轻，心性却极稳，朕还以为你要当场哭出来了。"昭明帝笑呵呵道。

慕灼华答道："未到山穷水尽之时，不可轻言放弃，便到走投无路之际，也应笑对生死。"

"好！"昭明帝赞赏地点点头，拿起手中半张卷子，"你能在最后的时间里写下这份答卷，也很好。"

那半张纸空间有限，只写得下两句话：

居无为而思有功，尽人事以听天命。

物竞天择适者生，不优则劣弱者亡。

昭明帝道："寥寥数字，却说尽了人道，也说破了天道。你年纪不大，却有这等境界，着实不易。"

在最后的空间与时间里，慕灼华只能提炼自己的想法，写下这两句。她也是在赌，现在看，她是赌赢了。

慕灼华俯首道："谢陛下夸赞。"

"你会试的那篇策问，朕反复看过几遍，原以为作此篇策问者定然是个老成谋国之士，没想到你这般年轻，还是个女子。朕想知道，策问所言，是你心中所想吗？"

昭明帝这么问，似乎是怀疑这篇文章有人代笔。虽然被问的是慕灼华，但几乎所有人都感受到了天子的威压，心生惧意。

慕灼华心中一凛，俯首道："回陛下，学生出身商贾之家，自幼耳濡目染，便觉经济乃民生之基。

"何谓经济？经邦经国，济世济民，上惠朝廷，下泽百姓。陛下治国多年，以民为本，四海之内无不感念陛下仁政，便是外邦蛮夷也垂涎我陈国富足，不远万里与我陈国贸易。海波平静，四海来朝，江南之地每年因此可受益数千万两白银，百姓丰衣足食。

"北凉却屡屡犯境，为何？学生位卑，却未敢忘忧国，思虑多时，偶有心得。北凉不产金银、粮食，逐水草而居，百姓生而多艰，垂涎中原富足，便只有南下侵掠。但北凉没有能与陈国贸易之物吗？有的。北凉马壮，远胜中原；铁矿富足，可为利器。北凉牛羊肥硕，可补陈国之缺；北凉人高大雄壮，以一当十。然则两国互为戒备，边贸难通，北凉人无法以贸易的形式交换所需，便只能想方设法侵掠，这是他们为生存计。

"陛下，一将功成万骨枯。学生以为，若能活下去，百姓是不愿意打仗的，而谁能让他们活得好，谁便是他们的天。士大夫读圣贤书，不屑商贾小道，但学生以为，能利国利民之事不分大小。"

慕灼华娓娓道来，深入浅出，说得旁边的官员也不禁轻轻点头，深以为然。站在慕灼华身后的考生中，有许多人都曾在簪花诗会上讽刺过她，如今听她这么一说，也觉得她说得确实有几分道理，便暗自为之前的态度感到羞愧。

慕灼华态度不卑不亢，一开始便将昭明帝捧了捧，让皇帝听高兴了，往下的话便也好说多了。这话里话外都透露着一个意思，就是陛下圣明有为，番邦百姓都等着您去解救他们呢。

这种臣子说话的艺术，昭明帝没少见，只见慕灼华一个小姑娘板着张清秀稚气的小脸，说起来也一套一套的，不禁觉得有些好笑，偏偏她说得有理有据，让人生不出玩笑的心思。

"看你胸有成竹之态，这策问想来是作得无错了。只是今日殿试你犯了大错，污了试卷，虽然临危不乱还交了四句，但也难以服众。不过朕可以再给你一个机会，你用'无为而治'来注解养蛮策给朕听，朕给你三十息的思考时间。"

慕灼华心中大喜，俯首道："圣明无过陛下！"

用"无为而治"注解养蛮策，这又有什么难？但是昭明帝给了她三十息，却是存了为难她的心思，故慕灼华也不好露出太得意的模样，便故作为难，皱眉思索了一番。待听到一声磬响，她便舒展了眉眼，认真答道："无为，而无不为，顺治，则天下大治。圣人治国，顺时应势……

"……因势利导，民心所向，则事无有不成……

"……藏利于民，泽被万姓，则民无有不忠……

"……广开教化，人心思一，则国无有不兴……"

慕灼华注解了"无为"，又谈了"何为治"，自上而下，从里到外，把经济民生、德育教化方方面面的养蛮策说了个通透。

昭明帝一开始还带着笑，后来越听越严肃，不时陷入沉思。一旁的太监运笔如飞，将慕灼华的话一字字写下，挥汗如雨。待慕灼华说完，他的手居然抖个不停。

昭明帝沉默许久，才勾唇一笑，道："善！"

三十息成文，如此思谋，如此文采，如此年纪……

昭明帝仔细端详慕灼华，心中有些惋惜：若是身为男儿身，那就更好了。他心中本是属意沈惊鸿为状元，沈惊鸿确实是无可挑剔，但慕灼华也不遑多让。

昭明帝一时陷入了沉思，殿上之人跟着面面相觑，竟不知该作何反应。

慕灼华自觉答得还算不错，更何况有了昭明帝那个"善"字，她心中着实踏实了许多，只是这会儿昭明帝又沉默了太久，她难免有些忐忑。

不知过了多久，慕灼华便听到昭明帝带着笑意问了一句："你既讲了教化，又讲了经济，却不讲军事，难道不打仗便能得四海归一？"

慕灼华一怔，随即道："打还是要打的。教化他们，是为了不打仗；打仗，是为了让他们坐下来好好听话。"

昭明帝失笑，指着慕灼华道："你啊你啊，话都叫你说完了……"

左右侍从惊讶地看了昭明帝一眼，又看向慕灼华，心中暗道"了不得"，甚少见到陛下笑得这么开心，这个慕灼华简在帝心，前途无量啊！

昭明帝信重的总管太监轻声提醒道："陛下，是否召见下一个考生殿前对答？"

昭明帝这才回过神来，摆摆手笑道："不必了，朕心里有数了。"

慕灼华这才得了令退下，跟着其他考生回到偏殿等候名次的公布。

虽然还不知道自己的名次，但她心里一块石头落了地——应该不会太差。

刘琛又惊又怒地跑到刘衍身边，难以置信地说："父皇居然想点慕灼华为状元！"

刘衍也是错愕："皇兄真这么想？"

刘琛咬牙道："父皇这是被蒙蔽了吧？那慕灼华虽……有几分本事，但论真才实学，又哪里比得上沈惊鸿？"

刘衍愣神了片刻，方道："只怕……难以服众。"

刘琛立刻道："皇叔，你说得对，不如你去劝劝父皇！"

刘衍失笑："我如何劝得？殿试结果，皆看陛下心意。"

刘琛急道："如今沈惊鸿誉满定京，父皇却叫一个女子做了状元，你让百姓作何感想？怕不是要在背后议论，说父皇是看中了慕灼华的美色！"

刘衍脸色一变，呵斥道："慎言！"

刘琛这才意识到自己说错了话，急忙闭上嘴。

"你说得不无道理……"刘衍叹了口气，摇摇头，"但此事绝非他人可以开口，你我更须避嫌，要相信皇兄的圣明。"

刘琛心有不甘，却不得不承认刘衍说得对，只能沉默点头。

殿试的结果当日便出来了，考生们在偏殿度日如年地等了一个时辰，终于等到了结果。

这次宣读名次的却是丞相。

"昭明十五年殿试——

"一甲第一名，沈惊鸿，赐进士及第！"

这个结果在众人意料之中，沈惊鸿俯首，含笑谢恩。

"一甲第二名，宋濂锡，赐进士及第！

"一甲第三名，慕灼华，赐进士及第！"

慕灼华愣了一下，有些不敢相信。

丞相含笑看着慕灼华，低声提醒道："还不赶快谢恩？"

慕灼华急忙磕头谢恩，心中却还迷糊着。

探花？

她居然是……探花？

这可太出乎意料了，她本来想着，能保住原来的名次就不错了，居然还能升到第三名。

其他人见识过慕灼华御前奏对的本事，对她是有几分信服，但想着自己十年寒窗竟然被一个女子压过一头，心里多少还是有点儿不舒服。殿试结果陆续公布完毕，丞相笑吟吟道："陛下赐宴御花园，恭喜诸位新科进士。"

"陛下万岁万岁万万岁！"

无论结果如何，多年寒窗苦读，到了这一日总算是开花结果，进士也好，同进士也罢，对自己对宗族也算有了交代。到了琼林宴上，本有些郁闷的进士一扫郁结之情，展露了轻松快意的笑容。

一甲三人在太监宫女的服侍下换上了特制的礼服，被安排在居中的席位，接受众人道喜。沈惊鸿锦衣加身，谈笑晏晏，一时风光无两。榜眼宋濂锡和探花慕灼华分坐沈惊鸿两侧。宋濂锡年过而立，已是第二次参加会试了，容貌并不出众，胜在为人庄重自持，让人心生敬意。而慕灼华于三人当中年纪最轻，又是女儿身，有了昭明帝和柔嘉公主的关注，旁人也不敢再为难她，今日宴上便只觥筹交错，一片喜乐。

开席后不久，沈惊鸿领着榜眼、探花，向昭明帝敬酒谢恩。昭明帝心情极好的样子，正要拿起酒杯，却忍不住发出一声轻咳。

坐在昭明帝身侧的是三位皇子，大皇子刘琛见昭明帝咳嗽，关切道："父皇，太医说过您不能饮酒。"

"一杯而已，朕今日高兴，无妨。"昭明帝说着拿起了酒杯。

刘琛求救的目光投向刘衍，刘衍立时站了起来，劝道："皇兄，太医的劝诫还是要听的。沈状元三人敬酒本是心存感恩，若陛下因这杯酒而伤了身体，便会让他们后悔莫及，自责不已了。"

昭明帝闻言，犹豫了一下，还是放下了杯子，微笑道："既是如此，朕还是以茶代酒吧。"

刘琛笑道："父皇，这杯酒就让儿臣代您喝吧。"

若在民间，子替父饮酒是寻常之事，但在皇家，这种举动便不免让人多想了——大皇子就如此迫不及待地替代皇上吗？

坐在刘琛下首的是淑妃的一对双生子——二皇子刘瑜、三皇子刘瑾。两位皇子相貌相似，但气质截然不同。刘瑜皮肤白皙，温文尔雅，礼贤下士，颇有美名；三皇子刘瑾却是生性活泼爽朗，喜好舞刀弄枪，皮肤晒成了小麦色，此刻坐在椅子上，眼睛却是耐不住寂寞地到处打量。

刘瑜见刘琛喝下那杯酒，眼神微微一闪，却不动声色。刘瑾直勾勾盯了刘琛片刻，才不屑地移开眼。

昭明帝因身体多病，为人也不重情欲，有了三位皇子之后，后宫便没再添过女人。太后担忧昭明帝的身子，便也不往他身边塞人了，因此陈国的后宫算是极为清静。皇后出身名门，知书达理，却显得沉闷；淑妃出身武将世家，性情活泼解语，据说淑妃比皇后更得昭明帝喜爱，而昭明帝至今仍未立太子，便让旁人有了许多揣测。

慕灼华随着沈惊鸿回到席上，目光却偷偷留意着皇室成员的动静。她活了这么些年，明白一个道理：想要过得顺，一定得学会察言观色、揣摩上意，尤其在皇城之中，若是站错了队、得罪了人，怕是要死得无声无息了。

最让慕灼华担忧的便是今日无故翻倒的那方砚台。砚台自然不是她不小心碰翻的，而大殿之中也不可能无风自动。她仔细观察过那砚台，在其右下角发现了一处极其微小的撞击痕迹，应该是被人用微小的暗器撞击形成的。慕灼华回忆当时的座席，她坐在第三排最右侧，在她右前方的人嫌疑最大，而在她右前方坐着的，除了几位姓刘的皇室成员，便是几个二品以上的高官。她着实想不出来她何时得罪了谁，那人竟又如此大胆，敢在众目睽睽之下害她。

她跟三位皇子毫无交集，非要说得罪了谁，大概也就是大皇子，定王说过，她那篇养蛮策把大皇子激怒了。慕灼华今日观察过刘琛，大致了解了他的个性。刘琛是皇帝的嫡长子，相貌英俊，气度不凡，自幼跟着刘衍学文习武，可算是文武双全。三年前，他援救定王，立下战功，是皇位的第一人选。这人是真正的天之骄子，性格上最大的特点就是骄傲。他骄傲得理直气壮，根本不屑去掩饰自己的情绪，可谓爱憎分明。

反倒是刘瑜叫人难以捉摸，看似君子如玉，温和有礼，却让人猜不透是真情还是假意。刘瑾与他相貌相似，性情与他相异，倒是与刘琛更相近，只是少了刘琛与生俱来的骄傲，眼中压抑着不服。

还有一人便是刘衍，想到会试之时他帮过自己，按说他更没理由害她。

慕灼华喝了杯酒，暗道一声"头痛"。

宋濂锡见慕灼华眉头微皱，以为她是喝醉了酒，便让宫女倒了杯热茶来："慕探花，喝点儿热茶解酒吧。"

慕灼华感激地笑了笑，接过茶："濂锡兄有心了，灼华不胜酒力，让你见笑了。"

今晚她也不记得自己喝了多少杯，这酒不烈，但她平时喝得少，便有了醉意。

"不必客气，过几日咱们便要到翰林院报到，咱们是同榜进士，理应互相关照。我虚长几岁，便厚颜承你一声'兄长'了。"宋濂锡微笑着说道。他年纪较大，看起来仁厚、庄重，慕灼华不禁生出几分敬意。

"听兄长口音，是定京本地人士吧。"

宋濂锡点头道："不错，我自祖辈起便居于定京。"

"小妹却是来定京不久，日后还要兄长多多关照。"慕灼华说笑着，状似无意地问道，"都说定京遍地是官，小妹只怕莽撞无知，到时候冲撞了贵人。"

宋濂锡笑道："倒也不必过分担忧，陛下虽然为人仁厚，却最恨官员横行霸道、欺凌弱小，因此定京可还比那些天高皇帝远的边城安定。"

慕灼华点头称是："今日见朝上的大人们确实极为亲切，几位殿下礼贤下士，也让人心悦诚服。"

宋濂锡听了这话，面色却有些古怪，迟疑了片刻，说道："咱们为臣者，最重要的莫过一个字。"

慕灼华问道："忠？"

宋濂锡淡淡一笑，摇头："是纯，但行己事，莫问前程。"

慕灼华闻言，不禁肃然起敬，宋濂锡的觉悟确在她之上。

若论忠，便是一心向着皇帝。

若论纯，便是一心为政，居其位，谋其政，莫问前程，不计得失。把自己位置上的事情做好便是最大的忠了，既是忠于皇帝，也是忠于百姓。

而宋濂锡这话的深意不只在此，更是旁敲侧击地提醒慕灼华：不要搅和进皇室争端。

二人毕竟交往不深，能说到这里已经是仁至义尽了。慕灼华感激地举杯敬茶，宋濂锡见慕灼华的神色，便知道她听明白了自己的话外之音，心中也有些欣慰。

不远处，沈惊鸿被人群簇拥着，和众人玩起了飞花令。若论诗词，又有谁能在沈惊鸿面前露脸？沈惊鸿不知喝下了多少杯酒，一双眼睛却黑得发亮，俊美英挺的面容上泛着醉意，让不少宫女羞红了脸，心潮澎湃。

这才是状元之才该有的模样啊……

昭明帝早已离席，众人少了许多拘束，喝得更加尽兴。席近尾声，忽然有个宫女轻声叫慕灼华。

"大人，陛下传您觐见。"

慕灼华的酒意登时退了大半。

"就我一个人？"

宫女笑而不语，转身便走。

慕灼华十分忐忑地跟着宫女一路疾走着。这一路不是去正殿的方向，慕灼华也不知到了宫里的什么位置，只见依旧是一片花园，却已听不到琼林宴上的喧嚣了。

慕灼华赶到的时候，昭明帝已换了常服，正在喝药，站在他身边伺候用药的，一个是皇后，另一个是柔嘉公主。皇后看上去三十多岁，不算貌美，却端庄娴静，与昭明帝极为般配。

慕灼华跪下朝帝后行礼。

"喀喀——"昭明帝皱着眉头放下药盏，碗底还残留着黑色的药渣，"这药是越来越苦了。"

皇后温声道："陛下近日劳累，太后嘱咐了太医要多照看陛下，怕是这个原因，太医才加重了药量。陛下若觉得苦，便吃颗梅子吧。"

柔嘉公主打开蜜饯盒子，昭明帝摆了摆手，道："罢了，喝多了，倒也习惯了。"

慕灼华嗅觉灵敏，闻一闻药味便猜到了昭明帝的病情：这病在肺里，沉疴难治，恐怕是……

"皎儿，朕让你今日去琼林宴上看看可有中意的年轻俊杰，你竟看中了一个小姑娘吗？"昭明帝含笑看向慕灼华，"朕听说簪花诗会上，你也替她出了头。"

柔嘉公主微笑看了一眼慕灼华："同为女子，怜她不易罢了。"

昭明帝拍了拍柔嘉公主的手背，叹息道："你啊，总是为他人想得多，也该为自己的终身大事考虑一下。那个沈惊鸿，朕看着很是不错——"

"父皇，"柔嘉公主皱着眉头打断他，"且不说沈惊鸿小我几岁，那日簪花诗会上他已放言，不成一品，断不娶妻，他说这话便是想绝了朝中大臣的笼络之心。此人志存高远，不会甘心当一个无权的驸马。"

昭明帝也明白这个道理，但在他心里，只有最优秀的男子才配得上他最喜爱的长女，但这样的男子又怎会甘心尚公主呢？

昭明帝只能暂时打消这个念头："你和皇后先退下吧。你若有了主意，不好意思和朕说，便和皇后说。如今朕心里唯一放不下的，便是你的婚事了。"

听昭明帝这么说，柔嘉公主只能无奈地一笑，与皇后一起带着人离开了。

昭明帝这才回过头来打量慕灼华。

"不必拘礼了，抬起头来吧。"

慕灼华这才放松一些，稍稍抬起头，悄悄打量昭明帝的长相。

昭明帝今年将近四十，其实这年纪并不大，只是因为久病缠身，看起来憔悴苍老了不少，两鬓都有霜白。昭明帝看起来温文尔雅，虽不似刘衍俊美，却与他有几分相似之处，到底是一个父亲生的。

"慕灼华，朕点你为探花，你可高兴？"

慕灼华低头道："微臣喜不自胜，却又惶恐不安，怕有负陛下期望。"

昭明帝含笑道："你当得，朕本来还想点你为状元。"

慕灼华大惊，脱口而出："这使不得！"

昭明帝好奇道："为何使不得？读书人又有谁不渴望中状元，光宗耀祖？"

慕灼华老实答道："德不配位，必有灾殃。陛下看重，微臣也不敢妄自菲薄。微臣悬梁刺股，多年苦读，自认为能有今日乃不负所学，但陛下所给予的已远超微臣所想。若论学识渊博，论名望才气，微臣确实远不及沈惊鸿，若得了状元，必然遭人非议。微臣受辱不要紧，若连累陛下英名，便死不足惜了。"

昭明帝轻笑，又忍不住掩着嘴咳嗽："你很聪明，也有分寸。一个小姑娘……一定是吃了很多苦头，才会懂得这些道理。"

慕灼华听懂这话中的怜悯之意，竟忍不住鼻子一酸，跪了下来："陛下知遇之恩，微臣肝脑涂地，无以为报。"

"起来吧。"昭明帝温声说道，"你如此年纪，便有这等才学和胸怀，前程不可限量，只是不知道我还能不能看到不战而胜、天下归一那天。"

慕灼华嗓子一紧："陛下洪福齐天，自然能看到的。"

这话慕灼华自己都不信，她听着昭明帝的声音，看他的气色，心里明白他寿数不多。而这一点，恐怕昭明帝自己也明白。他现在看重这些年轻官员，都是在为将来的皇帝做储备。

"沈惊鸿锐意进取，而你进退有度，朝中有你们这样的年轻官员，大陈未来可期。"昭明帝笑着说，"过两日你们便要去翰林院报到，朕已有旨意，着你们一甲三人轮番为三位皇子讲学。"

慕灼华苦笑，刚想着远离是非，结果现在是非自己凑上来了。

"微臣才疏学浅，怕不足以为皇子讲学。"

昭明帝充耳不闻："往年都是老翰林为新进士讲学，今年是朕改了规矩。三位皇子心思驳杂，于学业上是不如你们的，你也不要谦虚了。若是皇子们不敬师长，叫你们受委屈，朕自会为你们主持公道。"

慕灼华还能说什么？只能跪下来谢恩。

待慕灼华走远了，总管太监才走上前来，手中捧着一方砚台送到昭明帝眼前。

昭明帝接过砚台看了看，笑着放下了。

"看来，是有人不想她太招眼。"

总管太监是昭明帝的心腹，在昭明帝跟前是说得上话的，因此此时也大胆开口道："女子探花，确实是招眼了。"

昭明帝垂下眼道:"朕时日无多,等不起了。"

总管太监哽咽道:"陛下洪福齐天!"

昭明帝淡淡笑着摆了摆手:"何须如此,人人心知肚明之事罢了。沈惊鸿……他是一把利剑,但作为皇帝,不能只有剑,慕灼华是最好的鞘,只看他日后能否用好。朕把人送到了他面前,希望皇儿不要辜负朕的期望。"

第六章·生平仅见

> 下官的容貌，只让王爷一人看到。

慕灼华心烦意乱地回到御花园，不知琼林宴何时结束了，御花园中只剩下一些太监宫女在洒扫，慕灼华只能找一个人带自己出宫。

"慕探花。"身后忽然传来一个熟悉的声音。

慕灼华停下脚步，回头看到了分花拂柳而来的熟人。今日穿着朝服的刘衍显得尊贵而有威严，让慕灼华不自觉地低下头来。

"见过定王殿下。"

刘衍点了点头，说道："琼林宴方才散了，你可是要找人带你出宫？"

"正是，夜里漆黑，怕迷了路走错地方。"

"本王正好也要出宫回府。"刘衍走到慕灼华身侧，轻声说，"跟我走。"

慕灼华微一怔忪，迟疑了一瞬，便抬起脚步跟着刘衍朝宫门口的方向走去。刘衍手上提着一盏宫灯，灯光幽幽，照亮了眼前方寸之地。慕灼华恍惚中，听刘衍压低了声音说："还未恭喜你呢。"

慕灼华唇角微翘，笑得含蓄："也恭喜王爷。"

刘衍问道："喜从何来？"

慕灼华道："有了我这么一个得力下属，难道不是大喜事吗？"

刘衍低笑了一声。

"今日惊险万分，你居然能转危为机。砚台翻倒，你若心态崩塌，哭闹无状，必然会被斥责，恐怕连同进士之位也会被剥夺。"

慕灼华忽地顿住脚步，抬起头直勾勾望着刘衍："王爷相信我吗？"

刘衍疑惑地停了下来，回头看向慕灼华，却撞进了她清亮的双眸。她本喝了不少酒，霞飞双颊，杏圆的双眼乌黑湿润，带着一丝稚气与好奇。

刘衍说不出她哪里不一样了，仿佛是半夜里一阵春风悄悄吹开了满园的鲜花，藏不住的春意盎然爬上了她的眉梢眼角，让这个小女孩一夜之间有了少女的风情。

刘衍失神了片刻，才清了清嗓子，若无其事地笑道："自然是相信的……

你生死关头都能面不改色地做戏，本王相信你能稳住心态，从容应对。"

慕灼华眼神一动，若有所思："只是不知这砚台是谁打翻的。"

刘衍疑惑道："不是你打翻的？"

慕灼华道："怎么可能？定然是有人要害我，只是我想不出来为什么，谁跟我有深仇大恨呢……"慕灼华偷偷打量刘衍，"听说大皇子不喜欢我？"

刘衍道："你不必放在心上，他还不至于因此陷害你。"

慕灼华又道："陛下有旨，让我们一甲三人为皇子讲学。"

"那你日后要多加小心了，不要得罪了大皇子。"

慕灼华拱拱手，苦笑道："多谢殿下提醒，可这事也不是我想躲能躲得了的。倒是还有一件事，想求王爷行个方便。"

刘衍好奇问道："何事？"

慕灼华叹了口气，说道："今日放榜之后，进士名单便会传遍陈国，我侥幸被点为探花，淮州州牧查明我的户籍，必然是要登门道喜的。王爷知道，我在慕家处境尴尬，是逃出慕家的，并不想与他们有所牵扯，因此希望王爷能为我遮掩一下，抹去我的户籍，不让淮州人知道我的出身。"

刘衍之前查过她的底，知道她说的都是实情，若她中探花的消息传回慕家，还不知道慕家人会怎么纠缠她。慕灼华对慕家的感情十分复杂，慕家于她有养育之恩，却无骨肉亲情，不能说恨，却也谈不上亲近，若能相忘于江湖，便是最好了。

刘衍思忖片刻，便答应下来："此事举手之劳，本王可以帮你，但遮掩不了多久，你终会有扬名天下之日。"

慕灼华闻言笑了起来，眼睛亮得动人："承蒙王爷吉言了。只是我如今不过是个初露头角的小官，奈何不了慕家；若真有扬名天下、官居一品之日，便也不怕慕家对我的掣肘了。"

她要争的，就是这喘息的工夫。

说话间便到了宫门口，刘衍的马车在门口等着。他看向慕灼华，见她脸上带着醉意，便道："本王送你一程？"

慕灼华笑道："多谢王爷美意，不顺路，还是免了。"

刘衍也不坚持，径自上了马车，一眨眼马车便消失在拐角处。

"执墨，"马车里传出刘衍的声音，"你护送她回去。"

慕灼华回到家已是半夜了。郭巨力早就等急了，见慕灼华回来，着急忙慌地跑上前检查她的身体："小姐，你怎么这会儿才回来？听说皇上召见你，都说了什么？有没有对你不利啊？"

"傻丫头，你想什么呢？"慕灼华哭笑不得，"陛下刚点了我为探花，怎么可能为难我？唉，别的不说了，赶快煮饭，我都饿扁了，琼林宴根本不是吃饭的地方。"

郭巨力听了连连点头，立刻烧火做饭去了。郭巨力做事麻利，很快便端上来一大碗热腾腾的臊子面。

"小姐，今天咱们家险些被踩扁了门槛，听他们说今天殿试可精彩了，他们都说你是……逆风翻盘、绝地求生！"郭巨力费劲地想出了今日听到的八个字，"人人都在猜你那半张答卷写了什么，竟然能被点为探花。"

慕灼华呵呵一笑："别跟他们瞎凑热闹，那半张卷子只是敲门砖，让陛下能多看我一眼罢了。你家小姐只要得了机会叭叭，死人也能说活。"

郭巨力深以为然地点点头，又有些忧心道："小姐，你以后可别当奸臣啊。"

慕灼华气得笑着敲了一下她的头："有你这么编派小姐的吗！"

这一下对郭巨力来说不疼不痒，她皱着眉头道："小姐，你这么贪财，又整日胡说八道骗人，我也是担心你一不小心行差踏错，害了性命。"

慕灼华捏了捏她的脸颊道："别瞎操心，小姐我可是有底线的，知道什么钱该拿、什么钱不该拿，你操心你自己的事吧！抓紧去北城找个好点儿的房子，别吝惜钱，不过也别当冤大头。你就说新科探花要租的，准能给你便宜点儿。"

郭巨力用力点头："刚说你呢，你就仗势欺人……不过我前儿个看了套着实不错。在朱雀街后面的巷子里，有个漂亮的小院子，光照很好，小姐看了一准喜欢。就是贵了些，一个月租金二十五两，我明日去跟他砍砍价。"

慕灼华听了心里一动，朱雀街后面的巷子好像就是太医们曾经住的那片地。

"就那套了，价格能谈就谈，不能低的话也一定要租下来，尽快搬过去。"

别看郭巨力年纪小，办事确实是麻利，听了慕灼华的话，第二天便租下了那房子，还把价格谈到了月租二十两。主仆俩行李不多，一天时间便搬过去安了家，总算有了清静的感觉。

郭巨力把行李都安置好，也到了入睡的时间。

慕灼华换上寝衣，躺上雕花的大床，不禁有种再世为人的感觉。

郭巨力的房间还没收拾好，便和慕灼华挤一张床。

"小姐，这儿是我们的新家了。"郭巨力眼里都是满足，"虽然比慕家小了很多，但是睡着安心。"

慕灼华淡淡笑了："笨蛋，这是租的，等我当上大官了，给你买大房子住，那才是我们的家。"

郭巨力有些忧虑："也不要太大了，我不想离小姐太远。"

慕灼华道:"等我有权有钱了,你也要当小姐的,不要总拿自己当丫鬟。"

郭巨力道:"当小姐太难了,我还是当丫鬟吧。"

慕灼华道:"真是个没出息的丫头……"

郭巨力打了个哈欠:"跟着小姐走,不会错。"

慕灼华勾了勾嘴角,揉揉她的脑袋:"那你可得听我的话。"

"听着呢……"

"明天把家用物什都添置齐整,别省钱,买些好的。"

"听到了……"

"你也给自己做些好看的衣服,小姐我带你出去才有面子。"

"听到了……"

"对了,打听下咱们这条街上都住了谁,得备些礼物走动……"

"呼呼呼——"

"这么快睡着啦……真是猪丫头……"

　　第二日,慕灼华便领着郭巨力出门采买,买了不少定京最有名的糕点,挨家挨户地送礼。对那些高官府邸自然是不求得到接见了,慕灼华只在门房留下礼品和拜帖便离开,而慕灼华真正的目标也不是这些大人物,她想见的是住在原太医署的那些人。

　　如今住在朱雀街后巷的官员大多不过七品左右,与慕灼华只是伯仲之间,却不及新科探花前程似锦,见慕灼华上门拜访,自然是热情迎接。慕灼华被主人家领进屋,就着一品阁的糕点饮茶聊天,不过两日便把朝堂里的情况摸了个清。三位皇子的喜恶、朝中大人们的关系、在朝为官的要诀,慕灼华着实学到了不少。当然最重要的一点她也没有忘记,就是打量府里的摆设,与自己对外祖家的猜测一一对照,却是找不到一点儿相似之处。

　　汤池没看到,就是杏花也不见一朵。

　　一一排除之后,就只剩下关着门的邻居了。这房子就在慕灼华住所的左侧,两家共用一堵墙,慕灼华在外面看过一圈,院子比自己住的这个大了两倍,听说换过不少主人,要问二十年前是谁住的,却是都不清楚了。慕灼华寻思着只能找个晚上夜访一下。

　　过了两天,慕灼华的官服和任命便都下来了,她被授予正七品编修。翰林院编修并无实质性职务,对他们这些新科进士来说,还有一段观政学习期。不过一甲的待遇特别一些,他们三个人还能去给皇子们讲课。

　　这对很多人来说自然是美差,他日三位皇子中必有一位能登基,现在搞好了关系,有了师徒名义,以后新帝登基后便不会亏待。但是慕灼华尴尬得很,一来她年纪比三位皇子小，二来她是个女人，不管怎么说，这个年头还没有女人给男人当老师的，昭明帝分明是把她架在火上烤。

慕灼华硬着头皮到翰林院点卯，与其他人打了招呼认识过了，便去领了自己的东西。慕灼华一走，众人顿时议论起来。

"咱们翰林院还是第一次有女子啊。"

"你别说，长得还是挺清秀的。"

"去去去，这是长相的问题吗？我是说，按惯例，咱们该去小秦宫摆宴欢迎新进士，小秦宫烟花之地，你说，咱们请不请她？"

"这……请了不太好，不请也不太好……"

"不管怎么说，她也是个探花，如今得了机缘要给皇子们讲课，说不准什么时候就成了皇妃……"

"被你这么一说，我都想当女人了。"

慕灼华自然知道一个女人在男人堆里做事不容易，有些事便只能想开一些、放开一些了。

沈惊鸿与宋濂锡对慕灼华的态度比旁人好许多，可能是出于同榜的情谊。三人在同一间屋子办公，各轮一日给皇子们讲课。讲课的地方在御书房，从翰林院过去倒是不远。

第一日，沈惊鸿便开了个会，商议了每人主讲的内容，三人各选了自己最擅长的一科。慕灼华以为沈惊鸿会选择诗词，不料他竟选了历史，宋濂锡主讲儒家经典，慕灼华想了想，选择讲地理。

"地理？"沈惊鸿诧异地挑了挑眉，"慕大人真是博学。"

慕灼华讪笑："说笑了，论通古博今，比不上二位，不过我读的书杂，便讲讲这天下的风土人情，希望皇子们能喜欢吧。"

"那就拭目以待了。"沈惊鸿微笑说道。

头一日讲课自然是沈惊鸿上。慕灼华在自己的位子上看了一天书，宋濂锡则是备了一天课，不时走来走去，口中念念有词，显然有些紧张，对慕灼华悠然自得的好心态十分佩服。

到了傍晚，沈惊鸿一回来，宋濂锡便立刻迎上去问道："沈大人，今日讲学如何？"

沈惊鸿放下书本，笑道："三位皇子聪颖好学，温文有礼，宋大人无须过分担忧。"

听沈惊鸿这么一句宽慰，宋濂锡才放松少许。

"对了，翰林院同僚说，过几日旬休，要在小秦宫宴请我们这些新科进士，让我们三人一定要去。"宋濂锡说道。

沈惊鸿闻言有些诧异，看向慕灼华："慕大人也会去吗？"

陈国并不禁官员狎妓，自古文人多风流，花巷的生意红火得很，而对妓女们来说，金银固然重要，大人才子们的诗词墨宝更是抬身价的宝贝。

慕灼华想起今日来传达请客之事的同僚，那人虽然面上带笑，心里却是打着看好戏的念头，再三强调要慕灼华同去。慕灼华何曾怕过这些，当即便微笑着点头答应了。

"既然是惯例，在下自然不敢坏了规矩。"慕灼华笑容自若，"到时候必然会准时赴宴。"

宋濂锡深深看了慕灼华一眼，未在她脸上看到丝毫尴尬，心里也暗暗佩服她。

"好，到时候我们三人同去。"沈惊鸿笑着说道。

又过一日，宋濂锡也讲学完了，终于轮到慕灼华去挨火烤了。

皇子们上课的地方在御书房的偏殿，听说有时候昭明帝得空了也会过来听一听，看一看上课的情形。慕灼华讲学这日，幸亏昭明帝不得空，不然她难免要紧张。

慕灼华走进课堂的时候，三位皇子都已经坐好了。课堂上六张桌子，前面三张是皇子们的座席，后面三张坐着各自的侍读。

慕灼华进屋后，走到讲台上，与三位皇子相互行礼。

"下官慕灼华，翰林院编修，今日与诸位皇子讲讲这地理之学。"

慕灼华刚说完，便听到刘琛用挑衅的语气说："慕大人讲学为何不带书本？"

慕灼华微微笑道："下官要讲的东西都在脑子里，不在书上。"

刘琛嗤笑道："慕大人好大的本事，讲学不带书，竟是比沈大人还要厉害了。"

刘瑜温声为慕灼华说话："大哥不妨听听慕大人讲学，慕大人虽年纪比我们小，但这般年纪能中探花，必然是有真才实学的。"

刘琛冷哼一声："那就请慕大人让我们看看你的真才实学吧。"

慕灼华不以为意，始终保持微笑。她来时背了个竹筒，这时打开竹筒，从里面抽出一幅卷轴，抖了抖打开，挂在身后的墙上。

台下几人仔细端详，疑惑道："这是堪舆图？"

慕灼华执起教鞭，转身面对众人："这是下官自己绘制的地图，这地图北至塞北草原，南至南越滨海，西至大漠，图上绿色的是山川，蜿蜒的黑线是河流，朱砂标注了每个地方丰产的资源。"

慕灼华顿了一顿，才又说道："三位殿下日后或者执掌天下，或者驻守一方，定然是要对天下有个了解。常言道，上知天文下知地理，地理之学关乎民生政治，不可不学。"

　　慕灼华这番话着实吊起了众人的胃口。刘瑾双眼发亮道："你连北凉、南越的地理都知道？"

　　慕灼华自然知道，他们慕家乃江南首富，生意做得那么大，可不是只在陈国境内打转，别说南越、北凉了，就是海外也有他们的船。这些东西，皇子们若想知道，也不是无从得知，但陈国的教育更注重学习先贤经典，对这些东西便不怎么看重。

　　"世人都以为南越民智未开、瘴气遍地，无可取之处，实则是不了解南越的好处。殿下若感兴趣，便容下官一一道来。"

　　慕灼华声音清脆悦耳，讲课之时引经据典，不时还能说上一两个民俗笑话，逗得众人大乐，精神一振，连本打算刁难慕灼华的刘琛也听得入了迷，忘了打断她。半日的讲学便在欢笑声中度过，直到慕灼华说了结束，众人才意犹未尽地收回心神。

　　刘瑾听得入迷，忍不住道："慕大人，你再多讲一会儿，你刚才说的南越走婚的风俗，到底是真是假，我怎么从未听过？"

　　刘琛道："怕是你自己编的。"

　　慕灼华道："有本书叫《南越志异》，是陈国举人方岩所著，其中写了他在南越的所见所闻，殿下可以找来看看。"

　　刘琛又冷着脸说："我们可没工夫看这种杂书。"

　　刘瑾斜睨刘琛，他早看出来刘琛不喜慕灼华，而他与刘琛素来不睦，最喜欢与刘琛作对，刘琛要针对慕灼华，那他自然是要维护。

　　"大哥，慕大人真是博闻强识。她说得不错啊，若是志在天下，自然应该多了解天下之事。若有取南越之心，就该多了解南越之事，大哥大约是满足于现状，不思大一统了。"

　　刘琛听到刘瑾这番阴阳怪气，当下拍桌而起："放肆！我带兵打北凉的时候，你又在干什么？天下难道是看几本书就能打下来的吗？"刘琛冷睨慕灼华，"只有贪生怕死之人才会纸上谈兵，天下是真刀真枪杀出来的！"

　　慕灼华额角一抽一抽的，她真没想到自己那篇养蛮策会把刘琛气到这个地步，真是咎由自取。

　　"殿下对北凉了解最多，那我们两日后便讲北凉吧，今日就到此为止了，下官告退！"

　　慕灼华说完就走，一刻也不敢停留了。

　　慕灼华回到翰林院，猛灌了一大碗水，这才长长舒了口气。

宋濂锡笑道:"你跑得这么快,莫不是身后有猛虎追着?"

慕灼华叹了口气:"不可说,猛于虎。"

宋濂锡道:"有件事要恭喜你了。"

慕灼华好奇道:"什么事?"

宋濂锡道:"方才来了旨意,调你到理番寺上任。"

慕灼华高兴道:"那我不用给三位皇子讲学了?"

"给皇子讲学可是大机缘,看把你怕的。"宋濂锡失笑,"陛下没有下旨意说不用,那你就得两头跑了。"

慕灼华顿时垮下脸来。

理番寺主管对北凉的事务。三年前北凉与大陈议和,开通了边疆贸易。慕灼华寻思,估计是她那篇养蛮策被理番寺的长官看到了,这才起了心思让她去理番寺做事。

理番寺原隶属礼部,三年前独立出来,随着与北凉往来的增多,地位日益重要,如今已与六部并驾齐驱。

慕灼华忽然想起一事,猛地抬起头来:"理番寺尚书,好像是定王殿下?"

宋濂锡理所当然道:"这是自然,还有谁比他更了解北凉?"

刘衍面前摆着三份调查报告。

第一份是关于至仙果的,上面写明了宫中近十年的进出记录。宫中药材极多,每一次取用都要签名登记,因此记录的账簿也非常多,不可能始终保存,一般只会保存十年内的记录。而这份报告上写明,每三年宫中会收到上贡至仙果十颗,每三个月取用一颗,入药为昭明帝治疗咳疾。除此之外,便没有其他人再取用过至仙果。

第二份写的是顾一笑的身世调查情况。顾一笑二十年前出现在淮州,是一个中年男子高价将她卖入淮州最大的青楼烟波楼。顾一笑无亲无故,记忆残缺,说不清自己的来历,也不记得自己的名字,因她相貌绝美,便取名顾一笑,一顾倾城,一笑千金。顾一笑一登台便受尽追捧,半年后被江南首富慕荣赎身为妾。据烟波楼的老鸨说,顾一笑说话有定京口音,举止娴雅,卖她的男人说顾一笑是官宦之后,父亲犯了重罪,家破人亡,对其余之事便没有多说。时隔多年,那个卖她的男人也是难以找寻。

第三份是关于鹰爪的调查。与袁副将身上伤痕能对上的鹰爪,江湖上一共有两种,最早的是"荆州七鹰"使用的。这七人销声匿迹多年,最后一次出现是八年前了,有传言说七人被仇家杀死了。另外一种远在西域,从未进入陈国境内,可能性也不大。

三条线索，细查下来，竟又是毫无线索。

刘衍捏了捏眉心，一阵倦意涌了上来。

执墨敲开了门进来："王爷，万神医来了。"

刘衍收起了几张纸，说道："请他进来吧。"

执墨转身出去，不多时便带了一位须发皆白的老者进来。

刘衍微笑道："万神医，许久不见了。"

"这些年来，王爷身体可还好？"万神医将背着的药箱放下，在药箱顶上轻轻一拍，那药箱便如莲花一般缓缓展开，露出九个格子，每个格子里都放置着不同的问诊所需之物。

"前些日子不慎被人暗算，体内两股气失衡，近来经络隐隐作痛，这才让人将您请来。"刘衍说着伸出右手，由着万神医把脉。

万神医听刘衍这么一说，眉头不禁蹙起："王爷体内两种药毒都是极其霸道的，三年前形成平衡之态后寻常便无法打破，到底是什么样的暗算竟能引动药性冲突？"

刘衍问道："神医行走天下，可曾听说过还阳散？"

万神医一怔："未曾听过，这是什么药？"

这答案虽在意料之中，但刘衍心中还是难免失落。"我从一个姑娘口中听说过，但她也不知道完整药方，只知道主药是至仙果。"刘衍凭着记忆说出了其他几味药，又道，"据说这种药药性极其霸道，可通过呼吸进入血液，刚刚断气之人也能吊命还阳。"

万神医听了刘衍的描述，大为震惊，眉头紧皱着念念有词，片刻后用力一拍手，赞道："妙啊！这世上竟有人能想出这等药方！不过这药确实凶险至极，还阳散这名字也恰如其分，死人可以还阳，但活人用了这药容易气血失衡，七窍流血而亡。王爷若是误食这药，确实容易引起体内二气失衡，当场暴毙。"

"所幸误食不多，又遇到了一个大夫，施针为我卸去大半药性，但仍有残留，所以才请神医来看看。"

万神医含笑道："这个大夫敢为你施针，确有水平，不过可能是经验不足，表火易卸，内毒难清。我为你施针三日，列个方子，连服七日，便可把还阳散的药性清除干净。药池现在可还坚持泡着？"

刘衍道："不敢中断。"

"以往都是七日一次，如今你旧疾重犯，便连泡一个月，直到将经络之中的隐痛除净方可停歇。"万神医细心叮嘱道。

"有劳神医了。"

"唉，王爷口口声声喊我'神医'，我却受之有愧。我这几年四处奔走，也找不出根治你这病的法子，陛下的咳疾，也是无可奈何……"

刘衍无奈道："神医不必自责，或许……人各有命吧。"

万神医行走天下，为人义诊，医术超绝，却坚决不入宫为官。当年陈国与北凉连年大战，伤者甚多，万神医自请为军医，救死扶伤无数。后来刘衍中了剧毒，也是万神医费尽心力为他祛毒续命。后来陈国与北凉和谈，战事消停，万神医便离开了军队，云游四海，想要为刘衍找寻一个根治毒素的办法。

"渊罗花与生机相伴相生，不死不绝，老夫有生之年，恐怕难以为王爷分忧了。"万神医叹了口气。

刘衍微笑道："我早已有了心理准备，三年前这条性命便是捡来的，能多活一日便珍惜一日，又何须去想以后呢？"

万神医道："王爷经历过生死，仍有这般胸怀，实在叫人佩服。"

行医者最厌恶的便是不惜命之人，万神医想起当年见到刘衍的情形，本以为，经历过那样惨烈的战事，他会一蹶不振，性情大变，没想到，他还是重新振作起来了。

或许是因为身上承担了太多的人命，他不是为自己一个人活着，所以才更加珍惜自己的性命吧。

❖❖❖

慕灼华看着眼前的梯子，心中有些不安。

"巨力，你可打听清楚了，隔壁确实没有住人？"

郭巨力在墙的这边架好了梯子，又拿起另一架梯子在墙对面放下去。

"我可打听得真切，而且我也看过了，对面的门确实没有开过的样子。"

慕灼华一听，便放心了一些。

不知道刘衍为何把她调去理番寺，让她在他眼皮底下做事。这些日子，刘衍都没怎么再找过她，也不知道那几条线索查得如何了。顾一笑的身世，还有还阳散的来历始终是悬在慕灼华心头的大石，她的直觉告诉她，刘衍一旦查到真相，很可能会对她不利，所以她必须赶在刘衍之前查到真相，再选择是说出真相还是销毁。

郭巨力力气大，很快便架好了梯子。

"小姐，我扶着梯子，你爬过去看看。"

慕灼华爬上梯子，几下便爬上了墙头，往对面一看，确实黑漆漆的，不像有人住。

"我过去看看便回来，巨力，你在下面守着梯子。"

慕灼华交代完了，便从另一边的梯子爬下去。

隔壁这户人家确实挺大，慕灼华下梯的地方是厨房，她探头看了一眼，没有开火的痕迹，这下便确定无人居住了，心中大定。

慕灼华蹑手蹑脚地走过一间间厢房，绕过回廊，经过大堂，在后花园看到了一座假山。

"阿娘说，她家里也有假山……"慕灼华望着假山，喃喃自语，又失笑摇头，"大户人家都有假山，也不稀奇。"

慕灼华绕过假山，又往深处走去，走过一道半月形的拱门，忽然察觉到了一丝异常。

她隐约闻到了一股药味……

慕灼华吸了吸鼻子，更加确定了自己的判断。

药味……这里确实曾经是太医住的地方，而这么多年没住人的地方得是放了多少药材，才会发出这么浓郁的药味？

慕灼华心跳加速，加快了脚步，朝着药味传来的方向疾走。慕灼华急切地跑进了一个小院子——此处药味最为浓烈！

然而慕灼华倏地顿住了脚步，屏住呼吸，瞪着眼前这一幕。

院中有棵树，树下有个圆形的池子，那池子不大，最多只容两人浸没，而此时这池子里正坐着一人。那人背对着慕灼华，长发绾起，束于发冠，露出修长莹白的脖颈，还有结实宽阔的后背。

怎么会有人？怎么可能会有人？！

慕灼华僵在原地，不知该进该退。

这时那人却开口了："执墨，把桌上的酒壶拿来。"

慕灼华瞳孔一缩——定王！

怎么会是他？！

慕灼华僵硬着身子——她要是扭头就跑，一定会被抓回来！

她看了一眼旁边的石桌，桌上有一只银酒壶，她可以假装执墨，把酒壶交给刘衍，然后悄无声息地退下，反正执墨本来就不怎么说话。她赌一把，赌刘衍不会发现是她……

慕灼华想定后，便故作镇定地走向石桌，拿起酒壶，又走向刘衍。

刘衍身子浸没在池中，旁边的树上挂着一盏灯，他手上拿着一本书正看着，似乎没有回头的打算。慕灼华心里又多了几分把握。

刘衍左手拿书，右手伸过来要接酒壶，慕灼华将酒壶递了过去，冷不防被刘衍一把抓住了手腕。刘衍用力一拉，慕灼华整个人向前倾去，惨叫一声跌进池中，而刘衍早已扔掉了书，右手将慕灼华的手扭在背后，左手扼住她的脖颈，修长的十指此刻如鹰爪一般紧紧将她擒住。

"好大的胆子,是谁派你来的?"刘衍冷声逼问。

慕灼华腹部抵着池子边沿,刘衍整个人压在她背上,脖颈上的手毫不留情地在娇嫩的肌肤上留下红痕。

"王……王爷……"慕灼华艰难地开口求饶,"是我……"

刘衍愣了一下,稍稍松开了手:"慕灼华,怎么是你?"

三更半夜,在这种地方悄无声息地靠近,即便对方是慕灼华,刘衍也没有放松心神,放开对她的钳制。

"王爷,误会……下官只是听说隔壁没人住,好奇过来看看。没想到看到王爷在此沐浴,下官怕引起王爷误会,所以想冒充执墨把酒壶递给您就走,没想到……"

刘衍冷声道:"有这么巧的事?"

慕灼华眼泪哗哗道:"王爷,这兴许是缘分啊!下官又不会武功,怎么可能对您不利……"

刘衍这才缓缓松开了右手。方才刘衍以为是刺客,下手不留余地,此刻慕灼华右手的手腕上已经被箍出了一道红紫印子。

慕灼华揉捏疼痛不已的手腕,哭丧着脸说:"多谢王爷赏赐的'手镯'……"

刘衍忍不住勾了勾唇角,又冷下脸来:"你以为瞒得过本王吗?执墨轻功卓绝,走路从来没有声音,你的脚步声露出的破绽也太大了。"

慕灼华有些委屈:"下官也不是有意隐瞒……王爷仁慈心善,能不能饶了下官?"

刘衍居高临下地打量慕灼华,此刻她身上几乎湿透了,青衫紧紧贴着娇小的身躯,脖子上有两抹刺眼的红色,手腕上一圈红紫色的印子,眼泪哗哗的,看着十分委屈可怜。

然而刘衍不是第一天认识慕灼华了,这丫头装可怜卖惨的本事委实厉害,他现在仍未完全打消疑虑,自然不能放她。

这时执墨恰好回来,看着池子里的一对男女,一个赤裸,另一个湿透,疑惑地揉了揉眼睛。

他只是去端碗药,这里发生了什么事?

"执墨,取本王的衣服来,给慕灼华换上。"

执墨得令,便放下药碗,走进房中取衣服。

刘衍打算在这里住一个月,因此准备了不少衣物。执墨找了两套出来,放在池子旁边的木桌上。

刘衍对慕灼华道:"转过去。"

慕灼华听话,乖乖背过身去,随即便听到了刘衍从水中起身的声音。

也不是没看过啊——慕灼华腹诽。

身后传来窸窸窣窣穿衣的声音，过了片刻，刘衍又道："你换上干净的衣服，本王在屋里等你回话。"

刘衍说罢便进了屋，而执墨则守在院子外面。

慕灼华从池中起来，被夜风吹得打了个喷嚏，便赶紧擦干身子，换上刘衍的衣服。

刘衍的衣服都带着伽罗香的味道，好闻得很，慕灼华忍不住用力嗅了嗅。可惜这衣服不合身，腰带缠了两圈，袖子长过膝盖，她看起来像偷穿大人衣服的小孩。

慕灼华穿好了衣服，这才打量四周。

这个药池不是天然形成的，里面铺满了暖石。暖石是产自西域的特殊矿石，能够吸收热量与药性。西域人把暖石放在药水中熬煮，之后放在腰背胸腹上推拿，可以促进血液循环，加强药性的吸收。暖石也是珍贵之物，如玉石一般，而这个池子里铺满了暖石，可以说极尽奢侈。

慕灼华从药池里的气味中大致可以分辨出是哪些药草，刘衍浸泡药浴，想必是为了调治之前毒性失衡的后遗症。慕灼华低头想看下刘衍扔掉的书上写着什么，忽然察觉到一件事，猛地抬起头看向挂在树梢的那盏灯。

那盏灯的旁边，正幽幽开着一朵杏花。

这是一棵杏树。

这是一个汤泉。

慕灼华忽然想明白一件事——之前她以为外祖家有个汤泉，这是从她母亲的回忆中得到的猜想。母亲记得小时候从树上掉了下来，掉进了一个汤池里，水又深又热，险些淹死。她便想当然地以为，那是一个很大的池子，却忘了那时候的顾一笑年纪很小，一个小小的池子，便足以淹死一个五六岁的小女孩！

慕灼华看向那个药池，如果是这样一个药池，完全是有可能的……

如果这真的是她的外祖家，那外祖的秘密，就藏在——

慕灼华心跳加速，看着杏树的根部。

不行，现在不能挖，会被发现的！

慕灼华强迫自己收回视线，一步一步走向房门——当前最要紧的是想一个借口脱身。

刘衍等了许久，终于等到房门打开，慕灼华穿着宽大的衣服走了进来。

一进门，慕灼华就猛虎落地式跪了下去，带着哭腔大喊一声："王爷——"

刘衍动作一僵，皱着眉头打量慕灼华——这又是哪出戏？

慕灼华泪光晶莹，委屈地抽抽鼻子："王爷，下官知道错了！"

刘衍勾了勾唇角，好奇道："哦，错在何处？"

慕灼华双手置于膝前，一副乖巧的模样："下官不该欺骗王爷。"

刘衍点点头："怎么欺骗了，从实招来。"

慕灼华道："下官对王爷说今夜之事是巧合，是下官骗王爷的，其实下官是跟踪王爷来的。"

刘衍笑了一声，道："你又为何跟踪本王？"

慕灼华羞怯地看了刘衍一眼，又慌张地低下头去，纤纤十指不安地绞着衣角，支支吾吾道："下官……嗯……下官喜欢王爷！"

这个答案着实出乎刘衍的意料，他的额角猛地抽了一下。他狐疑地低下头盯着慕灼华，后者却作一副小媳妇样，扭扭捏捏地说："那日出城，王爷救下官一命，又悉心照料，从未有人对下官如此之好。下官便对王爷动了情，但自知身份低微，不敢高攀，便搬到了定王府后，只盼能多看王爷一眼。"

这段话，刘衍是一个字都不信的，他似笑非笑地望着慕灼华的小脑袋，屈着食指一下一下地叩着桌面。

慕灼华等不到刘衍的回应，被那有节奏的叩击声敲打得心中忐忑，便又咽了咽口水，接着说道："今夜下官便如往常一样在二楼的阁楼窗前坐着，看着定王府思念王爷，忽然看到一个像极了王爷的身影进入隔壁，下官便壮起胆子过来窥探究竟，不想竟真的是您……"

刘衍轻声一笑，道："你恋慕本王？"

慕灼华红着脸道："是……是的……"

刘衍戏谑笑道："难道不只是图本王的钱？"

她从他那里敲走了五千五百两，着实不是个小数目，够寻常人家过上几辈子了。

慕灼华却理直气壮道："王爷，下官可是江南首富之女，也不是没见过钱的人。再说，定京里的有钱人那么多，下官为何不图别人的钱，偏偏图王爷的钱呀？自然是因为王爷在下官心里与旁人是不一样的。"

刘衍被这歪理邪说唬得愣了一下——偏偏逻辑上还很有道理？

慕灼华煞有介事地说："而且下官之所以如此大胆，也是王爷纵容的，是王爷先勾引下官的！"

刘衍被她的话堵得半晌回不过神来，好奇道："本王何时纵容你，又何时勾引你了？"

慕灼华双目灼灼地盯着刘衍："王爷若不喜欢下官，为何要给下官那么多银子，又特意在簪花诗会前提醒下官小心大皇子，还在诗会上为下官做掩护，后来又在琼林宴后等着下官，难道不是怕下官被陛下为难吗？"

刘衍缓缓皱起眉头，深刻反省自己。

慕灼华继续振振有词地说："再说，初见之时，是王爷衣不蔽体；出城之后，是王爷舍身相护；下官病了，是王爷悉心照顾。一个男子对一个女子如此体贴周到，自然是心存喜爱，王爷却不主动开口，便是勾引下官开口！"

慕灼华说到此处，目光微微一顿，有些诧异地扫过窗台上的花，又得意地一笑，道："王爷还收了下官送的花！"

那窗台上开得正好的牡丹，可不是她送的嘛！

刘衍哑然。他承认，自己确实是有几分看重慕灼华的才华，也起了爱才之心，却与男女之情毫无关系。在他看来，慕灼华年纪小他许多，看着娇娇小小的，稚气未脱，不过是个半大孩子，他又非禽兽，怎么会对她心存邪念？

至于那朵花……

刘衍觉得自己只是顺手留下的。

慕灼华说了这些还不止，她垂下眼睑，掩饰眸中的亮色，羞涩道："若不是喜欢，王爷又为何故意在殿试时打翻下官的砚台？"

刘衍动作一滞，掩住心中惊愕，直直盯着慕灼华："你为何认定是本王所为？"

慕灼华含笑道："本来下官怀疑是大皇子，大皇子确实憎恶下官良多，但下官近日观察后，了解了大皇子的为人，便知道这事不可能是他做的。一则，他看不上下官的本事，丝毫不将下官视为威胁，便不会多此一举断我仕途之路。二则，他性子爽直，这种事他不屑做。"

刘衍道："那本王呢？本王与你无仇，又何必害你？会试之时，本王还帮过你。本王若是害你，你又为何认定是喜欢你？"

慕灼华缓缓说道："下官本也以为王爷是想害我，后来一想，并不是。那日琼林宴后，下官曾问王爷是否相信我，王爷回答甚是笃定，王爷是信下官纵然遇到了这等难事也能坦然面对，不至于御前失态被黜落。王爷会试时仗义执言，是不想下官落榜。王爷殿试时害下官，仍是为了护着下官。"慕灼华狡黠一笑，"王爷不想下官殿试太露风头，名次太高，入了翰林院，卷进皇子夺嫡的争端，所以故意打翻砚台。而陛下仁厚，见一个小姑娘可怜，也不会太过计较，同时更不会将下官放在眼里了。如此一来，王爷便能不动声色地将下官纳入麾下，带到理番寺中。王爷，下官说对了吗？"

刘衍定定地看着慕灼华的眼睛，沉默了良久，才低笑一声。

"太聪明了，不见得是一件好事。"

慕灼华眨巴着杏眼，又认真又羞涩地捏着衣角道："王爷，下官听姨娘们说，女人若是爱上一个男人，就会变笨了。下官自觉见了王爷便笨了，否则也不会被王爷逮住了。"

刘衍失笑地看着她做作的模样，偏有这样一个小女子能做作得如此不做作，还有一些可爱，竟让他觉得好气又好笑。

慕灼华心中却有几分得意，自己果然猜中了。其实琼林宴时她便有些疑心刘衍，却始终找不到他如此行事的动机，直到今日接到理番寺的调令，她才隐隐摸到刘衍的心思，却也不是十分肯定。但有一点她还是有些把握的，那就是刘衍确实看重她。

自然，她也不觉得这就是儿女之情，但她眼下想着要怎么才能亲近刘衍，好找到机会去杏树下挖秘密，仓促中便只想到了这个笨办法：讨好他，接近他。

男人不会对痴恋自己的女人太凶恶，这是她从父亲身上学到的。

察言观色，投其所好，这是她从姨娘们身上学到的。

刘衍也是个男人，虽然身体可能有点儿问题，但心理上应该和其他男人差不多，只要顺毛捋，总能叫她钻到空子。

更何况，她也是觉着刘衍不能人道，才敢放心接近他。

刘衍含笑凝视慕灼华，忽地眼神一动，沉声道："你上前来。"

慕灼华心中诧异，又有些忐忑，却不敢不听话行事。她此刻跪着，便膝行几步来到刘衍身前。只是她忘了此时穿着刘衍的衣服，宽大的衣袍被她膝盖压着，挪动时往下扯了扯，露出胸口一大片白腻的肌肤。

慕灼华急忙抬手扯了扯领口，忽地被刘衍捏住了下巴，被迫抬起了头。慕灼华看着刘衍忽然压下的脸庞，心中猛地一跳，双眸中闪过一丝慌乱："王爷——"

刘衍俊美的脸庞近在咫尺，却没有再逼近。他左手轻轻捏着她的下巴，右手轻轻合上她的眼，然后用力一抹，好在他懂得控制力道，并没有伤她分毫。慕灼华浑身僵硬，心中渐渐生出一丝恐惧……

"这是什么？"刘衍松开了慕灼华，轻轻问道，把慕灼华吓得一抖。

"什……什么？"慕灼华结结巴巴地说着，目光落到刘衍右手的指腹上，见他白皙的手指上沾染了淡淡的黑色。

糟了，这一定是刚才什么时候下意识抹了把脸，把妆搞花了，刚才外面天黑看不清脸，现在屋里亮，再也瞒不住了。都怪自己不小心！

此时，刘衍正饶有兴味地看着她。

他稍微回想了一下，心中便有几分明了。难怪他总觉得慕灼华有些异样，会试之后便仿佛变了一个人，原来天真稚气是装的，成熟稳重也是装的，连这张脸，也是面具一副。

少女此时的眉眼之间有着桃李的艳色，一双杏眼狡黠而灵动，然而此时被揭穿了真面目，便骤然有些慌乱，穿着男人不合身的宽大衣袍跪在地上，越发显得娇小无助，瑟瑟之下，却有几分我见犹怜的楚楚之态。

"王爷……下官不是有意骗您……"慕灼华不安地低头绞着袖子，"一个姑娘家出门在外不容易，总要遮掩一下……王爷若是不喜欢，以后在王爷面前，下官就不易容了。"慕灼华抬起头，白皙的脸上泛着淡淡的粉色，如桃花一般娇嫩，双眼闪烁着勾人的神采，她接着轻声说，"下官的容貌，只让王爷一人看到。"

便是刘衍心如止水，也不由得被软软的声音拨动了心弦。原以为这是个鬼丫头，没想到层层画皮之下是个小妖精。

刘衍揉了揉额角，轻咳一声："罢了，你这副容貌在朝中做事多有不便，还是装扮上吧。"

慕灼华乖顺说道："好，下官都听王爷的。"

正所谓伸手不打笑脸人，这样一个妖娆又乖巧的小妖精着实让人打也伸不出手，骂也开不了口。刘衍不怀疑，他要是伸手想打，她也会装出一副甘之如饴又委委屈屈的可怜模样。她实在是抓住了他的软肋，知道他不是暴虐冷酷的人，吃软不吃硬。

这种奇女子，实乃他生平仅见。

慕灼华见刘衍沉默不语，便轻声细语地问道："王爷，您不生气了吧？"

刘衍闭着眼睛，淡淡道："本王若是生气，你又待如何？"

慕灼华撇了撇嘴道："那下官便再哄哄王爷……"

刘衍忍不住唇角微翘，难道真要让一个小姑娘哄他吗？

刘衍睁开眼看向慕灼华，她看着他，表情有些委屈又带着些希冀，心中轻轻一叹，道："本王不怪罪你了。"

慕灼华又小心翼翼道："那……下官以后还能跟在您身边吗？"

刘衍好奇道："本王若不许，你又会如何？"

慕灼华咬了咬唇，沮丧道："下官会听王爷的话，自己一个人默默伤心，每日远远偷偷思慕王爷。"

刘衍险些憋不住，笑出来。"喀喀……"他轻咳两声掩饰笑意，"你的心意，本王无法回应；你要如何，本王也不能替你决定。旬休之后，你就到理番寺观政，不要因私废公就好。"

慕灼华闻言大喜，这就是默许了她接近嘛，当下便行了大礼，欢欢喜喜道："多谢王爷恩典！"

刘衍道："夜深了，地上凉，起来吧。"

慕灼华从地上站了起来，揉了揉有些酸胀的膝盖，说道："那下官便回去，不打扰王爷休息了。这衣服，下官明日洗过便还给王爷。"

刘衍摆摆手："不必了。"

慕灼华闻言，脸蛋红红地说："那……多谢王爷赏赐。"

刘衍一噎，这衣服，她穿过了，他便不会再穿，本意是说烧掉或者扔掉，谁知道慕灼华竟然这般理解。男人送女人衣服本就暧昧，更何况还是送男人自己穿过的衣服……

慕灼华一脸郑重和感恩道："下官一定好好供着！"

刘衍在心里叹了口气，有些无力地摆手："大可不必……罢了，随你，本王让执墨送你回去。"

执墨奉命将慕灼华送回家，又回来向刘衍回报。

"王爷，她在墙两面放置了梯子。"

刘衍失笑摇头："真是……"他竟想不出言语来形容了。

执墨犹豫了一瞬，说道："王爷，她刚才说看到您的身影进了这院子，绝对是胡诌的，从她那个阁楼的窗子，不可能看到我们进来的地方。"

刘衍不以为意地笑道："本王何尝不知道她在胡诌，不过顺着她的话说罢了。"

"此人十分可疑。"执墨皱着眉头，"她半夜爬墙，不知是何意图。"

刘衍道："本王也不知道，但可以肯定，她的意图必然还未得逞。"

执墨恭恭敬敬问道："请王爷指点。"

"她搬到隔壁第二日，便到定王府送了礼，非但如此，给整条朱雀街和朱雀街后巷都送了礼，尤其是朱雀街后巷，她几乎每家都上门拜访。这人无利不起早，若没有图谋，不会这么殷勤。"

执墨恍然大悟："她挨家挨户上门，是在找什么？"

"不错，而且她毫无所获，否则不会半夜爬墙，来这里查找。方才本王抓住她时，她还说是巧合，想要摆脱我，一转眼，又讨好示弱，想要接近我，可见她找的东西十有八九与这户人家有关，甚至可以推断，与这个院子有关。"

执墨敬畏地望向刘衍："所以王爷您故意给她接近您的机会，是想要找到她追查的东西？"

刘衍道："那三条线索已经断了，慕灼华知道还阳散，还隐瞒着某些重要线索不肯说，我们就只能等她自己露出马脚了。执墨，你细细追查这户人家的过往住户，不可有任何遗漏。"

执墨恍然大悟："王爷深谋远虑，属下心服口服。"

刘衍看向窗外，想到慕灼华那双狡黠的慧眼，不禁无奈地笑道："然而本王想的这一切，她未必就没有察觉……"

第七章 · 倾慕之人

找个好男人可比考状元难多了。

郭巨力看着慕灼华换了一身衣服回来，以为自己看花了眼，使劲揉了揉，怎么也想不明白发生了什么事。

慕灼华回到房里，在郭巨力的服侍下洗去了身上的药味，换上自己的衣服。"小姐，你说定王住在隔壁？"郭巨力摸了摸这上好的料子，相信了慕灼华的话，"那你夜闯定王宅邸，他能放过你啊？"

慕灼华对着镜子给自己补妆，头也不回地说道："自然是因为定王瞧见了我的美貌，舍不得杀我了。"

郭巨力深以为然，点头道："原来如此。"

慕灼华轻笑一声："傻丫头，这么好骗，要是定王也这么好骗就好了……"

郭巨力不解问道："小姐，我越发糊涂了……"

慕灼华化好了妆，走到床边，在郭巨力耳畔轻声说："我要找的东西，在隔壁。"

郭巨力瞳孔一缩，捂住了嘴。

"所以我要想办法接近定王，找到机会挖出我外祖埋下的东西……"慕灼华躺上床，看着床上的雕花，脑中飞快地打着小算盘，"刘衍这人不好女色，我说的话，他未必信。不过，男人嘛，谎言听多了也就当真了，只要他给我接近的机会，我自然有办法让他放松警惕……"

郭巨力取来药膏，坐在床畔给慕灼华上药，心疼地看着她颈上的红紫印记，还有手腕上的瘀青："定王下手可太狠了，好在咱们配的化瘀散还剩下一半，我给你擦擦，过两日应该就能消退了。这两日，小姐就在家里养伤吧。"

慕灼华嗯了一声，又猛地想起一件事："不成，明日下午翰林院的同僚约了去小秦宫，你给我找件领子高的衣服挡挡脖子上的痕迹。"

郭巨力道："好。小姐，那定王的衣服怎么办？"

慕灼华瞟了一眼，说："先收起来吧，以后也许能派上用场。"

郭巨力翻遍衣柜，总算是找到了一件领子高的衣服，然而这衣服厚了一些，第二天偏偏是个艳阳高照的好日子。

慕灼华穿着这身厚衣服到小秦宫时，已经出了一身汗。

沈惊鸿和宋濂锡惊诧地看着满头是汗的慕灼华，问道："慕大人，你今日怎么穿得这般厚实？"

慕灼华讪笑道："身子不爽利。"

沈惊鸿还有些不解，宋濂锡作为有妻有子的过来人，顿时有了一个合情合理的猜测，面露恍然："既是如此，确实得注意保暖。"

慕灼华根本不知道宋濂锡想到哪里去了，她被热得有气无力，脑子发蒙了。

宋濂锡附在沈惊鸿耳边低语了一句，沈惊鸿也恍然大悟。

沈惊鸿对慕灼华道："你今日要是不舒服，便告诉我们，我们自会帮着你。"

慕灼华感激地笑了笑："多谢两位仁兄了，我不碍事，咱们上去吧，估计他们等急了。"

三人说笑着上了小秦宫的二楼。春日明媚，小秦宫也是人满为患。云想月的死亡阴影早已被挥散，只要愿意花钱，又有什么过不去的坎儿？

这小秦宫占地面积大，却不是专做皮肉生意的下贱地方。前院与普通客栈并无太大不同，也是吃饭喝酒、听歌看戏的地方，后院才是风流之地。慕灼华三人进了包厢，酒席已经开始了，其他人都已到齐。

"沈大人，你们可来晚了，来来来，必须先罚三杯！"

众人说笑着，便倒满了三杯酒。这酒是小秦宫最有名的葡萄酒，甜而不辣，入口香醇，后劲却不小。慕灼华正要认罚，只见沈惊鸿接过她的杯子，含笑说道："慕大人染了风寒，这杯就让在下替她喝了吧。"

沈惊鸿说完便一饮而尽，众人面面相觑，又起哄道："还是沈大人会怜香惜玉，快入座吧。方才老板听说惊鸿公子要来，可是翘首以盼好久了。"

沈惊鸿刚坐下，旁边一个翰林便压低了声音，贼兮兮地说："云芝姑娘也在盼着您呢。"

云芝是小秦宫颇有名气的才女，素来有些傲骨，但对沈惊鸿这种惊才绝艳的男子是一点儿抵抗之力也没有。那人刚说完，就听见了敲门声，进来的不是云芝又是哪个。

云芝相貌清丽，有着烟花女子少有的高冷、矜持，更让才子们心痒难耐。此时，冷艳矜持的云芝对着沈惊鸿含羞带怯，欲语还休，挪动着三寸金莲，便走到沈惊鸿身旁。

"沈大人。"云芝柔声唤了一句。

众人起哄道："今天多亏了沈大人的面子，否则我们是难得见上云芝姑娘一面的。"

慕灼华看了看，识趣地往旁边让了个位置，让云芝挨着沈惊鸿坐下。

一个老翰林站了起来，笑着说道："按照惯例，咱们翰林院每回这时候都要举办一次宴席，一来呢，是欢迎新科进士，日后咱们同朝为官，还要守望相助才是。

"二来嘛，"老翰林不怀好意地笑了笑，"就是给你们这些新翰林一个下马威，磨磨锐气，好让你们知道尊重老人。所以今天，你们没喝到吐，就别想回去了！"

众人哈哈大笑起来，像这种酒宴，最大的靶子自然就是状元沈惊鸿。沈惊鸿在琼林宴上不但展示了自己的才华，就是酒量也惊人，因此他们都是有备而来，此刻已经把甜酒换成了烈酒，准备把沈惊鸿灌倒。

慕灼华暗自叫苦，估计自己也要被连累了。

云芝姑娘轻笑道："你们人多，合起伙来欺负沈大人。"

"听听，有人心疼了呢。"老翰林起哄道，"还是年轻好啊，像我们这老骨头，就没人疼了。为了抚慰我们的心，先给沈大人满上三杯！"

沈惊鸿淡然笑笑，似是不把这些酒放在眼里，面不改色地一饮而尽，众人连声叫好。

一人提议道："我等读书人，有酒无诗岂不扫兴？今日行酒令，咱们看看谁能出题难倒状元爷！"

慕灼华听了，心说，完了，沈惊鸿是不会被难倒，自己可就难说了。

果然，那些人都是想好了难题来的。慕灼华的座次不巧在沈惊鸿之前，还没等难倒沈惊鸿，到她这儿就先卡住了。慕灼华苦着脸拿起酒杯："是在下输了，认罚，认罚……"

慕灼华喝下杯中烈酒，一股灼烧的感觉自胃里蹿到了喉间，呛得她忍不住咳嗽起来，脸上立刻泛起红晕，满眼含泪。

接下来两轮，还是一到慕灼华就卡住，慕灼华只能硬着头皮再喝两杯。

这一轮眼看又到慕灼华了，她方拿起酒杯，众人便揶揄道："我们是来为难状元爷的，不想让慕探花为难了啊。"

沈惊鸿忽地一笑，按住了慕灼华的手，给自己的酒杯添上酒，举杯道："这杯在下就替慕大人喝了！"

沈惊鸿谈笑风生，意气风发。云芝看得眼睛发亮，心底发颤。众人大声叫好，集中火力对准了沈惊鸿。沈惊鸿暗自推了慕灼华一把，慕灼华登时意会过来，悄悄离开座席，往楼下走去。

三杯烈酒下肚，慕灼华更是汗如雨下了，且被衣服闷得喘不过气来，只想找个清静地方透透气。慕灼华来过小秦宫，不过之前是在后院给人看病，此时是白天，后院正是安静的时候。她凭着记忆摸到了后院，找了个无人的小院，解开领口坐下来，扇风乘凉。

慕灼华昨夜睡得迟，刚才又被灌了烈酒，酒意上头，便有些昏昏欲睡。她寻思着这地方白天也不会有人来，便推开房间门，走进去躺在床上，打算闭目休息片刻。

也不知过了多久，慕灼华昏昏沉沉中依稀听到了声响，她迷迷糊糊地睁开眼，凝神一听，顿时整个人僵住了。

屏风外传来极低的说话声，虽然听不清谈话的内容，但分明是一男一女。

大白天的，就营业了吗？

慕灼华蒙了片刻，又立马想起来，一会儿两个人定然是要走到这床上来的，那时岂不是更加尴尬了？

慕灼华知道自己不能再装死了，立刻用力伸了个懒腰，发出巨大的响声，提醒他们这里有人。

那两人听到里面的动静，顿时沉默了一瞬，下一刻，便听到门被打开，有人跑出去的声音。

慕灼华从床上翻了下来，正想跑出去，只见沈惊鸿沉着脸堵在门口，看到是慕灼华，沈惊鸿露出一丝诧异。

"你怎么在这里？"沈惊鸿目光冷冽地锁住慕灼华，声音微微低哑，俊脸微红，泛着三分醉意。

慕灼华震惊于号称不婚的端方君子沈惊鸿也有这样色气满满的一面，男人终归是男人，不婚和不嫖是两回事，这么一想，慕灼华对沈惊鸿的敬畏就少了几分。她讪笑着，往门口挪去："我……我不胜酒力，所以想着找个地方休息片刻，无意打扰了沈大人的雅兴。"

沈惊鸿打量着慕灼华："你刚才听到了多少？"

慕灼华捂着耳朵用力摇头："非礼勿听，我真的什么都没听到！"

沈惊鸿似乎是在忖度慕灼华话里的真假，就在这时，外面传来了同僚的呼喊声。

"沈大人，你在这里吗？"

沈惊鸿和慕灼华扭头朝外看去，只见一个老翰林走到了门口，笑道："云芝姑娘说你往这里来了，你……"

老翰林说到这里，才留意到房间里还站着慕灼华。

"慕大人也在啊……"

老翰林说着又是一顿，目光扫过床上凌乱的被褥，扫过慕灼华凌乱的衣衫，不期然地看到慕灼华散开的领口处还有两道暧昧的红痕，顿时呼吸一窒，目光一亮，再看沈惊鸿——双唇殷红湿润，眼角潮红……

他可是过来人，哪里还不知道这一切意味着什么。难怪……难怪沈惊鸿给慕灼华挡酒，难怪两人齐齐消失，竟是躲到这里来了……

老翰林自以为发现了一个天大的秘密，他隐晦地笑了笑，说："两位尽快，我先回去给你们打掩护了。"

直到老翰林离开，慕灼华才后知后觉对方话里的意思。

"他……他是不是误会什么了？"慕灼华焦急地看着沈惊鸿，"你给我解释一下啊，刚才明明是你和云芝姑娘！"

沈惊鸿听慕灼华这么说，竟是笑了笑："清者自清，再说，这种事越描越黑。"

沈惊鸿说着抬脚走了出去，慕灼华急忙追了上去："那怎么办？这下整个翰林院都要误会了！"

她昨晚才对刘衍告白，今日就跟沈惊鸿有了绯闻，这让刘衍怎么想！

沈惊鸿唇角噙着笑："我又何曾在意他人的眼光，你不妨也看开一些。"

"你说得轻巧！"慕灼华不悦道，"爱慕你惊鸿公子的人那么多，她们还不得把我生吞活剥了？"

沈惊鸿微笑道："放心，我会护着你。"

"不，那会更让我招人恨，沈大人！"慕灼华决绝地说，"咱们割袍断义吧。"

慕灼华咬碎了银牙，觉得这个小秦宫实在与自己相克，以后再也不能来了！

那日回到席上，所有人看他们的目光都透露着意味深长的揶揄，慕灼华便知道，那个老翰林一定是添油加醋描绘了一遍所见。她百口莫辩，有意找云芝姑娘解释一下，云芝姑娘却不见踪影。沈惊鸿倒好，不但处之泰然，还唯恐天下不乱，帮她喝酒，给她添菜，气得慕灼华太阳穴一抽一抽的。

你当你的风流才子，为何拖我下水！

万幸的是，慕灼华得了调迁令，当日便搬了东西去理番寺点卯。然而她一走进理番寺，就知道自己想得太简单了，所有人看她的眼神都在告诉她一件事："你和沈惊鸿的事，我们都知道了！"

翰林院那群大嘴巴啊！慕灼华气得无语凝噎，垂着脑袋默默收拾桌面。如今她与沈惊鸿分开了，只盼过几日大家便能忘了这件事。

理番寺的职责是处理与北凉、南越、西域三国的关系，下属五司，分管刑律、商贸、户籍、礼节、兵度诸事。

近几年来，三国相对安定。当然，这种安定是建立在打了十几年仗的前提下。尤其是北凉，北凉骑兵强悍，对陈国的富庶虎视眈眈，有条件就打，没条件就议和，是陈国最大的外患。然而北凉被定王打了近十年，三年前，刘衍虽然打了一场败仗，但北凉也元气大伤，没有翻身的机会，这才能平心静气地与陈国签订议和条约。

如今尚书刘衍是理番寺的最高长官，他一人坐镇中央，五司分列两侧，处理种种事务。慕灼华安置好自己的东西，便接到指令，去刘衍处听候调遣。

慕灼华整了整衣冠，这才打开门进去。刘衍坐在桌前，正低头看着下面送上来的春季边贸报告。

"下官参见王爷。"慕灼华恭恭敬敬地垂首道。

刘衍仍看着报告，头也不抬，回也不回。

房中一片安静，只听到刘衍翻页的声音。

过了约莫两刻钟，刘衍才看完报告，又取过茶碗，悠悠地喝了一盏茶。

慕灼华也是耐得住性子，依旧面带微笑，垂首站立。

刘衍放下茶碗，淡淡说道："今日起，你便在五司轮番观政，每日写一篇心得，上朝之前放在本王桌上。"

慕灼华点头道："下官遵命！"

"平日里待人接物，自己把握分寸，本王不喜欢理番寺有不三不四的流言。"

慕灼华听得眉头一跳，知道刘衍也听到了她与沈惊鸿的流言，这才给自己一个下马威。

慕灼华心里不由得有些委屈，含着泪看向刘衍："王爷，下官是被冤枉的。"

刘衍淡淡瞥了她一眼："哦？"

慕灼华又道："这事王爷也有责任。"

刘衍挑挑眉梢，往椅背上一靠，双手交叉置于膝上，好整以暇地看着慕灼华："你接着编。"

慕灼华叹了口气："前日翰林院的同僚约下官去小秦宫，下官一个新人，岂敢推辞啊，便跟他们一起去了。可是下官颈上还带着伤，便穿了高领的衣衫去赴宴，想要遮住瘀伤。可那日实在太热，下官浑身都汗湿了，就找了个无人的地方解开领口纳凉。不巧沈惊鸿也出来躲酒，我们两人便碰见了。翰林院的同僚来找我们，见我与沈惊鸿独处，又看到我脖子上的红痕，以为是……是……那个……"慕灼华给了刘衍一个"你懂"的眼神，又扭扭捏捏道，"他们便……便误会了……"

慕灼华说着解开了领子上的盘扣，露出白皙纤细的颈子，上面还有两道淡淡的樱色红痕，不仔细看也看不出来，但刘衍自然是能看到自己的指痕。

慕灼华委屈控诉道："可这痕迹分明是王爷留下的。"

刘衍竟无言以对……

这指痕是他掐着她的脖子留下的，却被她说得如此暧昧。

慕灼华哀哀切切地叹了口气："下官不敢辩驳，也是为了维护王爷的名声，王爷却反过来怪人家，下官这心里实在是委屈得很……"

这人强词夺理的本事着实无人能敌，刘衍发现自己实在是说不过这个女人。

"罢了，以后注意点儿。"刘衍捏了捏眉心，挥了挥手，"你下去吧。"

慕灼华脸色一变，换上了一副真诚的笑容："王爷千万不要生气，更不要误会下官。下官对王爷一片赤诚，天地可鉴，沈惊鸿给王爷提鞋都不配！"

刘衍位高权重，平时没少遇到阿谀奉承之辈，但这么赤裸裸不要脸的奉承，他还是头一回听到。

"下去吧……"

刘衍忽然生出一个念头：把她调到眼皮底下，是不是一个错误？

朝堂上关于沈惊鸿和慕灼华的流言蜚语是一刻也不曾停息，慕灼华因此事受到的最大影响就是宫女们都暗中排挤她了……这从每日的午膳就能看出来。

理番寺事务繁忙，因此午膳都是统一做好分到各人手上的。慕灼华打开食盒一看，明显就比旁人少了一半的分量。

慕灼华笑着问送饭的宫女："这位姐姐，为何我的饭菜比别人少了这么多啊？"

宫女表面恭敬地回道："慕大人是女子，饭量不比男子，我们就依着一般女子的量给大人添的饭菜。"说着扭着腰离开了。

慕灼华摸了摸鼻子，暗骂了沈惊鸿几句，这才吃起饭菜来。她桌上摆满了厚厚的账簿。今日她的工作就是把这三年的边贸记录看完，然后写一份感悟心得。而桌上摆着的三十几本账簿仅仅是一年的记录。刘衍平日里看的都是总结过的数据，而慕灼华则要把一条条明细看完，然后自己总结。

同僚见慕灼华边吃饭边看账簿，忍不住劝了一句："活是做不完的，饭还是要好好吃的。"

慕灼华冲对方笑了笑："多谢关心，我很快就吃完了。"说完又低下头去看账簿。

慕灼华看东西一目十行，又能过目不忘，因此看这些东西比旁人要快上许多。她一边看着，一边在纸上做笔记，在椅子上一坐就是两个时辰，连茶都未曾喝过一口。

理番寺其他人见了慕灼华这拼命的模样，本来对她有些怀疑和看轻，此刻也扭转了看法。

到了傍晚，快到宫门落钥的时候，慕灼华才最后一个跑出宫门。

慕灼华满脑子都是各种数字，心无旁骛地走着，忽然被人按住了肩膀，回头一看，却是执墨。

"执墨小哥，这么巧啊？"慕灼华展颜一笑。

执墨木着脸道："王爷叫你。"

他叫了好多声，慕灼华都没反应，他怀疑她是故意的。

慕灼华还真不是故意的，要是早看到刘衍的马车，她爬也爬上去了。此刻在执墨的带领下，她高高兴兴地上了刘衍的马车。

"王爷，您是特意等我的吗？"慕灼华笑容灿烂，含情脉脉地望着刘衍。

刘衍轻咳一声："本王陪陛下下棋，刚刚才出宫。"

"既然不是特意等的，那便是缘分了！"慕灼华自说自话，让别人无话可说。

刘衍不想继续这个话题，便问道："今日观政如何？"

慕灼华道："三年的边贸明细都看完了，晚上便写一份心得给王爷。"

刘衍诧异地挑眉："都看完了？"

慕灼华点点头，又撒娇道："可辛苦了，我连口茶都没喝呢。"

刘衍问道："昭明十二年九月十三日的记录。"

慕灼华自信满满道："买入马匹三十、牛五十、钢刀二百，卖出米粮五百石、棉布三百匹、茶一百斤、盐三十斤……"

刘衍早知慕灼华记忆力卓绝，却不想她竟然能把三年来的所有记录都记得一清二楚。

慕灼华盯着刘衍的神色，忽地扑哧一笑："王爷，你当人人都能过目不忘呢……"

"难道你胡诌的？"

慕灼华嬉笑道："下官自然是过目不忘，可是王爷您能记得吗？下官就是骗了您，您也不知道啊。"

刘衍见慕灼华抱膝坐着，两眼亮晶晶的，一脸坏笑，不禁心生无力，无奈摇头，却又不自觉含了几分宠溺。他收起折扇敲了敲她的脑袋："你怎么这么皮……"

慕灼华噫了一声，抬手捂住脑门，两只眼睛亮晶晶地望着刘衍，肚子不合时宜地咕噜响了一声。

慕灼华惨兮兮道："王爷，下官饿了……"

刘衍自然知道她为何肚子饿，因为与沈惊鸿的那点儿流言蜚语得罪了派食的宫女，被克扣了口粮。

刘衍充耳不闻，慕灼华暗自哀叹一声，忽然鼻尖抽了抽，转身趴在门边，打开一道缝隙，一股诱人的食物香气便飘了进来。

"是千酥包的味道。"慕灼华眼睛一亮，情不自禁咽了咽口水，"前面转角就是一品阁了，他们家这个点儿刚好有千酥包出炉，每次都大排长龙。若是王爷您的马车驾临，必然是不用排队的……"

刘衍闭目养神，全然不理会她的念叨。

慕灼华小心翼翼地捏着刘衍袖子的一角，轻轻晃了晃："王爷，千酥包可好吃了。他们挑选上等精肉，剁碎之后，用独门酱料腌制，包起来油炸，因表皮经过特殊的工序油炸，咬一口便会展开一层一层的酥皮，肉汁从酥皮中溢出来，鲜香微辣，肉香扑鼻……"

忽地刘衍腹中也响起一声咕噜……

慕灼华憋不住笑，转头冲外面的执墨喊道："王爷肚子饿了，执墨小哥，去买千酥包。"

执墨疑惑地唤了一声："王爷？"

刘衍缓缓睁开眼，无奈道："去吧。"

王爷的车马，一品阁的人自然是认得的，立刻就打包好十个千酥包送到马车上。

千酥包被封在梨花木食盒里，慕灼华欣喜地抱在怀里。刘衍见她抱着食盒却不打开，好奇问道："你不是饿了吗，怎么又不吃了？"

慕灼华赔笑道："这马车上熏的是千金难买的伽罗香，怎么好让这凡俗之物玷污了王爷的仙气呢？"

刘衍失笑摇头："这千酥包还堵不上你的嘴吗？既然买了，便打开来吃吧。本王岂会在意这些小事？"

既然车主都这么发话了，慕灼华便不推辞了，笑嘻嘻地打开食盒，拿出一个先送到刘衍手中，乖巧说道："请王爷先尝。"

千酥包用油纸包着，还微微烫手。刘衍倒是不怕这点儿温度，慕灼华手嫩，只能换着手拿。刘衍笑着看她手忙脚乱的样子，觉得颇有意思。在理番寺，她端的是一本正经、庄重自持的模样，在他面前却又撒娇卖乖、古灵精怪，也不知道她究竟有多少副面具，哪个才是真的她。

慕灼华此刻心思都在千酥包上，没去留意刘衍打量的目光。她小心翼翼地在酥皮上咬了一口，顿时肉汁溢出，齿颊留香，又烫又鲜美。她满足地眯起眼，腮帮子鼓鼓的，像只偷了腥的猫儿，吃得十分满足。

刘衍被她的吃相勾起了食欲，举起手中的千酥包，慢条斯理地吃着，姿态优雅，并不时抬起眼，扫过慕灼华油亮的粉色唇瓣。

慕灼华狼吞虎咽地吃了三个,才缓下来看刘衍。

"王爷,下官能带走两个吗……"慕灼华讨好地问道,"我家巨力最喜欢这千酥包了,下官想给她带两个。"

刘衍记得那个丫鬟,也是瘦瘦小小的,名字却叫巨力。

"都带走吧。"刘衍说道。

"王爷真是大好人!"慕灼华也不客气,笑嘻嘻地打包起来,"真不愧是下官倾慕之人!"

刘衍险些被噎住,他还是不能适应慕灼华随时随地的拍马屁献殷勤,偏偏这人还不打草稿,张口就来。

马车在定王府门口停下,慕灼华跳下马车,冲执墨说道:"多谢相送!"

定王府的马车若是停在朱雀街后巷,便太过显眼了,这个道理,慕灼华懂,便带上千酥包自己走了回去。

刘衍下了马车,看了一眼慕灼华轻快愉悦的背影,忍不住勾了勾唇角,转身朝大门走去。

❖❖❖

郭巨力吃下了千酥包,心满意足地发出一声喟叹。

"定王殿下真是个大好人……"郭巨力摸着肚皮说,"小姐,下回吃牡丹卷吧。"

慕灼华正埋首案前写心得,听郭巨力这么一说,忍不住笑道:"你当王爷是厨子,由着你点菜呢!"

郭巨力有些遗憾,马上又豁达起来:"不行就算了……小姐,这么晚了,你还不就寝吗?"

"快了,我写完就睡,你先睡吧。"

郭巨力打了个哈欠:"当官真辛苦。"

"做什么事、做什么人都辛苦,若辛苦有了回报,便不觉得辛苦了。"慕灼华说道。

郭巨力道:"今日我洒扫中庭,员外郎家的奶娘来串门,同我聊了许久。我瞧她那样子,好像是要给小姐你做媒。"

慕灼华头也不抬道:"你知道怎么推的。"

郭巨力点点头:"我当然明白小姐的心意了,那个奶娘还不死心呢,一个劲地说,姑娘家最要紧的是找个好男人嫁了。"

慕灼华嗤笑道:"找个好男人可比考状元难多了。"

郭巨力深以为然,又觉得不太对劲,扭头道:"小姐,对你来说,考状元也不见得多难啊,只差一点点——"

"去去去，睡觉去，别打扰我升官发财！"

第二天一早，刘衍果然在自己桌上看到了慕灼华提交的心得，他拿起来五张写得密密麻麻的纸看了看，又向外面看了一眼。

慕灼华今日观政，要把这些年的番邦管理律例都看完，也是不得空闲的一天。

理番寺的人很快就发现了，慕灼华这个小姑娘做起事来十分拼命，为人也和气好说话，也就渐渐地接纳了她，还耐心地给她答疑解惑。刘衍交给慕灼华的任务却没有减轻，既然知道她能耐大，便加倍压榨她了。换了旁人恐怕要叫苦不迭，暗自腹诽，慕灼华却还是每天笑嘻嘻的，高效准时地完成刘衍交代的任务。

除了理番寺的工作，她依旧要每三日去给皇子们讲学一次。有了在理番寺观政的经验，她讲起北凉诸国的事务来就更加得心应手了。刘瑾显得对她越发佩服，刘琛却看她更不顺眼，原因便是她与沈惊鸿的流言污了他的视听，因而对慕灼华的挑衅也更加过火，导致课堂上刘瑾与刘琛经常争执。刘瑜脾气好，夹在中间却是左右为难，拉不住两个暴脾气的。

这日慕灼华讲到了北凉的兵事，说起北凉丰产铁矿，有钢刀之利、悍马之勇，又惹得刘琛不快，他冷笑道："北凉不过陈国的手下败将，谈何利勇？"

慕灼华道："历史上，陈国对北凉用兵不下千次，却从未真正征服北凉。北凉人看似粗莽，却十分狡诈，他们拼死也要打一场胜仗，来换得议和的条件。"

刘瑾插嘴道："慕先生所言极是。大哥，当年你们便是打了一场败仗，北凉才以此为借口，在和谈条件上讨价还价。"

这事正中刘琛的痛点，他当即大怒："你说什么！你在宫中养尊处优，又懂什么行军打仗之事？当年若不是军中出了卖国贼，我与皇叔早就荡平北凉了。"

刘瑾道："这倒是和慕先生说的一致，北凉人狡诈，竟在大哥你眼皮底下塞奸细，蒙蔽了你和皇叔。"

刘瑾表面上说北凉狡诈，言外之意却是说刘琛与刘衍无能，遭人蒙蔽。刘琛怒不可遏，冲到刘瑾跟前攥住了他的衣领："你有什么资格说我和皇叔？你们不过是躲在皇城里，我们却是在前线浴血奋战！"

刘瑾丝毫不惧："我也可以上前线，只不过没有机会罢了。大哥，论武功，我可未必比不过你！"

刘琛被刘瑾一激，冷笑道："好啊，那咱们就较量较量，谁认输谁就是懦夫！"说罢用力推开刘瑾，自己转身大步朝外走去。刘瑾不屑地一笑，立刻跟了上去。

慕灼华瞠目结舌，没想到事态会发展成这样，急忙对刘瑜说道："二殿下，您赶紧劝劝他们啊！"

刘瑜苦笑道："我不懂武功，如何劝得住他们？"

"陛下呢？"慕灼华边往外追边问道。

"此事不能让父皇知道，否则父皇动怒，会伤了身子。"

慕灼华咬牙道："那只能把定王殿下叫来了，他的话，大殿下该是会听的。"

刘瑜点点头，立刻叫自己的侍读去理番寺找定王求救。

这边，刘琛、刘瑾二人已经各自挑好了武器，一场争斗一触即发。

御书房前的空地极大，两人各据一方，各执一剑。

刘瑜喊道："大家都是兄弟，点到为止，千万不要伤了对方！"

刘瑾道："二哥放心，我不会伤了大哥的。"

刘琛冷笑："你还是小心自己吧！"说罢提剑而上，杀气腾腾，竟丝毫没有回撤之力。

慕灼华不懂武功，但也看得懂情形，如今双方都在气头上，根本是不死不休的打法。在场之人都不懂武功，只能干瞪眼看着，而侍卫更是不敢插手皇子之间的决斗，况且以刘琛的脾气，谁敢插手，必然会被杖责一百。

慕灼华焦急地看着，大喊道："两位殿下快住手，今日上的是文课，不是武课！一会儿陛下过来看到会大发雷霆的！"

庭中剑影如织，两个人都是充耳不闻，慕灼华无可奈何，只能盼着刘衍来得快一点儿。

刘瑜的侍读很快就跑了回来，气喘吁吁道："定王殿下不在理番寺！我给他们留了信儿，待定王殿下回来时，他们会转达。"

慕灼华心想，那时就来不及了！

果然，庭中场面更加难看，刘瑾一剑刺向刘琛右肩，刘琛虽然避过，却被刺破了衣服。刘琛大怒，出招更加凌厉，刘瑾也被逼得步步后退。

刘瑜急道："够了！三弟，你快停手认输！"

刘瑾咬着牙不肯认输，刘琛冷笑道："不要认输，我要打得你心服口服！"

这时刘瑾眼睛一亮，在刘琛说话之时发现了一个破绽，一个闪身避过来剑，便刺向刘琛的破绽之处。刘琛仓皇回剑，剑身挡住了刘瑾的来剑，被逼得后退了几步。刘瑾趁机欺身上前，打得刘琛措手不及，眼看就要落败。

刘琛岂能接受这样的失败，眼中忽地闪过一抹厉色，竟是舍弃了防御，使出了两败俱伤之招，一剑刺向刘瑾腹部。刘瑾也被刘琛玩命的打法吓了一跳，躲闪不及，剑身从腰侧划过，鲜血顿时涌了出来，而刘瑾的剑也回收不及，刺穿了刘琛的右腿。

慕灼华脑中嗡的一声，仿佛听到了自己的丧钟……

两个皇子在她的课上大打出手，两败俱伤……

众人尖叫着围了上去，刘瑜扶起倒在地上的刘瑾，急切地查看他的伤势。

"我没事。"刘瑾脸色微白，摇了摇头，"皮外伤。"

刘瑜又赶紧跑过去看刘琛，刘琛的伤势比刘瑾严重许多，鲜血如泉水一样涌出，显然是伤到了要害。

"快传太医啊！"刘瑜大吼一声，惊呆的众人这才回过神来。

"来不及了！"慕灼华蹲在刘琛身前，伸手查探大腿上的伤势，"刺破了血管，必须立刻止血！"

刘瑜怔怔地看着慕灼华，慕灼华方才还慌乱着，此时却十分镇定。她拿起地上的剑，抬手挥下，割下外衫，在刘琛的伤口部位缠了一圈，用力勒紧："二殿下，你把这边勒紧了。"

刘瑜闻言，按照慕灼华的吩咐勒紧，果然出血少了许多。慕灼华又从腰间取出一个羊皮卷轴，打开放在地上，里面摆放的是一根根银针。

"我给殿下施针止血，殿下不要动。"慕灼华说着拈起一根长针。

刘琛浑身无力地瞪着慕灼华，慕灼华出手迅疾，很快便落下几针，果然片刻后血便止住了。

"你们把殿下抬回房间，放在榻上，取热水来。"慕灼华又补充道，"小心别碰到银针。"

众人见慕灼华果真止住了血，便都听她的命令行事。

慕灼华又对刘瑾道："三殿下，让我看看您的伤势。"

刘瑾回过神来，摆手道："不用，我只是皮外伤，血已经止住了。"

慕灼华看了刘瑾一眼，不再坚持，转身跑进了刘琛所在的房间。

御书房里就有热水，太监们很快送了过来。慕灼华用剪子剪开伤口处的布料，小心擦拭血污。这时外间传来仓皇的脚步声，有人喊着："太医来了！"

慕灼华回头，看到三个太医气喘吁吁地跑了进来，便站起身来，让开了位置。

"老臣来迟——"

太医还要请罪，就听到刘琛不耐烦地说："少说废话，过来！"

太医急忙爬到床前，细细查看刘琛的伤势之后，松了口气道："殿下伤到此处，若不是及时止血，只怕危险了，不知道是哪个太医出的手？"

众人齐齐看向了慕灼华。

此时慕灼华衣服上一大片鲜红，她冲太医笑了笑道："事急从权，本官略懂医术，便斗胆给殿下止血了。余下之事，就交给诸位了。"

太医和善地笑了笑，转过身去为刘琛处理伤口。

慕灼华见刘琛有了太医照料，而自己满身血污，便想着回理番寺换身衣服，不想刚走出门就与一人迎面撞上。慕灼华倒退了两步，抬头一看，惊喜道："王爷。"

刘衍看到慕灼华身上的血污，也是一惊，下意识地上前抓住她的手："你哪里受伤了，怎么这么多血？"

慕灼华看到刘衍眼底的急切，不禁有些恍惚，笑道："不是下官，是大皇子，这是为殿下医治时不慎染上的。"

刘衍不自觉地松了口气，便放开慕灼华，往里面走去。

慕灼华回理番寺换了身干净衣服，她一身的血污把众人都吓坏了，打听之下才知道两位皇子比剑之事，都是心惊胆战。

慕灼华换了衣服回到御书房，刘琛和刘瑾的伤口都已经处理好了，太医正往外走。

慕灼华走到门口就听到刘衍在教训刘琛，便下意识地收住了脚，停在门外。

"你今日行事太过鲁莽了！"刘衍坐在床边，沉着脸训斥刘琛，"你是兄长，今日之事责任便在你。"

刘琛嘴硬道："是他出言不逊，说皇叔用人不明，遭人蒙蔽，我气不过才——"

刘衍按了按额角，压着怒气道："别人就是知道你的脾气，才故意激怒你。今日陛下不在宫中，我也不在理番寺，难道你以为这是巧合吗？"

刘琛一惊，随即怒道："他们故意的。"

刘衍道："你与刘瑾两败俱伤，必然会遭到陛下训斥。"

刘琛冷笑道："我懂了，刘瑜故意让刘瑾拉我下水，我们俩鹬蚌相争，他倒舍得让亲弟弟涉险。"

"琛儿，你们三人都叫我一声'皇叔'，我原不该有偏颇。"刘衍轻叹一声，"你们如此相争，伤的是陛下的心。"

刘琛道："那他们便不要想着与我争！"

刘衍知道刘琛脾气如此，听不进自己的劝，只能道："你乃嫡长子，不必争，这一切都会是你的。你越是争，这些就离你越远。你只要控制住自己的脾气，便不会轻易被人利用了。"

刘琛还要反驳，外面传来了敲门声。

"殿下，慕灼华求见。"

刘琛收回满肚子的话，冷冷道："进来。"

慕灼华推开了门，走到床前关切问道："殿下的伤势如何了？"

刘琛道:"无碍。"

刘衍看了慕灼华一眼:"听说是你及时为大皇子止了血。"

慕灼华微笑道:"这是臣子的本分。"

刘琛冷眼看着慕灼华:"你应该知道,我很不喜欢你。"

慕灼华讪笑:"下官但行己事,不管他人的喜恶。"

刘琛又道:"没有人知道你会医术,你不救我,没人会怪你。"

慕灼华轻叹了口气:"殿下若要这么问,那就容下官说句实话吧。下官自然知道殿下不喜欢自己,但两位殿下在我的课上出事,我难辞其咎,所以必须竭尽全力去救。这是其一。其二,医者仁心,见死不救,下官问心有愧。"

刘琛冷冷说道:"其三,你想着救了我,我便欠了你人情,不会再为难你。"

慕灼华苦笑:"这其三,不敢奢求。"

刘琛道:"我从不欠人,你救我一命,我现在便还你,说出你的条件。"

慕灼华小心翼翼地看了刘琛一眼,又用余光偷瞄刘衍,这才低下头说道:"那殿下给些诊金就好了。"

"什么?"刘琛狐疑道,"诊金?你要什么诊金?"

慕灼华道:"下官给人看病,收多少诊金就看对方什么身份。若是普通百姓,便只收一点儿铜钱;若是达官贵人,便要多收一些。殿下尊贵,下官斗胆,要五百两诊金。"

刘衍闻言,扬眉看向慕灼华。

刘琛嗤笑一声,大喊:"来人,拿一千两来!"

话落,外面就有个小太监拿了一千两的银票进来。

"给她。"刘琛不屑地说道,"我的命,还是要更贵一些的。"

慕灼华毕恭毕敬地收下了一千两银票,拱手道:"多谢殿下。"

刘琛嫌恶地挥挥手,道:"你走吧。"

慕灼华弓着身子退下了。

待慕灼华走远,刘琛才对刘衍说道:"这个女人,贪生怕死,贪财怕事。她救了我的命,功名利禄唾手可得,却只要了五百两,你说她是不是又贪又傻?"

刘衍微笑不语,他知道的慕灼华可不是这样的人。

"就这样的人,也配和沈惊鸿齐名?"

刘衍无奈道:"你这几日就好好休息,不要再大动肝火了,稍晚些陛下来看你,记得认错,不要找借口。"

"知道了,皇叔越来越啰唆了,你以前可不是这样的。"刘琛不满地咕哝了一句。

刘衍瞬间有些恍惚——他以前是怎么样的……

他忽然想起自己意气风发、不可一世的样子……曾经的他，又比刘琛好多少呢？……

可有些教训着实太沉重了……

太监端着药碗进来，刘衍扶着刘琛坐起喝药，这时又跑进来一个太监，跪下说道："殿下，奴才方才跟踪慕灼华，她确实说了一些关于殿下的话。"

刘琛脸色一冷："她在背后说我什么？"

慕灼华怀揣着银票刚走没几步，便看到宋濂锡跑了过来。

"我都听说了。"宋濂锡一脸惊恐，"竟然发生这样可怕的事，好在你会医术，给大殿下止了血，不然殿下们有个万一，你也是危险了。"

慕灼华微笑道："我也是后怕得很呢。"

宋濂锡又问道："不过，你救了殿下这么大的功劳，殿下应该会给你不少赏赐吧，苟富贵，莫相忘啊！"

慕灼华从怀里抽出银票，说道："我本只要五百两的诊金，殿下给了我一千两。"

宋濂锡瞠目结舌："你！你！你！唉，我说你什么好啊！这么好的机会，居然找殿下要了五百两！"宋濂锡气得拍大腿，"我的慕大人啊，你多聪明一个人，怎么就干了糊涂事？你这是吃力不讨好，殿下恐怕要更讨厌你了！"

慕灼华悠悠道："殿下本就不喜欢我，我若是要了高官厚禄，殿下就是给了，心里也不会痛快，回头找个理由，还不是把我贬下来？"

宋濂锡哑然："这——"

慕灼华又道："殿下若不给我点儿什么，他心里也不舒服，总记挂着欠我的人情。既然如此，我不如要些实惠的，这样一来，殿下心里也能舒坦一些。"

宋濂锡失笑："殿下心里舒坦了，你又舒坦了吗？殿下还不是一如既往地讨厌你？"

慕灼华淡淡一笑："殿下是君，我是臣，君要臣死，臣不得不死，更何况殿下只是口头上说我几句。他性情爽直磊落，并没有真正恶我害我。宋兄，你曾经教我，为人臣子，莫过于一个'纯'字，我今日便是但行己事，莫问前程了。不能讨殿下喜欢，是我的不足，能为殿下排忧解难，也算尽了为臣的一点儿本分。"

刘琛听完，沉默良久。

"她真这么说？"

小太监点点头："奴才听得真切，虽然记不住每句话，但大致便是这个意思。"

刘琛摆摆手道："下去吧。"

当着刘衍的面，刘琛有些尴尬地摸了摸鼻子，他本以为慕灼华会心存怨怼，没想到……反而自己显得心胸狭窄了一些……

自己先前对刘衍说的那番话，如今便被慕灼华打脸了，他脸上火辣辣的，心里却不觉得恼恨。

刘衍唇角含笑，催促道："殿下，喝药了。"

刘琛不是滋味地喝下药，问道："皇叔，这慕灼华，好像也没那么不堪……"

刘衍眼中笑意浓浓，轻轻点头道："她的心思，确实玲珑。"

御书房的风波很快就传遍了皇宫，慕灼华回到理番寺，便看到同僚们聚在一起绘声绘色地描述那凶险的场面。众人见慕灼华进来，立刻都围了上去，七嘴八舌地问起状况。

慕灼华笑着道："两位殿下都无大碍，更何况有定王殿下在呢。大家还是回去做事吧，一会儿定王殿下回来，看到我们议论殿下的是非，怕是要动怒的。"

众人一听，便没趣地散了。

慕灼华今日的工作便是给三位皇子讲学，出了这档子事，讲学便只能停下了，她又回到理番寺筹备下回在礼部观政需要的材料。她正忙到一半，来了个宫女传话。

"慕大人，公主殿下有请。"宫女毕恭毕敬地行礼。

自发生了与沈惊鸿的流言，慕灼华便很少在宫女面上得到恭敬了。到底是柔嘉公主的人，就是懂礼数。

慕灼华放下东西，便跟着宫女一路进了后宫。通常外臣是不得入后宫的，但慕灼华是女官，在这一点上便有了其他人没有的便利。

两人又走了一段才停下，宫女转身对慕灼华叮嘱道："柔嘉公主正与太后、皇后说话，进去之后说话行事自己小心。"

慕灼华感激道："多谢姐姐提醒。"

慕灼华跟着宫女进去，抬眼一扫，便看到太后高居其上，皇后和柔嘉公主分坐两侧，便立刻跪倒行礼。

"理番寺观政慕灼华，参见太后、皇后、柔嘉公主。"

太后的声音略显严肃威仪，淡淡道："起来吧。"

慕灼华恭敬地起身，垂着手站在旁边。

"方才哀家看过两个皇孙了，琛儿伤得不轻，听说是在你讲学的时候起了争执，你为何不拦着？"太后话里便有了责问的意思。

慕灼华心里哀叹，面上却恭恭敬敬道："是微臣无能，拦不住两位殿下。"

柔嘉公主轻声道:"皇祖母,两个弟弟的脾气,您是知道的,他们斗起气来,别说是慕大人了,就是我这个姐姐也拦不住啊。"

太后看向皇后道:"琛儿的脾气那么冲,多少是你宠出来的。"

皇后似乎有些畏惧太后,立刻便离座跪下,向太后请罪:"是儿媳的错。"

柔嘉公主微笑转圜道:"所幸现在弟弟们都无大碍了。听太医说,慕大人及时为琛弟止血,多少算是有功的,皇祖母就不要过分苛责了。"

慕灼华低着头,感觉到太后的目光重重压在自己的脖子上。

"哀家也没有要罚她,只是常听人说起今科探花是个年轻的姑娘,就好奇叫来看看。皇子们都是适婚的年龄,身边有个才貌双全的年轻女子,哀家总要上心一下。"

太后不咸不淡的一句敲打,让慕灼华顿时醒过神来,哭笑不得——想必太后是误会了,还以为两个皇子是为她争风吃醋,才大打出手呢!

她真是冤死了,还不能为自己辩解!

太后如今见了慕灼华,这人倒不是自己想象中的妖娆模样,看着端庄守礼,她便稍稍放下心来,转头对柔嘉公主说道:"你的婚事,也该抓紧些了,今年之内无论如何得好好相个驸马。"

柔嘉公主婉声道:"皇祖母,这事也看缘分的。"

太后道:"事在人为,缘分可不是坐等来的,当初薛笑棠便是再三跪求才感动了陛下,给你们二人指婚,谁想他福薄……罢了,不说他的事了。"太后转头看到皇后还跪着,便道:"皇后起来吧,你是柔嘉的母后,此事便是你的责任。"

慕灼华尴尬地站在旁边,又听了几句,才得了太后的令退下。

太后盯着慕灼华的背影,见她离开了,才对皇后说道:"待柔嘉的婚事定了,再让琛儿娶皇妃。皇帝虽然尚未立太子,但他心中还是偏向琛儿。琛儿的皇妃就是未来的皇后,不可马虎,出身与教养都需要仔细调查。"

太后言外之意便是看不上慕灼华的出身。昭明帝如今的皇后,便是当年太后从自己的娘家侄女中精挑细选出来的,为昭明帝登基后稳定朝局出了不少力。如今昭明帝沉疴难治,众人心里多少有数,刘琛若要登基,没有可靠的班底,怕是会生动荡。

皇后自然懂得太后的良苦用心,便低头称是。

慕灼华回到理番寺,时间已经不早了,理番寺的人都已经回去了。慕灼华便也收拾好东西,关门离开。

慕灼华把带着血污的衣服包起来,揣在怀里出了宫门,刚走出不远,便见到了在路口处等着的执墨。

执墨道:"跟我来。"

慕灼华眼睛一亮,跟着执墨走进巷子,看到刘衍的马车正停在巷子里等她。"王爷,今日便是特意等下官了吧?"慕灼华爬进了马车,笑眯眯问道。

刘衍正闭目养神,听了这动静,便缓缓睁开眼看向慕灼华。

"听说太后传召你,说了些什么?"

"王爷是担心太后为难下官吗?"慕灼华双手托腮,眼中闪着一丝期盼。

"有柔嘉公主在,想必你也不会遭到为难。"刘衍道,"太后无非是想知道二位皇子为何起争端。"

慕灼华叹了口气道:"王爷大可说得准确一些,太后是担心下官红颜祸水,引得兄弟阋墙,后来看到下官貌丑之后,又觉得自己多虑了。下官这般纯良老实、庄重自持之人,怎么可能让殿下为下官大打出手?"

刘衍不禁被她逗乐了:"纯良老实、庄重自持?本王看你是欺上瞒下、胆大妄为。"

慕灼华委屈道:"王爷冤枉下官,下官也只是对王爷不庄重了一点儿……"

刘衍冷笑一声:"是吗,你今日不就把大皇子玩得团团转吗?"

慕灼华抿着嘴,轻哼道:"王爷又冤枉下官,下官明明救了大皇子呢!"

刘衍饶有兴味地看着慕灼华做戏,不紧不慢地说道:"今日两位皇子相争受伤,你本难辞其咎,然而你当机立断,为大皇子治伤,也算功过相抵了。不过,如此千载难逢的好机会,你又怎会放过,自然是要做一场戏来骗取大皇子的信任了。"

慕灼华一脸纯良地笑道:"王爷说什么做戏,下官怎么听不懂呢?"

刘衍道:"你救了大皇子,若趁此机会邀功,大皇子自然能答应你,但也会对你更加生恶。你若不邀功,大皇子会认定你故作清高,也不会记挂你的好。于是你故意提出要五百两的诊金,这诊金确实不便宜,但对皇子来说不值一提。你有意让大皇子以为你是个短见贪财的粗鄙之人,等到后来大皇子听到你的良苦用心,自知误会了你,心中便会生出愧疚,至此,他才是真正领了你的情。"

慕灼华被刘衍看穿了心思,却不惊惧,反而笑得更开心了:"王爷真聪明,不愧是下官倾慕之人!"

刘衍对她这套信手拈来的奉承和告白早已适应了,不以为意道:"你说你这连环计,难道不是将大皇子的心思玩弄于股掌之中吗?"

慕灼华幽幽叹了口气:"王爷,为官不易啊,若不想点儿法子,下官怎么过得下去呢?下官也不过是想让大皇子别那么讨厌我,否则来日大皇子登基,下官便要辞官归田了，王爷便见不到如此贴心可意的人了。"

刘衍无所谓地笑了笑："这未尝不是一件好事，本王便也能得清静了。"

慕灼华却眉眼弯弯地笑开："可是王爷并没有那么想要清静吧，否则……为何不把这些话说给大皇子听，当着大皇子的面戳穿下官？"

刘衍哑然。

慕灼华扯着刘衍的袖子，甜甜笑道："王爷是殿下的叔叔，却帮着下官骗殿下，这是不是说明，王爷也有一点点心疼下官，舍不得下官被殿下欺负，舍不得看下官辞官回乡呢？"

刘衍看着抓住自己衣袖的小手，心头轻轻一颤。他忽地想起下午看见慕灼华一身是血，那时候，他的心确实有片刻的慌乱……

刘衍抓住慕灼华的手腕，将她的手扯离了自己的衣袖："本王不过是见你只是为求自保，才不戳穿你。若是你害到了皇子，本王便不会姑息了。"

慕灼华露出纯良无害的表情，笑着道："下官怎么会害人呢？王爷，您要相信下官呀。"

第八章·恃宠而骄

如果他只是一个无权无势的普通人，她会如何待他？会皱眉吗？

慕灼华带着一身血污的衣服回家，着实把郭巨力吓了一跳。

"小姐，当官真是又辛苦又危险，不然，咱们还是收拾包袱找个乡下地方种田吧。"郭巨力心有余悸地抓着血衣，愁得眉头紧皱，"我还是有力气干活养小姐的。"

慕灼华笑着拿出一千两银票："富贵险中求啊，小姐我养你。巨力，把钱收好！"

郭巨力瞪大了眼睛，狂喜地接过钱："这这这……一千两！小姐真厉害！"

慕灼华笑着躺在庭中摇椅上，眯起眼感受晚风的温柔。

"小姐——"郭巨力抓着银票的手忽地抖了一下，虚着眼看慕灼华，"你这是贪污受贿了吗……"

慕灼华被噎了一下，瞪了她一眼："我这芝麻小官，谁能拿这么大票子贿赂我？自然是因为我立了功，救了人，殿下赏赐的。"

郭巨力一听，这才放下心来，拍着心口道："那我便放心了。小姐，看来当官也不比当大夫来钱快啊。"

慕灼华摆摆手道："你懂什么？我若不是站到了这个位置，又哪里能接触到这些贵人。何况论医术论经验，我比不上太医院的大夫，赚到几次诊金都是侥幸遇上。但是给贵人治病不是件容易事，一个不慎便是抄家灭族的大罪，有外祖的前车之鉴，我从未想过以此营生。"

郭巨力懵懵懂懂地点了点头，小心翼翼地将银票藏好。

这时外面响起了敲门声，郭巨力赶紧出去应门，过了片刻跑回来，手上拿着一张烫金的帖子。

郭巨力道："小姐，那人留下一张帖子给你，说是公主府下的帖子。"

慕灼华赶紧起身，接过帖子打开看。

"柔嘉公主邀我明日下午去她府上品茶赏花。"

慕灼华有些受宠若惊，郭巨力更是难以置信。

"小姐，连公主都邀请你了啊！"郭巨力紧张地踱着步，"那咱们上门，要不要带点儿什么？"

"自然是不能空手去了。"慕灼华想了想，道，"趁着外面店还没关门，我写个单子给你，你去采买齐了，明日我亲自做些点心。"

郭巨力道："这样好，显得小姐有心。"

第二天一早，慕灼华忙了许久才做好四锦盘，这花了她不少心思，用花卉、面粉和蜂蜜做出的样式精致的茶点可谓色香味俱全。

"小姐，你要穿什么衣服去？"郭巨力问道。

慕灼华如今也算有些家底了，为了日常应酬，添置了不少衣服，不过大多是中性的文士服。因为平日里与理番寺或者翰林院的同僚应酬文会，在场的基本都是男子，只她一个姑娘，穿得太娇嫩了便显得突兀，她也就把自己打扮得中性、俊秀，其他人也不会拿异样眼光看她。

但是去公主府又是另一回事。

"找件素色的裙子，给我梳个简单的发髻便好。"慕灼华寻思道，"公主说是只约了我一人赏花，便当是闺中密友的交往，我若穿了文士服，便显得有些怪异。公主为薛将军守节，平日穿得十分朴素，我也不宜张扬。"

郭巨力一边听着，一边在衣橱里翻找，终于找到一件符合要求的。

"小姐，这身夏装是刚做的，你还没穿过，看看合适吗？"

慕灼华看了一眼，是件烟粉色的襦裙，裙摆上绣着几个含苞待放的花骨朵，颜色雅致而不张扬，正适合这夏日里穿。

"就这件吧。"

慕灼华换上襦裙，便坐在镜前让郭巨力为她梳妆。郭巨力轻轻梳着慕灼华的长发，笑道："好久没看小姐穿姑娘家的衣服了，小姐这样穿才好看呢。"

慕灼华拿着眉笔对镜描眉，仔细端详着镜中自己的容颜，轻轻叹道："我也快忘了自己是个姑娘了。"

除了在刘衍面前。如今她每次看到刘衍，几乎都会下意识地去勾搭他，差点儿忘了自己的初衷：杏花树下的东西还在等着她呢……

可惜刘衍那个院子看得太严了，那里总有人暗中把守。

郭巨力为慕灼华梳好发髻，挑了一支白玉簪斜斜插入云鬟。

"小姐，你的饰品太少了。"郭巨力挑挑拣拣也找不出可以搭配的首饰。

"平日里也用不上，好一点儿的首饰那么贵。"

她不是闺中女子，用不上金银头面，而一件成色好些的玉石耳坠便要几百两。

"可是去公主府上，太寒酸了也不好。"

听郭巨力这么说，慕灼华忽然想起一样东西，她转身跑到床头，一阵摸索，找到了一块玉佩。

郭巨力凑上来一看，顿时眼睛发亮："这玉佩水色真好，翠色明艳，一看就价值不菲。小姐，你什么时候买的？"

"一位大人送的。"慕灼华摩挲着温润的玉佩，对郭巨力道，"打个络子穿上，搭这条裙子正好。"

郭巨力手巧，不一会儿便打好了络子，帮慕灼华戴在胸口。玉佩温润如水，翠意盈盈，衬得慕灼华的肌肤更加白嫩细腻。

慕灼华随手拿起一把团扇，原地转了一圈，烟粉色的下摆划出一道漂亮的弧线，纤细的腰肢如柳条一般柔软袅娜，团扇遮面，只露出一双笑意盈盈的勾魂杏眼，对着郭巨力俏皮地眨了眨。

郭巨力眼睛发亮地望着慕灼华，连连点头："小姐真好看，可惜世人没有福气看到小姐的真面容。"

慕灼华扬起下巴，得意扬扬道："本小姐有的是才华，要美貌作甚。"

郭巨力雇了辆马车，把慕灼华送到了公主府。

柔嘉公主的公主府是十年前昭明帝让人修建的，占地广阔，极尽风雅，处处昭示了皇帝对公主的宠爱。然而柔嘉公主并不常住在这里，她三岁丧母之后便跟着皇姑祖，也就是陈国最尊贵的姑奶奶——镇国大长公主裴悦——云游天下。皇子们的倚仗是生母，柔嘉公主的生母身份卑微，却意外得到了镇国大长公主的宠爱，尊贵更在几位皇子之上。

慕灼华在宫女的引领下穿过百花争艳的花园，脑海中回忆着关于柔嘉公主的点点滴滴，提醒自己一会儿不要说错话。带路的宫女见慕灼华神情有一丝紧张，便微笑道："慕大人无须紧张，公主最是温柔，又是那么欣赏、喜欢您，您不必担心说错话惹恼公主。"

慕灼华冲宫女笑道："这位是蔓儿姐姐吧。"

蔓儿好奇道："大人还记得奴婢？"

慕灼华笑道："那日姐姐送了我一盆花泥，我还供着呢。"

蔓儿掩口笑道："莫怪公主喜欢你。那花是大人赢来的，花盆虽贵重，也是公主赏的，奴婢算得了什么，还叫大人挂记。"

慕灼华殷勤道："蔓儿姐姐是出了力气的，我自然是记得了。"

蔓儿微笑道："大人这样嘴甜，奴婢便也说句实话，您穿着这样，与那日判若两人，真是美得让人移不开眼。"

那日的慕灼华看起来是个俊秀可爱的小书生，今日一见，却是个清秀灵动的淑女，五官虽不十分艳丽，却糯糯软软的，让人看着就心生喜欢。

两人说话间便到了湖心亭，柔嘉公主正在喂鱼，听到脚步声才回头看来，见到了慕灼华与之前不同的装扮，也是眼前一亮，笑着说道："头一回见慕大人着女装，竟是这样的秀丽佳人。"

慕灼华行了礼，笑道："公主仪态万方，谁不相形见绌？只不过公主帖子上说是私人小聚，下官怕穿了男装引起他人误会，就穿女装前来赴宴了。"

"所幸太后未曾见你女装的模样，否则你便惹上麻烦了。"柔嘉公主说笑着坐下，又朝慕灼华招了招手，让她坐在自己身旁，道，"你也坐吧，我们私下里聚会，不必拘束。你知道的，我常年在民间行走，并不怎么守宫中那些虚礼，在我面前，你便忘了那些尊卑之称吧。"

柔嘉公主说话语调轻柔，让人如沐春风，慕灼华不自觉放松下来，将精致的食盒交给蔓儿，说道："今日上门也不知道送些什么，想着公主什么好东西没见过，便没准备什么贵重之物，只是自己下厨做了几样点心，希望公主不要嫌弃。"

柔嘉公主微笑着点头，给了蔓儿一个眼色。蔓儿便打开了食盒，把精致的四小碟摆放上桌。

慕灼华介绍道："这四锦盘是下官闲来无事鼓捣出来的，碾碎了花瓣，用花汁着色，看着娇艳又不失花朵的芬芳，里面的馅有豆沙、莲蓉、浆果、酒心四种味道，酸甜解腻，既可以佐酒，也可以佐茶。"

柔嘉公主惊喜地看着精致的小点，对慕灼华笑道："想不到你还有这等手艺，既然你带来了这么好的点心，我也不能藏着好酒好茶了。"说着对蔓儿道："把陛下赏我的两壶珍藏拿来。"

蔓儿笑着屈了屈膝，转身去拿。

另有两名婢女端着茶水上来，让两人净手漱口。慕灼华洗手时，不经意间抬头，看见柔嘉公主手臂上有一个小小的牙印。

柔嘉公主留意到慕灼华眼中的诧异，轻笑道："你是不是看到这个觉得奇怪？"

慕灼华抱歉地笑了笑："是我冒犯了。"

"没事。"柔嘉公主撩起袖子，大方地露出皓白的手臂，"这个牙印是我三岁的时候被一个小孩咬的。"

慕灼华看着深深的牙印，皱眉道："看这伤口，当时一定咬得极深。公主身份尊贵，什么人敢这样咬您？"

柔嘉公主笑了一下，道："灼华，我这样叫你，可还合适？"

慕灼华受宠若惊，道："公主这是抬举下官了。"

"灼华，我当你是朋友，便和你实话实说。我幼时可不是什么尊贵的公主。父皇得我时尚未登基，我的生母只是王府的侍女，便谈不上尊贵了。这牙印留的时间太早了，我也忘了是何时何人留下的，想必是那时我顽皮，与外面的小孩一块儿玩，才被人欺负了。"

"公主受了伤，没找到肇事之人吗？"慕灼华惊奇道。

柔嘉公主摇头道："我自己都不记得了，又去哪里找呢？"

慕灼华提议道："可以请附近的孩子们吃糕饼，看看谁的齿痕与公主手臂上的相似。"

柔嘉公主轻笑道："这主意我却没想到……我许久没见过你这样有趣的人了。你可知道那日簪花诗会上，我为什么维护你？"

慕灼华道："还请公主为我解惑。"

"一则是怜惜你，二则是欣赏你。"柔嘉公主缓缓说道，"我听说过你的身世。你是江南慕家的庶女，生母不显赫，又年幼丧母，我看着你，便仿佛看到了自己。"

柔嘉公主同样是出生在最显赫的家族，却有着最尴尬的处境。

"公主深得陛下宠爱，何出此言？"慕灼华安慰道。

柔嘉公主笑了笑，似乎并不认同慕灼华这话，又道："你生在那样的家庭，却能有今日的荣光，属实不易。"

慕灼华真心实意说道："怎比得上公主为国为民？不瞒您说，早在淮州，下官便见过公主。"

柔嘉公主好奇道："哦，是什么时候？"

慕灼华笑道："五年前，江南大旱，各家粮商坐地起价。公主您一家家去劝说粮商以平价售卖存粮，也曾到过我们慕家。"

柔嘉公主想起此事，点点头道："你们慕家存粮最多，这事我记得。"

慕灼华道："家父被公主的一番话打动，便开仓放粮，淮州的百姓都感念公主的恩德。"

柔嘉公主笑着摇摇头："我不过是跑跑腿动动嘴，真正做善事的还是那些粮商，这事我不敢居功。若说实话，有些人恨我仗势欺人还来不及。"

"然而若不是公主'仗势欺人'，那一年便要饿死很多人了。"慕灼华仰慕地看着柔嘉公主，"更何况公主兴建济善堂，收留了那么多孤寡老幼，也是一件极大的功德。"

"我年幼起便跟着皇姑祖在江南生活，见多了民间疾苦，再回到宫中，看到了贵人们的奢靡浪费，心中便觉得难受。我身为公主，享受着民脂民膏，若不能为他们做些什么，自己便觉得难受。做这些事，我求的不是功德，只是求自己心安而已。"柔嘉公主淡淡说道，"世人赞我也好、毁我也罢，我倒不在乎了。"

说话间，蔓儿已经取了两壶酒来，为两人斟上。

柔嘉公主岔开了话题，说道："你尝尝这西域的美酒。今日我本想着请你品茶，不过看你长得小小的，似乎与这酒更为般配。今日炎热，这酒是从冰窖里取出来的，甚是解暑。"

慕灼华笑着举起酒杯："那就多谢公主赏赐了。"

夏日的风掠过湖面，拂在面上便多了一丝凉意。喝过几杯佳酿，柔嘉公主才道："今日我找你来所为何事，想必你心里是知道的。"

慕灼华苦笑了一下："多半是因为两位殿下受伤之事。"

柔嘉公主叹息了一声，颇为无奈道："太后最看重三位皇子，如今皇子议亲在即，她心里早有了人选。听说大皇子与三皇子为一个姑娘起了争执，担心是因情所致，这才迁怒于你。"

慕灼华只有叹道："下官冤枉，公主明鉴。"

"我留意你许久，自然知道你人品端方，不是烟行媚视之人，只是太后不知，也不在乎冤枉了人，她老人家怕出什么意外，如此便只能委屈你了。"柔嘉公主歉然地望着慕灼华，"恐怕你这讲学之位是难保住了。"

这对慕灼华来说倒不是什么坏消息，她淡淡笑道："太后既然有顾虑，下官听从安排便是。"

柔嘉公主见她这般懂事，心里更加怜惜，亲自给慕灼华斟了杯酒，温声道："咱们女子处世艰难，便是男人犯了错，也只能让女人来承担罪过。我虽然心疼你，却没有办法为你辩解，只能看你受这委屈了。"

慕灼华受宠若惊地双手接过酒杯，感激地望着柔嘉公主："能得公主这几句话，下官便不觉得委屈了。"

陈国百姓将柔嘉公主捧得如神女一般，慕灼华也在心里偷偷敬仰柔嘉公主，今日喝了酒说了许多体己话，才知道公主也有凡夫俗子的喜怒与忧愁。两人一见如故，说到许多话题都有一样的见解，更是彼此引为知音。

柔嘉公主叹道："可惜我没有姐妹，若有个妹妹像你这样就好了。"

慕灼华喝得微醺，脸红红的，胆子也大了起来："公主若不嫌弃，把……把我当作妹妹，我也将公主视如亲姐……不，比我亲姐还亲……我的姐姐们，待我并不怎么好……"

她们只会抢她的东西，嘲笑她没有娘，嘲笑她笨，整日抱着本破书……

柔嘉公主怜惜地揉揉慕灼华的云鬟："那你叫我一声'姐姐'。"

慕灼华红着脸摆摆手："不……不敢……怕太后误会了，还以为我……我攀附皇子殿下呢……"

柔嘉公主扑哧笑了出来："太后确实是误会你，也误会我的弟弟们了……她眼光高着呢，非累世公卿之家是看不上的。"

柔嘉公主显然也是喝多了，这话里便透露出几分不敬。蔓儿皱了皱眉头，扶起了柔嘉公主，道："公主喝醉了，此时天色也不早了，让奴婢派马车送慕大人回府吧。"

慕灼华揉了揉脸，笑着起身道："不敢麻烦了，我雇了辆马车，就在门外等着呢。"

蔓儿微笑道："那奴婢让人送大人出去。"

门外的车夫领了一日的工钱，等了半日，也睡了半日，见慕灼华出来，才打起精神赶车。

慕灼华头有些昏昏沉沉的，那酒入口清甜，后劲却是不小，她与公主闲聊着，不知不觉竟然把两壶酒都喝完了。

马车轻轻晃着，慕灼华不知不觉便睡了过去。过了许久，马车停了下来，车夫敲了敲门，才把慕灼华叫醒。

慕灼华睡得正酣，揉着眼睛下了车，被晚风一吹，冷不丁打了个寒战。

郭巨力早在门口等了许久，见慕灼华脚步晃荡，急忙上前扶住她。

"小姐，不是说去喝茶嘛，怎么喝了这么多酒啊？"

慕灼华嘘了一声，小脸红扑扑的，醉态可掬。她神秘兮兮道："你懂什么？喝茶，越喝越清醒；喝酒，越喝越真实。喝酒，才能拉近人与人的距离……"

郭巨力嫌弃地说："酒量不好还喝酒，别让公主看笑话了。"

慕灼华哼了一声，得意地说："才没有呢，公主可喜欢我了，还和我姐妹相称。"

"小姐——"刚进了门，郭巨力便压低声音悄悄道，"有个男人来找你，等了好一会儿了。"

慕灼华一怔，困惑道："谁啊？"

"说是你理番寺的同僚，我觉得那人应该地位不低，不敢怠慢，就请他在大厅喝茶。"

慕灼华家里不大，两句话便走到大厅边上。慕灼华凝眸一看，面上立刻下意识地堆出笑容来："王爷，您怎么来了？寒舍真……真是蓬荜生辉啊……嗝——"

慕灼华说着打了个酒嗝，她下意识地抬手捂住了嘴，一双眼睛又圆又亮，无辜地看着刘衍。

郭巨力听到慕灼华叫出"王爷"二字，顿时吓了一跳。

慕灼华干咳两声，推了推郭巨力的肩膀，道："你怎么拿些劣茶招待王爷？去换壶好茶，做好的点心也拿些过来。"

郭巨力愣了下才回过神来，急忙往厨房跑去。

刘衍的目光自慕灼华面上扫过，又不自在地移开。今日慕灼华竟罕见地换上襦裙，比平日里多了不少女子的柔媚，光洁白皙的脸上不施脂粉，却因为醉意而自带桃花，两颊与眼角都泛着娇艳的粉色，云鬓微微散乱，白玉簪倾斜，她却浑然未觉，醉眼迷离地展露出慵懒的姿态。

慕灼华酒意上了头，早已忘了自己什么模样，习惯性地上前去卑躬屈膝，逢迎讨好。

"听巨力说您坐了好一会儿，王爷渴了吗，饿了吗，要不要留下来用饭？下官给您做饭，下官厨艺可好啦！"

很难从慕灼华口中听到一句恶言，她说的话有一半是在夸别人，另一半就是在夸她自己。

刘衍举起茶杯，喝了口凉掉的劣茶，轻咳两声，道："今日旬休，本王本来不该打扰你。不过方才得了急报，北凉使臣还有十日便要来定京朝贺。本王给你派个新任务，这十日内尽量掌握北凉的文字和语言，到时候随本王一同接待北凉使臣。"

慕灼华登时瞪圆了眼睛，结巴道："王爷，你当下官是神吗？才……才几天时间就让下官学会北凉话！"

刘衍点点头，正经道："本王还是很看好你，这几日你也不用管其他事了，专心学习北凉语言和礼仪即可。"

慕灼华深吸了口气，小脸苦兮兮的，抓住刘衍的衣角泫然欲泣："王爷，讲讲道理呀，下官就算能过目不忘，学会北凉文字，也学不会发音啊。"

刘衍道："本王教你。"

慕灼华："咦？"

刘衍道："明日夏至旬休，你不用去理番寺，就到隔壁来，本王亲自教你。若这个任务能圆满完成，便提拔你为理番寺正六品主事。"

慕灼华满脸酡红，端起严肃的表情，正经道："下官一定尽心尽力，不负王爷所托！"

刘衍满意地点点头，目光扫过，忽然发现慕灼华胸口的玉佩正是自己所送的那一块，不禁眼神一动。

绿莹莹的翡翠坠在细腻白皙的胸口，越发衬得肤色如凝脂细雪，让人移不开眼。

便在这时，郭巨力端了热茶和糕点来，挡住了刘衍的目光。

慕灼华见刘衍没有要走的意思，便对郭巨力招了招手，缓缓说道："你……你再做几个热菜来，王爷在这里用晚饭。"

郭巨力得令退下，又是跑得飞快。她想起一件事，这个王爷先前可是给她们送过千酥包的，是个好人呀。

刘衍的目光落在桌上的糕点上，微微诧异道："你还会做糕点？"

慕灼华双眼迷离，慢条斯理地说道："生活不易，自然要多备些才艺。下官养的那个小丫头贪嘴，在慕家总是吃不饱，我们便偷偷买些食材，在房间里开小灶。不才有点儿小聪明，做什么事都想着比别人好，自然厨艺也是不错的。王爷尝尝。"

往事辛酸，此时慕灼华却用轻描淡写的语气说来，仿佛早已不值一提。她殷勤地要帮刘衍夹一块芙蓉酥，只是手有些抖，怎么都夹不住。她拧起眉头，非要跟那块芙蓉酥死磕。芙蓉酥本是酥软之物，哪里经得起她这样下了狠劲硬夹，没几下便成了芙蓉碎。

慕灼华气恼地丢了筷子，嘴里咕哝了一句："还敢跑——"

难得见精明狡猾的慕灼华露出这样的憨态，刘衍笑吟吟地看着，也不唤醒她。慕灼华撸起袖子，露出白嫩的手臂，直接上手捏住一小块，讨好地送到刘衍唇边，露出十足殷勤的笑容："王爷，您尝尝！"

刘衍愣了一下，糕点碰到了他的下唇，偏偏喝醉了的人没意识到这样的动作有多冒犯。她见刘衍没有张口，露出一个恍然的表情，收回手道："王爷是不是担心有毒？"说着将碰过他嘴唇的糕点放入自己口中，肃然道，"下官为王爷试毒！"

刘衍有些恍惚地回过神来，垂下眼睑，微微笑道："本王自己来吧。"

他执起筷子，夹住一块芙蓉酥轻轻咬了一口，抬头便看到慕灼华一脸等着夸奖的表情。

"王爷，怎么样，不输给一品阁吧？"慕灼华带着一丝雀跃，笑眯眯道，"巨力说了，咱们要是不当官了，就回乡下开个糕点铺子，想必也是能养活自己的。"

"你读了那么多书，难道就是为了当个厨子吗？"刘衍放下筷子，喝了口热茶，芙蓉酥的甜味与茶香中和之后，又是另一种美妙的滋味，只是再美妙，似乎都不如方才一触即逝的柔软触感让人回味，"方才看你提着个食盒回来，今日去公主府上，也是带了这些糕点？"

"嗯嗯，公主也夸好呢。下官与公主，可谓相见恨晚，相谈甚欢！"慕灼华捧起茶杯吹了吹热气，长长的睫毛扇了扇，掩着醉意迷蒙的双眸。

刘衍问道："你在公主面前也这么没大没小吗？"

"公主虽然亲切，下官却十分敬重她，怎么敢失礼？"慕灼华捧着茶杯，抬起眼来望着刘衍，两根白玉葱般的手指捏出一丝缝隙，一本正经道，"下官只对王爷失礼一点点，只有一点点……"

只是一点点吗？

刘衍听了她的醉话，忍不住想笑，却故作严肃道："哦，那你是不敬重本王了？"

慕灼华皱了下鼻子，轻哼一声："不是不敬重，只是……"她歪着脑袋，眉心微蹙，似乎是在检索一个恰当的词，想了半晌，才眼睛一亮，恍然说道，"恃宠而骄！"

她粉面桃腮，杏眼如水，含着三分得逞后的窃喜，却又难掩那醉后七分不清醒的娇憨。她得意扬扬地说道："下官若失了礼，也是王爷惯坏的……"

刘衍哑然，目光沉沉地看着她柔媚而不自知的醉态，心口忽地莫名一阵悸动，仿佛有根弦被轻轻拨动。

慕灼华神思不大清明，一双眼雾蒙蒙直勾勾地盯着刘衍看，脸上得意的神色渐渐敛去，唇角往下一扁，露出一个有些委屈难过的表情："王爷护着我、惯着我，还给我钱花，您……您真好……"眼眶里泪珠打着转儿，看得刘衍心跳也乱了，只听她带着隐忍的哭腔说，"比我爹对我还好……"

刘衍："……"

心跳忽然又正常了。

慕灼华抓起刘衍搁在桌上的手，揪着他的袖子擦了擦眼泪，袖子上便留下了一块深色的印记。刘衍任由她抓着自己的手，幽深的目光凝视着她濡湿的双眼，大约是真的醉了，才会露出这样不设防的一面。她平日在自己面前，十句话有十句是假的，现在喝醉了，又有几句话是真心的？

刘衍手指微动，指腹扫过她柔嫩的脸颊，捏住了她尖尖的下巴，含着笑说道："本王可生不出你这么大的女儿。"

慕灼华眼眶泛泪，迷迷糊糊地想："你不能人道，什么样的女儿也生不出来啊。"这样想着，看向刘衍的目光便有了几分怜悯，还有几分高兴？

刘衍狐疑地看着她的眼睛，不知道她是想到了什么，会露出这么矛盾的神情。

慕灼华双手合拢握住了刘衍的大手，一脸真挚地说道："王爷，您放心，下官一定会竭尽所能帮您的！"

刘衍觉得有些莫名其妙，不知道话题是如何跳到这里来的，但和一个醉鬼讲条理实在是太奢侈了。

他眼中笑意深沉，忽地有些手痒，屈起食指，逗猫似的挠了挠她的下巴，低声问道："你要如何帮我？"

慕灼华眼睛都发直了，用不怎么真心的语气说："鞠……鞠躬……尽瘁……死而……后已……"

刘衍笑了，看来她喝醉了，说的也不全是实话，他多少看出慕灼华的本性了，嘴上最会哄人开心，但只有真金白银能哄她开心，想要让她效命，只能威逼利诱。即便如此，她也不可能对一个人真心效忠。

什么"鞠躬尽瘁，死而后已"，也是哄他开心而已。偏偏他明知道是假话，却忍不住嘴角上扬。

刘衍心下感慨着，自己能得她巴结讨好，不过是因为他有钱有势而已。如果他只是一个无权无势的普通人，她会如何待他？会弃如敝屣吗？

不……或许会多几分真心，少几分伪装。

初识之时，她进屋救人，本只是将他当成一个被囚禁处罚的男妓而已。她心中并未瞧不起低贱之人，对小秦宫那些色衰而潦倒的女子也是一片仁心。那么，如果他并非能随意断她生死的定王，只是一个普通百姓，她也不会这样防备他，在他面前做戏巴结。

若能得她真心相待，又是怎样一番滋味？

只是这样一想，心头便有些痒意。

刘衍目光沉沉地看着趴在桌上睡着的慕灼华，她侧着头枕在他的掌心上，发出轻浅的呼吸声，云鬓上的白玉簪早已歪了，下一刻便掉在地上，发出一声脆响，细软乌黑的长发散落下来，如云瀑一般垂落在她肩背上。一股清甜的花果香被晚风吹散了，萦绕在她身旁，让人舌底生津。

刘衍深吸了一口气，想要平复心口莫名的悸动，但那股幽香趁机侵入他的肺腑，让那股悸动更加猛烈。

刘衍暗自失笑，轻轻抬起慕灼华的脑袋，将她打横抱起，走向床边。

小姑娘嘴上会哄人，口口声声说喜欢他，却到底年纪小了些，不知道无心撩人才最为致命。

刘衍将她放在柔软的榻上，为她脱去鞋袜，看到露出的莹润小脚，不由得呼吸一窒。

那日在城外遇袭，他也曾这样照顾过她，只是此时的心境和那时似乎已然大不相同了。此刻，他难以纯粹地将她当成一个孩子了，毕竟他对一个孩子是不会有朝思暮想、心神失守的感觉的。

刘衍叹了口气，为她披好了被角，看着她沉睡的侧脸，轻轻说了一句：

"以后……可别在旁人面前喝醉了。"

❖❖❖

第二日，慕灼华醒来，回想了半晌昨天发生的事。她和柔嘉公主说过的话，她倒是都记得，可是回来之后呢？她脑海中闪过刘衍的脸，从郭巨力口中得知刘衍来找了她，本来说要留下吃晚饭的，后来不知怎么回事又走了。郭巨力回来的时候，只看到慕灼华躺在床上呼呼大睡，一只脚丫子伸出了床沿。

慕灼华揉着脑袋想了半天，脑海中的画面拼拼凑凑，虽然想不起来自己说了哪些话，但她大概可以肯定自己没得罪刘衍，因为有件很重要的事她记得清楚。

刘衍说要给她升官！

这种事是不可能轻易忘掉的，连带着就把接待北凉使团的事也想起来了。

事关前程，慕灼华不敢怠慢，洗漱完毕便跑到刘衍跟前。

慕灼华来得比刘衍预想的早，看着衣冠端正一本正经跪在下方的慕灼华，刘衍忍不住板起脸来逗她。

"你跪下做什么？"

慕灼华恭恭敬敬道："下官酒后失态，冒犯了王爷，特来向王爷赔罪！"

刘衍淡淡点头："难为你还记得。"

慕灼华扬起脸来，一脸真诚："下官对王爷可谓一片坦诚，赤胆忠心，死心塌地，王爷念在这一点上，想必是不会怪我的。"

刘衍："……"

慕灼华又笑嘻嘻道："接待使臣这样的大事，王爷不带理番寺的老人，却提拔下官，难道不是偏心爱护吗？下官体会到王爷的良苦用心，定然全力以赴，不叫王爷失望。"

刘衍："……"

这人清醒的时候比喝醉酒时更厚脸皮，更能胡说八道，谄媚之词信手拈来，竟一点儿也不会脸红。若他不看着管着，来日她必是一个大谗臣。

刘衍重重放下手中的茶杯，故作淡漠地说道："你今日先学习北凉的常用文字，一应物什，本王已给你准备好了，就在隔壁房间。上午记熟一百字，下午本王来考考你。"

刘衍说罢便起身出了门，慕灼华赶紧站起身来跟了几步："下官谨记，王爷慢走！"

今日是夏至，刘衍还要去宫中请安，然后参加宫宴，想必要午后才能回来。慕灼华本想着这是个挖树的机会，但刚出门口便看到了守在院子门口的执墨，只好打消了这份心思。

慕灼华赔着笑打招呼道："执墨小哥，今日不用跟王爷进宫吗？"

执墨道："今日执剑保护王爷。"

执墨沉默寡言，执剑却是凶神恶煞，这么一比较，还是执墨可爱一些。

如今刘衍住的这座宅子占地不小，但显然并不常住，房子里连下人也不见一个，刘衍只是在有药池的这个院子里歇脚，慕灼华猜测刘衍就是为了这个药池才买下这座宅子。那个药池，她观察过了，是整个儿凿在地里的，没办法移走，刘衍想要借助药池催发药力，就只能纡尊降贵来这院子里住。

为了方便慕灼华学习北凉文，刘衍让执墨在院子里另外收拾出一个房间。慕灼华一走进去，就看到里面堆满了书，还摆放了不少北凉的历史风物资料。

刘衍与北凉打了近十年，对北凉的了解确实少有人能及。

慕灼华逛了一圈，收敛心神回到位子上，当务之急是先学好北凉文，应付十日后的北凉使团。

前往皇宫的马车上，刘衍静静听着执剑汇报。

"那座宅子的主人三十年来一共换过七任，王爷吩咐仔细查二十年前的记录，属下查过，前十年换过三个主人，嫌疑最大的，便是第二任，户主名为傅圣儒。"

执剑递上一张薄薄的纸，上面写满了傅圣儒的信息。

"傅圣儒是二十八年前搬进去的，他是当时民间极具声望的神医，也有人说他是怪医。他最喜研制新药，倾家荡产地购买名贵药材做实验，因此虽然是个名医，却负债累累，最后受太医院聘用，进太医院做事，因医术出众，被封为当时的太医院院首。"

刘衍皱着眉头看纸上的字："他是自尽身亡的？"

执剑道："查到的资料是这样，二十六年前……"执剑顿了一下，偷偷看了刘衍一眼，压低了声音说，"傅圣儒身为太医院院首，负责照看身怀六甲的云妃，却因醉心新药的研制而疏于照看云妃，导致云妃难产而死。太医院多人被革职查办，傅圣儒首当其冲，难辞其咎，被革职不久，就被人发现自缢于家中。"

"看来，傅圣儒十有八九就是慕灼华的外祖父。"刘衍将纸张交给执剑，"将此物烧掉吧。"

执剑接过那张纸，犹豫了片刻，问道："王爷，还阳散这种奇药确实很可能是傅圣儒研制的，但是傅圣儒从未上报。按理说，太医院所有新药方都要上报，经过反复试验验证是否可行。属下查过太医院的所有药方，傅圣儒研发的药方有八个，还阳散不在其中。"

"看来傅圣儒身上还有不少秘密,他为何研制还阳散、为何隐瞒、为何而死……"刘衍闭着眼思索着,然而二十六年前……

那时候,他刚刚出生,傅圣儒就是因他而死。这一点,慕灼华到底知不知道?宠妃难产去世,帝王迁怒于太医,这是常有之事,慕灼华若知道了,会不会对他心存恨意?

二十六年实在是太久了,许多资料都已查不到,而且当事人也大多不在人世了,使得追查的难度更大了。

刘衍进宫后,先去御书房见了昭明帝。兄弟二人下了盘棋,说了会儿话,到了午膳时间,才去太后宫中入席家宴。

昭明帝看着席上坐着的几位皇子皇女,笑着说道:"今日家宴,孩子们就不要拘谨了。"

刘琛腿伤较为严重,是坐着轿子让人抬过来的,这时便坐在刘衍下首。本来昭明帝责骂了他与刘瑾,要他们闭门思过,太后却把两人都叫来了,刘琛看着昭明帝的眼神便也有些紧张。

刘瑾先站了起来,说道:"父皇,儿臣要向大哥请罪。那日是儿臣这个当弟弟的有错在先,措辞不当,才让大哥生气了。大哥教育我,本就是应该的,还请大哥原谅小弟鲁莽,误伤了您。"

刘琛心里冷哼一声,面上却挤出一个笑容:"你既然知道错了,下回——"

刘琛说到一半,就感觉到刘衍拉了一下自己的衣角,登时不甘不愿地改口道:"下回咱们兄弟二人就该和和气气,不要让父皇生气。"

太后淡淡点头,对宫女说道:"两位皇子的荤腥都撤了,伤好之前,饮食要注意清淡。"

皇后起身答道:"回太后,皇子们的膳食都交由太医院准备,以药膳为主,清淡、温补。"

太后这才满意,转头对昭明帝说道:"哀家那日见过慕灼华了,看着虽然是个庄重模样,但到底是年轻女子,与皇子们年纪相当,都是议婚的年纪,孤男寡女在一处多有不便,陛下还是撤掉慕灼华的讲学之职吧。哀家知道后宫不该干政,但此事事关皇孙们的亲事,哀家不得不说。"

刘琛闻言,猛地抬起头来看向太后,急道:"皇祖母,慕大人并无差错,甚至有功,这样免职只怕会招人议论。"

太后面色冷峻,不悦道:"皇子在她的课上斗殴受伤,难道不是过吗?功过不能相抵,哀家听闻你已经赏过她了,这过错也该罚了。陛下,你说是吗?"

太后威严甚重,昭明帝素来孝顺,心里虽然觉得慕灼华冤枉,但也不愿忤逆太后。更何况他也知道，刘琛与慕灼华实在不合，再发生这种流血意外，也非他所愿。

昭明帝此刻便点头道："就如太后所言吧。"

刘琛见昭明帝发了话，忍了忍，还是没有再辩驳。

太后满意地微微点头，又道："再有半月，柔嘉为薛笑棠守节也三年期满了，陛下可有了新驸马的人选？"

昭明帝道："朕心里是有几个人选……"

柔嘉公主见话题说到了自己身上，便抬起头来，轻声道："父皇关心儿臣，儿臣心中感激，只是父皇这样有些偏心了，皇叔也还未成家呢。"柔嘉公主说着扫了刘衍一眼，"父皇先替我们找个婶婶才是。"

昭明帝摇头失笑道："你们的婚事都不让人省心。刚才在御书房，朕也和你们皇叔说起他的婚事，他也是再三推托，说是没有心仪之人，怕是你们一个个眼高于顶。"

太后叹了口气，说道："定王的婚事确实是迟不得了，哀家有个人选，样样都是极好的，如果她都不能入定王的眼，哀家也想不出更好的人选了。"

昭明帝好奇道："母后看中了哪家的贵女？"

太后微笑道："是江左名门孙氏的贵女，小名纭纭，她的祖父是元徽朝的丞相，父亲便是工部尚书孙汝。这孙纭纭也是在定京长大的，相貌文采都有美名，与定王也算青梅竹马，她今年也二十岁了，却还未婚，都说是眼高于顶。直到不久前我接到孙家老太君的信，才知道那个丫头心里偷偷喜欢着定王，却不敢说出来。"

柔嘉公主沉吟道："孙家姑娘，儿臣见过，确实是品貌无双，配得上皇叔，更难为她与皇叔青梅竹马，痴心一片……"

刘衍却皱了下眉头，一脸迷惑地问了句："孙……什么……是谁？"

刘琛嗤笑一声："皇叔一心报国，多年来征战沙场，哪里会记得定京里那些怀春的小姑娘，又哪儿来的青梅竹马？"

柔嘉公主瞪了刘琛一眼："就你不解风情！"

刘琛哼道："温柔乡是英雄冢，皇叔英雄豪杰，怎么会耽于儿女情长？"

柔嘉公主笑着摇摇头："年轻人呀……"

太后看着子孙们斗嘴，无奈道："都少说两句！"又看向刘衍道，"你既喊哀家一声'母后'，你的终身大事，哀家还是要操心的。这孙家姑娘你若看不上，可以不娶，但看一看还是要的，就当给哀家一个面子。"

太后话说到这份儿上了，刘衍也只好从命。

家宴之后，昭明帝和刘衍在花园中散步消食，笑着说起席上的话题。

"衍弟，你就真的没有成亲的念头吗？"

刘衍淡淡笑道："以前是一心都在战场上，没有这个念头。如今……皇兄，我的身体，你是知道的，不知道能活几年，又何必拖累人家姑娘呢？"

昭明帝闻言，神色黯淡下来，轻轻拍了拍刘衍的肩膀："你是不愿意拖累旁人，可太后是想着让你娶妻生子，也好留个后。"

刘衍道："臣弟明白，太后也是关心我。"

刘衍自记事起便知道一件事，他的母亲云妃临盆时难产血崩，舍大保小留住了他。他的父亲元徵帝刘熙，因为云妃的死悲痛成疾，卧床不起。他自出生第一日起便被抱到了如今的太后也就是当时的皇后宫中抚养。听说是皇后抱着襁褓中的他跪在元徵帝面前，求元徵帝振作起来。皇后周氏出身名门世家，自幼饱读诗书，端庄温柔，然而那一次，她表现出了刚烈的一面。

周皇后跪在龙床前，哀哀切切地求着元徵帝喝药。而元徵帝面色灰白，了无生志。周皇后忽然站了起来，一脸决绝地看着皇帝。

"云妃走了，陛下也不想活了吗？那这个孩子呢？他一出生就没有了母亲，难道陛下也要让他没了父亲吗？"

元徵帝的睫毛轻轻颤动，却不愿睁开眼睛。

周皇后苦笑摇头："陛下是觉得臣妾仁厚，必然会尽心抚养这个孩子。不，臣妾不会！臣妾不是他的生母，没有那么多的爱心，臣妾不会尽心爱他，只会冷落他、虐待他、抛弃他！他无父无母，他是这个世界上最可怜的孩子……陛下，他可是您和云妃的孩子啊，您忍心吗？您看看，他还那么小，他是云妃不惜生命也要生下的孩子，他的眉眼和云妃那么像，您看看他、抱抱他啊……"

周皇后泪流满面地跪在床前："您怎么忍心抛弃他啊……"

元徵帝终于睁开了眼，颤抖着接过周皇后手中的孩子。

世人皆道周皇后贤惠，她说那些狠话，不过是为了逼迫元徵帝振作起来。在往后的岁月里，她尽心尽力地抚育刘衍。有人揣测她会纵容溺爱刘衍，把他惯成一个酒囊饭袋，如此便不会对自己的亲生儿子刘俱的地位产生威胁，然而周皇后对待刘衍和对刘俱并无二致。

刘衍依然记得幼年时自己贪玩，皇兄刘俱疼爱他，便帮着他撒谎装病，不去上课，结果周皇后带了太医来探病，他当场就被揭穿了。兄弟俩被罚抄了三天的书。他捧着罚抄的作业送到周皇后面前，她冷着脸接过，放在桌上不看一眼，却叫宫女拿来药酒，亲自为他揉擦酸疼的手腕。

周皇后严厉的眉眼在烛光下柔和了许多，她轻声说："衍儿，母后对你严厉，都是为了你好。你的母妃放弃了自己的生命生下你，你的父皇对你寄予厚望，你怎么能叫他们失望呢？……"

小小的刘衍低下头，红了眼眶："母后，儿臣知错了。"

刘衍从未见过自己的生母，甚至连画像也未有一张，但他觉得，为人嫡母，再难有胜过周皇后的了。而为人兄长，也难有一人如昭明帝这般慈爱、仁和。刘衍六岁之时顽皮，落入冬日的冷水，是刘俱奋不顾身跳进湖中，把他救了上来，自己却寒疾入体，伤了肺，大病了一场，险些熬不过去。没有人责怪刘衍，他就傻傻地站在门口，看着太医们焦急地团团转，看着病榻上奄奄一息的皇兄，恐慌从四面八方涌来，将他淹没。他悄悄走到刘俱身边，握住刘俱冰冷的手，轻声叫着"皇兄"。刘俱手轻轻动了动，微微睁开眼，看着床边的刘衍，张开嘴巴，却气若游丝，无声地对他说："别怕。"

许久之后，刘俱的身体才稍稍好转，却还是落下了病根。他一边咳嗽，一边反过来微笑安慰刘衍："大难不死必有后福。衍弟，等我身体好了，还有很多福气呢……"

刘衍偷偷听太医说，以后刘俱的身体要静养，不能练武，不能动怒，不能忧伤……他缓缓地攥紧了拳头，心中只剩下一个念头：他的命是皇兄的，他要为皇兄守住皇位，守住江山，皇兄不能做的事，都交给他来做。

是以这三年来，尽管无数线索指向了刘俱，执剑咬定是姓刘的人出卖了他们，他也不肯信。

那是他血浓于水的至亲、肝胆相照的手足，这么多年的感情，怎么可能是假的？

刘衍回家的时间比预想的迟了一些。他走进书房时，慕灼华还在埋首桌前，专注地辨认北凉文字，一点儿也没有察觉到他的出现。

今日天热，她穿着一件糯黄的襦裙，薄薄的衣衫贴着肌肤，头发梳成了百花分肖髻，一缕碎发垂落耳畔，显得俏皮又可爱。烛光映着清丽的小脸，轮廓边缘模糊在阴影之中，长长的睫毛掩住了灵动的双眸，秀眉微蹙。她伸出一根细嫩的手指，在书页上一遍遍地描摹北凉文蜿蜒的笔画。

真是一副乖巧的样子……

刘衍忽地想起方才远远看到院中灯火亮着的心情，那昏黄的灯光在夜色中分外清晰，指引着自己回家的方向，浮躁的心莫名地安定下来，脚步也变得坚定而急切。

灯下少女的脸庞清晰地印在瞳孔之中，也印在他心上，昭明帝的殷殷叮嘱掠过脑海：他该有个自己的家啊……

自三年前捡回了一条命，他便从未想过这件事，也不知道拥有属于自己的家是什么感觉，但此时此刻，他忽然觉得，如果有一个这样乖巧可爱的小姑娘日日等着他回来，似乎是一件不坏的事……

怀揣着莫名的悸动，他悄悄走到慕灼华身侧。她左手压着书页，右手提起笔，在纸上写下北凉文字，再一个个比对，把写错的字圈起来。

一张纸上写了十个字，竟是错了一半。她记性好，但北凉文字在她眼中和画一样，又有谁能把一幅画一丝不错地记下来？

慕灼华有些挫败地叹了口气。

"北凉文字的写法，与我们陈国是不一样的。"

刘衍低沉的声音骤然在身后响起，慕灼华吓了一跳，笔尖一颤，在纸上画了一道。

"王爷？"慕灼华扬起脸，惊诧地看着刘衍，心有余悸道，"吓死我了，您何时来的？"

刘衍忽地俯下身去，展开的双臂从背后将她圈在怀中，右掌覆在她小小的手上："陈国的字，讲究四平八稳，北凉的字，却如游龙蜿蜒。"

刘衍突然的靠近让慕灼华浑身一僵，男人偏高的体温与沉郁的伽罗香透过薄薄的衣料传递过来，灼热的气息伴随着低沉的嗓音拂过她耳畔，她不禁有些心慌。刘衍专注地看着纸上的字，认真地教她写字，似乎没有察觉到两人姿势的暧昧。

"听的时候认真点儿。"刘衍抓着她的手紧了紧，提醒她收回心神。

慕灼华忙低下头，轻声道："知……知道了……"心脏却还是乱七八糟地蹦跶着……

刘衍握着慕灼华的手写下一个字："这个字是什么意思，你知道了吗？"

慕灼华答道："是北凉文中的'我'。"

刘衍点头，又写下几个简单的字，慕灼华都一一答对了。

"那我教你这几个字的发音。这个字发音的时候，舌尖微翘……"刘衍说着发出了一个有些奇怪的音。慕灼华瞪大了眼睛看着刘衍的口型，努力地模仿，却似乎有些不同。

刘衍道："北凉的发音多有卷舌，与我们陈国大不相同。你发音之时轻轻吐气，感受喉腔与气流的振动，感受舌头的颤动。"

慕灼华皱着眉头，努力地按照刘衍的指示去做，却不得其道。

"发音的位置要低一些，在这里。"刘衍牵起慕灼华的手，按在自己的喉结处，又徐徐往下低了寸许，落在锁骨之间的凹陷处，"在这儿。"

刘衍掌心是烫的，慕灼华的指尖拂过他喉间的起伏，感受到温热的肌肤下传递来的振动，不由自主屏住了呼吸，脸上缓缓泛出一层薄红，整个人都僵住了。

偏偏刘衍仿佛未察觉到两人此时姿势的暧昧，他见慕灼华僵住不动，便俯身凑到她眼前,带着淡淡酒气的呼吸拂在她脸上,他用低哑的声音轻轻问道:"没听清吗?"

慕灼华仿佛触电似的弹了一下,往后一缩,脸上红晕深得藏不住了,她支支吾吾地说:"听……听清了……"

刘衍这才满意,松开抓着她的手,轻轻揉了揉她的脑袋。

"你聪明,什么都难不住你的。不过……说不标准也无妨。北凉使臣来我陈国朝贺,自然会说陈国话,你能学会听些北凉话,也就可以了。"

慕灼华的发髻软软的,让刘衍揉得松散了。她心如擂鼓地看着刘衍微醉的神色,低声认真道:"下官得加倍努力学好了,不给王爷丢人!"

刘衍低声一笑:"好。"

慕灼华小心翼翼地从椅子上站了起来,抓着书说道:"那……下官就先告退了,不打扰王爷休息了。"

刘衍轻轻点了点头,道:"不要累着自己了。"

慕灼华这才屈了屈膝,小跑到门口,又顿住脚步,回头看向刘衍。

刘衍似乎有些倦意,已经坐在椅子上,闭上双眼,揉着眉心。

这个位置似乎还残留着她身上清甜的香气,有点儿像夏日里果子的气息,萦绕在鼻腔中,让他心口有种酸酸甜甜的感觉。

刘衍不知道自己坐了多久,太阳穴有些酸胀,他的意识是清醒的,身体却有些提不起劲。自中毒后,他的武功失了九成,酒量也是大不如前了,只是两壶酒,就让他松懈了自己的心神,放任自己的情绪外泄。

"王爷、王爷……"

有声音软软地唤着他,将他的意识从浮沉中捞起。刘衍缓缓睁开了眼,只见慕灼华去而复返,手中捧着一碗浅褐色茶汤,一双濡湿的杏眼炯炯有神地望着他。

"这是解酒茶,您喝了之后就不难受了。"纤细的小手捧着茶碗,递到了他跟前。

刘衍恍惚了片刻,才从她手中接过茶碗,碗中茶汤散发出淡淡的药香,入口微苦,却回甘无穷,一碗入腹,让他整个人松快了许多。

刘衍勾起一丝浅笑,凝神看向慕灼华:"你有心了。"

慕灼华接过空碗,露出一个乖巧讨好的笑容:"应该的,王爷,要不要让执墨过来伺候?"

刘衍轻轻摇头:"本王想一个人待一会儿。"

慕灼华立刻心领神会道:"那下官这就走!"

慕灼华刚转过身，便被刘衍抬手拉住了广袖。

"你留下。"

慕灼华愕然回头，看向刘衍。一双漆黑深邃的眸子直勾勾望着她，将她钉在了原地。慕灼华脑子忽然有些不够用了：为什么想一个人待着，却又叫她留下？既是刘衍的吩咐，她也不能质疑反对，便乖巧地站在原地，问道："王爷还有什么吩咐？"

刘衍定定看了她半晌，看得慕灼华浑身不自在，才缓缓开口问道："你离家许久，可曾想家？"

慕灼华没料到刘衍竟是问她这个问题，脱口而出："不想。"

刘衍疑惑地挑了下眉梢，用探究的目光凝视她。

慕灼华抿了抿唇角，老实道："不怕王爷笑话，下官虽姓慕，却算不上慕家人。那个家里……没有人会想下官，下官亦不想他们，巨力才是下官唯一的家人。"

刘衍想起执墨查到的关于慕灼华的资料，薄薄的一张纸，便是她的十八年。生母早逝，嫡母不慈，父亲风流成性，想必她与家中兄弟姐妹，也无多少手足之情可言。

心口涌起了一股怜惜之情，他轻轻叹了口气："你惯会察言观色，若是有心讨好，想必你的父亲和嫡母也不会苛待、无视你。"

慕灼华苦笑道："王爷生于天家，难道不明白吗？被上位者喜欢，未必全然是一件好事。"见刘衍眼中仍有不解，她又解释道，"下官若是让父亲喜欢了，便会遭到姨娘、姐妹们的妒忌、排挤；若是让姐妹、姨娘们喜欢了，又会被她们纠缠。如此一来，下官便没有片刻清静，不能好好看书学习。无关人等的喜欢，于下官毫无意义。"

刘衍露出恍然的神色，她这番话压得他心头沉重了几分。看着她单薄纤瘦的肩膀、残余几分稚气的小脸，才明白她并非生来聪慧，不过是形势所迫而已。若她如琛儿那般，生来高贵，受尽宠爱，又会是怎样一番风采？那样她就不需要小心翼翼地遮掩自己的倾城色，谨小慎微地讨好他人，汲汲营营地算计人心，她可以活得肆意张扬，真正人如其名，灼灼其华……

慕灼华看着刘衍晦暗难测的眼神，心头突地一跳，忐忑开口问道："王爷，可是有什么心事？"

慕灼华只是随口一问，并不认为心机深沉的刘衍真的会把心事告诉她，刘衍只是淡淡一笑，朝她勾了勾手指。慕灼华犹疑着，向他走近了几步，在他的示意下朝他弯下了腰，附耳过去。

糯黄的襦裙下摆擦过他绛紫色的衣袍，甜香融进了伽罗香。刘衍低哑的声音在慕灼华耳畔响起，含着三分戏谑三分真诚的笑意："本王于你而言，是无关人等吗？"

慕灼华心尖一颤，咽了咽口水，看着近在咫尺的幽深双眸，干笑道："那……自然是求之不得的喜欢。"

刘衍似笑非笑的眼神似乎将她整个人都看透了，可她此刻看不透刘衍的心思。他这话是什么意思？是喝醉了胡言乱语，还是意有所指？

慕灼华脑海中算计着刘衍的心思，浑然未觉倾身时露出了胸前白腻的风光，隐没在胸口处的沟壑勾勒出凹凸有致的线条，浓郁的甜香撩拨着男人的理智。刘衍的眼神暗了几分，他垂下长睫掩盖住眼底的欲望，缓缓勾起唇角，一字一字笑着道："小、骗、子。"

慕灼华心跳漏了一拍，当即跪了下来，无比真诚道："下官对王爷赤胆忠心，不敢欺瞒！"

刘衍右手支着下颌，懒懒地靠在椅背上，含笑看着她发誓。

"只是忠心吗？"刘衍挑了下眉梢，"本王记得，你先前说的是倾慕？"

慕灼华面不改色地改口道："没错，那便是忠贞不贰！"

刘衍笑出了声，又道："那本王若是娶了王妃，你岂不是该伤心难过了？"

慕灼华愣了一下，第一反应是——他病好啦？但话到嘴边变成："王爷开心最重要，下官的心情不重要。"

刘衍深深凝视着她。这丫头就像茶馆酒楼里的说书先生，也像寺庙道观里的神棍半仙，给她几两银子，她能说得你心花怒放，哪怕你知道她满嘴鬼话，也甘心被哄骗得满心欢喜。

慕灼华小心翼翼地瞟了刘衍一眼，犹豫着问道："王爷心事重重……难道是要娶王妃了？"

刘衍一笑，随意地找了借口搪塞："万神医叮嘱本王须清心寡欲、心平气和，方能避免毒发，因此本王无意娶妃。"

慕灼华恍然大悟——果然还是不能人道。

刘衍并不知道慕灼华心中所想，只是见她露出一副松了口气的模样，他心中微喜——她也不想他娶妃。

也许……并非只有自己一人入了戏。

慕灼华回到自己房中，劳累了一天，身上有些酸软，郭巨力让她趴在床上，自己用心地帮她揉捏腰背。

慕灼华双手交叠在身前，下巴搁在手背上，一副心不在焉的样子。

郭巨力问道："小姐在想什么，这么出神？"

慕灼华皱眉道:"今天感觉王爷怪怪的……"

"怎么了?"

慕灼华也说不清楚:"往常他都离我远远的,今天居然主动亲近我,还问了我家里的事,他是不是在查我阿娘的事?"

郭巨力思忖道:"姨娘的事,小姐你都不清楚,他又能问出什么来?"

慕灼华觉得郭巨力说得也有几分道理,又道:"他还说他要清心寡欲,不娶妃。"

"小姐不是说过嘛,定王殿下他不能人道……"

慕灼华歪着脑袋想了一会儿:"看他心事重重的样子……难道是暗示我给他治病?"

郭巨力煞有介事地点点头:"许是这样呢,男人对这种事,都是羞于启齿的。"

"嗯——"慕灼华一脸深沉、凝重,"那等忙过了这阵子,我好好琢磨琢磨这病怎么治……"

第九章·一夜辗转

原来她这迎讨好，并不只对他一人。

  理番寺的人为了筹备这次接待，忙得不可开交，开了两天的会才把接待流程敲定下来。刘衍指定四人组成接待团，除了慕灼华，另外三个都是从北凉边境调来的老人，精通北凉语言与习俗。慕灼华这样一个新人也能参与其中，着实让其他人背后议论了一阵。但慕灼华顾不上别人的闲言闲语，她要学的比其他人多，忙得连吃饭都顾不上了。

  经过七日的苦熬，她勉强能听懂简单的北凉话，能认得北凉文字，就是说得很不标准，而且经常颠倒语序。慕灼华白天学字句，晚上跟着刘衍练习发音，以至于理番寺的人都不知道她学习进度如何，不过再聪明的人也不可能七日就学会北凉话。

  到了旬休之日，理番寺的人要筹备接待工作，慕灼华则被刘衍带了出去，直奔郊外。

  "第一日在宫中宴请北凉使团，第二日则是安排在西郊狩猎，你作为接待团的成员，必然也要参加。你可以不会打猎，但是必须要学会骑马，至少不能在马上失了仪态。"

  慕灼华看着眼前的骏马，咽了咽口水，后退一步，却被身后的刘衍抓住了肩膀，往前一推。

  "王爷，这马太威猛了，咱们换匹温驯的吧。"

  "北凉使团要在我们面前展现威风，骑的多是汗血宝马。我们怎么能骑温驯小马，让他们嘲笑陈国人没有血性？"刘衍皱起眉头，抓紧了慕灼华的肩膀，"本王亲自教你，你不必害怕坠马。"

  慕灼华含着泪道："知道了……"

  "先抓着马鞍，再踩在马镫上，脚和腰同时用力！"刘衍手扶着慕灼华的腰，只觉得掌心的腰肢又细又软，不盈一握，他用力一托，慕灼华便翻身上了马。

  "好……好高！"慕灼华不受控制地颤抖起来，上一回在马背上的不良体验让她下意识地胃部翻涌，恶心想吐。

"君子六艺，骑射在列，不会骑马可不行。本王在下面看着，你按着指示做。"刘衍牵着马，拍了拍马匹的侧颈，"这匹马名唤风雷，跟随本王多年，最通人性，不会摔了你。"

"下官……信王爷的……"慕灼华艰难地扯出一个笑脸。

"夹紧马腹，腰背挺直，目视前方，现在只是徐行，如果是疾驰，则要压低身子。"

刘衍说话间松开了手，宝马便扬起蹄子走了起来。慕灼华强作镇定，目视前方，忽然不见了刘衍的身影，不禁慌道："王爷，您在哪里？"

身后传来刘衍的声音："不要回头，往前看。"

"您别走太远……万一下官掉下来，您来不及接住怎么办……"慕灼华声音微微发抖。

"本王就在你身后，不用怕。"

刘衍的声音温和中有一股力量，慕灼华仿佛真的没那么害怕了，风雷驮着慕灼华脚步轻快地跑了两圈。慕灼华见果然没事，整个人也放松了许多，不再浑身紧绷。

刘衍含笑看着这一幕，朗声道："接下来，本王会让风雷提速，你抓紧一些。"

刘衍说罢吹了声口哨，果然，风雷听到后立刻提速奔跑起来，速度一快，马上的颠簸感自然也增强了。慕灼华大惊失色，下意识地整个人趴在马背上，紧紧抱住马鞍。

刘衍见状眉头一皱，施展轻功追了上去，落在慕灼华身后，将她圈在怀里。

"起来，别怕！"刘衍抓住慕灼华的手臂，将她从马鞍上带了起来。

"到时候你不必参与狩猎，只要能学会在这个速度下保持仪态就可以了。"刘衍抓着慕灼华的肩膀，感觉到掌心下微微的颤抖，便放缓了语气柔声安慰道，"你聪明胆大，骑马之事是难不住你的。"

慕灼华红着眼眶说："当……当然……"

"来，深呼吸，挺直后背，目视前方，别忘了，你代表的可是我陈国的形象。"

可能是刘衍就坐在身后，慕灼华心里有了底气，渐渐地也就没那么紧张了，在奔跑的马背上也能维持住仪态了。待跑了几圈，慕灼华适应了马背上的速度，刘衍才悄悄从马背上下来。

慕灼华感觉到刘衍飞离马背，心中一惊，立即又收敛心神，把注意力放在自己身前。她好像不那么害怕了，因为她相信，就算坠下来，刘衍也一定能接住她……

刘衍看着慕灼华独自一人坐在马上，神情从紧张到放松，从放松到兴奋，自己脸上也不自觉露出了微笑。

执剑走上前去，递给刘衍一壶水。

"王爷其实不必亲自教她，让执墨教就好了。"

刘衍接过水，淡淡笑道："是个聪明的学生，本王教她并不觉得累。"

执剑皱了皱眉头："可是……王爷，她是傅圣儒的外孙女，难道王爷不担心她接近您的意图吗？"

刘衍动作一滞，抬起眼看向不远处的慕灼华，她似乎已经体会到了骑马的快乐，微微汗湿的脸上露出了笑容，清澈的双眸里闪烁着简单的快乐。

简单……便是快乐……

刘衍垂下眼睑，轻声叹息："她……不限于此……"

"可是王爷，人心大多是卑劣的、肮脏的、自私的！"执剑冷酷地说道，"我们杀北凉人，是因为他们是敌人。我们要保护我们在乎的人，而我们在乎的人却在背后捅刀子，他们又是为什么？有些人，不值得信任，我宁可把人想得坏一点儿，起码不至于被人害、被人骗！"

"执剑！"执墨走上前，打断了执剑的话，"不可对王爷无理！"

刘衍对执墨摇头笑了笑："执剑说的也没有错，他心中有恨，你让他说出来。"

执墨拉了拉执剑的袖子，执剑低下头，眼中却是不服。

"王爷、王爷……"远处传来慕灼华的呼喊，"怎么让它停下来啊？"

刘衍翻身骑上另一匹马，朝着慕灼华的方向奔去。

执剑看着刘衍的背影说道："王爷明知道她别有用心，却还是让她接近。"

执墨道："她知道一些秘密，王爷也是为了查清楚。"

执剑道："只怕王爷有时候会忘了自己的初衷。"

执墨看着刘衍与慕灼华在一起的身影，竟是说不出反驳的话了。

许久之后，执墨才说："可是……王爷和她在一起，是真的欢喜……"

慕灼华躺在床上，郭巨力帮她上药。慕灼华的大腿内侧红了一片，刘衍似乎早有预料，回来时给了她一瓶活血化瘀的药。慕灼华精通医理，打开一闻便知道是宫里的好东西，当下便笑嘻嘻地谢恩接过。

"小姐，照你这么说，定王对你可是真好啊。"郭巨力一边擦药一边说，"会试的时候他帮你说话，又把你调去理番寺，让你避免卷入皇子们的纷争，还提拔你接待北凉使臣，亲自教你北凉文字，还有骑马……这也太尽心尽力了吧。"

郭巨力扭头看着慕灼华，认真说道："这世上，除了我，大概也就是定王对你最好了。"

慕灼华愣了一下，竟无言以对。

"小姐，他要是真的喜欢上你了，那可怎么办啊？"

郭巨力这话让慕灼华蓦然有些心慌，偏偏郭巨力还浑然未觉，仍在那儿叨叨着："小姐，定王都不能人道了，你还骗财骗色骗心，是不是比老爷还坏啊？"

"胡说什么呢！"慕灼华敲了一下郭巨力的脑袋，"我……我和我父亲才不一样……他给我钱，那不叫骗财，叫劫富济贫，叫各取所需。至于骗色，他年老色衰，我风华正茂，到底谁吃了亏啊？还有骗心……"慕灼华沉下声严肃说道，"郭巨力，你记清楚了，男人都是没有心的。"

郭巨力嘟囔了一句："小姐，说得好像你有似的……"

北凉使臣的到来让整个定京严阵以待。

定京百姓还记得上一次北凉使臣来京是三年前的事。北凉军被定王压着打了近十年，直到三年前，定王被困，身受重伤，他们才有了喘息之机。彼时北凉大军受到重创，而陈国因为定王重伤而军心涣散，北凉趁此机会提出议和。朝野上下经过一番争论之后，决定同意签订互不侵犯条约。然而双方都心知肚明，签订这份条约是因为双方都在求一个喘息的机会，一旦缓过劲来，又会有场旷日持久的战争。

经过三年的休养生息，北凉使臣用朝贺的名义进京，让不少人心里都嘀咕着一件事：他们恐怕是来打探敌情的。

定王是北凉的梦魇，哪怕三年前定王兵败，他们依然对他心存畏惧。定王大难不死，三年来未曾领兵，北凉人想知道，曾经的战神如今是否还能战得动。

如今来访的北凉使团带队者便是三年前领兵打败定王的北凉三皇子耶律璟。为了表示对北凉皇室的看重，定王亲自带领接待团来到城门口迎接。

慕灼华跟在刘衍身后，远远看见一队骏马拉着一顶豪华气派的帐篷缓缓驶来，帐篷前后分列着一百骑兵，个个身披戎装，威风凛凛。

"那就是北凉的王帐。"刘衍对众人说道，"说是朝贺，却全副武装，北凉来者不善。"

理番寺侍郎道："王爷，下官增加一倍兵力，加强守卫！"

刘衍点了点头："一定要派人盯紧了耶律璟。"

说话间，北凉使团来到城下。刘衍策马上前，朗声道："本王刘衍，率理番寺上下，在此恭候北凉使团。"

北凉王帐掀开一角，只见一个身形高大的男子弓身出来，扬起头，目光锐利地看向刘衍，皮笑肉不笑，道："定王殿下，别来无恙啊！"

说话之人，正是耶律璟。

慕灼华打量着耶律璟，她本以为北凉人都是人高马大的粗犷模样，这个耶律璟并非如此，相反，他的相貌俊美中有三分阴柔，皮肤看起来比其他北凉人白皙，五官轮廓却十分深邃，最特别的是他的双眸，竟然是银灰色。据说耶律璟的生母是一个女奴，不知道是哪国人。耶律璟有雄才大略，但生母卑贱的出身让他与王位无缘，他倒无意王座，只是一味喜欢征战杀戮，所以哪怕立下了赫赫战功，在北凉的口碑也不好。

耶律璟眼中的挑衅一览无遗，定王却不以为意，淡淡笑道："劳三皇子挂心了，本王好得很。吾皇已在宫中备下盛宴，为诸位接风洗尘，还请随我进城。"

耶律璟眯起眼看了看城门，笑道："我倒想进去，只是你们这城门太小了，我的王帐进不去啊。"

理番寺众人神色一凛，皱着眉头面面相觑：这耶律璟分明是故意刁难。

天下诸国没有比定京更大的城门了，然而耶律璟的王帐极大，比一间房子还要大上三分，用十匹骏马拉着。陈国天子才能坐六乘马车，耶律璟故意用了十匹马，这便是要在这里压上一头。

众人的脸色都冷了下来。

慕灼华见陈国的脸面被对方扫了，咬咬牙，露出一张笑脸朗声道："下官理番寺观政慕灼华，也是此次接待团的成员，见过北凉三皇子。"

耶律璟冷笑着看向慕灼华："是个女人？陈国男人没本事了吗，竟然叫女人当官了？"

慕灼华策马上前两步，笑容满面道："三皇子远道而来，想必是不了解我陈国国情。吾皇文治武功，泽被天下，无论男女，同沐恩泽，断然是做不出看轻女性，把女人当奴隶之事，因此我朝女子为官也不鲜见。"

耶律璟的生母正是女奴，慕灼华此言一出，耶律璟的眼神几乎可以杀人了。

慕灼华仿若浑然未觉，丝毫不惧，依旧带笑道："不过三皇子不了解我们陈国也是正常的，正如我们也不了解贵国。我国国泰民安，路不拾遗，夜不闭户，还是头回见到有人出门把房子带上的，又不是蜗牛……"慕灼华轻咳两声，又道，"在下失言，还请皇子大人有大量。听说三皇子威名在外，大可把这房子放在城外，我陈国百姓见多了繁华，皇子不必担心他们会觊觎您的财物。"

慕灼华态度恭敬，却句句明褒暗贬，北凉使者听得个个怒火冲天，陈国这边却人人面上含笑。

刘衍轻笑一声，在耶律璟发作之前对着慕灼华斥责道："休得对皇子无礼，还不退下！"

话虽这么说，眼神、语气却明摆着是袒护。

慕灼华笑着拱拱手，退到刘衍身后。

刘衍这才对耶律璟道："三皇子莫怪，本王的下属心直口快，并无不敬之意，而且，她说的也是事实。我陈国的皇都极尽天下之繁华，理番寺也为众位准备了住处，相信不会输给您的王帐。"

耶律璟冷笑一声，走出了王帐。

"好，那就让我见识一下你们陈国的皇都是否和三年前一样繁华。"

耶律璟骑上一匹马，徐行与刘衍并驾。

"定王殿下的气色可不如从前了啊……"耶律璟打量着刘衍，不怀好意地笑道。

刘衍淡淡笑道："托殿下的福。"

耶律璟忽然压低了声音，道："你能活下来，我也很惊讶，不过，也好……咱们的账，还没算完。"

耶律璟徐行着经过慕灼华身前，目光在慕灼华面上停留了片刻，缓缓翘起唇角。

"慕、灼、华……我可记住你了。"

慕灼华笑容可掬地行了个礼，道："那可是下官的荣幸，要下官教您字怎么写吗？"

耶律璟："……"好气啊！想杀个人！

北凉使团在刘衍的带领下直接进了宫门，耶律璟的随从在宫门口被卸去了兵刃，经过搜身才被允许入宫。

慕灼华和理番寺诸人跟在刘衍一侧，鱼贯进入大殿。耶律璟虽然狂傲，在昭明帝面前还是把礼数做足了，才在指引下落座。

慕灼华的位置就在刘衍旁边，刚一落座，就听到刘衍压低了声音道："你好大的胆子，刚才城门之下，是你这个小观政说话的场合吗？"

慕灼华自然听出刘衍话中并无责备之意，便笑着回道："主辱臣死，他那样羞辱我们陈国，下官义愤发声，忠君爱国，王爷该奖我才是！"

刘衍低笑道："耶律璟残忍嗜杀，你就不怕得罪了他？"

"怕什么，在我陈国地盘上，他能拿我怎么样？"慕灼华哼哼一笑，又露出讨好的表情看着刘衍，杏眼亮晶晶的，"更何况，下官知道王爷会护着我。"

刘衍含笑凝视她一眼："那人行事乖张，你以后可得跟紧本王，免得落了单，遭到报复。"

慕灼华被刘衍的眼神看得心头一跳，郭巨力的那番话忽然浮上心头，她莫名地心慌了一下，含混地应了一声，便低下头去。

慕灼华这反应让刘衍有些不解，但他很快把心思转到眼前的宴席上，忘了这件事。

耶律璟让人呈上庆祝两国建交三年的贺礼。昭明帝笑着收下，又让理番寺的人唱对北凉回礼的礼单。陈国素来以大国自居，因此北凉得到的回礼比他们的贺礼多两倍不止。

酒席过半，耶律璟又说道："我北凉为表示愿两国永结友好之心，还要为陈国陛下献上一件礼物。"说着拍了拍手，就见一个盛装打扮的女子缓缓走上前来。

耶律璟道："这是我的皇妹耶律真，今年十八岁，也是我北凉第一美人。"

耶律真在耶律璟的示意下缓缓揭开了面纱。众人凝神一看，不禁微微失神——果然无愧"第一美人"之称。

耶律真肤白如雪，五官的轮廓比陈国女子更加深邃，鼻子翘挺，双眼微凹，波光盈盈，未语含情。她穿着北凉的裙子，上半身宽松，露出了大半的肩膀和锁骨，到了腰际猛地收紧，显得腰身纤细不盈一握，这样的绝色让不少男人都看得一呆。

耶律璟微微得意道："这是我北凉的诚意，还请陈国陛下笑纳，善待我的妹妹。"

昭明帝眉头却皱了起来——北凉竟想和亲？这一点，众人都没有想到。

昭明帝犹豫了一瞬，便温和一笑："北凉的好意，朕心领了，只是耶律公主年轻，让她离家万里来陈国，实在是委屈了。"

耶律璟目光一闪，笑道："陛下还是收下我们北凉的礼物吧，否则便是看不起我们了。陛下若是担心委屈了我的妹妹，便是给她指一个适婚的皇室成员也行。听说陛下的三个皇子都未婚……"耶律璟的目光扫过三个皇子，又轻轻一笑，看向了刘衍，"定王殿下也未婚啊。"

慕灼华冷冷看着耶律璟——这北凉银狐，着实会恶心人。

耶律真确实美得令人窒息，有那样细的腰，却有那样饱满的酥胸，绝美的容貌宛如冰雕玉琢，圣洁中又透出几分妖娆，让人看着便想到两个字——尤物。

殿上不少男人都看直了眼。慕灼华悄悄打量刘衍，这个耶律真明摆着是冲着他来的……

刘衍的目光含着冰冷的笑意凝视场中之人，只是这目光并未落在耶律真脸上，而是在耶律璟身上。

慕灼华暗自松了口气——果然是个不能人道的。

刘衍看着耶律璟，良久笑道："北凉的风俗果然与我陈国不同，能随意将女人当作礼物相送。"

耶律璟笑意顿时冷了下来。

刘衍又道："不过，既然这是北凉的一片心意，我们自然也不会推辞，定然会善待她。"

朝上百官闻言，不禁大皱眉头。

刘衍向昭明帝行了个礼，微笑道："陛下，不如将耶律公主收为义女。"

"你！"耶律璟愕然。

众人面露微笑，低声称好。

昭明帝满意地点头："这倒是不错。"

刘衍向耶律璟拱了拱手道："耶律公主在北凉是公主，到了陈国也是公主，三皇子不必担心陈国会亏待她。我们陛下和皇后定然会找最好的老师，教她陈国的文化与礼仪，内外兼修，方不愧'第一美人'之称。"

刘衍这番话暗指耶律真徒有其表，不通礼数，配不上陈国的皇子。耶律璟心中恼火，却无法发作，只能冷冷道："如此便多谢贵国了。"

陈国人真是太恶心了，骂人不带脏字。没关系，只要让耶律真留下，无论做公主还是皇妃，效果都一样。

刘衍回到位子上，便听慕灼华嘀咕："王爷，她分明是冲您来的。"

刘衍轻轻道："知道。"

慕灼华道："这样的绝色，真的世所罕见啊，王爷不觉得可惜吗？"

刘衍瞥了她一眼："你替本王觉得可惜吗？"

慕灼华愣愣地点了点头。

刘衍笑了笑："你不是口口声声说喜欢本王，难道是骗人的？"

慕灼华这才醒过神来，忙道："下官自然是相信王爷绝非肤浅之人，不会被美色所诱惑。"

刘衍："呵呵——"

刘衍举杯掩住唇角的笑意，脑海中不经意闪过一幕美人醉酒的画面。

不。他肤浅得很，也挑食得很。

这一日直到把北凉使团送到驿馆，理番寺众人才回去歇息。

耶律璟脸色阴沉地坐在床上，听着细作汇报。

"定王这些年来深居简出，从来没有人见过他出手，也没有人知道他的身体情况如何。"

"昭明帝尚未立太子，身体状况应该不错。"

耶律璟听了一会儿，抬手打断，问道："那个慕灼华，又是什么来历？"

"是今科的探花，刚刚调去理番寺不久，只是个无足轻重的小人物。"

耶律璟狐疑道："既然无足轻重，为什么定王会让她加入接待团？接待团其他人，我都知道，都是在边境为官多年的人。慕灼华呢？她和北凉有什么关系？"

细作仔细想了想，摇摇头："没有关系，她是江南淮州人，十日前被调入接待团才开始学习北凉文字。"

耶律璟沉思片刻。

"那定王这么做是什么目的，难道就是看中她伶牙俐齿？"

在随后几天的相处中，耶律璟越发肯定了自己的这个猜测。

第二日，昭明帝陪同耶律璟一行人前往西郊的皇家围场狩猎。昭明帝虽然还能强撑着骑马，狩猎却是困难。刘琛与刘瑾身为皇子，自然挺身而出，代替昭明帝与耶律璟狩猎。

刘琛鲜衣怒马，英气张扬而浓烈，英俊的脸庞上战意焕发，用挑衅的目光看着耶律璟道："今日狩猎，便由我们兄弟来陪三皇子，略尽地主之谊了！"

耶律璟目光轻飘飘地从两位皇子面上掠过，似笑非笑道："两位皇子生于深宫之中，只怕小王胜之不武。"言下之意，竟是丝毫不将二人放在眼里。刘琛、刘瑾脸色不悦，正要发作，便见刘衍策马而来。

耶律璟眼睛一亮，直勾勾盯着刘衍，他的目标本就是刘衍，当下便道："定王殿下，多年不见，不知道骑射功夫有没有生疏，敢不敢与小王一较高下。"

刘衍微微笑道："三皇子说笑了，你都敢来了，本王又有什么不敢的？"

耶律璟本就有意刺探刘衍的虚实，见刘衍愿意较量，便勾着唇角笑道："好，那就让我看看这三年定王殿下有什么长进，可别像上次那样惨败啊。"

慕灼华跟在刘衍身后，听了这话，顿时心生不快，哈哈干笑一声："三皇子总是对上次念念不忘呢，也是，输得多了难得赢一次，自然是要反复回味了。王爷就是赢得多了，才不如您这般记性好。"

耶律璟笑容一滞，眼刀子剜着慕灼华。刘衍不动声色地策马移动身形，挡住耶律璟的目光，将慕灼华护在身后。

耶律璟冷笑道："你们陈国的官员这么没有礼数吗，贵人们说话，小官插什么嘴？"

慕灼华从刘衍身畔探出头来，一本正经道："三皇子又有所不知了，我们陈国的贵人们素来自矜身份，有些话不方便说，便由我等小官代言。"

耶律璟瞅了刘衍一眼，见对方面上含笑，显然是在纵容慕灼华。他怒火中烧，却不能当着刘衍的面对慕灼华如何，只能一夹马腹，策马飞奔而去。

刘衍回头看了慕灼华一眼，慕灼华眼睛亮亮地说道："王爷，打败他！扬我国威！"

刘衍失笑摇头，策马离去。

理番寺同僚纷纷上前，对着慕灼华比了个大拇指。

173

"论吵架，果然还是女人厉害。"

"佩服佩服，继续努力！"

慕灼华撇撇嘴，落后了片刻才追上众人。

刘衍对耶律璟介绍围场的地形，耶律璟听完之后，说道："今日围场中有一头白鹿，谁先猎到白鹿，便算胜出。"

刘衍无不可地点头："可以。"

理番寺的人上前道："围场为各位大人准备了特制的弓箭，箭身都做了标记，以防止弄混了猎物的归属。"

耶律璟接过弓箭，拉了拉，不屑道："陈国的弓太轻了，我用自己的弓。"

耶律璟说完，他的侍卫便送上来一把银色的弓。耶律璟拉满弓，一松手，弓弦登时嗡嗡作响。

耶律璟得意道："若论骑射，还是我北凉最为擅长。"耶律璟说到此处，忽然发现了一件有趣的事，他的目光扫过陈国众人身下的马匹，大笑道，"果然你们陈国人也这么想吧，看你们骑的马，都是我北凉的良种宝驹。"

为了不在北凉人面前堕了威风，今日陈国人骑的确实都是北凉来的高头大马，此刻被耶律璟这么一说，非但没得了面子，反而扫了威风，间接承认了自家不如对家。众人脸色不悦，竟下意识地看向慕灼华求救。

慕灼华愣了一下，随即轻咳一声，说道："三皇子弄错了，这不是你们北凉的马。"

耶律璟冷笑着看向慕灼华："你一个女人懂什么马，这分明就是我北凉马。"

慕灼华认真道："这是以前我们王爷跟你们北凉打仗，打胜之后俘虏的战马。被俘虏的战马归降了我大陈，便是我大陈的马了。"

耶律璟咬着牙，一字一字骂道："强、词、夺、理！"

慕灼华道："更何况马好不好还得看骑它的人，它之前的主人骑着它打了败仗，可见遇人不淑……"

耶律璟气得肺都快炸了，下意识举起弓拉满，锋利的箭镞对准了慕灼华的眼睛。慕灼华一惊，尚未来得及闪躲，便见一道银光如闪电般滑落，削断了耶律璟的箭镞。

刘衍手执长剑，挡在慕灼华身前，眼神冷若冰霜，杀意凛凛地看着耶律璟。

"三皇子，围场之外，慎用利器。"刘衍冷冷地警告耶律璟。

耶律璟眯着眼看着被削断的箭镞，缓缓放下手，看向刘衍，勾唇笑道："本王不过试试手，定王殿下何必动怒？"

刘衍收剑入鞘，淡淡道："本王负责北凉使团的安危，不敢不小心。若是三皇子在我陈国境内出了意外,不知北凉王会不会出兵。"

耶律璟目光一凛,刘衍的警告已经是明刀明枪了。他方才拉弓威吓,并不是真的想在大庭广众之下杀人,他还不至于冲动到这个地步,不过是想吓吓那个女人,挽回一些面子,想不到定王的反应这么大……

耶律璟若有所思地扫了慕灼华一眼,后者虽然有些受惊,却没有露出惊慌的模样,倒是有几分胆色。

"定王说笑了。"耶律璟打了个哈哈,"有定王在此,又怎么会出事故呢?"

耶律璟妥协了,刘衍便给了他台阶下,对耶律璟道:"三皇子,我们还是尽早开始吧。"

耶律璟深吸一口气,转过头去,一张阴柔的俊脸顿时冷若冰霜。

"驾!"耶律璟用力一挥马鞭,身下骏马立刻飞奔出去。

刘衍并没有立刻出发,他回头看向慕灼华。慕灼华的脸色微微发白,眼睛依然明亮,见刘衍看来,她勾起一抹笑,喊了一声:"王爷必胜!"

刘衍看着她唇畔浅浅的梨涡,心头不禁软了三分,低声道:"你在这儿好好待着,别乱跑。"

眼看着参与狩猎的人都进了围场,其余的文官才退到凉棚下休息。理番寺众官员围在慕灼华身旁,说着刚才耶律璟的脸色,不禁畅快地大笑。

"我们慕大人属实厉害,说得那三皇子落荒而逃啊!"

"何止呢,面对敌人的箭头临危不乱,尽显我大国风范!"

"慕大人让我等见识了何为嘴强探花,之前我还不明白王爷为何让你进接待团,如今我是明白了。"

"岂止是明白,还十分佩服呢!王爷就是王爷,慧眼识珠,知人善任啊!"

慕灼华被他们说得都有些难为情了,连连拱手道:"诸位大人别笑话我了。"

"我们可不是笑话,是真心实意佩服啊!慕大人这嘴上功夫,合纵、连横不在话下!"

这边发生的事很快便传到昭明帝耳中,不多时,总管太监便带着人笑眯眯走到慕灼华跟前。

"慕大人,陛下怕您渴了,特意让奴才给您送壶茶来。"

慕灼华赶紧起身谢恩。总管太监身后的小太监捧着玉茶壶上前。慕灼华双手接过,又见总管太监凑上前来,压低声音笑眯眯道:"陛下说你做得很好,守住了陈国的颜面,他很欢喜。"

慕灼华微笑道:"微臣定当竭尽所能,不负君恩。"

为国当嘴炮,是一个外交使臣最基本的职责。

❖❖❖

这场狩猎直到日暮才结束。

耶律璟沉着脸回到营地，身后拖着一只老虎，却没有猎到白鹿。待他走到营地中时，才发现白鹿早已被人猎到，腹部中箭，正气息奄奄地躺在篝火旁。陈国众人围着火高声欢呼，北凉士兵却气势不振。

"没想到还是让定王胜了。"耶律璟阴恻恻道。

这时身后传来刘衍的声音："三皇子错了，本王也没有胜出。"

耶律璟一惊，回头看到身后的刘衍。刘衍神色如常，额角微微出汗，脸上带着笑意道："先猎到白鹿的，是我们大皇子。"

耶律璟这才仔细看向站在白鹿之侧的人，果然是他看不上的那个年轻人。

鹿的象征意义非凡，陈国人素将逐鹿冠以夺权之意，今日耶律璟定下以鹿为猎物，便是存了心思。若是他赢了，自然是最好；若是刘衍赢了，也能让昭明帝与他生出嫌隙。没想到，最后让刘琛赢了。

刘衍笑道："后生可畏啊，咱们都输了。"

满朝文武都对这个结果喜闻乐见，唯一不高兴的只有耶律璟。

刘琛站在中央接受众人道贺。此时夜色暗了下来，火光照着脸庞，刘琛脸上带笑，众人都没有瞧出异常，只有刘琛知道自己此刻有多狼狈。

他大腿上的伤口刚刚愈合，却又在先前的狩猎中崩裂，此刻渗出了不少血，把贴身的亵裤都打湿了。所幸他今日一身黑色骑装，没有让人看出来，他也不愿意在此刻示弱叫军医，让耶律璟看笑话。

刘琛咬着牙苦苦撑着，受伤的腿却忍不住轻轻打战。便在这时，柔嘉公主的侍女蔓儿上前说道："参见殿下，公主听闻殿下拔得头筹，甚是欢喜，让殿下过去见她。"

刘琛这才得了借口从众人的包围中离开，跟着蔓儿往人少处走去。

蔓儿将刘琛引进了一顶帐篷，刘琛入内一看，顿时诧异喊道："慕灼华？"

蔓儿含笑道："公主此刻正忙着侍奉太后，招呼外宾，是慕大人找了公主寻求帮助，公主便让奴婢把殿下引到此处。"

慕灼华垂首行了个礼，目光扫过刘琛的右腿，道："殿下的伤再不处理就麻烦了。"

刘琛脸色一变，原来慕灼华早看出他腿上旧伤复发。

蔓儿将刘琛领来便离开了。

慕灼华身旁摆着热水和药箱，她对刘琛说道："下官知道殿下不欲让人知道受伤，此处偏僻，不会被人察觉的。"

刘琛沉默了一瞬，再不迟疑，上前两步坐在榻上，长长舒了口气。

慕灼华半跪在刘琛身前，拿起剪子剪开了伤口处的布料，血液将布料与皮肉粘连在一起，拉开时便带起一股剧烈的疼痛。刘琛脸色一变，咬牙闷哼了一声。慕灼华轻轻用药酒擦拭伤口，极快地给伤口上药包扎。

帐篷内烛光亮着，刘琛低头看到慕灼华认真专注的眼神，她生得不算极美，却十分耐看。刘琛最初因为养蛮策而对她心生厌恶，后来承了她的恩情，偏见便也渐渐扭转了。这两日听她言语上反驳北凉使臣，他心情大悦，对慕灼华的好感更是一点点增加，再加上今日她这般细心，发现他受伤，还贴心地没有张扬……

慕灼华舒了口气，擦了擦额角的汗，笑道："好了，殿下在伤口再次愈合前，千万别再动武了。"

刘琛瞥了慕灼华一眼，闷声道："今日之事，多谢了。"

慕灼华还是头一次听到刘琛对她言谢，不由得惊诧地挑了下眉梢，还以为自己听错了，下意识道："什么？"

刘琛因失血过多而惨白的俊脸上闪过一抹可疑的红晕，他尴尬又羞恼地嚷了一句："没听到就算了！"

慕灼华恍然回过神来，笑道："听到了听到了！这是臣子的本分，殿下不必放在心上。"

刘琛态度和缓了一些，沉默了片刻，又道："还有……之前太后让父皇撤去了你的讲学之职……"

慕灼华道："是陛下知道下官忙于接待使团之事，体恤下官才免去这份劳累的。"

刘琛心知不是，给皇子讲学是多大的殊荣，谁不知道这是惩罚？这件事发生后，他心中老是觉得有些对不住慕灼华，仔仔细细地回想慕灼华的为人处世，越发觉得她这人不错，既有才华又守规矩，办事周到又妥帖，是自己之前对她有偏见，误会了她。

刘琛的年纪并不比慕灼华大多少，说起来他不过是个有几分骄矜之气的年轻人，脾气不大好，却不是坏人。他自知害了慕灼华，几次想和她好好说句话，却碍于颜面，偏偏慕灼华又总是一副客气疏远的态度，见了他只是远远行礼，他便一直把事情搁在心里，直到今日慕灼华又帮了他一次。

"你不必总为他人着想，为他人说话。"刘琛难得友善，慕灼华有些受宠若惊地望着他，刘琛碰触到那双小鹿一般濡湿善良的眸子，有些尴尬地别过脸，干咳两声，"我不是记仇不记恩的人，之前的事……是我错怪你了。"

177

慕灼华张了张嘴，伶牙俐齿竟一时没施展，不知道该说些什么。

刘琛脸色微红道："我欠了你两次人情，我知道你不是爱财之人，我也不会再用钱财侮辱你……"

慕灼华心道："不不不，请殿下尽情侮辱我！"

"日后……你若有所求，我无有不允。"

慕灼华在心里默默抽凉气——这承诺也太沉重了吧。

别说刘琛对她有偏见了，其实她心里对刘琛一样有偏见，只觉得这个大皇子像只骄傲的大孔雀一般，生得好看、贵气，却着实不好伺候。她原先只想着能稍微讨好他一些，不让他处处针对自己就好了，没想到竟有超出预想的效果。刘琛可是最有望登上皇位的皇子，能得他信重，那自然是天大的好事。

慕灼华当下便笑得十分真诚地说道："殿下言重了。殿下待人赤诚，是下官的荣幸，更是天下人的福祉。"

这话说得刘琛有些高兴，他觉得自己着实是个赤诚纯良之人，不像那个刘瑜，表里不一。慕灼华还是懂他的。

"殿下，帐篷内有新的衣服，您赶紧换上，咱们离开太久了，得快点儿回去了。"

晚间，众人便在围场安营扎寨，宰杀猎物，举办篝火晚宴。刘衍着理番寺的人安排好了晚间的活动，忽然不见了慕灼华的身影。

刘衍心中咯噔一下，下意识地就往耶律璟的方向看去。耶律璟正一脸郁闷地喝酒，莫名地感受到了一股杀意，他汗毛一凛，扭头看向刘衍。

刘衍很快地收回了目光——应该不是他。

刘衍是怕耶律璟失控，对她下手，若真如此，慕灼华不过是个小小官员，两国也不会因此对一个皇子做出什么惩罚。耶律璟阴险难测，难以常理揣度。

刘衍问了两个人，都没有看到慕灼华的踪迹。他心中焦虑，眉头不自觉皱紧，加快了步伐在营地中奔走，搜寻慕灼华的身影。

"殿下说的可是真的，那也太凶险了吧？"

一个熟悉的声音从左近传来，刘衍脚下一顿，转头往声音来源看去。

慕灼华与刘琛并肩徐徐走着，她转过头一脸惊诧地望着刘琛，乌黑发亮的杏眼闪烁着惊怕又崇拜的神采。

刘琛笑道："战场上瞬息万变，生死都在一瞬间，受点儿伤又算得了什么？"

慕灼华叹道："殿下天潢贵胄，本不必身涉险地。不过，若天下男儿都有浴血沙场、杀敌报国的悍勇，又何愁北凉不灭。"

慕灼华此言深得刘琛之心，他点头道："我最瞧不起那些耽于享乐的世家子弟，他们的见识和勇气还不如你一个姑娘家。"

慕灼华笑着说道："但治国平天下也不能全靠打仗，陛下用人也分文官、武官，若能为前线战士守好后方，让战士们兵甲锋利、粮草充足，也是大功一件啊。"

慕灼华并不顺着刘琛的话吹捧，若是过去，刘琛对她心存偏见，听她这么说，自然是要顶她几句，现在他扭转了对慕灼华的看法，他认真思考她的话，觉得她说得极有道理。

"你说得对，是我想得狭隘了。"

慕灼华一双清亮的美目认真地审视着刘琛，忽然有些理解刘衍对他的偏爱。刘琛这性子说白了便是爱憎分明，得了他喜欢的人，他总是愿意给那人更多的耐心和理解。想到此处，慕灼华眉眼弯弯道："殿下，下官这儿有颗解酒药，您现在先服下，免得酒性伤身。"

晚上在宴会上是不可能不喝酒的，慕灼华便想出了这种方式减轻损伤。

慕灼华从袖底取出药瓶，倒出一颗褐色的药丸在白嫩的掌心。刘琛从她的掌心取过药，指尖扫过她掌心的肌肤，触感温热、柔软。

两人的身影渐渐远去，刘琛的声音模模糊糊地传来："还是你想得周到。"

刘衍站在阴影处，微皱着眉头看着两个年轻人和谐的背影，不知为何，心头有些酸胀难受。

呵，原来她逢迎讨好，并不只对他一人。

慕灼华回到席上，过了许久才看到刘衍回来。刘衍看起来神色若常，但慕灼华最是会察言观色，立刻便发现了刘衍眼中的郁结之气，心中猜测是不是与北凉人有关。

慕灼华与刘衍的座席隔了一段距离，她借着敬酒的名义走到刘衍身前，用身形打掩护，对着刘衍伸出了手，掌心有一颗药丸。

"王爷，这是解酒药，您现在服下，一会儿耶律璟定然会想方设法灌醉你，此药可解一部分酒性。"

刘衍的目光落在她小小的掌心上，唇角一勾，笑意却未达眼底。

"不必了，这点儿酒，本王还是承受得住的。"刘衍淡淡道。

慕灼华急道："王爷，那耶律璟明摆着冲着您来的，他为了试探您的身体状况，先前激您比猎，等会儿必然也会逼您饮酒，若是您露出弱点，他便会意图对陈国不利。这药是下官昨夜特地为王爷制成的，王爷就算不看在下官一片心意上，也该看在陈国的安危与颜面上。"

刘衍听到此处眉梢一动，一双漆黑幽深的眸子便将慕灼华紧紧锁住。慕灼华登时动弹不得，惊诧莫名地望着他突然锐利的目光。

片刻后，刘衍哂笑着接过了药，投入口中，吞咽下去。

"慕大人倒是会讨好人，却不知道几句是真、几句是假。"

慕灼华心中莫名忐忑，不知道自己是哪里得罪了刘衍，他怎么突然变得有些奇怪。

慕灼华小心翼翼问道："下官是不是哪里做错了，让王爷不高兴了？王爷若是不喜欢，直说就是了，下官一定会改！"

刘衍在心中轻轻叹气，他也不知道自己是怎么了，方才所见所闻仿佛一根刺扎在了心里。原来自己并不是特别的，原来她对谁都是这样，但这又有什么错呢？身在官场，逢迎上官，她不过是为了生存罢了。

"你方才去了哪里？"刘衍轻声问道。

慕灼华压低了声音道："大皇子腿上的伤口崩裂开了，不想让人发现，下官偷偷给他包扎了一番。"

刘衍恍然大悟，但心情也没有好多少。

"你不要在营地里四处乱走，你把耶律璟得罪狠了，今天下午他没有当众杀你，不代表会放过你。"

慕灼华吓了一跳："他真的敢在定京杀我？"

刘衍道："他行为乖张，出人意料，否则便不会一身战功还被排挤出北凉王城了。"刘衍见慕灼华皱着眉头，轻笑道，"现在知道怕了，下回还敢顶撞他吗？"

慕灼华认真说道："怕虽然怕，但若有下回，还是得仗义执言的。王爷护着下官，下官也得护着王爷，不能让他羞辱了王爷。当然，以王爷的机智，若要反驳他，他也是讨不到好的，只是王爷尊贵，他还不配让王爷开口，这种小事就让下官来为您分忧吧。"

刘衍忍俊不禁，叹了口气："你这张嘴啊……若存心气人，脾气再好的人也会让你气死；若你有意讨好一个人，又有谁能忍住不喜欢你……"

慕灼华怔怔看着刘衍的眼睛，他漆黑幽深的瞳孔里映着火焰的光与热，竟灼得慕灼华心头一烫，忍不住低下头去。

她本意是想博取刘衍的好感，现在好像成功了，自己却没有得逞的快意，反而莫名地心虚……都怪郭巨力说她骗财骗色骗心……

她骗财了吗？那五千五百两都是她凭实力赚来的！

她骗色了吗？不小心看了他两次裸体而已，又没有干点儿什么……

她骗心了吗？

慕灼华低着头，看着刘衍修长的影子……

男人的心，还不是天女散花，见一个爱一个，又不是什么值钱的东西，就算骗了，又有什么打紧？

晚宴之上，觥筹交错。北凉人喝酒又烈又凶，一副要把陈国人全体灌倒的架势，尤其是耶律璟，明摆着对定王不怀好意，直接拿着酒坛子与定王拼酒。当年刘衍中的渊罗花之毒是他亲自抹在箭头上的，那毒性多强，他自然清楚。他就是要看着刘衍痛不欲生，苦苦挣扎，没想到刘衍居然没死，难道这世上还有人能解渊罗花之毒吗？今日狩猎，可见刘衍身手还在，但他还是心存怀疑，想看看刘衍的酒量，一个人身体好不好，由酒量便可见一斑。

慕灼华担忧地看着刘衍，但此事她帮不上忙。她自然知道刘衍的身体状况，但此时刘衍必须撑住场面，不能让耶律璟看出破绽，否则耶律璟知道刘衍身体的真实状况，北凉一定会蠢蠢欲动，再起战乱。

刘衍面不改色地喝下两坛烈酒，依旧谈笑风生，反倒是耶律璟脸上先显现出了醉意，双眼迷蒙地说起胡话来。慕灼华趁机站起来说道："你们三皇子醉了，还不赶紧扶他回帐篷？"

北凉的使者这才架着耶律璟回去。

刘衍面色如常，耶律璟离开后，他也拱手回了帐篷。

慕灼华因是唯一的女官，便没有与其他官员住在一起，住的帐篷和后宫女子的帐篷挨着。柔嘉公主还特别关照了，让她的帐篷比旁人舒适许多。

慕灼华回到帐篷时，看到柔嘉公主已经回来就寝了，旁边的一顶帐篷灯火亮着，却没有人。慕灼华拉住一个路过的宫女问道："这顶帐篷是谁住的？"

宫女答道："回大人，是静安公主的帐篷。"

慕灼华恍然想起来，耶律真被封为静安公主，奉旨跟着柔嘉公主学礼仪。

"静安公主还没回来吗？"

宫女道："静安公主说是去见北凉皇子了。"

慕灼华心里隐隐觉得不对劲，迟疑地走进了帐篷，心里又猛地一震，转身就冲了出去，在营地里一路狂奔。

刘衍的帐篷离慕灼华的帐篷不近，慕灼华一路飞奔，跑得气喘吁吁，终于来到刘衍的帐篷外。她没有通报就猛地掀开帘子进去，如她所料，耶律真果然在这里！

刘衍因服了慕灼华给的药，方才在外面看不出来醉意，此刻酒劲才开始缓缓散发出来，白皙的俊脸开始泛红。他醉眼湿润而迷蒙地倚靠在床头，耶律真俯下身去，右手抓住刘衍的腰带，轻轻解开。

慕灼华大喝一声："参见公主！"

耶律真吓了一跳，手一松，腰带落在地上，玉石撞击地面发出一声脆响。

"你怎么会在这里！"耶律真一张绝美的脸蛋露出又羞耻又惧怕的神情。

慕灼华气喘吁吁道："柔嘉公主问您怎么不在帐篷里休息，咱们陈国的女子是不能半夜三更待在男人房里的！"

耶律真脸色一会儿红一会儿白，咬牙道："我只是……方才见定王喝醉了，想扶他上床。"

慕灼华微笑道："此事不劳公主操心了，有下官在此，自然会让人过来服侍，还请公主尽快回去，免得柔嘉公主担心。"

慕灼华搬出柔嘉公主恐吓耶律真，她果然怕了，立刻就从帐篷内逃了出去。

慕灼华这才松了口气。妈呀，北凉人真阴险，耶律璟不但想灌醉刘衍，还想让耶律真趁醉劫色，好当上定王妃。没羞没臊的北凉人，都有了叔侄名分还不死心……幸亏自己机警！

慕灼华缓缓走到刘衍床前，咕哝道："王爷，下官可是救了您的贞操呢……如果您还有的话。"

刘衍被这一番争吵闹得睁开了眼，一双湿润漆黑的眼迷离地看着慕灼华，看得慕灼华心一颤，脸颊发烫，情不自禁咽了咽口水。刘衍的腰带被耶律真扯下落在地上，外衫便松开了，松松垮垮地搭在肩头，露出白得有些微透的亵衣。慕灼华的目光忍不住在那亵衣上巡视，布料紧绷，勾勒出肌肉的线条。刘衍虽然多年没有带兵，但练武的习惯一直保持着，看似瘦削，却有一身精瘦有力、线条优美的肌肉。

慕灼华是见过他身子的，非但见过，还摸过，非但摸过，还扎过……

刘衍揉着有些胀痛的太阳穴，发出一声沙哑的闷哼。这低沉而有磁性的声音，听得慕灼华半边身子都酥了，她看着刘衍色气撩人的姿态，情不自禁咽了咽口水。

她当初居然说他年老色衰，真是有眼无珠……

"咯咯——王爷，您哪里不舒服吗？"慕灼华挪着脚步上前，轻声问道。

刘衍支着身体坐起来，目光移向一旁的水壶，哑着声音喊了一声："水……"

慕灼华立刻过去取了水壶，倒了一大碗水给他。刘衍接过碗，手有些颤抖，水泼落了三分之一在身上，本就半透的亵衣便全透了。

慕灼华也不是没见过刘衍的身体，但这么若隐若现的，似乎比全裸着还好看……

刘衍喝完了水，慕灼华接过碗放在一旁，说道："王爷，下官找个人来伺候您吧。"

刘衍难受地闭眼皱眉，哑声道："不必……"

慕灼华想走，又觉得这么走掉不太合适，可惜这次狩猎执剑、执墨没来。她看着刘衍一副迷离的模样，猜想此刻他脑子已经不清楚了，说不定都不知道她是谁了。

慕灼华心头一跳，都说酒后吐真言，要不然……

"王爷，"慕灼华蹲下来，在刘衍耳边轻声问道，"您晚上是不是不高兴啊？"

湿热的气息拂过耳畔，那声音听着又甜又软，带着三分哄骗的意味，刘衍眉头皱得更紧了。

慕灼华又问道："您为什么不高兴啊？是谁惹您生气了？"

刘衍抿着湿润的薄唇，蹙眉不答。

"是丧心病狂的耶律璟吗？"

"还是骄傲自大的大皇子？"

刘衍置若罔闻，慕灼华不信邪了，嘀咕道："总不会是乖巧老实的慕灼华吧……"

刘衍的眼睛霍地睁开，一双墨玉般漆黑的眸子闪着火光，紧紧盯着慕灼华。先前那种感觉又将慕灼华定住了，她觉得自己仿佛是被锁定的猎物，动弹不得。刘衍灼热的手掌勾住她的腰，猛一用力将她拉进怀里。慕灼华一惊，来不及反应便被刘衍一个翻身压在床上。

刘衍双手撑在她耳旁，居高临下俯视着她，仿佛巡视自己地盘的王者，慑人的气息让她情不自禁屏住了呼吸。刘衍半个身子的重量压在她身上，灼热的体温透过薄薄的衣服传递过来，慕灼华像被烤化了的一团雪，瑟瑟发抖。

"王爷，您起来，我疼……"慕灼华颤声道。

刘衍呼吸粗重，身上烫得很，他听到了慕灼华的话，哑声问道："哪里疼？"

慕灼华结结巴巴说："后……后腰撞到床了。"

刘衍的右掌挤进慕灼华的后腰与床板中间，紧紧贴着她纤细柔软的腰肢揉捏着，低声道："乖，不疼了……"

慕灼华愣了一下，随即噌的一下，整个人像被火点着了一样烧了起来。刘衍掌心的温度熨帖着她腰上的肌肤，他或轻或重地揉按着，一股酥麻的感觉自尾椎骨蔓延开来，慕灼华半边身子都软了。

"王……王爷……"慕灼华双手撑在刘衍胸前，却没有力气推开他。

刘衍的手从后腰处离开，在慕灼华面颊上摩挲着，游移到她耳后、后颈。他眉头微蹙，似乎要把慕灼华的面孔看仔细。慕灼华茫然无措地看着男人近在咫尺的双眸，下一刻，刘衍的薄唇带着灼人的热意吻住了她。

慕灼华霎时蒙了，傻傻地看着刘衍近在咫尺而幽暗深邃的双眸，胸腔中什么东西在猛烈地撞击着。刘衍微微扬起下巴，略显笨拙地摩挲吮吸着她柔软的唇瓣,两具炽热滚烫的躯体紧紧交叠,一声沙哑撩人的低吟自喉间溢出。

不,不对……

慕灼华瞳孔一缩,用尽所有力气挣开了刘衍的桎梏,从床上滚了下来,坐倒在地。她惊吓地捂着自己的嘴唇,唇上的湿润和微麻告诉她,刚才的一切都是真的。

慕灼华再顾不上说什么了,慌慌张张地从地上爬起来,转身逃了出去。

慕灼华脑子里乱哄哄的,就是殿试的时候出了意外,她也没像现在这样不知所措。

慕灼华捂着双颊,沁凉的夜风也吹不散脸上的滚烫。

这是单纯的酒后乱性吧,他都不知道她是谁吧,估计谁在那里都会被他啃一口吧,估计就是因为耶律真对他不三不四撩起了火,自己才无辜遭殃……

慕灼华深呼吸了几下,试图让自己平静下来,却沮丧地发现,做不到。

阿娘说,女人陷进感情里,就会变笨。她还没陷进去呢,只是被人强吻了一下,怎么也变笨了呢?

慕灼华躺在床上,一夜辗转反侧,迷迷糊糊地似睡非睡,一闭上眼,脑海里就是刘衍压着自己的画面,让她浑身又烫了起来。她双眼湿湿的,咬着被子哼唧。

翻到左边想一句:他真可恶!

翻到右边想一句:他真好看……

第十章·青山白雪

青山白雪，埋葬的不只是尸骨，还有野心。

第二天，慕灼华无比忐忑地去见刘衍。

刘衍已经一扫昨夜的醉态，换上了一套新衣服，又是精神焕发的样子了。看到慕灼华一脸倦容，他还关心地问她是不是睡得不好。慕灼华恹恹地不想理人，用鼻子轻哼了一声当作回答。

看样子，刘衍是完全不记得昨晚的事了。慕灼华松了一口气，又憋了一口气——始作俑者心安理得，她却要饱受精神上的煎熬，如此不公！真是没地方说理了！

回到定京之后，刘衍给萎靡不振的慕灼华放了半日假，让其他人陪着耶律璟，带北凉使团游定京。慕灼华松了口气，拱拱手便跟刘衍告辞回府了。刘衍习惯了慕灼华的溜须拍马、逢迎讨好，骤然见她一副厌世脸，心中不由得生出几分疑惑和担忧，以为她是在哪里受了委屈。

慕灼华心里乱糟糟的，一会儿想着北凉人的事，一会儿又想着刘衍酒后乱性之举。她自诩聪明的脑袋左右摇摆着，却是一件事都想不明白，更不会注意到刘衍对她的担忧。

慕灼华回到朱雀街后巷的家中。郭巨力正在洗晒被褥，见慕灼华阴沉着脸进来，顿时吓了一跳，放下手中物什迎上前去："小姐、小姐，你怎么了？是不是哪里不舒服，脸色怎么这么难看？"

"没事。"慕灼华扯了扯嘴角，大步走进家中，"定王给我放了半日假，让我回来休息一下。"

"小姐肚子饿吗，我给你煮点儿吃的？"郭巨力追着慕灼华进了屋。

慕灼华摆摆手说："吃不下，我要想些事情，你不要打扰我。"

慕灼华说着走进了书房，反手便关上门，留下郭巨力一脸担忧的表情。

"小姐……是不是来月事了？"郭巨力皱着眉头嘀咕，"日子也不对啊……"

慕灼华走到书桌后坐下，呆了片刻，才拿起纸和笔。她脑子有点儿乱，必须借助外物来理一理思路。

她心不在焉地写写画画，过了半晌回过神来，只见白色的纸上写满了两个字——刘衍。

夏日炎炎，小秦宫里却一片春色。

今日刘衍包下了整座小秦宫，招待北凉使团的所有人。在小秦宫最奢靡的包厢云梦泽中，刘衍陪着耶律璟饮酒听曲。

云梦泽是一处水屋，四面环水，因是引入了活水，人在屋中便能听到淙淙水声，水中倒入了不少冰块，消减了夏日的暑气。云梦泽四面是薄如蝉翼的白纱，隐隐约约能看到白纱后妩媚的身影，那是歌姬们在纱帘后奏乐，乐声缥缥缈缈，宛如天籁。

耶律璟慵懒地靠在椅背上，长腿抬起，搁在小秦宫的头牌云芝腿上，另一个当红舞娘云曦坐在耶律璟身侧，为他斟酒揉肩。耶律璟享受着美人的殷勤，目光却直勾勾盯着坐在对面的刘衍。

"没想到，你我二人会有这样相对饮酒的一天。"耶律璟浅色的瞳孔中闪烁着，不怀好意，"更没想到的是，你中了渊罗花的毒，还能活下来。"

刘衍淡淡一笑："我陈国地大物博，多少神医，区区渊罗花，不算什么。"

"可我看着你，总觉得你不是他。"耶律璟啧啧摇头，"可如果不是定王，又太像了。"

"让三皇子失望了，定王没有死。"

耶律璟笑了一声："呵，我怎么会失望呢？我只是意外，你的亲信精锐都死光了，你居然还能厚着脸皮活下来。我以为你们陈国的将军是有血性的，宁死不辱。当年与你对垒，看你杀敌奋不顾身，如今竟然这么惜命。"

任耶律璟如何挑衅，刘衍面上始终带着淡而冷的微笑。

"三皇子可尝过人血的滋味？"

耶律璟一怔，随即咧嘴笑道："这你可问对人了，我确实尝过。"

刘衍道："我也是。"

耶律璟定定地看着刘衍。刘衍举起酒杯，轻轻晃动杯中深色的液体，一抹深红色晃过他的眼底："滚烫，带着腥味，还有铁锈味……那个人，是我的下属，也是我的师父。我从军第一天，就是他带着我，教我。后来，他割破了自己的手腕，掐住我的脸颊，逼迫我吞咽他的血。

"他的血凉了，又有一个人过来。他是我的兄弟，在战场上，他可以把后背交给我，而在生死之际，他选择把命交给我。

"后来我陷入了昏迷，不记得还有多少人把他们的鲜血和生命给了我。

"三皇子，如果你身上背负了那么多人的性命，你也舍不得死。"

刘衍淡淡一笑，放下了酒杯——他再也喝不下这种颜色的酒液。

"我以前不拿自己的命当命，如果战场上与你相见，我宁可两败俱伤也要杀了你。但现在不行，我的命很珍贵，而你，不配。"

耶律璟眯起眼，狠狠瞪着刘衍，良久一笑，道："你恨我，恨北凉。"

刘衍轻轻摇头："战场之上，你死我活实属常事，我不恨。我只是想找一个真相，要一个公道。"

耶律璟神态变幻莫测，忽地一把推开身旁的美人，冷然道："全都退下！"

美人们登时吓得作鸟兽散，偌大的云梦泽，只听到潺潺的水声。

刘衍道："我知道你们来陈国的目的。当年你识破我的布局，早做埋伏，必然是陈国军中有人给你们通风报信，这个人的地位应该不低。后来我伤重昏迷，大军士气涣散，你们本可以趁机进攻，有高层作为内应，你们必然能得到一场大胜，以此作为议和的价码，获得更多的利益。可是你们没有，所以我猜测，向你们透露消息的那个人或许并不能为你们所掌控，甚至你们很有可能都不知道他是谁。"

耶律璟眸中闪过精光，并不否认刘衍的猜测。

"我们做个交易吧，把你知道的告诉我，而我，承诺十年之内不出兵北凉。"刘衍微笑道。

耶律璟仿佛听到了一个天大的笑话，仰天大笑，半晌才看向刘衍道："这是什么交易，难道你出兵，我就怕你了吗？更何况我们两国签了议和条约，你们陈国陛下是不会率先撕毁合约的！"

"如果是我们大皇子殿下，就一定会。"刘衍笃定地说。

耶律璟一怔。

"大皇子已经十九岁了，几年之内，陛下就会禅位与他。他仇视北凉，你应该知道。只要他继位，就必然会对北凉用兵。如此一来，三皇子，你为了北凉王位多年的筹谋岂不是要落空了？"

耶律璟呼吸粗重起来，微眯起眼，毫不掩饰对刘衍的杀意。

"你让耶律真来陈国，是想搅乱定京，同时让她为你探听消息。可你也未免太看得起美色的力量了。"刘衍嗤笑一声，轻轻摇头，显得看不上耶律璟的手段，"你想得太复杂，却做得太简单，你这种做法达不到你想要的效果，而与我交易，我能给你承诺。"

"我在想……如果我现在杀了你，是不是会更好？"耶律璟像盯住了猎物的凶兽，瞳仁中杀意森森。

刘衍泰然一笑："你觉得，你能得手吗？"

耶律璟沉默不语。

刘衍又道:"考虑我的建议吧。你想搅乱定京,最简单的做法就是把你知道的内奸的消息告诉我,引起陈国内讧,难道不是正中你下怀吗?与此同时,我承诺让大皇子十年不出兵,这样你就可以放心地去谋取王位了。"

耶律璟狐疑地盯着刘衍:"我怎么相信你?我们是敌人。"

刘衍道:"我有一个朋友说过,无常有之敌,有常有之利。"

"什么意思?"耶律璟不解地皱眉。

"没有永远的敌人,只有永远的利益。"刘衍叹了口气,"战场上,我们是敌人,但此时,我们可以是盟友。"

耶律璟已经被打动了,但仍有最后一丝顾虑。

"我知道你,你忠君爱国,现在却在做叛国之事,这不合理,必然有诈。"

刘衍微笑着摇头否认:"我不是叛国,而是……锄奸!"

耶律璟沉沉地看着刘衍,许久之后才说道:"当初出卖消息给我的,是薛笑棠。"

刘衍离开了小秦宫,耶律真才缓缓走到耶律璟面前。

"哥哥,刘衍的话能信吗,他真的能说动陈国大皇子不对我们用兵?"

耶律璟冷笑一声:"这个承诺,听听就罢了,他不对我们开战,我们也要吞掉陈国。真儿,别忘了你来陈国的目的。"

"知道了。可是,哥哥,他不守承诺,我们又何必告诉他薛笑棠的消息?"

耶律璟冷然道:"让陈国内乱,不是正好吗?既然我们找不出薛笑棠背后的主谋,就让刘衍自己去找吧。能驱使薛笑棠的必然是陈国朝廷一方极强的势力,让刘衍和他们硬碰硬,就是我们北凉的机会。"

耶律真垂首道:"是。哥哥,我还发现一件事。"

"什么?"

耶律真道:"定王喜欢那个叫慕灼华的女人,他喝醉了酒,喊了两声这个名字。"

耶律璟眉梢一挑,咬牙道:"那个牙尖嘴利的女人……好,定王喜欢她就更好了,越喜欢越好,只有爱之入骨,才能伤之入骨。"

刘衍回到朱雀街后巷时,天色已经全黑了,他站在临着隔壁的那堵墙边,看到慕灼华二楼闺房里传出了亮光。

郭巨力的大嗓门喊着:"小姐,我去给你烧水沐浴。"

慕灼华不知道应了什么,却是听不清了。

刘衍踟蹰了片刻，正要走开，只见二楼的窗户被打开了。慕灼华站在窗口，似乎是觉得闷热，脱去了外面的罩衫，手中拿着一把团扇用力扇着风。扇着扇着，动作又停了下来，她痴痴望着天边的明月，不知想起了什么，眉心微蹙，一脸苦恼的模样。随后，她拿着团扇敲了敲自己的脑门，又长长叹了口气。

刘衍看着她生动的样子，忍不住微微翘起嘴角。

不知道她在烦恼什么……

刘衍想起分别时她满腹心事的模样，心中越发好奇，还未等自己想明白，身体便已诚实地飞过了高墙。

这番动静自然惊到了正站在窗边的慕灼华，她吓得站直，团扇遮住了嘴，杏眼瞪得圆圆的。

刘衍一笑，施展轻功，一跃而起，竟是直接从二楼的窗口翻进去。慕灼华连连退了好几步，难以置信地打量刘衍，半晌才道："王爷，这不是正人君子所为！"

刘衍并不理会她的控诉，直截了当地问道："你方才一脸烦恼的样子，是遇到什么事了？"

慕灼华听了这话，脸上顿时显露出窘迫的神色："您不要问，和您没关系。"

这话不但无礼，还有些欲盖弥彰。

刘衍狐疑地打量她，凑近了看，才发现她此时卸去了易容膏，白净细腻的芙蓉面，一双清澈乌黑的多情眼，比平日的她多了说不尽的妩媚风情。刘衍忍不住呼吸一窒，目光暗沉了几分。

"我……我……"慕灼华咬着唇，懊恼地皱起眉头，"下官方才失礼了。王爷，天色这么晚了，您在这里不方便，会让人说闲话的。"

刘衍自然知道自己今晚鲁莽了，夜闯女子闺阁实在有些过分。他本想走了，见慕灼华神态异常，却又不愿走了。

"本王只是想问你是不是昨晚发生了什么事，你今天看着心情不好。"刘衍猜测道，"是北凉人让你受委屈了吗？"

"不是。"慕灼华闷闷说道。

刘衍越问，慕灼华越是烦躁、气恼——他果然不记得了！

她深吸两口气，说服自己平静下来，冷不防闻到了一股脂粉味。她皱皱眉头，又仔细嗅了嗅，果然，那脂粉味是从刘衍身上传来的。这种脂粉味自然是小秦宫才有的气味，看来刘衍不但去了，想来还待了不短的时间，身上的味道才会这么浓。

慕灼华本来有些躁动不安的心，此刻顿时平静下来——呵，多大事啊，不就是被啃了一下嘛，是自己少见多怪了。

这大半日的，她一会儿觉得刘衍可能真的喜欢上她了，觉得对不起刘衍，一会儿又觉得刘衍吻了她还忘了，是刘衍对不起她，想来想去净是在折磨自己。直到现在她才明白，男人嘛，喝酒狎妓都是常事，她父亲虽说见一个爱一个，但跟那种逢场作戏的男人比起来，说不定还要好上一些，起码他不会事后当没这回事。

慕灼华想着，心便缓缓冷了下来，脑子也清醒了许多，她缓缓道："王爷，下官没什么事，姑娘家每个月都有几天不爽利。"

刘衍先是疑惑了片刻，然后才缓缓醒悟，面上便有些尴尬。他轻咳两声，后退了一步，道："既然如此，你早些休息，明日若是不舒服，便去理番寺告假。这几日你辛苦了，本王会多批两日假给你。"

慕灼华态度有些冷淡，若是往常，她定然会笑容满面、千恩万谢地讨好，此刻却只是淡淡点头，语气平平地说了句："多谢王爷。"

刘衍满腹疑惑，但慕灼华已经是一副送客的态度。他微一皱眉，便从慕灼华的房间离开，还未等他落地，身后的窗户已经啪的一声关上了。

这……分明是生气了……

刘衍立在墙头，有些莫名其妙地看着紧闭的窗户，一个纤瘦的轮廓从窗边离开，竟是一个影子也不给他留下。

刘衍眼中的光瞬间暗淡了许多，心口又被那种陌生的酸胀感淹没，脑海中闪过一幕幕旖旎缠绵的画面。他闭上眼睛，那些香艳的画面、那些温软的触感便越发清晰。

这是生平第一次做这样的梦，满怀的温香软玉，柔美的曲线紧贴着他坚实的身躯，她在他身下哀哀切切地乞怜，平日里伶俐的唇舌只能断断续续地溢出喘息与低吟。他掐着她纤细的腰肢扣在怀里，摘下了温文的面具，发狠地顶着她，惩罚她见异思迁，处处留情。看到她泫然欲泣，他却又心疼了，轻声哄着她说，乖，不疼了……

恍惚从那场梦里醒来时，天还未亮，他让人打来一桶冷水，洗去身上的黏腻，换了一身衣服，在初晨喝了一壶又一壶茶，才让自己彻底清醒过来，恢复了往日的从容。

可是看到慕灼华恹恹的模样，他险些便又失态了。他不敢让她发现自己的异常，也不知要如何面对自己的内心。他找了个借口让她回家休息，可是一回来，他便又不由自主地走到她的窗下……

果然只是一场梦……

刘衍自嘲一笑，不是早就知道了嘛，她接近自己是别有所图，从未真正用过心，倒是自己……一头栽了进去。

刘衍回到自己的院落，执墨迎了上来，他伺候刘衍多年，一眼便看出刘衍有心事，低声问道："王爷可是遇上难题了？"

刘衍苦涩笑了笑："这个难题，恐怕你也无从解决。"

女人心，素来难以揣摩，更何况是那个七窍玲珑的慕灼华，谁能知道她心里盘算些什么？

慕灼华借口对他说是来了小日子，但他先前分明听到郭巨力喊着给她备水沐浴。他虽然是个男人，却也有几分常识，哪有姑娘家来了小日子还沐浴的，所以慕灼华分明是故意骗他，不说实话。

刘衍自忖没有得罪过她，便想也许是其他人欺负她了，但以慕灼华的本事，她不去欺负别人就已经非常善良了，还有谁能占得了她的便宜？

刘衍叹了口气，把心思收了回来，对执墨说道："今日耶律璟告诉我一件事，当初出卖陈国，向北凉走漏消息的人，是薛笑棠。"

执墨瞳孔一缩，震惊道："怎么会是他……王爷确定耶律璟说的是实话吗？"薛笑棠一直以来都被当成战死沙场的英雄，怎么会是他出卖了王爷？

刘衍道："我与耶律璟做了交易，答应十年内不出兵北凉。他想引起陈国内讧，自然愿意把内奸的事告诉我。"

"那他还说了什么？"执墨眉头紧锁，十分费解，"薛笑棠到底为什么这么做？"

"耶律璟说，当年有人给他传递消息，把我们的布局详细告诉了他，还把我给袁副将留的记号画了出来。所以后来他仔细留意了路上的每个地方，抹去了我留下的所有印记，让士兵留下错误的记号，把袁副将的人带进了他们的埋伏圈。袁副将的士兵死伤过半，最后他只带着少数几个士兵逃出了包围。"

"云想月说，袁副将带着几个士兵去救她们母女，想必就是之后的事了。那为什么袁副将逃出埋伏后不回军营？"执墨推测道，"难道……薛笑棠一早就想好了，要把叛国的罪名推到袁副将身上，那么最好的办法就是让他死无对证。"

"薛笑棠很有可能一早就抓住了袁副将的家人，打算以此要挟他就范。他早有预谋，把袁副将的部队送给耶律璟。为以防万一，一定还派人尾随，若发现袁副将没死，便会以他家人的性命为诱饵，将他带走，秘密杀害。"

"薛笑棠竟然是这样的人吗？"执墨有些不敢相信，脑中忽然闪过一个念头，哑声道，"王爷，薛笑棠是个孤儿，他年少时受过济善堂的恩，因此视柔嘉公主如珍如宝，几乎言听计从……"

"你怀疑是柔嘉公主？"刘衍眉头一蹙，觉得有些匪夷所思，"她这么做有什么目的？此事关系重大，需要多番查证。执墨，你把这件事告诉执剑，明日你们便分头去追查薛笑棠的过往。"

执墨点了点头，问道："那属下另外调派人手看守这个院子。"

刘衍眼神一动，默许了执墨的做法。

他盯着这里很久了，但慕灼华十分小心谨慎，久久没有动手，久到让他怀疑自己是不是怀疑错了……

自从发现刘衍并非不能人道、不近女色的正人君子，慕灼华就自觉和刘衍保持着安全距离，并且在言语上庄重自持了许多。

这一点，刘衍明显察觉到了，慕灼华非但不亲近他了，甚至有些躲着他。与此相反的是，慕灼华明显和刘琛熟络了许多，刘衍几次看到二人相谈甚欢的模样。他了解慕灼华的个性，她若是存心讨好，没有人能逃出她的掌心，即便是固执又骄傲的刘琛，最后也免不了被她蛊惑。

刘琛来理番寺找刘衍的时候，刘衍状似无意地闲聊道："昨日我看到你和慕灼华在宫门外似乎聊得很开心，你之前不是很讨厌她吗？"

刘琛不好意思地笑道："原来是我误解她了，她见解不俗，人也大方健谈，和她聊天，我总觉得受益匪浅，有时候遇到什么想不通的，我就想找她聊聊。"

刘衍淡淡一笑："是吗？那也挺好。"

刘琛没察觉到刘衍的异常，自顾自说道："我在想，要不要向父皇请个旨意让她继续回宫讲学，左右这两日北凉使团便要离开了，她也能得了空闲。"

"不行。"刘衍脱口而出后，才觉不妥，刘琛疑惑的目光已经看了过来，刘衍掩饰着说道，"我之前说过，使团离开后要赏她，提她为六品主事，之后她只会更忙，恐怕没时间讲学。"

刘琛也没有多想，商量道："她对北凉事务甚是熟悉，就让她每三日来讲一次北凉的军事、经济，想必是花不了多少工夫的。"

刘琛说成这样了，刘衍觉得再推托也是不合适，便淡淡应道："那我安排一下，再问问她的意思。"

刘琛点头道："对，也要问问她，之前让她受了委屈，总不好对她呼之则来、挥之即去。"

刘衍见刘琛已是如此看重慕灼华，心更是沉了几分。

因为接待北凉使团之事，刘衍与慕灼华虽然每日都能见上几面，但说的话不超过三句，这三句里至少有两句是"参见王爷"。刘衍想逮着慕灼华问清楚是怎么回事，却忙得脱不开身。

好不容易等到北凉使团离京，理番寺众人将北凉使团送出定京十里，才正式道别。

耶律璟看着刘衍的面色，敏锐地察觉到了异常，他压低了声音问道："定王神色有异，出了什么事？"

刘衍淡淡笑道："三皇子回到北凉都自顾不暇了，还有闲心管我的事？"

耶律璟大笑道："哈哈哈，你我二人是暂时的盟友、永远的敌人，看你不高兴，我便高兴了。"

被封为静安公主的耶律真换上了陈国公主的服饰，缓缓上前与耶律璟告别。

"哥哥，一路保重。"耶律真用北凉的礼仪与耶律璟告别。

耶律璟扫了耶律真一眼，显然对这个妹妹并不怎么上心："你在陈国自己注意分寸，做事小心，不要给北凉丢脸添麻烦。"

耶律真咬了咬唇，委屈得红了眼眶，却似乎对耶律璟十分畏惧，只是轻轻点头，不敢多语。

昭明帝封她为静安公主，便是提醒她，要安静，要安宁，不要惹事，更不要挑事。这几日耶律真都被关在皇宫大内，太后找了最严厉的老人教导她规矩和礼仪。耶律真在北凉虽然不受宠，但好歹是个公主，从未有下人敢对她这么不客气，然而如今身在异国他乡，孤立无援，她只能忍下所有委屈。她对皇宫实在害怕得很，好在今日之后她便可以搬到柔嘉公主府上，由柔嘉公主教导她公主的礼仪。她虽然也害怕柔嘉公主，但柔嘉公主看起来可比宫里的人和善多了。

看着北凉使团的身影逐渐远去，耶律真一行清泪滑落脸庞。刘衍看了她一眼，丝毫没有被美人垂泪的模样打动，例行公事地说道："陛下有旨，让静安公主为三皇子送行后直接去柔嘉公主府上。"

耶律真擦了擦眼泪，低声说道："我知道了，请王爷派人带我过去。"

"公主请上马车。"

刘衍看着耶律真上了马车，这才指定一队侍卫送耶律真前往公主府，他则带着理番寺众人回宫。

慕灼华身在队列之中，听到身旁同僚在窃窃私语，讨论耶律真的美貌。

"北凉女子和陈国女子的容貌确实不一样，白得像雪一样。"

"眼睛的颜色也比我们的浅。"

"真不愧是北凉第一美人，耶律璟是想把她嫁给定王殿下，定王殿下不为美色所动，直接认下来当侄女了。"

"废话，你什么时候看过定王殿下亲近女色了，更别说是敌国的女人了。"

"难怪定京里老有传言，说定王殿下不是有隐疾，就是好男色……"

谁说他不近女色，只不过是瞒得好罢了。慕灼华心中腹诽，脑海中又浮现

103

出刘衍亲吻她的画面，她面上一热，用力晃了晃脑袋，逼迫自己忘了这件事。

但她又忍不住想起当时他下半身抵着她——这回她可没误会，她还用大腿蹭了一下，确实是那玩意儿！

既然他并非不能人道，为什么这么多年没有娶妻？

"慕大人，你怎么这么晃脑袋？"身旁同僚看到慕灼华异常的举动，关切问道，"是不是中暑了头晕，怎么脸这么红？"

方才为了给耶律璟送行，众人在大太阳下站了许久，都已经汗流浃背了。慕灼华讪笑道："可能是吧，一会儿就好了，也快到理番寺了。"

刘衍行在前头，听到身后的声音，强忍着没有回头，却夹了夹马腹，走得更快了。

众人加快了速度，不多时就回到了理番寺，一个个热得解开领口，不修边幅地扇风。两个太监提着一大桶茶来，说道："定王殿下让太医院煮了消暑的药茶，让大人们多喝几碗。"

"还是王爷体恤人啊！"众人笑着上前倒茶。

慕灼华也上前喝了两碗，长长舒了口气，心中的燥热之意消退了不少。众人一边喝茶，一边说着这次的接待工作。这次任务可以说完成得十分圆满，众人估摸着能得到什么赏赐，正说着呢，嘉奖的旨意便下来了。

左侍郎代为宣读此次朝廷颁布的奖赏，理番寺诸人都被奖励了半年的俸禄，接待团的奖励更多一些，而慕灼华得到了特别的优待。

"擢升理番寺观政慕灼华为正六品主事！"左侍郎说完，笑眯眯地看向慕灼华，"还不赶紧谢恩！"

众人连声向慕灼华道贺，慕灼华还有些不敢相信，那日刘衍明明对她心存不满，竟然还是提了她的品级。

"现在要称慕主事了，真是年轻有为啊，现在你和沈惊鸿可是平级了！"众人谈笑道，"不过这也是你应得的，这次你的辛苦，大伙儿也都看在眼里，更别提你还狠狠挫了耶律璟的威风，扬我国威了！"

慕灼华回过神来，拱手向众人道谢，从左侍郎手上接过了圣旨。

左侍郎低声道："慕主事得此高升，可离不开王爷的提携啊。"

慕灼华明白左侍郎这是在提醒自己要当面向定王表达谢意，便感激笑道："下官明白，多谢大人点醒。"

左侍郎满意地点点头："王爷已经回府了，明日旬休，你正好可以亲自登门道谢。"

❖❖❖

想到要单独面对刘衍，慕灼华就非常不自在，但刘衍不计前嫌提拔了她，她若不亲自道谢委实说不过去。慕灼华辗转了一夜，天快亮了才睡着，第二天精神不振地对郭巨力说："我要去定王府一趟，亲自拜谢王爷的提拔。"

郭巨力面露担忧："小姐，你就这副萎靡不振的样子去吗？还有，不带点儿礼品吗？"

上回去公主府，因为是闲时小聚，她便没有带太贵重的礼品，这次是拜谢刘衍的提拔，礼物太轻就不太合适。慕灼华想了想，便出门买了方价值不菲的砚台，既显得贵重，又不失风雅。

待礼物打包好了，慕灼华才只身来到定王府。门房听说了慕灼华的身份和来意，便立刻跑进去禀告，不多时就有人来领着慕灼华进府。

慕灼华虽与刘衍私下接触得多，却还是第一次踏入定王府的门槛。定王府院落极多，下人却不多，主人只有定王一个。定京里的百姓都想着进定王府谋差事，只因定王府清静，差事清闲，主子也好伺候。

慕灼华一路走来，竟是连婢女都没看到一个，倒是有几个四五十岁的壮硕仆妇。带路的侍从似乎看出了慕灼华的疑惑，笑着解释道："王爷喜欢清静，府中就没有请婢女。"

慕灼华稍一想就明白了，怕是因为定王俊美温和又未娶妻，婢女们便生出一些小心思。定王不堪其扰，索性都辞退了，只找小厮与侍从，结果外面便又传出定王好男色的谣言。

慕灼华走了片刻，绕过假山回廊，才来到刘衍的书房外。侍从上前禀告后，便领着慕灼华进了书房。

慕灼华看了眼身后关上的房门，又转头看向前方背对着自己的刘衍，她深吸了一口气，按下心头躁动不安的情绪，挤出一丝笑容。

"下官参见王爷！"

刘衍淡淡嗯了一声："有什么事吗？"

慕灼华堆着疏离客套的笑道："下官感激王爷提携之恩，不知道该如何回报，心想王爷喜好书法，又听说文心阁进了一批极为珍贵的砚台，便买来一方献给王爷，还请王爷笑纳。"

慕灼华双手捧着包装精致的砚台，微微弓着腰，低下头，等待刘衍的回应。

刘衍的脚步声缓缓来到她身前，慕灼华只看到刘衍衣衫的下摆随脚步微微晃动着，一股沉郁的伽罗香将她团团围住，但刘衍身上传递而来的威压让她不由自主地屏住了呼吸，心跳加速。

刘衍捏住砚台一角，轻哂一声，用低沉的声音说道："倒是让你破费了，属实不易。"

慕灼华松了手，干笑两声道："下官感激王爷，区区薄礼，不成敬意。"

刘衍随意地将砚台放在桌上，发出一声闷响，慕灼华吓得抖了一下，更加惴惴不安。

"大皇子前日提起，想请旨让你重新担任讲学，你意下如何？"

慕灼华想到这几日刘琛对自己热络的态度，不意外刘琛会提出这件事。她恭敬有礼道："下官去留，但凭王爷和殿下做主。"

刘衍低着眼，盯着慕灼华额前因躬身而垂落的几缕碎发，眉心缓缓皱起。

刘衍压低了声音，语气中带着冷冷的责备之意："我曾经叮嘱过你，不要卷入皇子之间的争斗，你难道忘了吗？"

慕灼华心头一跳，急忙否认道："下官没有！"

刘衍不给她砌词狡辩的机会，打断道："你是看好大皇子更有机会登上皇位，所以刻意讨好、接近他。难道上次皇子斗殴之事你还没有看明白？你若与大皇子走得近了，另外两位便会针对你，你又有几条命，能在贵人们的争斗中活下来？"

慕灼华脸色缓缓变白。刘衍说的是正理，她心中当然也明白。一开始设计刘琛，不过是希望刘琛少针对自己一点儿，没想到刘琛如此知错能改，还知恩图报。刘琛既然有意示好，她作为一个小官，难道还能摆冷脸吗？她不过是顺势而为罢了。如今她不过是个官位低下的六品主事，神仙打架，最后多半是小鬼遭殃，但她是躲也难躲，池子就在那里，她难道还能上天不成？

慕灼华心里也有些委屈，闷声道："难道眼见殿下受伤，下官还能不理会吗？难道殿下想和下官说话，下官还能不理他吗？"

刘衍气笑了，打量着慕灼华微红的眼眶道："你倒有理了，那本王问你，你可还愿意去当讲学？"

慕灼华垂着眼道："王爷不让去就不去了。"

"你这么说，倒是埋怨本王了。"

慕灼华道："不敢。"

刘衍勾了勾唇角："不敢，便是承认有怨了，怨恨本王拦着你攀高枝？"

慕灼华觉得这话怪怪的，忍不住抬起眼偷看刘衍，目光触及刘衍审视的双眸，便又极快地低了下来。

"王爷是生气了吗？"慕灼华疑惑地皱起眉头，像是发问又像是自言自语，"王爷气什么呀，气下官另攀高枝了吗？可王爷不也是支持大皇子的吗？还是王爷生气下官掺和进了夺嫡之争，担心下官的安危？"

刘衍被慕灼华顶得一时语窒，慕灼华却抬起眼来，一双乌亮的眸子好奇地望着他。

刘衍眼神晦暗莫名,半晌之后才发出一声低笑,抬起手轻轻捏住了慕灼华的下巴,指腹摩挲着她颊边细嫩的肌肤,似笑非笑道:"倒是本王要先问一句,先前是谁口口声声说是本王的人,千方百计想接近、讨好本王,怎么如今就见异思迁了?"

慕灼华心尖颤了颤,不知道是因为害怕还是什么,心跳越来越快。她虚着眼不敢看刘衍迫近的脸庞,男人灼热的气息又让她想起那一夜的肢体缠绵,她咽了咽口水,颤声道:"那……那个……之前是下官一时糊涂,痴心妄想,癞蛤蟆想吃天鹅肉,如今幡然醒悟,悔不当初,迷途知返,还请王爷大人有大量,不要怪罪……"

刘衍一怔,心中一半是狐疑、一半是酸楚。他自然知道之前的一切都是慕灼华做的戏而已,但演得久了,自己仿佛是当了真,现在戏子不演了,他却似乎出不来了。

"若本王……怪罪呢?"

"啊?"

慕灼华愣了一下,双唇微张,聪明的脸蛋上难得地显露出一丝傻意。刘衍的目光落在那瓣粉唇上,脑海中莫名浮现出了那一夜的梦境,他依稀梦到自己压着这个不安分的小姑娘,她在自己身下扭动着,撩拨他的欲望,小脸一片绯红。他难耐地俯身吻住花瓣似的唇,心头涌起一股强烈的悸动,那是二十多年来头一次想要占有、想要侵掠的欲望。

不知道她的味道是不是和梦里一样清甜、柔软。

刘衍的眼神骤然暗了三分。

慕灼华忽地一颤,往后一退,猛地一跪,发出砰的一声,听着便十分疼痛。

慕灼华整个人趴跪在地上,额头碰着刘衍脚边的地板,大声道:"下官该死,任凭王爷责罚!"

所有的旖旎心思,倏然破灭。只有心头那股让人疼痛的悸动还留有余韵,却也渐渐淡了下去。

刘衍眼中的热度降了下来,他低下头看着自己身前跪得无比虔诚的慕灼华,半晌,嘴角扯出一丝苦涩的笑意。

是他当真了,也是他误会了。

一股强烈的倦意袭上心头,刘衍闭了闭眼,淡淡道:"罢了,念你年少无知,本王不怪罪。"

慕灼华心里暗自松了口气,还好,王爷还是好说话的,自己只要认错诚恳一点儿就好……

方才不知为何，她心跳得好快，手脚发软，上位者的官威果然让人难以承受。说到底，也是她太不真诚了，如今才这般心虚。郭巨力说得不无道理，她就是有点儿渣，对刘衍骗财骗色，骗尽了好处，早晚是要遭报应的。

不知道如今刘衍肯不肯给她一个做好人的机会……

慕灼华自从那日与刘衍告罪，便好几日没有和刘衍说过话。她松了口气，又总是提着口气，越是刻意疏远，就越是不由自主去寻找他的身影。

刘衍说了不怪罪她，便真的不理会她了。慕灼华得偿所愿，却怅然若失，每日自理番寺回家，路上一个人孤零零走着，便分外怀念搭着刘衍的马车回家的日子。那马车宽敞舒适，满满都是伽罗香的气息，只是自从载了她，就时不时地沾染上一品阁各种糕点的香气。因为她总是肚子饿，刘衍便让执墨或者执剑经过一品阁时给她买些点心，这让郭巨力每天都满怀期待地站在门口等她回家，也时时在她耳边念叨明日让王爷买新出的哪种包子。

现在却没了这好处。

那天，慕灼华自理番寺出来的时候，正巧看到刘衍也出来，不过后者的目光和脚步没有丝毫停留，他径直上了马车。往日赶车的不是执墨就是执剑，这几日却都是王府的车夫，她就跟在后面缓缓走着，看着那豪华的马车嗒嗒远去——心里莫名地委屈，好像被主人扔掉的宠物。

更委屈的却是郭巨力，因为她没有一品阁的糕点、包子吃了。她气恼地跺了跺脚，哼唧道："王爷为什么不给小姐买包子了，是不是小姐做错事了？"

慕灼华叹道："巨力，我决定做个好人，不骗王爷了。"

郭巨力愣了一下，随即点点头道："也好，小姐，你多积点儿阴德有好处的。"

慕灼华噎了一下，幽怨地瞪了郭巨力一眼。

郭巨力叹了口气，道："所以，小姐，你什么时候才能混到买一品阁的包子不用排队的官阶啊。"

看她家巨力，还真是志存高远。慕灼华愁肠满腹，无语望天。

刘衍浸泡了一段时间的药池，之前残余的药性总算是清除干净了，也不再有隐隐作痛的感觉。但心口总是隐隐作痛，仿佛毒素转移了。

他克制着自己去找慕灼华的冲动，用更多的工作强迫自己转移注意力，但做事的效率低得可怕，往往半个时辰也没有看进去一页纸，最后只好烦躁地捏捏眉心，将卷宗合上，走到庭中吹凉风。

他搬回了定王府，免得距离太近影响心情，却还是让人盯着那个院子，不过属下回报一切毫无异样，慕灼华没有任何意图溜进别院的可疑举动。

刘衍心里苦笑，两个人都是一样的，小心谨慎，虚伪试探。

几日后，执剑和执墨带回了关于薛笑棠的调查结果，让刘衍暂时忘了有关慕灼华的烦恼。

"薛笑棠生于荆州，是个孤儿，八年前入伍。属下查了八年前荆州入伍的士兵名册，有七个人的名字非常可疑，这七人与荆州七鹰的名字音同字异。"执剑说到此处一顿，声音冷了许多，"王爷，荆州七鹰使用的武器便是鹰爪。之前咱们查过荆州七鹰，只知道他们消失多年，没想到他们居然改了名字投军了。"

刘衍目光落在桌上那几个名字上："薛笑棠是荆州七鹰之一，那么三年前绑架了袁副将妻女的就是他们了。"

执墨道："属下查了三年前的战亡士兵名册，薛笑棠死在战场上，另外六人却找不到尸首，被列为逃兵。"

执剑补充道："当年王爷率三千精兵为诱饵，有人泄露了情报，反被耶律璟率军围困。后来王爷重伤而回，昏迷不醒。计划出了岔子，袁副将下落不明，他率领的部队也消失在茫茫草原。大皇子断定是袁副将叛国，出卖了王爷，怒不可遏，逼迫薛笑棠出兵为王爷复仇。然而当时军中因为王爷重伤而士气全失，薛笑棠认为这不是最好的出战时机。大皇子不理会薛笑棠的劝阻，亲自带兵出征，连取几场小胜，更让他骄傲轻敌，最后竟然落入耶律璟的陷阱。薛笑棠带着亲兵驰援，冒着两败俱伤的风险救下大皇子，重创了耶律璟的部队，自己也死在乱军中。"

"薛笑棠不能离岗，就让另外六名同伙绑架袁副将的妻女，追杀袁副将，后来必然是发生了什么意外，使那六人无法回到军中。"刘衍说道。

执剑冷然道："王爷，属下怀疑那六人早已死了。当年您昏迷时，陛下曾下了一道令诛杀所有逃兵，他为什么这么做，是不是为了杀这六人灭口？"

刘衍眉头一皱，却不说话。

执剑咬牙道："王爷，薛笑棠对柔嘉公主情深不贰，与您无冤无仇，根本没有动机陷害您，除非他是听令行事。这世上能让他一个骠骑将军、准驸马听令的，又有谁？当今陛下病入膏肓，大家心知肚明，一旦发生意外，三位皇子是否有能力接掌大位？

"三年前，王爷重伤昏迷半年，而这半年间，向来宽厚仁和的陛下却大开杀戒，杀了不少相关之人，说是问责，为您报仇，却也杀了所有涉案之人、所有知情之人，让您查无线索。这是问责，还是灭口？"

刘衍的手掌忽地重重落在桌上，发出一声巨大的闷响："住口！"

执剑一怔，却没有住口，双目染上浓浓的恨意："王爷到如今还不肯相信吗？慕灼华也说了，还阳散必然是出自太医院！只有太医院才有这样的财力去研制这样一服药。有谁能让太医院做这种事？他为什么要研制这种杀人药，为什么研制了药却又不留存档案？他就是想杀了王爷，却还要在天下人面前留一个圣明的名声，因为他怕天下人说他残害手足！"

刘衍的脸色瞬间变得惨白，拳头紧紧握着，手背上暴出青色的血管，他哑着声音说道："他救过我，用他的命救过我……"

事到如今，执墨也不得不信摆在眼前的事实。他和执剑都在这场阴谋中失去了所有的至亲好友，如今唯一能依靠、信任的只有王爷。他也恨，只是他也心疼王爷，那人是王爷最珍视的至亲手足，但桩桩件件、所有的证据都指向了那人。难道这就是帝王心术，为了皇位，可以不惜一切？

执墨静静看着刘衍，目光落在他放在桌面上的手上，有鲜血自掌心流出，他知道王爷心里有多疼，以至于忘了掌心的伤。执墨轻声问道："王爷，这仇，还报吗？"

刘衍沉默了许久，才缓缓说道："万神医说，他很难熬过今年冬天。"

"王爷，我们要的是一个公道，那么多鲜血，不能白流！"执剑压抑着恨意，低声嘶吼，"我的父兄、我的师父，都死了！他们为了陈国在前线浴血拼杀，结果呢？后背被自己人捅了致命的一刀！若不是他们，王爷也不能活着回来！"

"执剑！"执墨呵斥道，"不要对王爷无礼！"

执墨话音未落，便见刘衍脸色一变，一缕殷红血丝溢出唇角。执墨大惊，上前扶住刘衍摇摇欲坠的身体，伸手搭住刘衍的脉搏，瞳孔一缩，急道："王爷经脉紊乱，气血攻心！"

执剑也慌了，道："怎么办？"

执墨沉声道："把王爷带去药池别院，我去把慕灼华请来！"

执墨话音刚落，便被刘衍抓住了手腕，刘衍微微睁开眼，哑声道："不要叫她。"

执墨一怔，喃喃道："王爷，如今她是唯一可信的人。"

刘衍轻轻摇头："我没有大碍，调息片刻即可，这件事……牵扯到了陛下，不要将她卷进来。"

执墨惊讶地皱了下眉头，忽然明白了什么。他没有再多说其他，扶着刘衍让他盘坐到床上，自己和执剑轮流运功为他调息。

执墨和执剑守了刘衍一夜，总算调顺了他的经脉和气血。刘衍的脸色看起来苍白了许多，让执剑说不出逼迫他弑君报仇的话。

"王爷，今日早朝还是不去了吧。"执剑担忧地看着刘衍的神色。

刘衍淡淡一笑道："无妨，快误了时辰，咱们出发吧。"

刘衍多年来从没有误过一日早朝，今日自然也不会例外。

慕灼华在宫门口候着的时候，发现今日定王府的马车比往日晚到了半刻钟，而且今日的车夫终于又换成执剑和执墨了。

慕灼华偷偷打量着，心头又有些奇怪——往日只有执剑、执墨其中一人来，怎么今日两人都来了？

正想着，她就看到执墨推开了车门，扶着刘衍走下马车。

慕灼华一惊——扶着？

刘衍为什么要人扶着？

慕灼华躲在人群中偷偷观察，等刘衍走到近处便发现问题了：刘衍的脸色不好，脚步虚浮，气息不稳，唇色发白……尽管他脸上带笑，看似平常，但医者的敏锐还是让她察觉到了他受过伤的迹象。

好端端的，怎么会受伤呢，这定京还有谁敢伤他不成？

慕灼华一整个早上都在琢磨这件事，却没鼓起勇气去问个究竟。

刘衍回到理番寺就将自己关了起来，若没有大事禀告，下面人也不会去烦他。慕灼华看着紧闭的门扉，没有胆子去敲，忽地想起后院有扇窗子可以看到里面的景象，便找了个借口出去，绕了一圈走到后院。

幸运的是，那扇窗子开了一半，慕灼华小心翼翼地摸到窗边，竖起耳朵偷听里面的动静，却什么也没听到。她稍稍探出脑袋，往里面偷看，眼珠子一转，便看到了背靠在太师椅上休憩的刘衍。

此时刘衍没有掩饰自己的疲倦和痛楚，眉头紧缩，脸色极其苍白，似乎正忍受着什么折磨。

慕灼华觉得自己的心口仿佛被人揪了一下，又疼又麻。他受了伤，却不让她诊治，果然是不要她了啊。虽然是她先说了不缠着他，要迷途知返，但好歹她还是他的部下，他有需要的话，说一声，她自然还是会为他做事的，他何必这么拒人于千里之外呢？

慕灼华在心里叹了口气，惆怅又担忧地回到自己的岗位上。

慕灼华刚落座，便看到昭明帝身边的太监脚步匆匆地进了理番寺，含着笑道："定王殿下在吗？陛下召见。"

靠近门口的左侍郎立刻笑着起身道："王爷正在里间做事，公公稍等，我这就去通报。"

左侍郎走到刘衍门外，敲了敲门，躬身道："王爷，陛下有旨，召您觐见。"

过了片刻，门内才传来刘衍的声音："知道了，本王这就去。"

不多时，刘衍便推门出来，脸上不见了倦意和痛楚，甚至微微含笑，冲传旨的太监点头道："公公，请带路。"

慕灼华看着刘衍远去的背影，心里叹了口气。

不过是强撑、伪装罢了。

她心头酸酸的，竟是有些心疼又委屈的感觉。

刘衍到的时候，昭明帝正坐在湖畔亭子里垂钓，身旁的一只木桶里放着两尾钓上来的大鱼。

刘衍向昭明帝行礼，昭明帝笑着道："咱们兄弟二人就别客套了，快些坐下。"

刘衍含着笑在昭明帝身旁落座。

昭明帝转过头去看刘衍，目光审视着他的脸色，片刻后道："今日早朝朕看你神色有异，是不是旧疾犯了？"

刘衍微笑道："小伤而已，臣弟都习惯了。"

昭明帝叹了口气，道："朕还不知道你嘛，最爱强撑了，朕传了太医过来给你看看。你今日就在这儿好好休息一下，朕看着你，否则你定然是要强装无事去操劳了。正好，朕今日钓了两条大鱼，一会儿叫御膳房做了鱼汤和糖醋鱼，鱼汤补身，糖醋又是你最爱吃的口味。"

刘衍垂下眼，忍着心中的波澜和酸痛，勉强笑道："臣弟遵旨。"

太医很快就来到凉亭下，给刘衍细细把脉后，躬身道："回禀陛下，定王殿下体内经脉震荡，气血不畅。臣开了药，定王殿下只需要按时服用，休息几日，便可无碍。"

昭明帝闻言点了点头，挥手道："一会儿饭后熬了药送来。"

昭明帝又挥退了其他人，然后看着刘衍的眼睛问道："这两年不是好了许多吗，怎么突然又犯病了？"

刘衍微笑道："许是前些日子应付北凉使团，操劳过度了。"

昭明帝道："你惯会让朕多注意身体，自己却不注意。理番寺的事，能交给底下人去做，就不必亲力亲为了。慕灼华，着实有些才干，是可塑之才。"

刘衍点点头，说道："皇兄慧眼。"

昭明帝道："她，还有沈惊鸿，是朕留给陈国未来的栋梁。沈惊鸿是一把剑，慕灼华就是剑鞘。沈惊鸿已在琛儿麾下，琛儿原先不喜欢慕灼华，如今也明白了她的好处，若是他有意娶她——"

"不。"刘衍脱口而出打断了，见到昭明帝探询的目光，他解释道，"后宫不得干政。陛下若要用她做剑鞘，便不能把剑鞘藏起来。"

昭明帝笑着点了点头："你说得是，是朕糊涂了。再说，以慕灼华的身世背景，太后也不会同意的，朕让她入宫，反而是害了她。"

刘衍几不可闻地松了口气，轻声道："皇兄英明。"

昭明帝把玩着钓竿，忽地说了一句："那方砚台，是你打翻的吧？"

刘衍一僵。

"你不想让她太早露出峥嵘，想把她藏在自己的羽翼之下，让她慢慢成长。"昭明帝眼里含着明澈的笑意，"你担心她会卷进是非之中，也怕她会被人觊觎，衍弟，你动心了，是吗？"

刘衍沉默下来，转过眼看着湖面，许久才道："瞒不过皇兄。"

"确是个招人疼的孩子，不过没那么好拿捏。咱们刘家人都是情种，只是情深不寿，若是可以，还是不要轻易交托自己的感情，免得伤人伤己。"昭明帝眼中掠过一丝怀念和怅然。

"臣弟明白，已经与她划清界限了。"刘衍下意识地解释了一句，昭明帝话中的"伤人伤己"四个字不免叫他多想了几分。

刘衍一紧张，便觉得气血堵着心口，忍不住轻咳了两声。昭明帝为他倒了杯温水，说道："这是雪参水，补气益血，对你的身体有好处，多喝一些。"

"多谢皇兄。"刘衍接过杯子，一饮而尽。

"朕这破药罐子，吃再多名贵的药，也是无济于事，真是白白糟蹋了。"昭明帝自嘲地一笑，"衍弟，你要好好保重自己，帮朕看着这江山啊。"

刘衍握着杯子，冰凉的瓷杯贴着掌心，他轻叹了口气，道："皇兄不要再说这等话，你是天子，必然福寿无疆。"

"这种虚话，你我之间就不必多言了。"昭明帝摆了摆手，淡淡笑了笑，扭头看向微波粼粼的湖面，"若是咱们之间也要说那些君臣之间的官话，那就没意思了。衍弟，这世间，朕能放心依托的，只有你一个人了。"

若是以往听到这话，刘衍必然铭感五内，但此刻他的心情十分复杂，他竟不知该做出何种表情，非但是昭明帝对他而言陌生起来，便是自己也对自己感到陌生了。

"皇兄——"他喃喃喊了一声。

昭明帝道："太医说，朕时日有限，该早做准备了。朕知道，最要紧的便是立太子一事。以前皇子还小，外面都传说朕龙体有损，所以总有些居心叵测的人想动摇陈国江山。朕只能强撑着，给臣民一些信心，让那些宵小不敢妄动，因为若朕哪一日立了太子，他们便知道，朕快不行了。"昭明帝自嘲地一笑，"这次北凉派遣使团来，无非是想打探定京的虚实，看看你我二人还能不能撑住这大陈的江山。"

"你看这湖面，"昭明帝伸出手指着波光微闪的湖面，唇角笑意似有还无，

"看着平静，可这底下又有多少肮脏淤泥、多少蠢蠢欲动。"

话音未落，便见鱼漂晃动。昭明帝抬手收线，一尾肥美的大鱼紧紧咬着鱼钩甩动鱼尾，终究只能落入垂钓者的篓中。

昭明帝道："青山白雪，埋葬的不只是尸骨，还有野心。衍弟，朕文治武功无一处及得上你，这江山若是你来坐，才是最合适的。"

刘衍闻言，心中一惊，猛地抬眼看向昭明帝："皇兄！"

昭明帝抬手打断了他的话："朕知道，你不爱听这话，也知道，你没有这心思。那都是外人对你的恶意揣测和诽谤，想要挑拨你我手足之情，朕是不会信的。只是过去朕多病，皇子年幼，你功勋卓著，难免让人猜忌，但朕不疑你，也望你不要疑朕。"

刘衍垂下眼睑道："臣弟一心信赖皇兄。"

昭明帝微微笑道："衍弟，朕只是陈国的脸面，你才是陈国的脊梁。咱们兄弟不倒，陈国就会继续走下去。可是……朕还是要先行一步了，以后的路，你陪着孩子们走吧，朕也累了。衍弟，你还年轻，朕希望你平安顺遂，不要像朕这样……"

刘衍怔怔看着昭明帝的侧脸。

他其实还不到四十岁，正值一个男人的壮年时期，两鬓却早早染了霜，此刻虽然唇角微微翘起，笑意却未达眼底。刘衍一眼看去，只觉得那幽深的双眸中平静无波，仿佛看破了一切，又厌倦了一切，笑谈起生死时，没有半点儿不舍和留恋。

是他做的吗？……

真的会是他吗？……

"一会儿，你陪朕一起拟传位诏书吧。朕会把它放在太庙匾额之后，待朕去后，你再领大臣们去取。"

刘衍郑重地低下头，沉声道："臣弟遵旨。"

"琛儿敬你爱你，他若为帝，你必为议政王。"昭明帝道，"这江山，唯有交予你们二人，朕才放心。"

第十一章·风起浪涌

这一身绫罗的代价，便是一世的自由。

刘衍陪昭明帝大半日，直到宫门落锁时才离开。

执剑和执墨在宫门外等了许久，心急如焚，恨不得闯宫救人。执墨拦着执剑，不让他冲动，又皱着眉问道："咱们调查薛笑棠之事，应该不会有人察觉吧？"

执剑一惊，说道："你是担心，那人知道我们查到他头上了，要对王爷不利？"

执墨面色凝重地摇摇头："不……那人就算想对王爷不利，也不会选在这种时候、这种地方。"

"不错，他不会让自己的名声受损。"执剑寻思道。

正说话间，便看到一个熟悉的高大身影缓缓走出了宫门。两人欣喜地迎了上去，上下打量刘衍，问道："王爷没事吧？"

刘衍的神色看起来好了一些，淡淡道："没什么事，只是陪皇兄坐了坐，我们回去吧。"

执墨下意识觉得一定发生了什么大事，只是这件事王爷不能说，他们也不能问。

马车回到定王府门前，刘衍的眼才缓缓睁开。

这一路上他虽合着眼，却丝毫没有睡意，今日昭明帝让他在宫中休息，但他完全无法入睡。身体已然极度疲倦，神经却绷得紧紧的，仿佛一点儿风吹草动都会让这根弦绷断。

刘衍正要起身，便听到外面传来执墨说话的声音。

"郭巨力，你等在这儿做什么？"

执墨因刘衍的命令，与郭巨力见过几面，郭巨力也知道执墨是定王的心腹，此刻郭巨力脸上带着焦急之色，攥住执墨的袖子，眼睛却往马车上瞟。

"我家小姐跟王爷一块儿回来了吗？"

执墨一怔，下意识瞥了一眼车门，立刻回道："没有。"

205

车门几乎是立刻开了，刘衍眉头微皱，看向郭巨力，问道："你家小姐还没回来？"

夏季日落晚，但此刻天色已经全暗了下来，按往常来看，慕灼华早该在一个时辰前就回到家了。

郭巨力脸上布满了惊慌之色，求助地看着刘衍说道："小姐没回来，我去理番寺衙门问过了，他们说小姐一早就离开了。我一路找回来，哪里都找不到！小姐往日晚归定会让人和我说一声的，今日却没了消息！"

虽说这阵子慕灼华和刘衍疏远了，但郭巨力仍抱着一丝希望：也许二人和好了，小姐跟着王爷的马车回来了。

刘衍一颗心瞬间沉了下来，昭明帝的笑脸闪过脑海，那"伤人伤己"四个字仿佛一把利刃刺入胸口。

刘衍冷声道："执剑，调动紫衣卫寻人。执墨，跟我回宫。"又看向郭巨力道："你回家等着，若是她自己回来了，便到王府回句话。"

执剑一惊。紫衣卫是刘衍的近卫，个个武功卓绝，刘衍轻易不让这些人出手，尤其是在定京，他本就招人忌惮，出手更不愿意招摇，但此刻为了寻人……

执墨没有执剑想得那么多，他立刻领命，重新上了马车，掉转车头往皇宫方向而去。

理番寺衙门已关门，但看到刘衍到来，值守的人立刻开门迎接。刘衍调阅了出宫记录，上面明确记载了慕灼华离开的时辰，确和平日没有两样。

刘衍问值守之人："她离开的时候是你登记的吗？"

那人恭敬答道："回王爷话，正是小人。"

"可有异常？"

那人皱着眉头回想了一下，眼睛一亮，忙道："似乎有个人喊住了慕大人，两人在门口说了几句。"

"是什么人？"

"小人没仔细看，听声音是个年纪不大的女子，看背影装束……似乎是宫里的人。"

刘衍心中一动，问道："后来两人往哪个方向去了？"

"请王爷恕罪，当时人多，小人也没多留意……"

刘衍知道问到此处已是极致，便没有再多为难那人，转头吩咐执墨驱车前往大内。

宫门值守之人见刘衍到来，立刻恭敬行礼，听话调出了宫门记录，随后对刘衍回报道："禀王爷，宫门处并没有慕大人进宫的记录。"

刘衍下意识地握紧了拳头，眉头越皱越紧，心头一阵阵发冷。

慕灼华既是被宫里的人带走，那除了皇宫，还会被带去哪里？

就在此时，执剑疾速来报，脸色十分难看，道："王爷，属下让紫衣卫顺着理番寺的线索追查，发现……是公主府的侍女带走了慕灼华。"

"柔嘉公主……"刘衍眼神忽地一动，转头对执墨道，"快走。"

执墨额角跳了跳，压低了声音道："王爷……难道那件事真的是柔嘉公主指使的？"

薛笑棠难道是柔嘉公主的人？

刘衍曾与薛笑棠共事过一段时间，对那个男人最深的印象，一是勇，二是痴。薛笑棠在战场上拼杀可谓英勇无比，但他杀敌立功，所求的唯有一事，就是求娶柔嘉公主。既然他可以为柔嘉公主赴汤蹈火，那为了她出卖同胞、背叛陈国，对他也不算什么大事，只是柔嘉公主有什么动机这么做？

执剑脸色变幻不定，他对柔嘉公主观感倒是不错，毕竟公主行善、仁爱，天下皆知，再一想，昭明帝何尝不是天下传颂的仁君，私底下不一样杀人无数吗？这皇宫里没有好人，只有王爷才能让他们信任。

刘衍的马车刚到公主府外，门口侍卫看到定王府的标志，立刻迎了上来。

"参见王爷！"

刘衍下了马车，目光冷冷地扫过眼前众人，气势慑人。

"慕灼华是否在公主府上？"

两名侍卫面面相觑，随后答道："回王爷话，慕大人确实来过，但一个多时辰前就已经离开了。"

"往哪个方向走了？"刘衍问道。

侍卫指着刘衍来时的方向道："往那个方向而去。"

刘衍对执剑道："你带人一路追查，执墨随我进府。"

这个时辰已算晚了，寻常人家早已不见客，听闻定王来访，柔嘉公主有些惊讶，匆匆换了衣服便出来拜见。

"见过皇叔。"柔嘉公主屈膝行礼。

刘衍神色不似平常温和，脸色苍白而淡漠。他广袖一挥，冷声道："免礼了。"

柔嘉公主有些忐忑地直起身来，疑惑地问道："皇叔这么晚前来，可是有什么要事？"

刘衍审视的目光落在柔嘉公主娴静柔美的脸上，片刻后才道："本王听人说慕灼华不见了，便追查至此。"

柔嘉公主一惊："是何时不见的？她一个时辰前才从我这儿离开。"

刘衍不答反问道："本王倒想问问，公主为何召见她？"

柔嘉公主长睫轻颤，垂下眼，苦笑道："今日是薛将军的祭日……我便约了灼华一同去了将军府，收拾了将军的遗物焚烧祭拜。"

刘衍闻言，神色缓和了些许，但心中仍是对柔嘉公主存了几分怀疑："既然如此，为何慕灼华没有让人回家知会一声？"

"彼时时辰尚早，灼华离开之时天色还未暗，便没有回报家人。"柔嘉公主说着，脸上一慌，"难道她此时还没回家，可是途中出了什么意外？我本是要派马车送她回去的，她却推说不用。"

刘衍幽深的瞳孔中映着柔嘉公主看似情真意切的担忧和自责，他一时竟无法判断是真是伪。

"公主与薛将军，还真是情深意长。"刘衍缓缓说道。

柔嘉公主在刘衍的审视下低下了头，唇角笑意苦涩："我不过是敬重他的为人，儿女婚事素来是长辈做主，皇家的婚事更是利益攸关，又谈何情爱？我以为皇叔明白的。"

刘衍无法完全相信柔嘉公主，但此时更要紧的是慕灼华的下落和安危，他瞥了柔嘉公主一眼，便大步离开了公主府。

柔嘉公主忧心忡忡地看着刘衍的背影。蔓儿走到她身旁，便听到柔嘉公主说道："蔓儿，你赶紧派人出去寻找灼华，她可千万别出事了啊……"

夜幕笼罩着定京，两条猎犬在巷陌之间狂奔，背后跟着数名紫衣剑客。

这两条猎犬是执剑从军部借来的，猎犬鼻子极灵，得知慕灼华是步行离开公主府后，执剑便找来这两条猎犬，让它们闻着慕灼华的衣物，沿途追寻慕灼华的气息。

众人追着两条猎犬往偏僻巷道里越走越远，后来到了马车无法通行之地，刘衍便弃车步行，执墨跟在他身侧保护他。

猎犬进了西城破败之地，此地住户混杂，都是贫困之户，慕灼华不该在这个时候来这种地方的。刘衍眉头紧皱，右手不自觉地捏紧了拳头。

忽然，执墨出声道："王爷，有血腥味！"

猎犬的叫声陡然尖厉起来，刘衍一惊，加快脚步往前，只见两条猎犬站在窄巷之外，发出几声嗷鸣，然后倒在地上抽搐起来，口吐白沫，眼见是不行了。

刘衍低低喊了一声："慕灼华！"

窄巷内一片幽暗，没有任何动静。刘衍的声音刚落，便听到里面传来一声极低的呻吟。

"王爷，别过来……"

刘衍心头一跳，看到两条猎犬的死状，他只能站在窄巷外，不敢入内，一双眼直直看着前方。幽暗中响起了缓慢的脚步声，呼吸声也逐渐清晰起来。刘衍微眯着眼，看到前方一个娇小的轮廓颤抖着从黑暗中向他靠近，月光一点点漫上她的脸庞。

慕灼华走到刘衍身前，露出一个浅浅的笑容，下一刻便向前倒去，落进刘衍怀中。那让人安心的气息瞬间笼罩了她，所有紧绷的神经松弛下来。

刘衍将慕灼华打横抱起，她此刻乖巧地窝在他怀里，一颗悬了许久的心终于落了地，他几不可闻地松了口气。

刘衍将慕灼华抱回马车上，将她安置在软褥之上，又取出一方丝帕轻轻擦拭她脸上的灰尘。他方才给她把过脉，确认她没有受伤，心里轻松了许多，她只是受到了惊吓，又跑了不远的距离，又累又饿罢了。

此刻慕灼华蜷缩在他身侧，昏沉中无意识地攥着他的衣角，这副全身心依赖的模样使刘衍的唇畔不自觉浮上了些许笑意，但这开心很快又被另一重担忧掩盖住。

是谁想害她？

应该不是柔嘉公主，若是她，也未免太往自己身上招惹嫌疑了。

难道真的是陛下？……

那他这样大张旗鼓地找人，到底是在救她还是害她？

慕灼华醒来时，发现已经躺在自己的床上，不远处的桌上还摆着一碗热气腾腾的粥，香气勾起她肚子里的馋虫，发出咕噜咕噜的声音。

慕灼华立刻翻身起床，奔向那碗热粥，顾不上烫，边吹边吃。

郭巨力一进来便看到慕灼华这狼吞虎咽的狼狈状，松了一口气的同时，又提了口气上来，哽咽道："小姐，你吓死我了！"

慕灼华含着粥道："我没事了，你别哭！"

郭巨力红着眼眶，抽抽噎噎地上前："我都听王爷说了，你去了公主府，回来的路上遇到了袭击，是不是这样？"

慕灼华听到"王爷"二字，眼皮跳了跳，嗯了一声，问道："王爷送我回来的吧？"

郭巨力点点头："王爷把你抱上来的，我给你洗了澡换了衣服。你睡得像死了一样，都不知道水烫。"

慕灼华叹了口气："我现在腿肚子都是抖的，被人追着跑了一个时辰，我把身上的毒药都扔光了。"

慕灼华忧患意识极强，出门不带七八种毒药都没有安全感，也多亏了她这份小心，今日追杀她的那几个人因此着了道，让她趁机溜走了。

郭巨力道："王爷说，你若是醒了，就去隔壁见他回话。"

慕灼华眼神闪烁，慢条斯理地吃起粥来。郭巨力一眼看穿了她的心思，拧着眉道："小姐，你这是在拖延时间吗？别说王爷救了你，你该去道声谢，就是为了你自己，也该想办法找到那个想害你的人啊！"

慕灼华欣慰地摸摸郭巨力的脑袋："这小脑袋，终于养聪明了。"

慕灼华吃完休息了片刻，才抖着腿来见刘衍。

执墨放慕灼华进了屋，随手便将门关上。刘衍坐在桌后，右手支着腮，双眼闭着，长长的睫毛下映着一大片阴影，他似乎十分疲倦，连有人进屋都没能吵醒他。

慕灼华忐忑地站了片刻，正犹豫着该不该上前时，眼神瞟到了窗台上的那个花盆。牡丹的花期早已过了，如今只余光秃秃的根茎，主人也不嫌难看，就那样摆在窗边。

慕灼华不知为何心情陡然沉重起来，她想了想，觉得还是不要打扰刘衍的好梦，转身便要离开。

"过来。"

身后忽然传来刘衍沙哑低沉的声音。

慕灼华脚步一顿，尴尬地转过身看向刘衍。刘衍不知何时醒来的，右手手背支着下巴，幽深晦暗的双眸正紧盯着她。

慕灼华挤出一丝笑容，向前走了两步，躬身行礼，一弯到地，诚恳道："下官谢王爷救命之恩。"

刘衍没理会她的虚情假意，径自问道："袭击你的人长什么样，认出来是谁的人了吗？"

慕灼华一僵，随即答道："回王爷，是三个男子，比下官高一个头，蒙着脸，看不清长相。武功一般，但力气很大，五指粗壮，掌心有明显的绳索勒痕，因此下官猜测这三人应该是在码头做事之人。"

"他们伤到你了吗？"刘衍问道。

"只是轻伤。他们跟踪下官之时，下官有所察觉，因此做了准备，撒了软禁散。其中两人中了招，一人躲过，下官一路逃一路撒下毒药埋伏，没有让他们得逞。"慕灼华老实答道。

刘衍道："伤到了哪里？"

慕灼华扭捏地低下头："只是轻伤……"

"伤到了哪里？"刘衍加重了语气，再次问道。

慕灼华绞着袖子，低声道："后腰被撞了一下。"

说到后腰，她便不由自主想起那日在帐篷内被刘衍压在身下，她说她后腰疼，他便伸手按住那里，轻揉慢捻……

刘衍看着慕灼华莫名红起来的脸庞，以为她是受了什么屈辱，心中顿时沉重而躁怒起来。

慕灼华还在低声喃喃："让巨力给我用药酒揉揉就行了……"

"过来！"刘衍的声音里含着三分怒气，慕灼华吓得猛地颤了一下，膝弯一软，整个人砰的一声跪在地上。

刘衍反而被她这个举动吓了一跳，莫名其妙地看着跪在面前的慕灼华，沉默了一下，才道："你何至于行此大礼……"

慕灼华眼眶湿润，羞愤不已："下官被人追着跑了许久……本就腿软，王爷还凶人……"

刘衍轻轻叹了口气，走到慕灼华跟前，屈膝半蹲，与她平视。

"本王凶吗？"刘衍轻声问道。

慕灼华看着近在咫尺的刘衍，情不自禁咽了咽口水，往后缩了缩脖子，迟疑了片刻，点点头。

"王爷生气了。"

刘衍又想叹气了，但这一回忍住了，在她面前，自己的情绪总是过于外露。

"本王只是担心——"刘衍欲言又止，忽地伸出手去，将慕灼华打横抱了起来。

慕灼华一惊，下意识地抱住刘衍的脖子维持平衡，脑袋撞在他的肩窝处，一股伽罗香的气息环绕着她。看着刘衍向软榻方向走去，她呼吸一窒，颤声道："王爷这是做什么？"

刘衍将慕灼华轻轻放在软榻上，瞥了她一眼，道："难道你想继续跪着？"

慕灼华坐在软榻上，怯怯地抬头看刘衍："多谢王爷……"

刘衍淡淡一笑，看着她像只猫儿一样，一副可怜又可爱的模样，忍不住抬手揉了揉她的头。

"王爷——"慕灼华不经意间扫过刘衍的掌心，小心翼翼地开口，"您手上受伤了。"

刘衍右手掌心赫然留着几个创口，慕灼华一眼便看出是指甲入肉所致，得是怎样的心情才能把自己的指甲扎进肉里啊……

"这伤口没有处理过，如今天热，怕是会发痒、溃烂。"慕灼华极快地瞟了刘衍一眼，低声道，"让下官给王爷上药吧。"

刘衍沉默了片刻，才道："好。"

刘衍房中常备着药箱，慕灼华取出药酒和药粉，左手握住刘衍修长的五指，让他摊开掌心，右手沾取药酒轻轻擦洗伤口。

掌心的刺痛让刘衍下意识地微微屈起手指，慕灼华低喝一声："别动呀！"

慕灼华将手抓得更紧了，肌肤紧紧相贴着，触感细腻、柔软，又带着一丝夏日的黏腻，却不让人反感。少女身上淡淡的馨香似乎因此变得浓郁起来，甚至盖过了药酒刺鼻的气味。

刘衍凝视着慕灼华的脸庞，她低着头，看不清眼睛，只看到微微泛红的耳根和纤细白皙的颈项，一滴香汗自脸颊边落下，沿着天鹅颈优美的曲线，落进那引人遐想的领口。

刘衍呼吸一重，强迫自己移开了眼，却按捺不住越发紊乱的心跳。

慕灼华仔细地处理了刘衍掌心的伤口，又包上一层薄薄的纱布，才道："王爷伤口这两天不要碰水。"

"嗯。"

刘衍的声音莫名喑哑，听得慕灼华耳后一热。

刘衍撤回了手，转移话题问道："今日公主找你去都说了些什么？"

慕灼华攥了攥骤然空了的手，低头回道："公主只是闲聊了些关于薛将军的事。"

慕灼华离开理番寺之后，本是打算径直去一品阁给小丫头买雪山包止馋的，没想到在门口遇见了蔓儿。

蔓儿道："今日是薛将军祭日，公主想去薛将军的府上收拾遗物，焚烧拜祭将军。公主想邀大人作陪，不知道大人有没有空。"

慕灼华想起来，今日便是薛笑棠的三周年祭日。薛笑棠因为恋着柔嘉公主，当初昭明帝赏赐宅邸时，便要了一处离公主府最近的宅子。慕灼华坐马车去公主府，再去薛笑棠的府上便只需不到一刻钟。

既然是公主相邀，她怎会推辞，立刻抬脚跟着蔓儿上了马车。

柔嘉公主穿着一身素白的衣裙，手上拿着一把铜钥匙，领着慕灼华和蔓儿进了将军府。

柔嘉公主边走边说道："我已有三年未来过这里了……薛将军没有亲人，临走前把这座宅子都交给了我。他走后，我就遣散了下人，封闭了宅子。我对他虽然没有男女之情，却感激他一片痴情。今日便是三年之期，我想整理他的遗物，带到他坟前烧给他，也算了却一段姻缘。"

慕灼华听柔嘉公主这么说，不禁点头道："公主已经为他做得够多了。"

这座宅子三年无人打扫，到处积灰，柔嘉公主倒也不嫌脏，带着慕灼华到了薛笑棠生前的住处。

"灼华，我虽贵为公主，却一个说话的好友也没有，我在心里把你当成妹妹一样，所以今天我才叫你来陪我。"柔嘉公主温声道，"不会打扰到你吧？"

慕灼华笑笑道："自然不会，公主不要与我见外。"

薛笑棠住的院子并不大，有三间房——一间卧室、一间书房，还有一间陈放着许多兵器，想来是他的兵器库，里面收藏的都是一些品质极佳的兵器。

柔嘉公主见慕灼华看着兵器，便说道："他生前最喜爱的几件都已经陪葬了，剩下这些只是凡品。"

蔓儿打开三间房的门窗，待屋内的污浊空气散去，柔嘉公主才进去收拾东西。慕灼华随着柔嘉公主进了书房，环视一周，只见书房内虽然积了灰，却一切都摆放齐整，连架子上的书都是崭新的。

柔嘉公主说道："他是个武夫，小时候没读过书，虽然识得几个字，却不喜欢看书。后来听说我爱读书，他便跟着买了许多书来充风雅。"

慕灼华看到墙上挂着两幅画像，一幅画着一个美貌温婉的黄衣少女，看起来与柔嘉公主有七分相似，另一幅画的是个将军，虽然不是十分英俊，却高大威武。柔嘉公主留意到慕灼华的目光，便解释道："当时父皇给我二人指婚后，他便厚着脸皮想要一幅我的画像，我见他求得诚恳，便给他了。这一幅，画的是他。"

慕灼华看着薛笑棠的画像，心中不禁生出一种不般配的感觉。当着公主的面，她不好直说，便只是道："公主与薛将军情投意合，将军对公主痴心一片，公主为将军守节三年，堪称天下楷模。只是斯人已逝，还请公主节哀。"

"情投意合，天下楷模……"柔嘉公主眉心一皱，失笑道，"灼华，你是聪明人，也信了天下人说的吗？"

慕灼华愕然："难道……不是吗？"

柔嘉公主神色淡淡："皇家子女，谈何感情？不过都是任人摆布罢了，尤其身为公主，命贱，便要送与番邦和亲，即便命好受宠，也不过是由着人安排，赏给忠臣良将罢了。这一身绫罗的代价，便是一世的自由。"

慕灼华哑然失语，没想到柔嘉公主竟会说出如此大逆不道的话……

"可公主为薛将军守节……"她讷讷道，"难道不是因为爱吗？"

"我敬他、怜他，若说爱……"柔嘉公主失笑摇头，"我不知道那是什么感情。为他守节，是还他一片痴情，也是给自己三年自由。我为他守节，便不会有人逼着我嫁人，可如今三年期满，便找不出其他借口了。"

柔嘉公主说着走到书桌前，打开了书桌上的盒子。

"灼华，你来看。"

慕灼华走上前去，见柔嘉公主拿起里面的信，打开信封，抽出里面的信纸。

"这是当年他写给我的信。指婚不久，他就去了战场。他时常给我写信，虽然笨拙，却很真挚。他向父皇求了许多次指婚，我是满心不愿意的。可是太后劝我，难得有一心一意之人，薛笑棠定然不会负我。父皇便也觉得，对女子来说，功名富贵、才华品貌都不重要，最重要的便是心。"柔嘉公主将一封封信打开，笑意淡淡地看着上面歪歪扭扭的字，"后来看到这些信，我便想，或许他会对我很好很好的……可惜，他没能回来与我成亲。这些信，我放回这里，我与他终究是无缘，如果不是因为我，他或许也不会葬身沙场。"

慕灼华看着手中的信，薛笑棠写字确实毫无章法，便如初学写字的稚子，但不难看出他的真诚。他不知道和公主说什么，不会那些风花雪月、甜言蜜语，他的信絮絮叨叨的，从昨天的训练说到今天的伙食，扯了许多，才带着一丝羞涩说："公主，我想你了。"

慕灼华暗自叹了口气，宽慰柔嘉公主道："他是个将军，即便不为您，也是要征战沙场的。"

"他本是个普通人，可以过着普通而安定的日子。为了娶我，才奋勇征战，立下军功。"柔嘉公主苦笑着摇头，"真是个傻子。"

柔嘉公主将信件放回原处，叹息道："父皇、太后庆幸我未与他成婚，我却宁愿自己已经与他成婚。为一个真心喜欢我的人守一辈子寡，好过再找一个不知好坏的陌生人煎熬一生。"

这时蔓儿走了进来，说道："公主，卧室打扫过了，您看看有什么要带走的。"

柔嘉公主对慕灼华说道："我先过去看看。"又对蔓儿道："把那些书信和画卷带走吧。"

慕灼华笑着点点头，看柔嘉公主走了出去，又把目光收回，落在这些信件上。薄薄的纸上承载着一个男子质朴而沉重的爱，慕灼华看着这些笨拙的笔迹，忍不住对他生出一丝同情。

蔓儿走过来，收起被拆过的信，叹息道："薛将军虽然跟公主不般配，但确实是情深义重，让人看了心生感动。陛下总觉得委屈了公主，可太后为薛将军保媒，陛下便被说服了。"

蔓儿说着抱起箱子："大人，我先把这些拿去车上，你帮我收一下画卷，好吗？"

慕灼华微微笑道："好，你先去吧。"

蔓儿走出书房后，慕灼华又走到画卷前。那画卷挂得高，慕灼华便搬了把椅子垫脚，踩上去才够到画卷。慕灼华将画卷取下卷好，刚要上去取另一幅画，忽然发现了异常之处——画卷背后的墙壁上有一个不起眼的凹陷处。慕灼华狐疑地盯着那个圆形凹陷处，犹豫了一下，便伸出手按了下去。

只听脚边传来轻轻的咔嗒声，一块砖头松动，弹了出来。

慕灼华立刻俯身查探。那砖头是中空的，慕灼华伸手一摸，摸到了一块冰凉的东西。这时身后传来蔓儿的脚步声，她便赶紧用脚一踢，把机关关闭，将从砖头中摸到的东西塞进怀中。

慕灼华又站上椅子去取另一幅画，这时蔓儿走了进来，说道："公主把卧室的东西也收好了，一会儿咱们就去薛将军墓前。"

慕灼华把画取了下来，说道："好。"

刘衍听慕灼华感慨着柔嘉公主不想嫁人。

刘衍想起先前见到柔嘉公主时她面上哀戚的神色，不禁轻叹了口气："身不由己，无可奈何。"

慕灼华盯着刘衍的眼睛问道："王爷也会听从陛下或者太后的安排，为了利益迎娶一位世家名门的小姐做王妃吧？"

刘衍一怔，望着慕灼华认真的小脸，答不出话来。

"下官也听同僚说起，江左孙家有意将嫡女许配给王爷。"慕灼华眼珠一转，聪明的小脑袋帮他打起算盘，"王爷的封地在江南，江左孙家乃江南最大的势力之一，与周家并称两大豪门。王爷若与孙家联姻，孙家在江南便势大无阻，王爷在定京也有了可靠的后盾，更别说如今孙家在朝中有三名三品以上的官员，工部尚书便是孙家当代家主——"

"荒谬！"刘衍低喝一声，不悦道，"本王何时说要娶孙家女了！"

慕灼华嗫嚅道："外面都在说——"

"本王的婚事还轮不到别人来做主。"慕灼华刚要开口，就被刘衍再次打断，"陛下也不行。"

慕灼华心里轻哂："呵！"

刘衍看慕灼华的神色，便知道她不以为然，如今他连她的人都管不了，更何况是她的心。刘衍自嘲地一笑，也不多解释，只对慕灼华说道："在找出袭击你的人之前，不要独自一人在外走动，上下朝都跟着我吧。"

"啊？"慕灼华愣了一下，随即面色古怪道，"不合适吧？王爷，如此明目张胆，被人知道了，会奏王爷结党营私的。"

刘衍忍不住轻笑了一声："结、党、营、私？你一个六品小官，本王与你结党？"

慕灼华干咳两声，笑道："下官也是为了王爷的名声着想，万一别人说王爷骚扰女下属……"

刘衍捏住慕灼华的下巴，眼中漾起一丝笑意："你平日装得庄重自持，妆容也化得平平无奇，别人倒不至于误会本王的品位，只要你把持住自己就可以了。"

慕灼华气恼地鼓起腮，幽怨地瞪着刘衍，心道："我可以说我丑，你不可以！"

慕灼华低声咕哝道："下官已经不喜欢王爷了。"

刘衍心口刺痛，缓缓松开了手，轻声道："无论喜不喜欢，你总归还是本王的人，本王便要护着你。"

❖ ❖ ❖

夜已深，慕灼华躺在自己的床上，手中握着一块冰冷的令牌。那块令牌是精铁制成，表面有着复杂的纹路——这是一个古体字，乃"懿"字，背面则是另一个古体字，为"阴"。

这块令牌为太后所有，定京之内，有此令牌，可通行无阻。为什么薛笑棠的书房里会藏着这块令牌？

慕灼华一时没想明白，便没有打算告诉刘衍。

第二日慕灼华一早起来，执墨便已在门口等候，护送慕灼华上刘衍的马车。

慕灼华看执墨神情严肃，心中莫名忐忑起来，忍不住压低声音问道："执墨小哥，有必要这么郑重吗？这里可是朱雀街，皇城根，一大清早的不会有事吧？"

执墨瞥了她一眼，却不好把实情告诉她。如果想杀她的是宫里那位，那朱雀街可算不上安全的地方。

慕灼华的疑问没有得到执墨的回答，她没趣地上了马车。刘衍穿着官袍闭目养神，听到她上车的动静才睁开眼。

"参见王爷。"慕灼华行了个礼。

刘衍点了点头，用低沉的声音说道："昨夜让执剑去查了码头，那里有三个人失踪了。"

慕灼华心头咯噔一下，道："失踪？死了？"

刘衍点头："恐怕是被灭口了。三人的来历也查过了，流民，一年前到此，没什么兄弟朋友，听口音是北方人。"

慕灼华眼珠滴溜溜一转，她看向刘衍，问道："王爷心里其实有怀疑的对象，是吗？"

刘衍眼神一动，目光沉沉地看着慕灼华。

"那个人势力极其强大，就算是在朱雀街，王爷也担心那人会下手。"慕灼华咽了咽口水，有些害怕地缩了缩脖子，往刘衍身旁靠近了少许，"可是王爷，他为什么要杀我呢？"慕灼华不解又委屈，"关我什么事啊？"

刘衍轻轻一哂，别过脸看向前方："在一些人看来，你我是同一条船上的人。"

慕灼华心口一痛。

刘衍用余光打量她脸上的神色，哂笑道："你满面愁容，是贪生怕死吗？"

慕灼华哀戚道："下官只是突然有了些人生感悟。"

"哦，"刘衍好奇问道，"生死关头，你得出了什么感悟？"

慕灼华揞着袖子，秀眉拧成了毛毛虫，叹气道："方向比努力更重要。"

刘衍沉吟片刻，觉得言简意赅，似乎藏着什么人生哲理，便道："你解释一下。"

慕灼华捂着心口痛苦道："上错船了……"

刘衍："……"

慕灼华心里酸着，本以为定王是条大船，谁知道风浪更大了，想下船吧，四面汪洋，她还不会水，真真愁死人了。

刘衍心里也不好受，之前慕灼华说得多动听，生是他的人，死是他的鬼，现在就后悔了，演戏只演一半，拿了钱就想跑。唉，女人。

时近酷暑，按照往年惯例，昭明帝择了个日子带着后妃皇子前往避暑山庄。避暑山庄便在定京五十里外，那里三面环山，有平湖瀑布，到了夏日分外清凉，正适合昭明帝休养。昭明帝去避暑山庄休养，朝会便改成了半月一次，公文奏章每日派人加急送去就行。

周太后因为年纪大了不爱动，便留在宫里坐镇。柔嘉公主孝顺，自请留下来服侍太后，昭明帝便准了她的请求。

昭明帝临去前拉着刘衍的手，道："衍弟，你也随朕一道去山庄吧。"

刘衍淡淡笑道："皇兄，京中事多，臣弟走不开。皇兄无须担心，有太医照看着，臣弟身体已然好多了。"

昭明帝眉心微蹙，似乎十分犹豫，但见刘衍眼神坚定，便没有再强迫他。

送走了昭明帝，执剑站在刘衍身后说道："王爷，陛下为什么想让您离京？他是不是……"

离了定京，他没有紫衣卫保护，避暑山庄易守难攻，还不是任人鱼肉？

执剑对昭明帝一万个不放心，他不忍逼着刘衍复仇，但更不愿意看到刘衍为昭明帝所害。

刘衍沉默地看着车队远去，许久才道："他不要我疑他。"

两不疑，两不疑……

谈何容易？

昭明帝离了定京，刘衍俨然是众官之首，送往避暑山庄的所有奏章都要经过他的手，因此别人都松弛许多，每日过了午就回去。他反倒更加忙碌，要等到傍晚收到山庄传回来的奏章批复才能离开。

"你先回去吧，今日就不要在衙署里陪我了，让执墨驱车送你。"刘衍对慕灼华说道。

这两日慕灼华倒是勤勤恳恳地在衙署陪他，她勤奋好学，别人休息的时候，她便在衙署研读卷宗，学习北凉文字。刘衍也喜欢两人这样独处，却不忍心看她太过劳累。

"今日太后传旨，我在宫中用晚膳。你自己回去小心些，不要出门乱跑。"

慕灼华站起身来，有些诧异："太后留您？"

刘衍点了点头："不过是话些家常罢了。"

太后不过是又要催他成婚罢了，这事他不愿意和慕灼华细说。慕灼华也不好多问皇家私事，既然是刘衍的吩咐，她听话行事便是。

慕灼华收拾好东西，出了衙门便看到执墨和执剑在不远处等着。慕灼华走到近前才说道："王爷说太后留他在宫中用膳，晚些自行回去。"

执剑闻言皱眉，眼中浮现忧色，看着执墨说道："王爷如今功力大不如前，我不放心，我留在这里等着。"

执墨知道执剑心中担忧，他也有些担心，但更怕执剑鲁莽误事，便道："还是我留下来吧，你送慕大人回去。"

执剑显然有些不乐意，但他也知道执墨做事比自己稳妥，他对执墨也是比较信服的，便在慕灼华之后上了马车。

慕灼华从马车的窗缝中看了一眼执墨的背影，指尖轻轻挠着窗棂，这是她思索、烦忧时下意识的动作。

她记得，先前与刘衍疏远的那段时间，刘衍身边不见了执剑、执墨，这二人是刘衍最信重也是最爱惜的下属，说视如手足也不为过。刘衍不轻易将他们派出去，除非是涉及三年前的那件案子……

刘衍明明知道了什么，却什么都不愿意对她多说，是怕她知道得越多越危险。但慕灼华认为，既然危险已经悬在脑袋上了，知道得越多，才越能做好充分的准备。说到底刘衍还是大男人主义，总觉得女人需要男人的保护。有人保护自然是件好事，但把希望放在别人身上就十分愚蠢了。她有个姨娘，平日里能徒手劈砖，当着她父亲的面便娇滴滴的，仿佛随时能表演平地摔倒。有时候女人需要男人保护，不过因为是女人善良，演出来满足男人虚荣心的。而大部分男人并不聪明，以为自己会哄女人，殊不知是女人在做戏哄他。

对慕灼华来说，刘衍给她的安全感还不如怀里的几瓶毒药，若不是自己有防备，那日就死在公主府外了。

慕灼华目光移到门外，执剑冲动、暴躁，倒是个好套话的对象。

想到此处，慕灼华便打开半扇车门。执剑听到背后的响动，转过头来看向慕灼华，眉宇间显出不耐之色。

执剑："做什么，别又让我去买包子！"

"……"

慕灼华居然难得地被噎住了。

"喀喀——"慕灼华摸了摸鼻子，尴尬地轻咳两声，"你误会了，我只是在车里闷得慌，想开门透透气，顺便和你说说话。"

执剑嫌恶地别过脸："透气开窗，无聊憋着，莫挨老子。"

"……"

"我只是担心王爷。"慕灼华做作地轻声叹息，"执剑，你说，只有执墨一人在那里候着，要是王爷真遇上了危险，也无济于事啊。"

执剑没有多想就答道："那位不在宫中，宫外有紫衣卫接应，执墨做事谨慎，应该不会有问题。"

"那位——"慕灼华眉头一皱，立刻意识到执剑很不恭敬地用了这两个字形容离宫的昭明帝。执剑一直怀疑昭明帝是主使，因此言辞间向来对昭明帝不恭敬，可是之前并没有充分的证据证明是昭明帝所为……难道他们找到什么证据了？

"杀人未必要在现场，宫中那么多禁卫军，"慕灼华试探着说道，"万一他让禁卫军动手呢？"

执剑冷笑一声："他若不惜留千古骂名，要用这种手段残害手足，又怎会玩这么多心机？"

慕灼华听得汗毛竖起，攥住微微颤抖的右手，稳住心神，又道："也是……三年前他布了那么大一个局，杀了那么多人，就是为了除掉王爷……"

执剑忽然意识到自己说得太多了，想起刘衍曾嘱咐过不要告诉慕灼华，他立刻拉下脸来，扭头瞪了慕灼华一眼："这件事，你不要问太多。"

慕灼华神色淡然自若："我没问你，王爷都告诉我了。"

执剑惊讶得瞪大了眼睛："王爷明明让我们瞒着你……"

"是我自己猜出来了，王爷就顺势告诉我了。"慕灼华微微一笑，"毕竟咱们都是一条船上的人了，我又因为此事遇险，王爷总不好全瞒着我。"

慕灼华这话有几分道理，加上她神态轻松，不似作伪，执剑便信了，放下对慕灼华的防备。

"既然你都知道了，那就没什么好防着你了。"执剑有些恼怒地挥了下马鞭，"我劝你还是离柔嘉公主远一点儿，那位把柔嘉公主指给了薛笑棠，依我看，出卖王爷这件事，柔嘉公主一定也有份参与，薛笑棠可是最听她的话了。"

慕灼华瞳孔一缩，惊呼一声："薛笑棠出卖王爷？！"

执剑狐疑地瞥了她一眼："有什么好惊讶的？"

慕灼华压抑着情绪的震动，扯着嘴角笑道："不，我这是愤怒，王爷跟他无冤无仇，他怎么可以这么做！"

执剑冷笑道："他也不过是那位的刀罢了，一把刀又有什么资格谈好恶？别人要他杀谁他就杀谁，用完了，也就扔了。"

慕灼华脑中飞快转着，顺着执剑的话往下说道："王爷查到了证据，知道是薛笑棠出卖了陈国的情报，那使鹰爪的人也是薛笑棠的人……"

执剑道："王爷昏迷半年，那位追杀逃兵，追责又杀了不少，恐怕那六个人早就死在游走针下，死无对证了。"

慕灼华难以置信，皱紧了眉头，疑惑不解："竟然真的是他……"

昭明帝那么温和的一个人，慕灼华心里始终有种直觉，昭明帝不会对刘衍不利，也是因为这种直觉，她才站到刘衍身边。要是昭明帝真想杀刘衍，她疯了才会让自己站到昭明帝的对立面。

所以刘衍这样护着她、小心她，也是以为昭明帝想除掉她？

"不，袭击我的人一定不是陛下的人。"慕灼华回想当时的情形，猛地抓住执剑的肩膀，低声道，"执剑，我想，你们一定误会了。那三个人武功平常，外地口音，不像陛下会用的人。"

执剑看着肩上的手皱了下眉头，回道："越是不像，越可能是一种伪装。"

"别的可以伪装，但有一点我很确定。"慕灼华眼神坚定，"那天夜里我被他们追了一个多时辰，他们对定京的街道还不如我熟悉，屡屡被我甩脱。若是陛下的人，怎么可能对定京街道这么陌生？"

执剑愣了一下，他想反驳，却一时找不出理由。

"就算……就算不是那位派人杀你，也不能证明三年前下令出卖王爷的人不是他。"执剑咬定了三年前的幕后主使是昭明帝。

"你凭什么这么肯定？"慕灼华问道。

执剑思路已经被慕灼华带着走，下意识就回答道："薛笑棠是军队的人，除了那位，还有谁能命令他做事。如果不是他做的，又何必在事后杀人灭口，让王爷无从查起？还有还阳散，是你自己说的，这药必然是出自太医院，除了皇帝，还有谁能命令太医院的人花费重金研制新药，事后又将药方藏起，不让世人知晓？他让人研制这种药，就是想神不知鬼不觉地害死王爷，保住自己的一世英名。"

慕灼华脑中仿佛有根弦骤然绷断，发出一声嗡鸣。"不对，不对！"慕灼华怔怔地摇头，"错了——"

执剑不悦道："哪里错了？"

慕灼华哑着嗓子道："还阳散是我从我母亲口中听说的，这么说来，至少二十几年前就有这味药了。二十几年前，恐怕王爷都还没出生呢，陛下也才十来岁，还未被立为太子，又怎么可能瞒着所有人让太医院研制一种药来对付一个不存在的人？"

执剑听慕灼华这么一说，才恍然醒悟这个时间问题，他掐着指尖喃喃道："也对……这药，我们也是从你这儿听说的……不过，单这一点也不能推翻其他两点，确实是薛笑棠出卖了王爷、那位杀人灭口。"

慕灼华仍是觉得这思路有点儿问题，脑中一团糨糊，似乎有什么东西一闪而过，却让人在一团乱麻中捉摸不透。

马车停在定王府前，慕灼华心不在焉地走下马车，踩着自己的影子回到家中。

郭巨力正在准备午饭，见慕灼华走了进来便道："小姐，沐浴的水，我给你烧好了，你先去洗洗再下来吃饭。"

慕灼华头也不回地应了一声，上了阁楼坐在梳妆台前，摘下官帽发了会儿呆，又晃了晃脑袋，长长叹了口气。

竟然是薛笑棠出卖了王爷。真是想不到，她从柔嘉公主口中听到的薛笑棠是一个痴情男子，为了她可以奋不顾身……

慕灼华将官帽放在桌上，手碰到了一旁的匣子，发出一声闷响，将她的思绪拉了回来。慕灼华这才猛然想起一件事——她在薛笑棠的书房里拿到的那块令牌是太后宫中的令牌！

慕灼华手忙脚乱地打开木匣，将那块冰冷沉重的令牌取出，死死盯着上面那个"懿"字。

执剑的声音在脑海中响起："除了那位，还有谁能命令他做事？如果不是他做的，又何必在事后杀人灭口……"

慕灼华紧紧攥着那块令牌，发出几声恍然又苦涩的笑："原来如此……原来如此……"

除了陛下，还有太后能命令薛笑棠做事啊！

慕灼华想起柔嘉公主和蔓儿说过，是太后一力促成了柔嘉公主和薛笑棠的婚事。柔嘉公主说太后最重门户，却将一个目不识丁的草莽将军指给了公主，说什么"难得有情郎"，可皇族婚姻只看重利益，何时看重感情了？

陛下杀人灭口，是灭什么口，他难道是怕毁了自己的英明吗？不！他怕毁了太后的贤名！他是在保护太后！

还有还阳散……还阳散……

慕灼华猛然想起那个埋在杏树下的秘密，她不知道那里埋藏着什么，但今时今日，她以为太医院最大的秘密就是还阳散的存在！那个让她阿娘失去了大部分记忆后仍念念不忘的药方，一定是外祖父生前日日念着的，所以才会深深植入阿娘的脑海中！

郭巨力止在院子里择菜，忽然看到慕灼华一阵风似的跑了下来，没有一丝停顿地从她眼前跑过，爬上了那架梯子。

"小姐，这个时候王爷不在吧，你去做什么啊？"郭巨力茫然问道。

慕灼华没有回答，动作轻盈地翻过墙，奔向药池。

跑到池边，她才想起来没带铲子，便进了书房，找到一把剑，拿剑鞘当铲子，拼命地挖掘杏树下的泥土。

执剑听到看守别院的护卫说慕灼华在药池边挖东西时吓了一跳，以为她在发什么疯，片刻后才想起王爷之前说过慕灼华的意图就在别院之中，这才运起轻功翻墙飞进别院。

正午的太阳晒得很，慕灼华的汗水一滴滴落在泥土上，握着剑鞘的双手已经发红颤抖了，挖出的大坑里却没有任何东西。

执剑飞进院中，上前抓住慕灼华的后领，将她提了起来，怒道："好啊，王爷猜得没错，你的目的果然是这个。"执剑瞟了一眼地上挖开的土坑，"现在被我抓到了，还不老实交代？！"

慕灼华喘着气道："我老实交代。执剑，你帮帮我，这树下埋着很重要的东西！"

执剑狐疑地看着她："什么东西，该不会你又想了什么坏主意要害王爷？"

慕灼华气笑了："我什么时候害过王爷了！执剑！我怀疑幕后主使不是陛下，你们弄错了！"

执剑冷冷道："你是那位的臣子，当然替他说话。我早和王爷说过你靠不住，万一哪天你也出卖王爷——"

"执剑！"慕灼华打断他，"你帮我挖树下的泥土，这事关王爷的性命！"

执剑见她眼睛亮得吓人，心中有些发怵，尤其她说事关王爷的性命……

执剑松开手推开她，道："我倒要看看这底下到底埋了什么！"

执剑武艺高强，有他相助，两人很快就在杏树下挖到了想要的东西——一只带着轻微锈迹的铁盒子。

执剑用力一掰便打开了铁盒，慕灼华趁机从盒子中抢出了里面的东西。

是两张纸。顶上一张是羊皮纸，慕灼华扫了一眼，便知道那是还阳散的药方。底下一张写着密密麻麻的字，慕灼华只看到第一句便觉得心脏骤停，脸色瞬间变得煞白。

"云妃……死于……还阳散……"慕灼华嘴唇轻颤，喃喃念了出来。

执剑大惊，上前要抢那封信。

慕灼华一目十行地扫过信上的内容，便任由执剑抢走了信件。

"云妃死于还阳散，这个药方是我独门研制的，这世上本应只有我一人知道。云妃的死因，除了凶手，只有我知道。我恐怕活不久了……我若是揭穿了云妃遇害的真相，陛下不会放过我，而杀害云妃的人也一定不会放过我。行医多年，终死于医啊！但我不甘心就这么死了，我把所知的一切写下，只待来日沉冤昭雪。

"起死回生是每个医者的毕生夙愿，人死后半个时辰内为假死，是最有可能回生的时机。我研制秘药多年，是想要找到一种可以让假死之人还阳的秘方，失败多次，我终于配置出了还阳散。这药药性霸道至极，我在兔子身上做了实验，确实能让气息刚绝的兔子恢复生机，但很快我就发现了自己的错误。还阳散并不能让死人还阳，只是让假死之人燃烧所有的生机，得到一刻钟的回光返照。而身体正常的活人若误食甚至吸食了过量的药粉，就会气血翻涌，甚至暴毙。我的药方又一次失败，我却舍不得销毁这近乎毒的药，只是把药方和配置好的药藏了起来，只等日后继续研究。

"云妃怀胎九月，忽然剧烈胎动，血流不止，恐怕一尸两命。陛下决意舍弃皇子保住云妃，然而云妃竟抢过刀，自行剖腹取子，血竭而亡。陛下哀痛震怒，要彻查云妃死因。我为云妃缝制腹部刀伤时发现了还阳散的粉末，这便是让云妃忽然剧烈胎动乃至血竭而亡的真凶。还阳散被人窃取利用，我难辞其咎，不敢上报，只怕祸及九族。如今只因照料不力而被撤职已是大幸，但我担心，总有一日会被幕后之人灭口。那人以药为毒，心思缜密，手眼通天，我只有一死保全家人，盼我妻女一世平安……傅圣儒绝笔。"

执剑踉跄两步，脸唇皆白："云妃娘娘不是难产而死，是被人害死的，是谁……"

"是当时的周皇后、如今的周太后。"慕灼华冷声缓缓说道，"一直以来，所有事情的幕后主使都是太后！

"上元夜使用还阳散暗害王爷的和二十六年前暗害云妃的，必然是同一个人。

"二十六年前，云妃盛宠不衰，大皇子却不得先帝喜爱，若是云妃生下儿子，便会威胁到大皇子的储君之位。以还阳散杀害云妃的，不可能是十二三岁的昭明帝，只会是太后。

"也是太后以柔嘉公主为诱饵，胁迫薛笑棠听令于她，她因此说动陛下赐婚。

"事后陛下杀人灭口，都是为了维护太后！"

执剑惊呆了，证据摆在眼前，他不得不承认，慕灼华说的这一切才是真相！

"是太后，不是陛下……"

慕灼华从怀中取出一块令牌，乌沉沉的令牌上是一个"懿"字："这就是证据。薛笑棠的书房里有个暗格，里面藏着这块令牌，这是太后宫中的令牌。"

执剑急道："你为什么不早点儿拿出来？！"

慕灼华苦笑道："你们也没早告诉我薛笑棠是内奸啊！"

执剑脸色一变："今日太后留王爷用膳，难道……"

慕灼华脸色也变了："这么多年来，太后处心积虑想除掉王爷，为了什么？她担心的就是皇位旁落。如今陛下身体已然无望，王爷若是有心问鼎，三个皇子中又有谁能和他抗衡？太后心里不安，一定会在陛下还在世时想方设法除掉王爷！"

执剑转身要走："我去救王爷！"

慕灼华拉住他："你一个人去没用！"

"我带紫衣卫闯宫！"执剑咬牙道。

"你这是把王爷架在火上烤，给人口实！"慕灼华越是着急越是冷静，"太后既然是留了王爷用晚膳，必然是等到晚膳时分才会动手，现在不必着急。你听我说，你立刻去找执墨，把情况告诉他，让紫衣卫守在宫门外。你们不能进宫，但是可以让人往里面递消息，让王爷小心。"

执剑问道："你呢？"

慕灼华握紧手中的令牌，垂下眼，沉默片刻道："我要釜底抽薪。"

第十二章·同船共渡

只有拥有至高的权力，才能保证自己不被人随意碾死。

夜幕将临，太后宫中燃起灯火，宫女们鱼贯上前，摆上一盘盘精致的菜肴。

太后坐在上首，看着略显倦意的刘衍，关切地问道："定王可是身体不适？"

刘衍勉强笑道："多谢太后关心，可能是这些日子有些劳累。"

太后轻轻点头："定王年纪不小了，有个知冷知热的人照顾你，哀家才放心。"

"太后，儿臣——"

刘衍刚想回绝，却被太后抬手打断了："男大当婚，你生母不在，先帝也早去，我是你的母后，便该为你负责。先前我与你提过孙家的姑娘，你可还记得？"

刘衍无奈地点点头："记得。"

"孙家姑娘一直在江左的祖母身前尽孝，那儿离你的封地不远，哀家已给孙老太君去了信，让你回去与她相亲。"

刘衍闻言一怔，太后这言外之意分明是让他自请回封地……

亲王素来都是要在封地上待着，没有传召不得入京。先帝对刘衍十分宠爱，将最富庶的江南封给了他。后来刘衍连年征战，便很少回封地。三年前刘衍重伤，昭明帝更舍不得他离开，便让他留在定京，由太医定时照看着。

刘衍沉默了片刻，道："太后是想儿臣离开定京。"

太后道："定王自己以为呢？"

刘衍收回目光，看着自己眼前的方寸之地，缓缓道："儿臣早有去意，和皇兄提过，他却始终不允，没想到最终是太后来说。"

太后道："他舍不得你们的兄弟之情，但你该明白，哀家都是为了大局着想。"

"儿臣都明白。"刘衍淡淡一笑，"待皇兄回来，儿臣便离开。"

太后皱眉道："不必了，你这几日便收拾离开吧，他若是在，便不会让你走了。"

刘衍微微笑了，定定地望着太后："太后有意趁皇兄不在逼儿臣离京？"

太后毫不避让地回视刘衍，眼角岁月的痕迹哪怕是精心地保养也遮掩不住，那些皱纹让她看起来比刘衍记忆中的更加严厉，这让他想起幼时对太后的敬畏。

"衍儿，哀家待你如何？"太后忽然叫了刘衍的名字，他已经许多年没有听到她这么叫他了，上一次似乎是元徵帝还在的时候。

刘衍垂下眼，恭敬道："太后待儿臣视如己出。"

太后道："陛下待你如何？"

刘衍道："手足之情，血肉之亲。"

"你素来是个懂事的孩子，知恩图报，哀家希望你能记住今日说的话。"太后举起桌上的杯子，遥对着刘衍，"你明日便要离开了，哀家便赐宴，为你饯行。"

刘衍想起下午门房送来的食盒，说是王府让人送来的点心。刘衍上任至今，王府从未有人送来过任何东西，今日这点心来得诡异。他打开食盒一看，里面有四块糕点，却是他从来不会吃的口味。王府的厨子不至于如此不了解他，他略一思索便掰开了糕点。

里面藏了四个字："小心太后！"用朱砂写的字，血淋淋，满是警示。

在刘衍心目中，太后是一位威严公正的长辈，她很少展露笑容，也算不上温和，但因此也让刘衍更加敬重她。府中来信让他小心太后，难道是知道太后对他有敌意……

刘衍在心中苦笑了一下，如今太后要赶他离京，其实也没有做错，他确实早该离开了……

如果他早些离开，不去想着建功立业，只当个逍遥享乐的王爷，或许也不会害死那么多人。

刘衍颤抖着手，握住了酒杯，杯中的液体是沉沉的暗红色，像极了那日的惨烈。

他们的仇，他终究是无法报了；他们的命，他也无法偿还了。

刘衍苦涩一笑，举起酒杯，或许他才是那个早就该死的人，早在二十六年前他就该死了……

"衍弟、母后！"一声呼唤忽然从殿外传来，宫女太监们立刻跪了一地，山呼万岁。

太后和刘衍惊诧地看着大步走来的昭明帝，脸色变幻莫测。

"陛下不是去了避暑别苑，怎么突然回来了？"太后沉声问道。

昭明帝似乎来得急切，额上一层薄薄的汗，脸上浮现不自然的嫣红，嘴唇却毫无血色。刘衍看着昭明帝的模样，知道此时他身体应该是极度虚弱，下意识地站起身想要过去扶他，然而脚步一动，却停在原地。

昭明帝却径自朝刘衍走去，笑着说道："忽然想起有重要之物忘了带，就赶回宫了。"

太后皱眉道："胡闹，你的身体怎么经得起这样奔波，有什么东西忘了带，不能让宫女、太监回来取？"

昭明帝轻轻叹了口气，道："怕他们来取，母后不给。"昭明帝抓住刘衍的手臂，说道，"朕有要事与衍弟商议，母后，儿臣先告辞了。"

刘衍不明所以地望着昭明帝，忽然感觉到昭明帝在他手臂上轻轻掐了三下，不禁心中一动。

这是他和昭明帝之间的暗号，每回他们要瞒着太后做什么事，都会偷偷掐对方三下，暗示对方。

刘衍拿不定主意，自己此刻是否该跟着昭明帝离开。

"既然已经回宫了，又何必着急去取？"太后带着威严的声音传来，"都坐下吧，刚好陛下来了，一起给定王饯行。"

"饯行？"昭明帝错愕地看向刘衍，"你要去哪儿？"

刘衍道："臣弟明日便回封地，太后……给臣弟安排了婚事。"

昭明帝眼神一动，悄悄松了口气，对太后微笑道："是儿子误会了，衍弟要成亲，是大好事，朕就留下来一起吃饭。"

昭明帝说着就挨着刘衍坐下了，对宫女说道："朕就坐在这里。"

刘衍不解地看着昭明帝，他今夜的举动着实有些异常。

刘衍犹豫着坐了下来，宫女立刻给昭明帝送上餐具。昭明帝倒了杯酒，对刘衍说道："衍弟，这杯酒，就当朕给你饯行，也是朕给你道歉了。"

太后打断道："陛下糊涂了，太医说过你不能饮酒！"

昭明帝哈哈笑道："衍弟如今要去封地，要成亲了，朕当兄长的，怎么能不敬一杯？"

刘衍按住了昭明帝的手，轻轻摇头道："皇兄，不必了，我心领了。"

昭明帝敛起笑意，认真地看着刘衍的眼睛，问道："你不让朕喝，就是不原谅朕了？"

刘衍静静地看着昭明帝的眼睛，还有那双漆黑双眸中映出来的自己。他们是兄弟，可他们长得不像，也不是一母所生，但他从来没有怀疑过刘俱对他的感情。他记得六岁时落水，刘俱紧紧抱住他，自己力竭了，还是用力把他往上托。他记得刘俱一次次替他受罚，笑着说，弟弟犯错，是哥哥没做好榜样。他记得自己身中剧毒，从昏迷中醒来，看到的是兄长充血的双眼，眼睛里有悔恨、自责、狂喜……

眼中忽然泛起了酸涩，刘衍垂下眼，用微微发颤的声音说："算了……"

他也不知道，这句"算了"是在说那些手足之情算了，还是那些仇恨算了。

昭明帝的声音里藏着一丝哽咽："这些年，是朕对不住你，没保护好你。"

昭明帝说着就要举起酒杯，却被太后大怒打断了："陛下！太医的话，你不听，哀家的话，你也不听了吗？！"

刘衍和昭明帝都愣住了，错愕地看着大怒的太后。昭明帝看着太后眼中的怒意和忧色，又看了看自己的酒杯，忽然什么都明白了。他肩膀微微耸动着，竟是笑了起来。

"皇兄，你——"刘衍莫名其妙地看着忽然发笑的昭明帝，只见昭明帝笑得眼泪都出来了，随之而来的是一阵剧烈的咳嗽。

太后匆忙跑了过来，扶着昭明帝的手臂，急道："太医说过，你不可动气！"

昭明帝咳了许久才停下来，松开手，只见掌心一片殷红。

"你又咯血了！"太后一惊，回头喊道："赶紧传太医！"

"都不许去！"昭明帝大吼一声，吓得宫女太监们都跪了下来。

昭明帝深呼吸了一下，才缓缓说道："所有人，退出大殿，不得靠近半步！"

宫女太监们急忙跑了出去，宫殿内，只剩下陈国地位最高的三人。

昭明帝苦笑着看向太后："母后，你不是让衍弟回封地了吗，他不是答应走了吗，那你为什么……还要杀他呢？"

太后阴沉着脸，死死盯着昭明帝。

刘衍回过神来，看向桌上那杯酒，哑声道："酒里……有毒……"

"陛下若不回来，他此刻就已经死了。"太后不再否认，她冷冷地扫了刘衍一眼，"就算陛下回来，难道就救得了他吗？哀家做的这一切，是为了谁，难道陛下不清楚吗？陛下离宫，定王暴毙，他本就身患旧疾，世人不会怀疑是你做的。"

昭明帝靠在刘衍身上，咳嗽着，笑着说："知道，知道的……母后都是为了朕……所以，朕从来不敢怨恨母后……可是……母后……能不能不要再……伤害朕最重要的人了？"

刘衍抓着昭明帝的手臂，难以置信地看向太后："是你？是你让薛笑棠出卖我，是你害死了边疆那么多战士，是你派人追杀我？"

太后冷漠地说："是哀家做的又如何，你早该死了。二十六年前，若不是云妃剖腹取子，死的就是你。三年前，若不是琛儿救你，死的也是你！"太后的呼吸急促起来，眼中泛起赤红的血丝，如厉鬼一般瞪着刘衍，"你为什么不死？！"

刘衍一颗心如坠冰窟，难以置信地看着太后："我母妃难产……是你所为……"

太后冷笑着，没有否认，她如鹰隼般锐利的目光看向昭明帝："陛下又是什么时候知道的？"

昭明帝艰难地呼吸着，缓缓说道："三年前……衍弟遇害，我派暗卫追查，终于知道……母后，你知道我有多痛苦、多失望吗？他是我的弟弟啊，也是你一手抚养长大的儿子啊！难道这么多年……你对他，就没有一点点亲情吗？"

"没有！"太后站了起来，面目狰狞地指着刘衍，嘶吼道，"没有！我为什么要对他有亲情？！他的母亲抢走了我的丈夫，如果不是先帝心存死志，如果不是为了让先帝活下来，我根本不会让他活着！"

"可是我不但要养着他，还要好好养着……"太后踉跄着后退了半步，眉眼之间满是痛苦和怀念，"他好好活着，先帝才会有念想，才会愿意为了他活下去。俱儿，他也是你的父亲，是我的丈夫啊，我们还活着啊，为什么他宁可为了那个女人去死，都不能为我们活下去？！你根本不能明白我心里有多痛！我以为，只要杀了她，他终究会回心转意，终究会和我好好过下去，就像她出现之前那样……可是他没有……他没有……"

昭明帝怔怔地看着失态的太后，她是百年大族周家最端庄贤惠的女人，是天下人敬仰的太后，从没有人知道她心里藏着那么多的恨与痛。

"母后——"昭明帝伸出手，想要抓住她的衣角，却触碰不到。

"俱儿，你是我的儿子，你为什么向着他？这世上，只有我们母子二人相依为命了……"太后通红的眼中流下两行浊泪，"若不是你一直派暗卫保护他，我早就找到机会杀他了！你们父子，还有琛儿，你们一个个的，都向着他！我呢？我做这一切到底是为了谁啊！"

"母后……我不知道，你心里有这么多恨……可是云妃死了，父皇也死了，衍弟是无辜的……"

"我难道就活该受这些罪吗？！我本来是有丈夫的！"太后恨恨地瞪着刘衍，"他死的时候只留给我一句话，让我照顾好刘衍，然后……他解脱了……他要去见他心爱的女人了……我视他为夫君，可是我在他心里只是一个皇后，从来都不是他的妻子啊……他都死了，还管刘衍做什么！那时候我就要杀了他的，可是他上战场了，我以为他早晚会死在战场上，没想到，他不但没死，还立下大功……"

刘衍的心脏仿佛被人狠狠攥着，让他感觉到窒息般的痛苦，他咬牙道："你如果爱父皇，就不该杀了他最在乎的人，是你逼死他的！"

太后嗤笑一声，仿佛听到了最可笑的事："最在乎的人死了，他就要跟着去死吗？这世上除了爱，就没有别的了吗？他的责任呢？我那么爱他，可是他死了，我却还要活下去，背着他的责任活下去。我抚育你们，稳定后宫，赢得天下美名，我做错了吗？这就是我们世家子女从小就学会的一件事——你从来不是为自己一个人活着，你是为了家族而活。而你们刘家，吓——"太后不屑地冷笑,"都是情种,我不但恨他,还看不起他!"

刘衍沉默地看着状若癫狂的太后,无法说出反驳之辞。他该恨她,然而这一刻,不由自主地心生怜悯和愧疚。

太后缓缓跪在刘俱身前,颤抖着抓住刘俱冰凉的手:"俱儿,你不要学他们,不要像你父皇那样抛下我……"

刘俱的眼神里充满悲哀和灰心:"母后,我明白你的恨,但是……停手吧……你知道为什么三年来衍弟始终查不到真相吗?"刘俱苦笑,"是我斩断了所有线索,是我派暗卫杀了袁副将,杀了薛笑棠的人……我不是一个仁君,为了保护至亲之人,也只能拿起屠刀,杀了无辜的人……母后,你们都是我最重要的亲人,我不能看你杀衍弟,也不愿他查到真相,向你复仇……"

刘衍一惊,抓住刘俱的手臂:"皇兄,果真是你杀了袁副将?"

"喀喀——"刘俱剧烈咳嗽,紧紧抓着刘衍,"对……对不起……可我不得不这么做……我也是个卑劣的人,为了保护我在乎的人……我只能这么做……衍弟……你能原谅母后吗?"

刘衍失神地看向太后:"她杀了我的母妃,害死了那么多人,那些人的鲜血和仇恨都在她的血液中流淌,我能原谅吗?……我有资格说原谅吗?这只能去问那些死去的人……"

刘俱松开手,咳嗽着,黯然道:"是啊……我们……都有罪……我也不能阻止你们的仇恨……"

太后紧紧握着刘俱的手,道:"俱儿,你别担心,他不能把我怎么样,我早已让禁卫军在外面埋伏好了!"

刘衍冷冷地看向太后:"你说让我离开定京,只是为转移我的注意力,你本就没有打算放过我。"

"你活着,他们父子终究会被你蒙蔽!"太后的眼中闪烁着狰狞的恨意,"只要你死了,一切就可以结束了。"

刘俱挣扎着坐了起来,断断续续地发出粗重的呼吸声,剧烈的咳嗽让他的脸色更加难看了。

"一切……怎么结束呢……"刘俱苦笑着,目光落在桌上那杯殷红的毒酒上,"衍弟,你有血仇要报;母后,你的恨意不能消……衍弟,宫外的御林军已经被我撤走了,今夜之事,不会有人知道,你手握重兵,母后她杀不了你。"

刘衍看着刘俱的眼神,不知为何一股恐慌漫上心头。

"你……你也放过母后吧……她只是个没有了丈夫和儿子的可怜人……"

刘衍听到这话,瞳孔顿时一缩,他忽然意识到刘俱要干什么,立刻伸出手去,打掉了刘俱手中的酒杯——但还是迟了,半杯毒酒洒在他唇边。

太后心神俱碎，扑了上去，紧紧抱住刘俱，撕心裂肺地吼着："俱儿，你做什么！你做什么！"

刘俱抿了抿唇上的酒："母后……是还阳散吧……只要一点点……就能致人于死地……不留痕迹……无人能知……"

刘俱说着，眉头一皱，猛地咯出一大口血。

"太医！我去叫太医！"太后手忙脚乱地想要给他擦血，却看到鲜血不断地涌出来。

刘衍点了刘俱身上的穴位，也是无济于事，他颤抖地想抱起刘俱，却被刘俱拉住了。

"没用的，这药性，你知道的……"刘俱笑着，"听说，能让假死之人回光返照，果然，我现在精神好多了，从来没有……这么好过……"

"俱儿、俱儿……"太后泪如雨下，"你为什么这么做？！你也不要母后了吗？！"

刘俱艰难地伸出手，握住太后的手。

"母后做错的事，就让儿子来承担吧……衍弟，放过母后……"

刘衍颤抖着咬破了嘴唇，一条血丝溢出嘴角，他痛苦地点头："好，我答应你。"

"母后，别哭了……你那么坚强……父皇驾崩，你那么难过，却还是撑住了。我走了，你还有琛儿……"刘俱脸上的血色越来越淡，而身上已经全是血，"我很累了……这么多年，真的累了……"

刘俱微笑着，松开了太后的手，手重重地垂落在地上。

"俱儿——"太后发出一声痛苦的悲鸣，抱着刘俱的尸身泣不成声。

刘衍看着刘俱的气息彻底断绝，脑中仿佛有一根弦绷断了。他猛地脸色一变，吐出一口鲜红的血，落在地上，与刘俱的融在一起。

他们是血浓于水的兄弟啊……

刘衍握紧了拳头，眼泪终于忍不住落了下来。

太后抱着刘俱的尸身痛哭，忽然她仰起头，歇斯底里地捶打着刘衍："你害死了我的儿子，你害死了我的儿子，你滚——你滚出去——"

刘衍跄跄着站了起来，踩着鲜红的脚印，失魂落魄地走出了大殿。

空荡荡的大殿里，回荡着一个女人痛苦而绝望的哀号。

那凄厉的声音充斥着刘衍的双耳，他恍惚想起那日与兄长垂钓，兄长笑容温和，看着平静的湖面与他闲聊，说起自身的生死，眼中没有丝毫波澜。他早已经存了死志，心灰意冷了……

青山白雪，埋葬的不只是尸骨，还有野心。

这金碧辉煌终究被黑夜吞没。

浓稠的夜色笼罩着寂寥的大殿，朱墙大院在黑夜中如同一头张开血盆大口的巨兽，让人不敢靠近。

太后的哭声嘶哑了，她涕泪交加，神情恍惚地抱着自己在这世上最重要的亲人，哪怕他没有了体温，也是她最后能感受到温暖的地方。

"俱儿……俱儿啊……"太后喃喃喊着他的名字，拍着他的后背，仿佛他还是个孩子，只是在她怀里睡着了。

轻轻的脚步声从她背后靠近。

"皇祖母，"那人半蹲了下来，衣裙曳地，关切地问道，"你还好吗？"

太后恍惚地回过头，看向身后之人。

"柔嘉……"太后的眼神逐渐清明起来，声音仍沙哑难听，"你来得正好，去找太医，陛下病了……"

柔嘉公主看了一眼刘俱，眼中闪过一丝悲痛，她轻声说："皇祖母，父皇驾崩了。"

"乱说！"太后凄厉地吼道，"他不会那么狠心抛下我的！他怎么可以……怎么可以死！"

柔嘉公主摇头叹息："是啊，父皇不该死的，该死的是你……"

太后闻言，瞳孔一缩，瞪向柔嘉："你这话什么意思，你为什么在这里？"

"我在这里等很久了……"柔嘉公主发出一声喟叹，她没有看太后，而是一步步地走到那个尊贵的位置，徐徐坐下。

太后死死盯着柔嘉公主："你在等什么？你又做了什么？"

柔嘉公主轻笑："我什么都没做，是你杀了云妃，是你谋害刘衍，事情都是你做的，父皇也帮你把证据都销毁了，而我，只是不巧知道了点儿消息，想了个办法透露给刘衍而已。"

太后神色一凛，想起一事，厉声道："元月十五，我的探子忽然得到了袁副将女儿的下落。那个消息来源，我始终查不到，难道是你透露的？"

柔嘉公主笑吟吟道："不错，你们找了三年，我也找了三年，可惜你们的情报网没我的厉害，让我先找到了。可是我找到了也没有用，因为她知道得太少了，所以我想了个办法，把这个消息同时告诉你和刘衍。我相信你一定不会视而不见，一定会派人干涉。只要你再次出手，就一定会留下线索，让刘衍继续追查。"

"你只是个无权无势的公主，哪里来的情报网……"太后刚说完，自己就想明白了，"济善堂！你用济善堂经营情报网！"

"太后也是聪明，这么快就想到了。"柔嘉公主欣然点头，"我也没想到你下手这么狠，居然想毒死刘衍，更没想到刘衍命这么好，能死里逃生。你说，这是不是冥冥之中自有天意？"

"不，不可能，就算你有济善堂作为情报网，也不可能知道三年前我做的那些事！"太后拼命摇头，"那些人都死光了。"

"但是他们死之前告诉我了。"柔嘉公主眼中掠过一丝恨意，冷笑道，"你把我当作筹码，笼络薛笑棠为你杀人，却没想到，薛笑棠对我痴心一片，把你的谋划告诉我了吧？当然，他也没有说得那么明白，只是我自己猜出来了。

"你向来看重门第，一心将我当成笼络大臣的工具，怎么会轻易让我嫁给薛笑棠那个出身草莽之人？除非……薛笑棠能给你带来什么好处。我旁敲侧击了几次，薛笑棠便说了，说太后答应了，只要帮她做一件事，她就会促成我们的婚事。后来，刘衍出事了，薛笑棠出事了，难道我还会猜不出来你让薛笑棠做的是什么事吗？"柔嘉公主冷冷地看着太后，"皇祖母，你好狠的心啊，他是你亲自带大的，我也是你的孙女，在你心里，可真是一丝亲情也无。"

太后恨恨道："那个愚蠢的莽夫！你既然知道是我做的，为何不直接告诉刘衍？"

柔嘉公主无奈道："因为我没有证据啊，甚至直到现在，我也没有证据。不要紧，我知道是薛笑棠做的就足够了。父皇为了帮你毁灭证据，留下了太多线索，而这些线索都指向了父皇，他们居然以为是父皇在谋害刘衍。迫不得已，我只能再想一个法子，就是把慕灼华约到薛笑棠府上，她如此敏锐，自然会发现藏在薛笑棠书房中的那块令牌。哦，对了，你不知道吧，那是太后宫里的通行令牌。"

太后冷冷地看着柔嘉公主："我从来没有给过薛笑棠我宫里的令牌，是你故意栽赃。"

"怎么能算是栽赃呢？那些事，你确实干过，我没有证据，只好制造一点儿证据。"柔嘉公主快意地看着狼狈的太后，"太后是不是想不到，有一天会折在我手上？"

"你为什么这么做？"太后缓缓站起身来，摇摇晃晃地走向柔嘉公主，"为了权力？为了地位？你已经是公主了！"

柔嘉公主轻轻抬高了手臂，袖子滑落下来，露出了手臂上的牙印。

"太后还记得这个吗？"

太后一怔："这个牙印……你小时候被人咬的……"

柔嘉公主将手臂横在身前，轻抚那个小小的牙印，陷入了回忆："这个牙印，是我自己咬的啊……"

"什么?"太后茫然不解。

柔嘉公主的眼中骤然迸射出强烈的恨意,犹如烈火一样熊熊燃烧:"你忘了我母亲是怎么死的吗?你让宫女太监带着毒酒来到王府,逼着我母亲喝下毒酒!我就躲在柜子里,亲眼看着她喝下毒酒,她直到死,眼睛都看着我!我不敢出声,我就躲在狭窄黑暗的柜子里,死死咬着手臂……

"你做的这一切,只是为了让父皇娶一个高门贵女,为了让他可以坐稳太子之位,坐稳皇帝之位!为了给新王妃让路,我母亲就只能死了,是吗?就因为她只是一个卑贱的、可以随意捏死的婢女!"柔嘉公主抓起桌上的酒杯狠狠扔了出去,"她在你眼中只是一只蚂蚁,但她是我的母亲!她是自愿喝下那杯毒酒的,因为她知道我在那里,她害怕我被人发现,她要我活着!

"我活下来的每一天都在想着怎么找你复仇!"柔嘉公主喘着气,颤抖着瞪着太后,良久,才发出一声轻笑,"我终于成功了,我母亲的在天之灵会很欣慰吧。"

"我还没有死!你也没有赢!"太后一步步走向柔嘉公主,面色阴沉,"我从来不会后悔我做过的事,你的母亲是一个错误,她就只能死。"

"你到现在还不明白。"柔嘉公主冷冷地看着太后,"你不明白父皇心里想什么,不明白他为什么抑郁成疾,沉疴不治。我给他找了那么多神医,他们告诉我,父皇有心结,他心中的痛苦,你不懂。你只想让他当皇帝,你杀他最爱的女人,杀他最爱的弟弟,也杀死了他心目中那个威严慈爱的母亲。"

太后的脚步一滞,面上的神情濒临崩溃,整个人摇摇欲坠。

"你杀了云妃,逼死皇祖父,又杀了我的母亲,谋害刘衍,也直接逼死了父皇,你凭什么觉得所有人都对不起你?"柔嘉公主深吸一口气,缓缓道,"你若不杀云妃,皇祖父不会早逝,你不杀我母亲,不杀刘衍,父皇也不会伤得这么重。你用你自以为是的道理摆布别人的生命,还觉得别人亏欠你,你凭什么?!"

柔嘉公主的责问像一记重锤,狠狠打碎了太后最后的自欺。她身子一晃,神色凄厉地怒吼道:"不!我没有错!是你们逼我的!"

太后说着扑了上来,想要掐住柔嘉公主。柔嘉公主冷冷地后退一步,避开太后的双手,下一刻,一柄长剑刺穿了太后的身体。

太后低下头,难以置信地看着穿过小腹的利剑。她艰难地转过身去,却看到一张意想不到的脸。

"沈——惊鸿——"太后后退一步,跌坐在地,"你……不是琛儿的……"

沈惊鸿是刘琛的人,为什么?为什么……

柔嘉公主缓缓退到一边,冷眼看着太后垂死挣扎的模样。

沈惊鸿走到柔嘉公主身旁,目光温柔地看着身前的女子:"没有吓到你吧?"

柔嘉公主轻轻摇头："你不该用剑杀她，会留下痕迹。"

沈惊鸿道："那一剑没有伤到骨头，等一下放火烧了这座宫殿，烧得彻底一点儿，就看不出皮肉伤了。"

太后感觉到生命正在缓缓流逝，她沙哑着声音喊："沈惊鸿……你背叛了琛儿……"

柔嘉公主笑了笑："太后说笑了，沈惊鸿从来都是我的人。"

沈惊鸿低笑一声："不错，从十年前开始，我就是你的人。"

"难道你觉得我兴建济善堂，布局十几年，只是为了找你复仇吗？"柔嘉公主淡淡一笑，看向高台之上，"三岁那年，你杀了我母亲，教会我一个道理：只有拥有至高的权力，才能保证自己不被人随意捏死。你坐到了女人最高的位置，当上太后，而我是公主，我的至高位便是女帝。"

太后的气息已经极其微弱了，她无力地哀求着："放过……琛儿……"

柔嘉公主勾了勾嘴唇，忽然鼻子一酸："真感人……当年我母亲喝下毒酒的时候，也是这么说的……"

——"放过皎皎……"

她其实不太记得母亲的模样了，可是她死死地记住了那个声音，还有那双眼睛——眷恋的、不舍的、疼惜的……

柔嘉公主缓缓走上前，她看着太后至死没有合上的眼，俯身拔出了太后身上的剑。

她居高临下，俯视这张苍老枯萎的脸。她是她的噩梦，无数次在梦里，不是太后杀了她，就是她杀了太后。直到今天，她从梦中醒来，看到她真真切切死在自己面前，心中涌上来的不是快意，而是疲倦和怅惘。

她报仇了，母亲泉下有知，会开心吗？……

可是父皇竟然会选择喝下毒酒……

柔嘉公主握紧剑柄的手微微颤抖。

"公主，我在这里。"沈惊鸿走到她身后，接过她手中的剑。

男人低着头看她苍白的脸色，克制不住心中的怜惜，轻轻握住她单薄的肩膀，让她靠在自己怀中。

这一回，她没有拒绝。

每一次见到她，他都只能克制自己心中的冲动，眼中不敢流露丝毫的情绪，生怕让人发现他与柔嘉公主的关系。然而她在人前疏远、客气，人后更加冷漠无情。他十年寒窗，只想走到她身边，她却将他推到刘琛身边……

终于在此时此刻，她精疲力竭了，闭上眼睛流露出软弱的一面，轻声说："沈惊鸿，我好累。"

"公主，这条路，我陪着你走。"他低声说。

❖❖❖

一辆马车在深沉的夜色中疾行，穿街过巷，奔向朱雀街后巷。

慕灼华垂下眼，担忧地看着刘衍的脸色，回想起方才看到的画面，心中仍然一阵惊悸。

她从未见过刘衍露出那样茫然而脆弱的神情，他漆黑的双眸失焦地望着前方，脚步虚浮地走向她，任由她喊着他的名字，也做不出一丝回应。

慕灼华扣住刘衍的脉搏，心中一惊，立刻知道刘衍必然是在宫中遭逢巨变，心神失守，有走火入魔之势。她从腰带内抽出金针，正想刺向刘衍的昏睡穴，便觉得颈间一热，肩上一沉——刘衍呕出一口心头血，喷洒在慕灼华的颈间，随后整个人向前倾去，压在慕灼华身上。

慕灼华急忙抬手抱住刘衍，右手的金针快准狠地落在他的头上。

执剑与执墨急忙驱车前来，将刘衍抬到马车上。

上了马车，慕灼华立刻褪去刘衍的上衣，封住他的大穴，遏止住肆虐的真气。但刘衍心脉已然受损，鲜血自唇角溢出，脸色惨白，无一丝血色，更加衬得唇上的鲜血般红刺眼。

慕灼华轻轻拭去他唇角的鲜血，便感觉到马车停了下来。

执剑打开车门，将刘衍抱下车，送进了朱雀街后巷的小院子。慕灼华将自己方才写好的药方递给执墨："你现在立刻去抓药，按照药方上写的煎好，送来给我。"

执墨慎重地接过，转身便奔向最近的药房。

慕灼华赶到房中，继续为刘衍施针诊治。不多时，执墨便抓了药回来，在院子里熬着。执剑将另一半药草放入铁桶中熬煮，再倒入药池，放凉了让刘衍浸浴。

刘衍眉心紧锁，昏迷中身子止不住地轻颤，雪尘丹和渊罗花的药性在体内冲撞着，让他一会儿如坠冰窟，一会儿如烈火焚身。

执剑探头看了一眼，焦急问道："你到底行不行？！"

慕灼华抿着唇角不答，一双眼睛专注地看着刘衍。

执墨将执剑拉了出去，低声道："不要打扰王爷治病。"

执剑气急道："可惜现在万神医不在定京……"

执墨神色凝重："现在说这些也没有用，慕灼华既然敢给王爷治，应该有几分把握。"

两人正说着，忽然听到远远传来喧嚣声。执剑怔了一下，飞上屋顶远远一望，顿时大惊失色。

"皇宫起火了！"

执墨倏地瞪大了眼睛，飞到执剑身旁落下，目光紧紧盯着皇宫方向。

"这火势也太大了……"执墨眉头紧锁，"到底发生了什么事？"

"王爷如今昏迷不醒，我们也无从得知……"执剑心中忐忑，总觉得不安，"执墨，你在这里守着，我去探听一下。"

执墨点点头，便见执剑向着皇宫方向飞奔而去。

慕灼华将刘衍身上的金针全部拔出，才长长舒了口气。

刘衍体内的真气总算是稳住了，只是他的身体已经非常虚弱，经此重创，恐怕短时间内难以恢复，只能慢慢调养。

慕灼华端起床边的药碗，里面的药正是可以入口的温度，她舀了一勺想要灌入刘衍口中，然而对方双唇紧闭。

慕灼华纠结地皱着眉头，最终还是鼓起勇气，自己含住一口汤药，俯身渡入刘衍口中。

刘衍的双唇苍白而柔软，慕灼华此时心中却没有那些旖旎，汤药苦涩到了极致，她只觉得自己舌头都快麻了。黑褐色的汤药顺着刘衍的唇角流下，落在了颈间领口。慕灼华取出一方干净的帕子帮他擦拭汤药，白色的帕子很快也染上了黑褐色。她轻轻按压着刘衍柔软的唇角，失神地看着他苍白的面孔，心口莫名地酸疼。

其实她没必要救他的……

本来就是互相利用的关系，何必为了他冒着生命危险呢？

可是当时自己好像没想那么多，知道刘衍有生命危险，她立刻想到的就是去行宫找昭明帝，搬救兵。所幸她手上有一块太后宫中的通行令牌，靠着这块令牌，她才畅通无阻地出城，进入行宫面圣。

她是在赌，赌刘衍和昭明帝的手足之情。到这时，她便已猜出了八成的真相，幕后主谋是太后，想要杀刘衍的也是太后。而昭明帝一方面要保护刘衍，另一方面也要保护自己的母亲。他是一个仁君，却杀了那么多有罪或无辜的人，为的就是包庇周太后。而她慕灼华，一个小小的官员，知道了陈国皇室最见不得光的丑闻，昭明帝会放过她吗？

她偶尔有那么一瞬间想到这个问题，但想要救刘衍的心稳稳地占据上风，她不能看着他死在太后手上，至于以后的事，以后再说吧。

执剑突然破门而入，打断了慕灼华的思绪。慕灼华回过头，看到执剑一脸惊慌道："不好了，皇宫失火，陛下与太后被困在火场，消息已经传往行宫，皇子们很快就会赶回来。"

慕灼华眼皮一跳："难道陛下出事了？……不能让人发现这件事与王爷有关。执墨，你把王爷抱去药池，浸浴两刻钟后起来。执剑，你暗中调集王爷的亲卫，做好防卫措施。"

执剑道："王爷在城中有紫衣卫，人数不多，但每个都是高手，我让他们留在王府保护王爷。居凉关的二十万守军皆听王爷号令，我手持王爷的兵符前往调遣。"

慕灼华点点头道："你点齐十万精锐前来，驻守在城外，暂时不要轻举妄动。"

执剑听了慕灼华的指示立刻出发，执墨将刘衍放入药池看着，转头见慕灼华肩上一片猩红，面上难掩倦意，便道："你也去休息一下吧。"

慕灼华想到天亮之后还有一场硬仗，便不推辞了。

"我回去休息片刻，王爷有任何情况，你立刻喊我。"

慕灼华回到自己的房中，换下染着血污的衣服，稍微擦洗了一番便上床休息了。她想着眯一会儿养足精神，却怎么也睡不着，脑中一片纷乱，连静下心来思考问题也做不到。

皇宫的大火已经惊醒了许多人，定京这一夜，注定无人入眠。

慕灼华翻身坐起，换上官袍，对着镜子修饰自己苍白的容颜，又取了参片压在舌底提神。

郭巨力被外间的声音吵醒，起身见到慕灼华房中灯火通明，便来敲门问道："小姐，你也被吵醒了吗？"

房门打开，郭巨力看到穿着官袍的慕灼华，不由得愣了一下："小姐，你这么早穿着官袍要做什么？不是说陛下去行宫，暂时不用上朝了吗？"

慕灼华神色凝重道："巨力，皇宫失火了，恐怕是发生大事了。你在家好好待着，我出去看看。"

郭巨力吓了一跳："皇宫失火？小姐，你怎么知道的？"

慕灼华没有回答，看了一眼被映红的夜色。

"你在家守着，别的不需要知道太多。"

慕灼华说完，便拎起一个小包裹下楼，进了隔壁的院落。

刘衍已经浸浴完，执墨帮他擦洗干净，换上了干净衣服。此时，他呼吸平稳地躺在床上，脉象有好转的迹象，但脸色依然苍白难看。

慕灼华又给刘衍施了针，并让执墨再去皇宫打探消息。

执墨匆匆回来，对慕灼华说道："陛下和太后……恐怕都葬身火场了。"

慕灼华的手指动了动，感觉心脏都快停了。

这场火来得莫名其妙，更可怕的是不知陛下和太后为何而死。

慕灼华的目光落在刘衍面上，只听执墨斩钉截铁道："王爷对陛下手足情深，绝对不可能加害陛下。"

慕灼华道："我们如何猜测都无济于事，真相如何，只等王爷醒来就会知道。"

慕灼华也不信刘衍会杀害昭明帝，但是太后……

还有这场火，是谁放的？

"王爷必须在皇子们赶到之前醒来，主持大局。"慕灼华沉声道，"陛下驾崩，群龙无首，如今只有王爷能压得住局面。"

执墨看着刘衍苍白的脸色，怀疑道："王爷受伤这么重，赶得及吗？"

慕灼华深吸一口气道："相信他，可以的。"

慕灼华让执墨备好朝服和马车，她施针刺激穴位，想要唤醒刘衍。

如今局面凶险，刘衍及时醒来，不仅仅是为了压住蠢蠢欲动的众人，更是要证明自己的清白。这个时候他要是昏睡不醒，恐怕只能任人鱼肉。

慕灼华伏在他耳边，轻轻说道："王爷，你快醒来……

"你若不醒来，这天下，就乱了……

"王爷……

"王爷……"

温热的气息拂过他的耳畔与脸颊，却没有唤醒他。

慕灼华叹了口气，垂着眸子看着苍白的脸，不由自主地伸出手握住他的指尖。他的指尖微凉，被她柔软的掌心缓缓焐热了。

慕灼华总觉得自己有许多话想对他说，最终只是看着他紧闭的双眼，缓缓叹息。

"刘衍……"

刘衍的手指轻轻一动，划过她的掌心。

慕灼华惊喜地握紧他的手指："王爷，您醒了！"

刘衍的睫毛轻轻一颤，似乎费了极大的力气才睁开双眼，他的目光缓缓落在慕灼华面上，双眸漆黑而茫然，似乎记不起今夕何夕。许久，那些痛苦的记忆才如山崩海啸一般涌来，他皱起眉头，眼中掠过一丝痛楚。

"王爷，您醒来就好了！"慕灼华欣喜地露出笑脸。

刘衍看着慕灼华，声音沙哑地问道："你怎么在这里？"

慕灼华道："王爷，您心神受创，昏迷不醒，我在这里为王爷医治。"

刘衍看了眼大门，问道："执剑、执墨呢？"

慕灼华道："王爷，皇宫失火，陛下与太后葬身火场了。"

刘衍一惊，下意识地握紧慕灼华的手："什么时候的事？"

慕灼华道："就在王爷离宫后一两个时辰里。"

刘衍想要坐起身来，却虚弱得无法使力。慕灼华立刻上前扶他坐起，将眼下的情况告诉他："王爷，定京怕是要乱了。已经有人去行宫告知皇子们消息，京中守军也动起来了。我自作主张，让执剑拿了王爷的兵符去居凉关调兵，以免定京发生意外，还请王爷恕罪。"

刘衍瞥了慕灼华一眼，道："你做得没错。"

慕灼华又道："算着路程，三位皇子应该还有一个多时辰就该进城了，王爷务必尽快赶到宫中主持大局，因此我斗胆唤醒了王爷，此刻执墨已经备好了马车。"

刘衍轻轻点头："即刻出发吧。"

慕灼华从一旁桌上取来刘衍的朝服，说道："王爷，让我服侍您更衣吧。"

此时刘衍虽然醒转，但身子十分虚弱，只能让慕灼华搀扶着换上朝服。两人的距离极近，慕灼华却可以感受到刘衍的疏远，这让她莫名有些心酸，自己明明帮了他啊，他怎么就这个态度呢？

慕灼华帮刘衍穿好了官袍，又从小包裹中取出一只瓷瓶，倒出一粒琥珀色的药丸。

"王爷服下这粒药丸，能让您恢复一些力气。"

刘衍没有多问，接过慕灼华的药丸便送进口中吞下。

执墨便在这时进来，看到刘衍已经醒来，而且换好了官袍，不禁喜出望外道："王爷，您真的醒来了！"

刘衍朝执墨点了点头："立刻进宫。"

马车上，刘衍背靠着垫子，闭目恢复精力。慕灼华给他的那粒药丸在胃里暖洋洋地燃着，让他冰凉的四肢缓缓回过劲来。

慕灼华跪坐在刘衍身旁，抿着唇一言不发，低着头捏着自己的衣角。方才她想上车，刘衍是拒绝的，是她固执地坚持，说是担心他的身体，又有执墨帮衬着说话，刘衍才让她上了车。

刘衍明摆着是想和她划清界限，是她慕灼华死皮赖脸跟上来的。慕灼华见刘衍这态度，心里明白这次事情的严重性远比之前更甚⋯⋯

慕灼华心上仿佛扎了根刺般难受，忽然听到刘衍开口道："是你把陛下请来的。"

刘衍没有用问句，而是平淡地陈述。

慕灼华抬起头，迎向刘衍漆黑幽深的双眼，她僵硬地点点头道："我⋯⋯

我在薛笑棠的住处发现了太后宫中的令牌，联系其他证据，便猜到是太后主使了一切。我担心太后对王爷不利，就自作主张去行宫向陛下求援。"

刘衍听了慕灼华的解释，神色依旧淡漠，让人猜不出他的想法。

慕灼华小心翼翼问道："王爷，宫中到底发生了什么事？"

刘衍扫了她一眼，淡淡道："你不要知道太多。"

慕灼华咬了咬唇，低下头捏着自己的衣角："我知道……王爷不想我牵涉其中，但是……王爷说过的，无论我们怎么做，在旁人看来，我们本就是一条船上的人。"

刘衍的目光重新落在她的侧脸上，那微微抿着的唇角流露出一丝委屈和不满。

"我是王爷的人这一点，在旁人眼里是毋庸置疑的事实，不是王爷疏远我就能否定的。"慕灼华说着抬起头来，目光灼灼地盯着刘衍，小脸上满是倔强和不忿，"王爷不愿说出昨夜宫中发生的事，想要独自一人面对凶险的朝局，但若王爷真出了事，我也没有好下场。既然早已注定祸福与共，为什么不并肩面对？我虽然本事有限，但好歹也能为王爷排忧解难！"

昨日若不是她聪明机警，当机立断，刘衍恐怕就要被太后害死了，就是执剑也承了她的恩，刘衍却这样把她推开……

刘衍怔怔看着慕灼华，以她的聪慧，应该能察觉到自己将要面对的是什么。她的性子可以说是自私，无利不起早，那为什么非要跟着他站到局势中不利的一面？

慕灼华伸出手抓住刘衍的袖子，固执道："王爷别想把我踢下船，是您逼着我站到您这边，如今我去抱他人的大腿也是来不及了，您得对我负责！"

刘衍垂下眸子，看着攥着自己袖口的小手，忽地勾唇一笑："好。"

慕灼华一喜，笑道："那王爷告诉我昨夜到底发生了什么事。"

慕灼华扶着刘衍靠在软垫上，才听刘衍道："太后欲以还阳散毒杀我，陛下赶来，替我饮下了那杯酒。"

慕灼华倒抽一口凉气，她怎么也没想到会是这样一个结局。刘衍说得简单，但她顷刻间便勾画出了事情的首尾。

"那太后呢？这场火又是怎么回事？"慕灼华追问道。

刘衍眉头一皱，摇了摇头道："我不知道，那时我已出宫。我出宫之时，太后仍在。"

慕灼华疑惑道："难道是太后放了火？"

"只能进宫再查证。"

说话间马车放缓了速度，执墨的声音在外面响起："王爷，宫门口围了许多人，马车无法靠近。"

刘衍道："就在这里停下。"

刘衍撩起衣袍便要下车，却被慕灼华拉住了袖子，他疑惑地回过头看向慕灼华。

慕灼华拉扯着刘衍的袖子让他坐下："王爷等等，您面色太差了，会让人看出破绽，我帮您修饰一下。"

慕灼华说着打开她的小包裹，取出一只小小的木盒子，盒子里是一盘各种颜色的粉膏。

"这是——"刘衍皱着眉问道。

"这就是我独门秘制的易容膏呀，无害无味，不会让人看出破绽。"

慕灼华说着，用右手指腹沾取了一些浅黄色的粉膏，对刘衍说道："王爷先闭上眼。"

刘衍虽有些疑虑，但还是依言闭上眼，慕灼华温热的指腹落在他眼下的肌肤上，轻柔地按压着，遮盖住他眼下的乌青，片刻后感觉到她放下手，刘衍才睁开眼。

慕灼华换了食指指腹沾取红色的粉膏，指腹落在刘衍柔软的唇瓣上，双方俱是一怔。

慕灼华跪在刘衍身前，近在咫尺的距离让彼此的呼吸和温度都分外清晰，也让骤然乱了的心跳无处遁形。慕灼华强迫自己盯着刘衍的唇，看着苍白的唇色在自己轻柔的涂抹下染上淡淡血色，柔软的触感以及上方投射而来的深沉凝视让她忍不住心尖轻颤。昨夜为他以口哺药，当时只记得苦涩与担忧，如今才回味过来旖旎和暧昧，明明按着他的唇的是自己的手，唇上却传来不该有的酥麻，让她无意识地抿了抿唇，做出吞咽的动作。

慕灼华本来素白的面颊上此时染上了绯红的艳色，每一丝微小的变化都没有逃过刘衍的眼。他无声一笑，拉下了慕灼华的手腕，轻声道："足够了。"

慕灼华这才回过神来，有些尴尬地搓了搓手，干咳两声，道："王爷先下去吧，我随后就到。"

见刘衍下了马车，慕灼华这才舒了口气。明明是很正经的一件事，她怎么就想歪了呢？

慕灼华用力地揉了揉自己的脸颊，又晃了晃脑袋，好不容易才平复情绪。

宫门口挤满了大臣，有的穿着朝服，有的似乎来得匆忙，衣冠不整，想要冲进去，却被守将拦住了。

刘衍的到来让众人终于有了主心骨，纷纷向刘衍俯首行礼。

刘衍面容冷沉地来到宫门口，守在宫门口的是周家的人——殿前司都指挥使周奎。周奎五十来岁，双目如炬，不怒自威，有他在门口把守，众人都不敢多言。此人与周太后乃堂亲，也参与过对刘衍的迫害。此时，他尚不知道周家对刘衍的所作所为已被刘衍知晓，因此面上仍维持着对刘衍的友好与恭敬。

"见过定王殿下。"周奎一拱手，面色凝重道，"王爷怎么来得这么迟？宫中发生大事了。"

刘衍不答反问道："大火扑灭了吗？"

周奎答道："我已调集守军参与灭火，还有一半尚未扑灭，所幸陛下和皇子们都在行宫，只是太后宫中……"

昭明帝回宫之事属于机密，因此此时尚无人知晓，但太后的寝宫火势极大，众人未见到太后逃出火海，心里已经做出了不祥的猜测。

"先进宫吧，让这么多人堵在宫门外只会引起更大的恐慌。"刘衍说着，领着众位官员进了宫门。

一具具焦黑的尸体被从火海中抬了出来，因为这火是半夜烧起的，彼时多数人都在睡梦中，又正值夏日燥热之时，火烧得又急又凶，导致许多人逃生不及，葬身火海。

刘衍听人上报火情，说这场火是从后宫烧起，猜测是烛台倒下烧了纱幔引起的。昭明帝离宫带走了皇后与嫔妃，后宫便疏于防范，太监、宫女也都懈怠下来，这才导致大火没被及时察觉，结果火势越烧越大，不可收拾。

太后宫中的火总算被扑灭了，刘衍和周奎让众官员留在原地待命，他们则前往太后寝宫查探。

昔日华美的宫殿此时已成废墟，太后身份尊贵，佩戴着不怕火侵的宝石，在一片废墟中便显得醒目。

周奎一眼看到台阶上一支镶嵌着华丽宝石的凤钗，顿时踉跄了一下，脸色唰地变得惨白，疾行两步，跪倒在尸体前。

"太后娘娘——"周奎哽咽着垂下脑袋。

刘衍屏住呼吸，一步步走到他昨日坐着的地方，也是昭明帝葬身之处。那具尸体还在那里，却已看不清面目。刘衍只觉得心中一阵剧痛，眼前发黑。他咬破舌尖强迫自己清醒过来，然后走到尸体旁边蹲下，颤着手捡起尸体旁的一块金玉印章。

"皇兄——"刘衍颤声轻轻唤道。

周奎耳力非常，立刻捕捉到刘衍这一声呼唤。他吓了一跳，回过身来，只见刘衍神色悲痛地半跪在一具尸体前，手里握着一块有些眼熟的印章。他急忙从地上爬起来，奔向刘衍。

"王爷，这是……"周奎难以置信地看着刘衍手中的印章，"这是陛下的私印！"

昭明帝的私印从不离身，怎么会在这里？

周奎瞪大眼睛看着面前的这具尸体，仿佛被人扼住了喉咙，他"啊啊"叫了两声，竟说不出话来。

细碎的脚步声从身后传来，有人喊着："柔嘉公主，您不能进去！"

刘衍和周奎看向门口，只见柔嘉公主仪态尽失，仓皇跑了进来。在看到刘衍的时候，她顿住了脚步。"皇……皇叔……"柔嘉公主无措而茫然地看着眼前的一切，"皇祖母呢……"

柔嘉公主缓缓走向刘衍和周奎。

刘衍没有回答，周奎站起身来，向柔嘉公主行礼："公主殿下，请节哀。"

柔嘉公主脸色一白，闭上眼睛，身体晃了晃，她的贴身侍女蔓儿急忙上前扶住她。

刘衍对蔓儿道："扶你们公主回去。"

"不！"柔嘉公主睁开眼，坚定地拒绝，"皇祖母出了事，我怎么能离开？父皇知道了吗？"

周奎听柔嘉公主说到昭明帝，脸色顿时难看起来，目光下意识地落在刘衍手中的印章上。

不，也许那不是陛下，这一切只是巧合，等行宫的车驾到了，昭明帝也就到了。

周奎这样安慰自己，不久，他的幻想就被戳破了。

三位皇子与皇后、淑妃相偕而来，奔进了太后寝宫。他们抓住刘衍和周奎追切地追问道："宫里怎么会起火，到底发生了什么事？"

周奎没有在人群当中发现昭明帝的身影，心里顿时凉了半截，问道："陛下呢……"

刘琛道："父皇昨夜便回宫了。"

周奎整颗心都凉了，他看向刘衍，刘衍看向手中的印章，最后看向地上的尸体。

所有人都沉默着，随着周奎的目光看到了那块被火烧过的印章，最后看到了地上的尸体。

只听到两声尖叫，皇后与淑妃相继晕了过去。

"父皇——"三位皇子难以置信地看着这一切，双腿几乎软了。

第十三章·由爱生忧

她曾羡慕过他高高在上、应有尽有,其实他与她同病相怜。

昭明帝驾崩,丧钟响彻定京,不过半日,满城缟素,炎炎夏日骤然阴冷了许多。

昭明帝顽病缠身多年,宫中早备好了国丧所需的一应器具。刘衍强撑着病体主持大局,安排昭明帝与周太后入殓事宜。

刘琛悲痛不已,但没有让悲痛吞噬自己的理智。昭明帝突然回宫,便发生了这样蹊跷的一场大火,怎么看都透着可疑,因此刘衍安抚群臣之际,便让沈惊鸿去调查皇宫起火的内幕。

偏殿中,沈惊鸿站得笔直,向刘衍和刘琛拱手回报道:"臣已查过城门记录,昨夜有人持太后宫中的令牌出城,而行宫那边也有记录,是太后让人召回了陛下。"

刘衍早已换上一身白色衣袍,头上缠着白色抹额,眉眼半敛,不见悲喜,自有一股慑人的威仪,让人不敢直视。

"宫门记录呢?"刘琛急切问道。

沈惊鸿顿了顿,答道:"宫门记录因为大火,暂时没有找到,原来驻守宫门的侍卫也因为救火而葬身火海,因此无从查证。但就城门与行宫的记录来看,陛下应该是为太后召回,没有可疑之处。"

刘琛眉头紧锁:"皇祖母为何半夜急召父皇?"

沈惊鸿道:"此事暂时无从得知。臣勘查过火场现场,在现场发现了一些焚烧过的碗盏,当时太后宫中应该是摆酒席,而且仅有两副餐具,一副在太后的主位之上,另一副在陛下尸身前,因此臣大胆推断,当时在场的应该只有太后与陛下二人。"

刘衍闻言,眼神微动,但长长的睫毛掩盖住了他内心的波动,让人丝毫察觉不到异常。

太后的精心安排、慕灼华的歪打正着,竟是构成了一个对他十分有利的局面,排除了他的嫌疑。

245

刘琛也丝毫没有怀疑到刘衍身上，他转头问刘衍道："皇叔，昨夜你在城里可发现什么异常？"

刘衍摇了摇头，声音低沉沙哑："昨夜我听从万神医的吩咐在家中养伤，并未发现任何异常。等下人回报说皇宫起火时，火势已经蔓延开了……"

刘琛知道刘衍身体不好，常年需要浸泡药池，因此没有怀疑他的话。

"起火的原因，找到了吗？"刘琛问沈惊鸿。

"目前只能推测，火势是从后宫西南角蔓延开来的。那里贮存了许多酒坛，不知何故起火，波及酒窖，火势骤然凶猛，又因刮了西南风，顺着风势烧遍了后宫。"沈惊鸿答道。

刘琛攥着拳头，手背上青筋暴起，他咬紧了牙，双目泛出血丝："就算如此，那些侍卫、宫女也该把父皇和皇祖母救出来！"

沈惊鸿垂首道："殿下，有一事十分奇怪……"

"何事？"刘琛问道。

沈惊鸿道："后宫烧死了近百名宫女、太监，但是……太后宫中乃至宫外，除了太后和陛下，一具尸体也没有，似乎事发之时是陛下或者太后有意支开了所有人。"

刘琛闻言一惊，肩膀禁不住轻颤："这是什么意思？"

沈惊鸿低着头轻声道："臣不敢妄言。"

沈惊鸿不敢说，刘琛却控制不住自己去胡思乱想：是谁支开了宫人，是父皇还是太后，为什么？为什么……

一只沉稳有力的手掌落在刘琛肩头，按住了他颤抖的身体："琛儿，稳住！"

刘衍的声音沙哑中带着不容忽视的威仪，让刘琛迷乱的心神瞬间归位，他无助地看向刘衍，哽咽着喊道："皇叔——"

刘衍在心中轻轻叹了口气，面上却不能露出丝毫的破绽与软弱。他拍了拍刘琛的肩膀，沉声道："你是大皇子，陛下驾崩，太后仙逝，你不能自乱阵脚，做一些没有根据的猜测。"

刘琛深呼吸着，努力平复自己的情绪："皇叔说得是。"

刘衍道："追查真相固然重要，但逝者已矣，更重要的是眼下群龙无首的局面如何收拾。国不可一日无君，皇兄生前未立太子，如今恐怕人心浮动了。"

沈惊鸿也附和道："王爷言之有理，当务之急是殿下要坐稳中宫，早日登基，否则不但定京会乱，北凉也会乘虚而入。"

刘衍扫了沈惊鸿一眼，又看向刘琛："皇兄早已在太庙的匾额之后放置传位遗诏，此事朝中大臣皆知。今日我们便当众取出遗诏，让你名正言顺地继位。"

刘琛右手轻颤，又紧紧攥住自己的衣角，看向刘衍的眼神是孺慕与依赖。

今日他骤然失去两个亲人，放眼朝中，他能依靠的仅有刘衍一人。哪怕外面流言纷纷，多少人说他功高盖主，说他狼子野心意图窃国，刘琛也始终没有怀疑过自己的皇叔。世人谤他、诽他、惧他，不过是因为他们不了解他。他的皇叔，是世上最好的人，也是他最坚实的盾。

听完刘衍的话，六部尚书与朝中元老随皇室宗亲前往太庙，取出传位遗诏。

在无数双眼睛的注视下，刘衍取下了藏于匾额之后的木匣，将木匣交予三公检查。确认无误后，众人打开木匣，取出木匣内的明黄卷轴。

打开卷轴，众人脸色骤变，面面相觑，彼此的目光中都流露出了疑惑与不解，但还是由一人出面念出遗诏内容。

刘衍闭上眼睛，听着那声音一字字念出了自己熟悉的内容，眼前又浮现出了那日的画面……

那一日，昭明帝拟写遗诏，让他在旁陪着。

昭明帝执着笔对他笑道："朕这三个儿子啊，老大文武双全，却失之沉稳，老二心机太深，又失之磊落，老三与老二同气连枝，二人一体……你知道，朕心里是属意琛儿的，但他吃的亏太少，朕总是不放心，以后还要你多操心了……"

刘衍忍着心中酸痛道："皇兄……"

昭明帝微笑着摇头道："朕总想着自己还能多顶几年，等琛儿再成熟稳重一些再把这江山交托给他，可是又怕来不及……朕迟迟不立太子，也是对他的磨炼，生在帝王家，手足之情似乎是一种奢望，朕却总盼着他们兄弟能如你我一般……以后琛儿登基，还要你扶持着……我总不希望看到他们手足相残。"

刘衍看着昭明帝提笔，一字一字写下遗诏，写下传位于大皇子刘琛。

刘衍听到那声音念道："传位于二皇子——刘瑜。"

刘衍骤然睁开眼，冷漠而锐利的目光看向跪在下方的二皇子刘瑜。

不只是刘瑜，所有人都惊呆了。从先前刘琛与刘衍的反应来看，几乎所有人都认定传位遗诏上写的是刘琛的名字，怎能料到此时来了个惊天大反转——礼部尚书念出了刘瑜的名字！

刘瑜更是呆在原地，忘了动作，他脸上泪痕犹在，眼中的悲痛尚未散去，震惊与狂喜便涌了上来，但他只呆了片刻，很快便回过神来，伏倒在地，颤声道："儿臣接旨！"

刘琛听到这声音，才猛地一颤，从地上站了起来，怒吼道："这不可能，这是矫诏！"

礼部尚书脸色沉了下来，呵斥道："太庙之内，岂容喧哗？大殿下失礼了！"

刘瑜一系的人被这从天而降的喜讯砸得心花怒放。早前他们固然蝇营狗苟，想要扶持刘瑜上位，但刘琛占了嫡又占了长，名声也无差错，想要夺嫡可谓极难，但如今是先帝遗诏，还有什么比这更名正言顺的？众人的胆气都壮了起来，大声向新君道贺祝福。

刘瑜从礼部尚书手中接过传位诏书，整个人仿佛踩在云端，轻飘飘的，饶是他心机深沉，也不过是个未满二十的年轻人，多年心愿一朝得偿，即便要装出哀痛之情，也压抑不住眼中的狂喜。

刘琛正想发作，却被人拉住了手臂。刘琛回头，便看到刘衍面色凝重地走上前。

"烦请六部尚书重新检查遗诏。"刘衍看着刘瑜手中的遗诏，沉声说道。

刘瑜表情一僵，抓着诏书的手猛地紧了紧，哑声道："皇叔这是何意？"

刘衍淡淡道："先帝拟写诏书之时，本王亦在场，这封诏书内容有异，本王怀疑有人动过手脚。"

刘衍此言一出，众皆哗然。

刘衍并不理会众人的喧哗，他沉声重复了一遍："请六部尚书检视遗诏。"

刘衍一身玄袍而立，背脊挺拔如松，低沉淳厚的声音无波无澜，却犹如一只遮天之手，狠狠压在众人头上，让人不得不低下头颅，心生恐惧与臣服。那些暗涌的波涛和将要掀起的风浪，在他淡淡的一言之间，皆消弭殆尽。

礼部尚书避开刘衍的视线，看向刘瑜道："请二殿下交出诏书。"

刘瑜脸上闪过一丝难堪，却还是将诏书交了出来。

六部尚书都是多年老臣，对昭明帝的字迹非常熟悉。六人逐字比对，许久之后，礼部尚书才道："遗诏没有伪造痕迹。"

刘瑜刚刚松了口气，却听刘衍低笑一声，冷冷道："好——"

所有人的目光都落在刘衍身上，他目光凛然地审视着刘瑜，缓缓说道："传位遗诏一式两份，另一份是由陛下亲自保管的，两份可以做个对照印证。"

"可是陛下骤然离世，宫中又起火，那份遗诏，谁又知道在哪里？"礼部尚书皱眉说道。

刘衍道："本王知道。"

慕灼华官位低下，没有随行前往太庙，而是跟着其他官员守在昭明帝灵前。

堂上气氛十分压抑，每个人都在心中揣测着这场大火的幕后真相、陈国的明日去往何方，以及他们又该怎么立身来保住官位。

真正为昭明帝驾崩而感到悲痛的，寥寥无几。

慕灼华垂着脑袋，想到昭明帝温和的笑脸，饶是她自觉无情，也忍不住有些难过。昭明帝的死是她间接造成的，她只想着要救刘衍，没想到昭明帝竟然会选择代刘衍而死。他可是皇帝啊，他为什么要这么做？

慕灼华始终想不明白，只是越想越觉得愧疚，最后真心地流下了几滴眼泪。

日暮时，去往太庙的众人才又匆匆赶回来，但他们回来之后没有到昭明帝灵前公布新君，而是径直往后宫而去。

慕灼华听到众人窃窃私语，她转了转眼珠，悄悄地离开队列，往后宫方向跑去。

一场大火，烧毁了后宫过半的宫殿，空气中仍然弥漫着一股刺鼻的焦味。慕灼华掩着口鼻跟在众人后头，一路来到昭明帝的寝宫外。所有人的注意力都在刘衍身上，因此没有人留意到一个娇小的身影溜到廊柱之后。

慕灼华从廊柱后探出半个脑袋，正好看到刘衍的身影。

刘衍正站在昭明帝的龙床之侧，他俯身拿起玉枕，在玉枕下按了按，便听到机栝弹动之声。龙床上打开一个暗格，里面同样放着一只木匣，与太庙匾额后的一模一样。

六部尚书面面相觑，礼部尚书受命上前，取出木匣，与众人检视，最后开封，取出另一份传位遗诏。

一模一样的字句，一模一样的字迹，唯一不同的是，这份遗诏上面写的是传位于长子刘琛。

刘瑜的脸色唰地变得惨白，他嘴唇颤抖着，喃喃念道："不可能……这不可能……"

刘琛瞪着刘瑜，冷笑道："众人皆知父皇在太庙藏着传位遗诏，却不知道另一份遗诏放在这里。你改了那份遗诏，却漏了这一份！"

刘瑜猛地一震，瞪向刘琛，厉声道："不！我没有修改遗诏，我没有！"

刘瑾亦上前维护自己的兄长，大声道："我二哥不可能做出这种大逆不道之事！"

刘琛冷冷道："利欲熏心，又有什么做不出来的？二皇子伪造圣旨，其罪当诛，将他打入大牢，严加审问！"

刘衍按住刘琛的肩膀，轻轻摇头道："事情尚未查清楚，不可大肆宣扬。"

刘琛急道："皇叔，你怎么替他说话，除了他，还有谁会修改太庙的遗诏？"

"两份遗诏，一份写着传位于大皇子，一份写着传位于二皇子，谁又能知道哪份是真、哪份是假？"一位老臣朗声道，"也许太庙那份才是真的，定王这份却是假的！"

其他官员纷纷低下头去，面色不安地议论起来。

说话的是英国公赵光直，乃刘瑜的外祖，他自然要站在刘瑜的立场上说话。支持英国公的人也不少。当下百官就分为三派，有的人支持刘琛，有的人支持刘瑜，有的人闭上嘴巴一言不发，满脸不安。

周太后在时最看重的是长孙刘琛，因此周家多年来是支持刘琛的。周家的家主周奎是殿前司都指挥使，是定京十万守军的最高长官。但昭明帝为了钳制周家的权力，任命淑妃的亲哥哥赵琦为左都指挥使，因此这十万守军并非全然听周奎指挥，若爆发内乱，赵琦至少可以调动四万兵马。

一时间殿中争执不下，各方火气越来越旺。

"够了！"刘衍沉声一喝，低沉的声音里含着不容置疑的威压，按住了殿中所有的躁动，众人霎时间安静下来。

"先帝尸骨未寒，你们就在灵前吵吵闹闹，成何体统！"刘衍冷然看着眼前众人，"你们难道要看着定京乱了才满意不成？！"

众人哑然无声，不敢辩驳。

刘衍一步步徐徐走下台阶，压迫得众人不敢抬头。

英国公仗着年高，倒不怎么畏惧刘衍的威压，冷笑道："要说是二皇子偷换了遗诏，可有证据？众所周知，王爷与大皇子最为亲厚，焉知先帝寝宫这份遗诏不是王爷伪造的？"

刘衍目光冷冷地看向英国公："本王若是能伪造这一份遗诏，便会将太庙那份也一并换了。"

英国公怒目道："那王爷的意思，难道是二皇子伪造偷换了遗诏？二皇子芝兰玉树，礼贤下士，素有美名，王爷没有证据就要诬陷皇子，不怕天下人非议吗？"

刘衍神色淡漠，缓缓道："本王并没有说过太庙内的矫诏是二皇子换的，英国公无须动怒。"

英国公冷笑一声，道："那王爷以为是何人所为？"

刘衍不徐不疾道："是北凉奸细所为。"

不只是英国公，殿中所有人都愣了一下，面露疑惑。

刘衍道："此人故意只换一份遗诏，造成两份遗诏内容不一的情况，便是为了引起大陈朝堂内讧。如此情形，对谁最有利？"刘衍一顿，目光扫过众人，才道，"自然是北凉。"

"北凉访陈，意图不善，诸位也亲眼见过耶律璟的嚣张模样。他们无一日不盼着我大陈先帝驾崩、朝堂内乱，如此他们便有了出兵之机。今日百官争吵，正中他们下怀！本王乃先帝亲封定王，有稳定江山之责，不会给北凉任何可乘之机！今日一早，本王便调来了居凉关十万守军，如今正驻扎在城外，若城中有北凉奸细作乱，立斩不赦！"

刘衍的声音在殿中回响，余音不绝。

一顶北凉奸细的帽子扣了下来，十万大军守在城外，在场的十之八九都是只能动动嘴皮子的文官，又有谁能与他抗衡？

病了三年，蛰伏三年，可定王还是定王，众人此时才意识到，有定王在，定京乱不了。

刘衍沉默了半晌，给了众人足够权衡的时间，才再度开口道："本王亦相信二皇子的为人，此事必然是北凉所为，但事情未查明之前不得外泄，二皇子暂居定王府，由本王亲自保护。"

是保护还是软禁，众人在心头一想，却也不敢多想。

就像此事是北凉所为，是二皇子所为，还是定王所为，众人也不敢多想。

刘衍软禁二皇子，是想绝了赵家人夺位的心思，但众人心里也明白，刘衍既然这么说了，便不会让二皇子有生命危险。

刘衍声音低沉，却透着不容置疑的果断，刘琛虽有不满，却还是点头屈服。

"就按照皇叔的意思处置吧。"

刘衍对礼部尚书道："国不可一日无君，还请礼部立刻着手操办新帝登基事宜。至于伪造遗诏之事，本王亲自查证。"

礼部尚书拱手道："王爷放心，我等必不负所托。"

刘瑜失魂落魄地看着眼前一幕，一日之内，他经历了大悲到大喜，从云端跌落地狱，此时再经受不住这般折磨，气急攻心，猛地吐出鲜血，软倒在地。刘瑾扶住刘瑜，惊慌失措地抓住刘瑜的手臂喊道："二哥、二哥，你醒醒！"

刘衍上前两步，屈膝蹲下，按住刘瑜的脉搏，片刻后道："他只是急火攻心，陷入了昏迷，没有大碍。"

刘瑾死死瞪着刘衍，眼中迸射出强烈的恨意与杀意："是你……是你要害我们！"

刘衍一怔。

刘瑾咬牙道："二哥没有修改遗诏，是你们故意栽赃……为什么……为什么啊……"刘瑾发出一声痛苦的低吼，"为什么你们都站在大哥那边？皇叔……难道我们不是你的侄子吗？"

刘衍垂下眼，片刻后拍了拍刘瑾的肩膀，低声道："我答应过皇兄，会护住他的孩子。只要你们没有做错事，我一定会护住你们。"

刘瑜和刘瑾被人带走，软禁在定王府，由侍卫严加看守。太庙里发生的

251

事，也被封锁在极小的范围内，只有少数高官知道，他们被刘衍和刘琛下了封口令，不得外传。

刘琛继位已成事实，礼部要筹备昭明帝与周太后的丧仪，同时要筹备刘琛的登基大典，顿时人手不足，只能向其他部门寻求援助。没有被安排参与仪式筹备的人便轮流到灵前值守。

昭明帝子息不繁，如今二皇子和三皇子又莫名被软禁，便只有刘衍、刘琛与柔嘉公主三人轮流守夜。

白日里刘衍强撑着主持大局，任谁也看不出来他抱病在身，到了夜里无人时，他才能在偏殿合眼稍作休息。

慕灼华悄悄走进偏殿时，刘衍正背靠着椅子，右手支着下巴闭目养神。俊美儒雅的面容素白无瑕，仅在眉峰微拢出一丝褶皱，薄薄的仰月唇上沾染了淡淡的胭脂色。那是她亲手抹上的，让他白日里看起来精神一些，到了深夜，仍是遮掩不住浓浓的疲倦与乏力。

他是个警觉的人，但此时慕灼华走到了他身侧，他依然毫无察觉。

慕灼华不知该不该叫醒刘衍，他好不容易有了片刻睡眠，她不忍心惊扰他。慕灼华犹豫了许久，忽然听到刘衍用低沉沙哑的声音轻轻说道："看了这么久，到底想做什么？"

慕灼华心脏猛地一抽，呼吸一窒。

刘衍依然合着眼，唇角却微微翘起一丝弧度："既然来了，为何不说话？"

慕灼华这才挤出一丝讪笑："下官以为王爷睡着了，不敢惊扰了王爷。"

刘衍缓缓睁开眼，斜睨身侧躬身屈膝的人，淡淡笑道："你又有什么不敢？"

慕灼华干笑一声："下官担心王爷身体不适，给王爷送药来了。"

刘衍直起背脊，往后靠在椅背上，几不可闻地舒了口气："无妨，还能撑住。"

慕灼华见他伸出手腕，便上前搭住他的脉搏，专注地诊视脉象。刘衍借着偏殿内的烛光，不着痕迹地看着慕灼华的侧脸。她平日里总是嬉皮笑脸的，极少见她如此郑重，一想到她这样的郑重专注是对着自己，刘衍的心尖便忍不住软了软。

慕灼华撤了手，从袖底取出药瓶，对刘衍说道："王爷，这药瓶里还有十粒药丸，一日一粒，若实在觉得难受，每日可多服一次。"

刘衍接过药瓶，那青瓷瓶子被她的体温焐得温热。慕灼华将药瓶交给刘衍后，便转身去倒了杯水，给刘衍送服。

刘衍心安理得地享受慕灼华的伺候，咽下药丸后，感受到一股暖意在腹中蔓延开来，他才揶揄道："无利不起早，这药只怕不便宜。"

慕灼华目光滑过刘衍湿润的唇角，尴尬地笑了笑，道："王爷说笑了，这都是下官应该做的。"

刘衍微微笑道："你何时开始有了这种觉悟？"

慕灼华低声嗫嚅道："下官一直是个好人……"

刘衍的笑声中似乎夹着一丝叹息："慕灼华，你大可不必。"

"嗯？"慕灼华愣了一下，抬头看向刘衍，目光中有些疑惑。

"执剑已经把那只盒子里藏着的遗书给我看了……"刘衍神色微微一黯，笑容有些苦涩，"母妃的死，与你无关，你外祖一家也是受害者，本王不会迁怒于你。"

慕灼华低声道："不是因为这个……"

刘衍又道："你若是因为先帝之死心存愧疚，那也不必。先帝之死……本是意外。你也是为了救人，本王并非是非不分，所以……你也不必刻意逢迎讨好。"

慕灼华一噎，低下头去捏着自己的衣角："可是王爷分明想疏远我，难道不是在生我的气吗……"

进宫前，刘衍原以为自己会面临弑君谋反的指控，他不想连累慕灼华，因此不让她跟着，没料到如今局面反而对他有利。

刘衍心情轻松了些许，淡淡一笑，道："你接近本王，不过是为了那只盒子，既然目的已经达到了，又何必赖着不走？"

"谁说下官是为了盒子接近王爷的？"慕灼华矢口否认。

刘衍心中一动，凝视着慕灼华，轻声问道："不然是为了什么？"

慕灼华被刘衍那双幽深湿润的眸子一看，心跳顿时漏了一拍，她硬着头皮说道："其……其实是为了升官发财呢……"

刘衍一怔，随即失笑摇头："这个理由，倒是十分充分。"

慕灼华跟着扬起嘴角，只听刘衍又说道："那你该去追捧新君，大皇子不日便要登基为帝了，你与他有几日师徒情谊，你若愿意动心思，想必官运亨通不在话下。"

慕灼华难堪地扯了扯嘴角，压着声音说："多谢王爷指点为官之道，下官铭记于心。"

难得她想对一个人好，那个人却不领情，让人怪难受的。

慕灼华无意识地绞着手指，忍着心头的酸楚开口道："王爷好好休息，下官先告退了。"

慕灼华转身欲走，只听到背后传来一声低笑："过来。"

慕灼华顿住了脚步。

刘衍轻声道："本王有些头疼，你过来看看。"

慕灼华立刻转回身来，走到刘衍身后，一双柔软的小手按在他的太阳穴上:"是这里吗?"

刘衍闭上眼,轻声道:"嗯。"

温热柔软的指腹便时轻时重地在穴位上揉按起来。

刘衍忽然想起那指腹落在自己唇上的感觉,酥酥麻麻的,好像不是按在自己唇上,而是按在他的心上。他不该有这样的心思,但有时候人心不由自主。

"王爷——"慕灼华轻轻开口道,"今天在先帝寝宫,您看到下官了吧?"

"嗯。"刘衍闭着眼道,"你好大的胆子。"

"大殿下信任沈惊鸿,什么都跟他商量。王爷却不信下官,什么都不说,下官只能自己去查。"

刘衍只听这声音也能想象出她委屈又不满的神情,唇角不禁带上了笑意。

"你倒是会强词夺理,知道太多未必是好事。"

"左右下官是知道了……"慕灼华见刘衍没有生气,便放心了。

她从姨娘们身上学到了一件事——撒娇的女人最好命。天下男人都一样,不必事事顺着男人,有时候撒撒娇,效果出乎意料地好。

而且对刘衍撒娇,她似乎十分拿手,没有丝毫心理障碍。

"王爷,您看过太庙的矫诏,真的是二皇子伪造的吗?"慕灼华问道。

虽然刘衍对外说是北凉奸细所为,但群臣心里亮堂着,这个说辞只是为了稳住朝局而已。

刘衍道:"此事还须深入调查。"

"皇宫失火是意外还是人为,王爷有头绪吗?"

"虽无证据,但恐怕意外的可能性很小。"刘衍屈起手指,思考时无意识地叩击着桌面。

慕灼华道:"下官也认为是有人故意为之,太后的嫌疑自然最大,否则她本是清醒着的,怎么会不从火场逃出来?"

刘衍想起当时太后状若疯癫的模样,实在很难揣度她的心思,若是她放的火,一切倒是都说得通。

刘衍本对周太后充满了敬意,到如今才知道一切都是假的,对于周太后的死,他并没有太多的悲痛,更没有任何大仇得报的快意。至于昭明帝……早在起火之前,他便已经死了,如今自己后悔的是,当时没有将他带走,害他死后也不得全尸。

刘衍黯然垂下眼,暗自叹了口气。

慕灼华自然感受得到刘衍情绪的变化,也猜到了刘衍所想,她轻声道:"王爷不要自责,此事与王爷无关。"

慕灼华的手指穿过刘衍柔顺的长发,一低头,不期然看到了几丝银白。果然，昭明帝的死对他的打击太大了……

听说有人受了打击会一夜白头，刘衍生得这么好看，若是早生华发，便可惜了。

男人的肩膀宽阔，背脊挺拔，但他背负的远比她想象的还要多。除了责任，还有感情——那些死去同袍的仇恨，还有血浓于水的亲情。

慕灼华心口仿佛被蜇了一下，又疼又酸，她隐约觉得这样的情绪不太对，可是打开门看到他的那一瞬间，她便不想走，不想把他一个人留在黑夜里。

脑中的钝痛在慕灼华用心的揉按下缓缓减轻了，强烈的倦意涌上眉间，沉沉压着他的眼睑，让他睁不开眼，若有若无的馨香萦绕在鼻间，让他不自觉地放松下来。他以为闭上眼又会是一场噩梦，但所有的负面情绪都被这淡淡的香软驱散，仿佛一把小小的伞为他挡住了片刻的风雨，庇护了一隅的安宁。

大理寺查了几日，偷换遗诏之事依然毫无头绪，刘瑜依然是唯一的嫌疑人。

刘琛觉得这是理所当然的，他心里早已认定了刘瑜的罪名，还责怪刘衍心慈手软，迟迟不将其定罪。

出殡前一日，刘衍独自一人探视刘瑜。几日不见，刘瑜已经瘦了一大圈，眼睑浮肿，两颊凹陷，不见了昔日秀美的模样。

见刘衍前来，刘瑜失神的双眼缓缓移动，目光落在刘衍面上。他动了动，半晌跪在地上，沙哑着道："皇叔——"

他不愿意跪的，只是他没有力气站起来了。

刘衍走到刘瑜身前，将他扶起坐在椅子上。

"我没有将你打入天牢，而是将你软禁在此，就是不希望有人动用私刑折磨你，如今看来，你没有照顾好自己。"刘衍皱着眉看刘瑜。

刘瑜苦笑一声，垂着眼道："皇叔好心，是我心里有事，吃不下，睡不着。"

刘衍道："你是为了矫诏之事。"

刘瑜抿了抿干裂的嘴唇，没有回答。

"查了多日仍毫无头绪，至今，唯有你有嫌疑。"刘衍的声音有些冷酷。

刘瑜惨然笑道："我就知道……可是，皇叔，真的不是我做的！"

当日刘衍初闻矫诏的内容，也下意识地以为是刘瑜偷换了遗诏，事后细想，又觉得这不似刘瑜的手笔。

刘瑜心思细腻，颇有城府，刘琛性子急躁、骄纵，两位皇子在群臣当中的人缘显然颇为悬殊。刘瑜经常在刘琛与刘瑾之间进行挑拨，让刘琛暴怒失态，两人相斗，最终是刘瑜得利。刘瑾自然知道刘瑜的意图，但双生子的手足情让他不惜伤敌八百自损一千，为哥哥抬轿。这些，都落在昭明帝眼里。

刘衍有些惋惜地看着刘瑜："二殿下，其实今日这份遗诏不完全是假的。"

刘瑜一怔，猛地抬起头看向刘衍，颤声问道："皇叔，你……你这是什么意思？"

刘衍叹息道："先帝曾经有意立你为储。"

刘瑜瞪大了眼睛，难以置信地看着刘衍，然后扯了扯嘴角，露出一个不知是哭还是笑的表情。

刘衍缓缓道："你聪慧明理，沉稳有度，而琛儿骄傲、急躁，并不是最合适的储君之选。先帝之所以迟迟没有立太子，就是因为他一直在犹豫。最开始，他看中的是你。

"可你知道是什么让他改变了主意吗？"

刘瑜嘴唇动了动，却说不出话来。

刘衍摇头叹息，道："你不该利用刘瑾。你让刘瑾挑衅刘琛，让他们兄弟相争，两败俱伤。刘琛与你并非同母所生，你们自小敌对，先帝明白。但你与刘瑾是双生手足，你为了名利，舍得让刘瑾受伤，让他自损来成全你的名声，刘瑾对你有手足之情，你对他，却没有。"

刘瑜整个人僵住了，一股冷意自心口钻出，让他四肢都陷入麻痹中。

"你太薄情寡恩了。"刘衍不忍看刘瑜的表情，别过脸，叹息道，"先帝是最重情之人，琛儿不过是胜在比你赤诚而已。"

刘瑜缓缓低下头，半晌才发出干哑的苦笑。

"原来……原来是我做多了，做错了……"刘瑜的肩膀颤抖着，眼泪一滴滴落在膝上，"父皇是因此才选择了刘琛……皇叔……你也是因为这个，才选择了他吗？"

刘衍看着刘瑜低垂的脑袋，脑海中闪过刘瑾愤恨的眼神。

"我从不知道你们兄弟对我有这么深的怨恨与不满，你或许不信，在我心里，你们与琛儿是一样的。

"二十六年来，我效忠的唯有先帝一人，他看重的便是我看重的。

"他对你们三个儿子一视同仁，我也不分亲疏。"

刘瑜和刘瑾一直是崇拜这个皇叔的，这一点和刘琛一模一样。那年，十九岁的小叔叔打了一场惊天动地的大胜仗，名动天下。他们三个小孩趴在宫墙上，两眼发亮，远远地看着他策马而归。

那是他们心目中的大英雄。

刘衍从战场上给他们带回了战利品，是的，他一视同仁，给了他们三个一模一样的东西，可是为什么他总觉得不一样，总觉得刘衍偏心呢？……

后来刘瑜才想明白，不是刘衍给少了，而是他们不敢去争而已。他不是刘琛，不是正宫所出，没有刘琛与生俱来的傲气。刘琛可以对刘衍撒娇，对他提要求，刘衍总是笑着答应，他教刘琛习武，带刘琛打仗，而他和刘瑾只能远远看着。

他从没有想过，只要他开口，刘衍也不会拒绝。

他只是想，皇叔选择了效忠刘琛，他只能靠自己了……

从那时起，他就走上了岔路……

刘衍的手掌落在刘瑜的肩膀上，他轻轻叹了口气："那份矫诏，我相信不是你换的。"

刘瑜肩膀一颤，哽咽道："皇叔信我？"

刘衍点了点头："那人做得隐秘，不留任何线索，难以追查，我竟不知道他是想帮你还是想害你。但在琛儿那里，我会保住你们兄弟。"

刘衍垂下眼，轻声说道："这是我答应过先帝的……他为我做了这么多……希望有朝一日，你们也能明白何为手足。"

❖❖❖

强撑着看昭明帝下葬之后，刘衍回到府中便陷入了昏迷，执墨赶紧将慕灼华请来为刘衍诊治。刘衍病倒，不仅是因为操劳多日，更是因为昭明帝的死给了他太大的打击，但刘琛尚未登基坐稳皇位，他不能示弱于人前，因此不顾慕灼华的反对，他强迫慕灼华给自己增加了药量。

慕灼华不情不愿地答应了，才从刘衍房中离开。

执剑和执墨正在角落里争执着什么，也没有留意到慕灼华出来了。

执剑愤愤不平道："王爷何必为了大皇子费尽心思，这天子之位，还是王爷来坐最为合适。"

执墨皱眉道："执剑，这话你可千万别在王爷面前说。他没有这个心思，也不愿意底下人这么想。"

"我知道。"执剑嘟哝道，"我也只是和你说说。王爷就是太善良了，才会被人害。"

执墨苦笑了一下，说道："当年的祸事是周家所为，大皇子是无辜的，更何况先帝也为此而死。咱们王爷最是重情重义，他不贪恋权位，若是为了保护至亲之人，就算要舍命，他也毫不畏惧。"

"大皇子骄傲自负，目中无人，昭明帝和王爷为何这么看重他？"执剑着实不解。

执墨比执剑稍长，心思也更敏感细腻，他多少能猜到刘衍的心思，轻轻叹了口气，道："执剑，我十岁便跟在王爷身边了。或许你忘了，当年的王爷并不是如今这样的。当年王爷他……与如今的大皇子，其实是极像的。"

大皇子刘琛生来金尊玉贵，众星捧月长大，昭明帝、皇后乃至周太后和刘衍都对他疼爱有加，因此也养成了他骄傲自负的性子。当年的刘衍，又何尝不是这样呢？

他生下来便没有了亲娘，元徽帝对他心存愧疚，恨不得给他千百倍的疼爱来弥补他缺失的母爱。当时周皇后或许是因为没有将小小的孩子视为威胁，也努力在元徽帝面前扮演一个贤惠的角色，如严母一般照顾着他。除此之外，当时的太子刘俱也给了他无微不至的关怀，让他的童年始终沐浴在温暖祥和中。

那年他十五六岁，是鲜衣怒马、惊艳定京的少年。他文武双全，聪明绝顶，受尽了吹捧和讨好，未经挫折，又怎会没了锐气？可是三年前那场战役，被心腹出卖、背叛，眼睁睁看着同袍死在自己面前，自己又在生死边缘徘徊了半年，武功近废。他骄傲的双翼尽断，再飞不上九天，又在追查真相的过程中一次次受阻，听着手下人口口声声地怀疑一切是他最敬重的兄长所为。

执墨叹息道："我们如今见到的王爷，经历了太多的磨难，但他从未被仇恨吞噬理智和良知，不过是因为年少时的温暖一直在治愈他心中的创伤，虽然周太后虚情假意，先帝却是他真正的手足。执剑，王爷至情至性，他是绝对不会做出任何有负先帝之事的，周太后已死，我们的仇恨也该放下了。"

执墨的话让执剑沉默了许久，那双锐利的眼睛闪了闪，终究还是暗了下去，他被执墨说服了。

"我也不愿意王爷难过，可是周太后死了，周家的人——"

"我们应该相信王爷。"执墨打断了他的话，"王爷心中有数的。"

慕灼华站在一墙之隔的地方，静静地听着他们的对话，忽然意识到，自己对刘衍的了解似乎并不够多。在她眼里，刘衍一直是个城府深沉、沉稳内敛的上位者，他大权在握，却锋芒尽收，无论面对什么事都游刃有余，山崩于前也从容淡定。如今她才明白，没有人生来即如此，谁都曾稚嫩青涩、天真冥顽，不过是被苦难打磨成了温润的模样。

她曾羡慕过他高高在上、应有尽有，其实他与她同病相怜，唯一的差别是她从来不曾信过感情，而他曾经信过，又被骗过。

一条河绕着浮云山蜿蜒而过，流经一片栽满芦苇的荒地。芦苇丛中掩映着不少孤坟，在萧瑟的秋色里愈显凄凉。

身披黑色斗篷的女子跪在一座坟前，安静地焚香叩拜。她双手合十，双目微闭，余晖淡淡地洒落在她娴静柔美的脸庞上，给她平添了三分圣洁的气息。

柔嘉公主将香插在香炉里，目光看向墓碑上的字。

这是两人的合葬墓，墓碑上的字是沈惊鸿亲手刻的，写的是两个名字，一个是她生母的，便是在史书上也没有留下的"杏儿"，另一个名字，她因不敢刻在此处，最后只留下了小名——刘元寿。

　　她隐约记得母亲向来是唤他的小名的，母亲伺候了他许多年，在母亲眼里，他不是高高在上的太子，只是身体孱弱、脾气却很好的元寿哥哥。她也曾听父皇用怀念而悲伤的口吻说起杏儿，说她虽然只是个奴婢，却活得比谁都开心，只需一块甜甜的蜜饯，便能让她忘了被责打的疼痛。

　　父皇说，她只是一条没有名姓的生命，却比这宫里的每一个人都更加鲜活，即便死了那么多年，她依然活在他的心里和梦里。但也只能活在他的心里和梦里，只有寥寥几次，他看着她和她母亲有几分相似的眉眼，感慨万分地流露出了自己的心思。

　　虽然她也曾怨过父皇懦弱，怨他没有保护好她的母亲，也无法为她报仇，但终究也是他把年幼的自己托付给了镇国长公主，成全了她童年的安宁。

　　一边是江山社稷，另一边是个人情爱；一边是生恩养恩，另一边是青梅竹马。他被困在那个广阔而逼仄的地方，举目无路，进退无步，他这辈子都无法顺心意，做不出让自己开心的选择，那这个选择就交给她来做，这些罪孽也都交给她来承受吧。

　　"父皇——"柔嘉公主漆黑的双目里一片平静，却隐隐有丝金色的火光闪烁，"我寻遍世间名医也无法治好你的心疾，你既然对这世间毫无眷恋，那你的未了之事就交给我吧。"

　　说着，她忽地低笑了一声，唇角抿出一线嘲讽的弧度："虽然你从未想过将这些事交托给我，你以为让皇姑祖护着我便能给我一世安宁，可我想要的从来不是这种提心吊胆的安宁。为什么女儿就不能继承皇位，就不能有问鼎天下的欲望？我比刘琛、刘瑜，并不差在哪儿。而且，他们不为帝，尚有退路，可以分封一地，我呢，难道一辈子都要活在别人的庇护之下吗？"

　　她看着金纸燃尽，轻声说："我不是母亲，一块蜜饯无法让我快乐，让母亲快乐的也不是那块蜜饯，而是你亲自送她的那份心意……你从未了解过女人，不懂她们的爱……还有恨。"

　　夕阳沉落，她缓缓从地上起来，不含一丝留恋地转身离开。

　　不远的河畔，一个修长挺拔的身影站在树下望着她，想必他已经站了很久，因为柔嘉公主走到他面前时，看到了他肩上一片枯黄的落叶。

　　她有些失神地看着他肩头的落叶，忽然落叶一动，振翅飞去，她才发现，原来那是只枯叶蝶……

　　"公主——"

从未有人听过沈惊鸿用这样的语气说话，低沉、富有磁性的声音如沁冰片，合该是薄凉冷酷的，偏偏暗涌柔情，便是最端庄自持的女子，被他这样轻声低唤，也难免脸红心动。

他的话尚未说出口，便被一双素手钩住了后颈，他不由自主地低下头来，两瓣微凉的唇噙住他的薄唇，却没有一丝温柔缠绵，也不含任何情欲，而是仿佛发泄似的吸吮啃咬，在他的唇上留下了齿痕与血迹。

沈惊鸿被推着背靠在树干上，他双手环抱住柔嘉公主，任由她在自己身上发泄情绪，直到她的身躯渐渐停止颤抖，呼吸也慢慢平复。

他始终睁着眼凝视她，没有放过她面上的每一丝变化。她紧闭双眼，看似冷漠的脸庞，却被睫毛间的一丝湿意泄露了心思。

柔嘉公主终于松开了他的唇，她的唇上同样沾染了他的鲜血，只是淡淡的几点，便红得触目惊心。她抬起手，指腹扫过他微肿染血的双唇，目光幽幽沉沉，晦暗不明。她低低问了一声："疼吗？"

沈惊鸿低头凝视着她，道："不疼。"

她给予的一切，他都甘之如饴。

柔嘉公主勾了勾唇，眼底笑意稍显薄凉。她的指尖按在他的伤口上，染上一丝鲜红。她的指甲修剪得干净漂亮，不染蔻丹，呈现粉白细腻的色泽："你喜欢我。"

说出口的话如此笃定，却没有一丝被爱的得意或羞涩。

沈惊鸿没有回避她的眼神，任由她在自己唇上加深了痛楚，温声道："不只是喜欢。"

"我曾听闻一句话……"柔嘉公主看着他薄唇上的伤，神色有些恍惚地念道，"有情皆孽，无心不苦……沈惊鸿，我要的是你的忠诚，而非爱恋。由爱故生忧，由爱故生怖——"

"若离于爱者，生亦何欢，死亦何苦？"沈惊鸿打断了她的话，掌心轻轻握住她纤细的手腕，却没有将她的手从自己唇上扯离，只是感受着掌心下温热的血液流动，"若心无所爱，那么活着或者死了并没有任何差别。支撑我走到今日的，是对公主的痴心妄想，但能走到今日，或许并非纯粹的痴心妄想……"

十年前她救他于泥淖，惊鸿一瞥，成了他无边长夜里唯一的月光。若没有她，他便只是一只孤鸿，因为她，这只孤鸿才有了方向。

唇上的痛，又怎及得上她心上的痛？

能为她分担一点儿，便是他的荣幸了。

柔嘉公主失神地望着沈惊鸿的眼睛，心口忽然涌上了陌生的情感，汹涌而悸动，或许是方才被他撞见了自己脆弱的一面，让她现在无力维持高贵冷漠的表象，也或许是她真的有那么一瞬间被他打动了。

她闭了闭眼，无法再面对沈惊鸿咄咄逼人的感情。

"我是为你好，世上难有长久的夫妻，但我愿意与你当一世的君臣。"

"公主还在为先帝之死耿耿于怀。"沈惊鸿忽然话题一转，柔嘉公主身子一僵，用力挣脱了他的手，背过身去，不愿面对他那双仿佛看透自己的眼睛。

沈惊鸿叹息着说出柔嘉公主的心思："先帝是因周仪而心冷，为救定王而自尽，公主并非存心谋害，无须为此介怀。"

"住口！"柔嘉公主冷然打断了他，"沈惊鸿，别忘了你的身份，这不是你该过问的事！"

她残忍地提醒他，他只是她的一枚棋子、一把刀。

沈惊鸿静静地望着她单薄纤瘦的背影，唇角勾起一丝苦涩的笑意。

他原以为，明月照亮了黑暗，应该是温暖的。后来他才知道，月光清冷广寒。

他原以为，自己恋慕的是明月高洁无瑕，后来才知道，月有阴晴圆缺，但只有她让自己忠心不贰。

沈惊鸿轻撩下摆，后退半步，屈膝跪下。

这个惊艳了定京的无双公子，这个让无数少女倾心折腰的梦中郎君，在她面前虔诚地跪了下来，俯首称臣。

"请公主责罚。"沈惊鸿低下了高傲的头颅。

柔嘉公主悄然回首，看着他挺直背脊，即便是跪着，也丝毫无损他的气节风骨，他依然如玉山巍峨、松柏苍劲。她不忍地别过脸，敛起双眸，用淡漠的声音说道："方才之事是我失态了，你不必放在心上。"

那个含着血腥味的吻，不过是她一腔悲愤的发泄，与爱无关。

"是。"沈惊鸿忍着苦涩，低声回道。

柔嘉公主这才道："起来吧，你来见我，必有目的。"

沈惊鸿自嘲地一笑——他见她，只是因为他想见她，其余一切只是借口而已。

但她想知道的是那些借口。

他缓缓从地上起来，自怀里抽出一封蜡封的信件，交到柔嘉公主手中。

"刘衍将偷换矫诏的罪名栽赃到北凉身上，在刘琛面前力保刘瑜、刘瑾兄弟。"沈惊鸿说道，"刘琛虽然听从了刘衍的话，将二人封为滇王、肃王，择日赶回封地，却还是存有疑心，令其三日内离京。"

柔嘉公主扫过信上的字，淡淡道："刘琛和刘瑜多年不睦，刘瑜又有充分的动机做这件事，他心思简单，自然不会有别的怀疑。但是……我那位皇叔不简单，想要骗过他并不容易。那日偷换矫诏本想让刘瑜和刘琛的势力互相撕咬，两败俱伤，不料刘衍将罪名推到了北凉头上，刘瑜因此逃过一劫，支持刘琛的周家也因此得利，我的一番准备都落了空。"

"也并非完全落空，至少刘瑜一派的人马都会遭到清洗，会给我们留出不少机会。只是，定王留在定京，于我们而言始终是一个隐患。"沈惊鸿道，"我已派人散播谣言逼迫他离京。"

柔嘉公主摇头一笑："你想离间刘琛和刘衍？你不了解他们，他们叔侄情深义重。三年前，刘衍被薛笑棠出卖，身陷包围，九死一生，刘琛为了救他，连命都不要。刘衍在他心目中的地位，如兄如父，岂是几句流言蜚语所能离间的？"

"皇宫失火那夜的宫门记录已经找到，我对刘琛隐瞒了此事，刘衍才能暂时安然无事。公主若想对付他，并非难事。"沈惊鸿说道。

"不。"柔嘉公主摇了摇头，"还未到时候……刘琛内有定王辅佐，外有周家支持，想要动摇他的帝位，除非将他两臂皆断。刘衍……还要留着他对付周家。"

"那慕灼华呢？刘琛有意重用她。"沈惊鸿迟疑地顿了一下，打量柔嘉公主的神色，"她是刘衍的人，要留着吗？那日在小秦宫……不知道她有没有发现公主。"

听沈惊鸿说起那日之事，柔嘉公主的心跳紊乱了片刻。

小秦宫是她手下的一个情报站点。那日她去小秦宫本为情报之事，没想到会撞上沈惊鸿。听说云芝在陪着沈惊鸿，不知为何当时她的心便冷了下来，却又有一股无名火在心头烧着。她让人找借口叫走了云芝，却被沈惊鸿发觉了她的所在，他离席出来寻她，将她堵在无人的后院。

他不知喝了多少酒，白皙俊美的脸上含着微醺的浅笑。他一手箍着她的腰，看似无力地枕在她肩上，却让她用尽力气也挣脱不开，湿热的气息喷洒在她颈间，让她心跳乱成一团。

"公主是吃醋了吗？"

他的声音又低又酥，直直钻进她心底。她板起脸想要反驳、斥责，还没开口，便被他封住了唇。

他是真醉还是装醉？未经她允许，竟敢越界轻薄她！

她浑身发抖，不知道是气恨还是羞恼，若不是屏风后传来的动静让她仓皇逃走，也许她会……

柔嘉公主闭了闭眼，强迫自己收敛了那些狎昵心思，用平静的语气说道：

"她识时务，知进退，只会忠于她自己。耶律真那个蠢货，居然以为随便叫几个人就能杀了她，看轻了慕灼华，反倒暴露了她自己，险些连累我，只怕刘衍早晚会查到她身上。"

沈惊鸿对柔嘉公主极为了解，哪怕她掩饰得再好，他也察觉到了她指尖的一丝轻颤。

他低眉垂眸道："耶律真如今住在公主府，刘衍让人盯着耶律真，公主行事也多有不便。"

"无妨，耶律真的蠢自有蠢的用处，有些事，我不便出手，自有她替我出手。只是你以后不要到公主府来了，若有要事，便留信号给蔓儿。其余之事，你按原计划执行吧，不要节外生枝。"

沈惊鸿俯首道："听凭公主吩咐。"

柔嘉公主侧头看着沈惊鸿。这是她栽培了十年的一枚棋子。十年前随手埋下这颗种子的时候，她并未想过，有一天他会焕发出如此夺目的光彩，甚至让她隐隐有种掌控不住的危机感。

她想起今年的除夕夜，她从宫宴离开时已经带了五分的醉意，她揉着微微眩晕的眼角，听到蔓儿说，沈惊鸿进京了。她才恍惚想起一双亮如繁星的漂亮眸子，下意识地就召见了他。

夜很深了，再有一刻钟便是新的一年，柔嘉公主换下了繁复的礼服，在熏着暖香的内室召见了身穿夜行服的沈惊鸿。

他丰神俊朗的面容与她记忆中青涩桀骜的少年模样重叠，不变的是那双幽深炽热的双眼。

柔嘉公主微醺着缓缓走到他面前，惊觉当年的少年如今已比她高出了许多。她微微仰起头，看着他的双眼说道："沈惊鸿，我从不怀疑你的才华，还有你的忠心，今科状元，你必取之。"

沈惊鸿弯了弯唇角，低下头凝视她："必不负公主所托……沈惊鸿生死都是公主的人。"

她摇了摇头，道："不……你不能是我的人。"

沈惊鸿眸光一凛。

"你会是惊才绝艳的惊鸿公子，而我，只是一个生母卑微的公主，何德何能拥有你的效忠？"柔嘉公主自嘲地一笑，伸出细长的食指，按在沈惊鸿心口，压低了声音，如情人私语般轻轻说道，"我要你……到刘琛身边去，但是你的心要在我这儿。"

沈惊鸿的心跳猛地顿了一拍，片刻后他才哑声道："请公主明示。"

"刘琛，占嫡占长，有太后和定王的支持，想从他手中夺得帝位，非一朝一夕能成，只有徐徐图之。"柔嘉公主缓缓说道，"他锐意进取，喜欢血气方刚、志同道合的年轻英杰，我会为你制造机会，让你名扬定京，吸引他的目光。届时你投其所好，得他信任，与我里应外合。"

她说完话，许久没有得到他的回应，便抬起头看向他微皱的眉心，讶异道："你不愿意？为何？"

沈惊鸿幽深的双眸锁住了她，眼中似有千言万语。

"事成之后，你便是一人之下、万人之上的丞相。"她许诺道，"我必不负你。"

沈惊鸿忽地笑了一下："公主，这一品相位，刘琛也能给我。"

她的眼眸瞬间冷了下来："沈惊鸿，你要背叛我？"

济善堂还从来没有人能背叛她。她学习了西域以教立国的方法，那些被收入济善堂的孩子日日接受洗脑，对她柔嘉公主奉若神明、死心塌地，这样的虔诚极难动摇。她没有想到，沈惊鸿会生出二心。

"不。"沈惊鸿上前半步，与她靠得极近，近到能闻到彼此身上的气息，"沈惊鸿此生此世都不会背叛公主。只是……我想要的，并非万人之上。"

她狐疑地看着他近在咫尺的双眸："你想要什么？"

他一只手揽住她纤细的腰，眼中的情意呼之欲出，答案也不言而喻。

柔嘉公主勾起一丝冷笑："原来……你也和薛笑棠一样。"

沈惊鸿否认道："我与他不一样。我若想要公主的人，等到位极人臣，自有办法请旨赐婚。"他的声音顿了顿，放轻了几分，像是怕吓到她，"我想要的，是公主的心。"

柔嘉公主定定地凝视沈惊鸿的眼睛，良久，勾起一个没有笑意的弧度："沈惊鸿，我没有心。"

他笃定地说："会有的。"

窗外的爆竹声、烟火声骤然响了起来，有火光透过窗纸映在她琉璃般的瞳孔中。她眼里幽幽荧荧，满是讥诮和不屑。

她是世人眼中圣洁高贵的柔嘉公主，他口中喊她"公主"，却在心里唤了千万遍她的名字——皎皎。

皎若明月，高不可攀。

可也是这高冷的明月，在十年前给了他唯一的光明与温暖，救他于水火深渊，让他重新活了过来。

她是他的明月，明月本高悬于天际，给黑暗以幽明，却独自守着无边的冷寂。他亦飘零许久，见多了人间的苦难，孤单却不孤独，因为遇见了她，他生平第一次感受到了温暖。

一片黑暗的地方，要多少光才能照亮？

他知道，只需要一点儿萤火微光，就够了。

她一个浅笑、一道目光，就让他的世界豁然明朗，支撑他走完三千多个日夜。

他也想温暖她心上的荒凉，哪怕她怀疑他、拒绝他，他依然坚定地站在她的影子里。

等等吧——他垂眸浅笑——哪怕再等三千个日夜。

昭明帝和周太后下葬后不到一个月，刘琛便举行了登基大典，改年号延熹。

刘琛登基后的第一道旨意就是封刘瑜为滇王、刘瑾为肃王，令二人即刻出京，回到封地，且永世不得回京。

两人的封地都是贫瘠遥远的边陲之地，此去更多是受苦。但在知情人眼中，这可谓开恩，毕竟两人犯下的可是伪造遗诏的大罪啊。

刘琛虽然给了刘瑜和刘瑾生路，却没有放过朝中心存异心的人，且有刘衍带兵作为威慑，新帝登基的一切事宜顺利进行，没有丝毫动荡。沈惊鸿因为有从龙之功，被破格提拔，一跃三级，任吏部侍郎，一时风头无两。

沈惊鸿又被刘琛留在御书房说了许久的话，离开时才发现外面已经下起了大雨。御书房的太监懂事地给他撑起一把油纸伞。沈惊鸿接过伞，谢绝了太监一路相送的好意。

沈惊鸿举着伞不紧不慢地走入雨幕，雨中的玄色官袍如同一笔晕染开的墨痕，少了几分威压，多了几分风流写意，过往的宫女都忍不住为之失神。

"沈大人真是丰神俊朗、举世无双。"有人悄声议论着，满心的仰慕。

"原听说他恃才傲物，但接触过便知道，他待咱们这些下人是极和气的。"便是太监也被他的风采折服。

"也不知道怎样的女子才配得上沈大人这样的人物。"

"沈大人早已放言，不成一品，不谈婚娶，恐怕没这么快……"

"陛下如此信重沈大人，官至一品也不见得是多久远之事……"

雨声哗哗打散了身后的议论声，沈惊鸿并没有听到，便是听到了，也不过会置之一笑，世上无聊之人何其多。

他懒懒地抬起眸子，秋水映入漆黑的眼中，氤氲着冰冷的气息。

远处的檐下悄然立着一个柔媚的身影，冰蓝色的眼眸中映着雨中的墨痕，闪烁着幽异的光彩。

"他就是刘琛最信重的人……"耶律真顾盼生辉，将那个雪松墨玉般的身影深深地烙印在眼中、心上。

侍女兰珠压低了声音，用北凉话说道："陈国皇帝最信重的应该是定王。"

"不，不一样。"耶律真眸光微动，"定王必须死，而沈惊鸿……可以为我们所用……"

兰珠眉头一皱，抬眼间看到耶律真的眼神，顿时明白了她的心思。

"沈惊鸿不近女色，城府极深，公主小心在他面前露出破绽，引起怀疑。"兰珠劝诫道。

耶律真不甘地垂下眼，轻轻点了点头："我自有分寸。"

一个侍卫装扮的男子走到沈惊鸿身侧，压低了声音说："大人，事情已经办妥了。"

沈惊鸿的脚步没有丝毫停滞，目不斜视地问了一句："证据呢？"

一个油纸袋交到沈惊鸿手中。

侍卫识趣地接过沈惊鸿手中的伞。沈惊鸿打开纸袋，取出里面一卷蓝皮装订的册子，册子边缘有被火燎过的痕迹。他翻了两页，目光落在上面的一行墨字上。

"七月初三，亥时一刻，定王自东华门出宫。"

七月初三便是皇宫失火那一日。

沈惊鸿早已向刘琛回报，出入宫的记录皆在火场中被烧毁，但此刻他手中拿着的是他口中已葬身火场的记录册。

这本册子是两日前一个侍卫在火场里偶然找到的，因被压在水缸下，侥幸保全了。他抱着升官发财的希望找到了负责追查此事的沈惊鸿，沈惊鸿也十分诧异，让他带着这本册子在宫门下钥后来见他。

那个侍卫自然想不到，等着自己的不是沈惊鸿，而是另一个侍卫和一把刀。

"人死透了，不留痕迹。"侍卫笃定地说，"属下问过了，此事没有第二个人知道。"

沈惊鸿淡淡点了点头。

"大人……是想保全定王？"侍卫疑惑地偷偷看了沈惊鸿一眼。

他为这人做事，却从来猜不透这人的心思，也不敢多猜，有时候，猜到了比猜不到更可怕。

沈惊鸿将册子放入怀中，轻声道："你是一把很好的刀，但是一把刀不该有太多的想法。"

侍卫心中一凛，低下了头："属下知道了。"

沈惊鸿微微一笑:"无须紧张,我还不想换刀。"
侍卫无声地退下,长长的宫巷里只剩下一个寥落的身影。
沈惊鸿捏着竹节伞柄,唇角勾起一丝讥诮的苦笑。
自己又何尝不是一把想法太多的刀?……